Invitation till en gård på landet

INVITATION TILL EN GÅRD PÅ LANDET

Kaj Bernhard Genell

Illustration: Kaj Bernhard Genell

Förlag: BoD · Books on Demand, Stockholm, Sverige
Tryck: Libri Plureos GmbH, Hamburg, Tyskland

ISBN: 978-91-8057-615-4

E T T

EN OVANLIG DAG

DET HADE börjat blåsa storm en vecka tidigare, men eftersom det var höst, så var det ingen som blev speciellt förvånad över det. Blåsten var hård, men den var ovanligt jämn också, och kom rakt västerifrån, från brittiska öarna. Vindstyrkan höll sig hela tiden envetet kring 25 meter per sekund. Somliga blev konfunderade över detta. Denna jämnhet adderade till företeelsen en air av ren mystik. Kanske bådade vinden med sin egendomlighet olycka.

De publika meteorologerna av båda könen som serverade prognoser i tv-kanalerna, dessa människor som vanligtvis håller en lätt ironisk distans ...de verkade nu allihop förvirrade, och till och med klentrogna, eftersom en sådan vindsituation inte alls stämde med vad de hade lärt sig på de meteorologiska instituten om sådana förhållanden. Så delade de – omedvetet – upp sig i två inriktningar: en del meteorologer på TV och radio låtsade som ingenting, medan andra i dunkla ordalag antydde att man i vädersituationen hade att göra med krafter som var transcendenta, som inte hade med några klimatförändringar alls att göra, och som förebådade något nytt och okänt.

Själv är jag inte spåman, men väderpsykolog, eller rätare sagt: väderantropolog: Tidigt hade jag en teori om att det var just vädret – jämte magens tillstånd, efter det man förtärt något "olämpligt" – som kommit människan föreställa sig att hon hade en "själ". Denna teori har jag senare utsatt för olika modifikationer och påbyggnadsprojekt. Historiskt misstänker jag att det gått till så, att man som människa häpnat över de sinnestillstånd man hamnat i när man ätit något egendomligt, alternativt hur man känner sig när åskväder närmar sig. Man har då tyckt att det har varit egendomligt att man plötsligt känt sig som en annan människa, bara för att hästköttet var gammalt, eller för att det skall just börja regna. Som kontrast har man till dessa händelser ställt sådant som att möta en osedvanligt vacker människa av det för personen attraktiva könet, eller att oväntat få en bunt pengar, eller ett hot i ett brev på posten. Att dessa senare händelser påverkat sinnestillståndet har varit förklarligt, och man har inte grubblat över det.

Men att man – skenbart utan orsak, eller på grund av en så långsökt orsak som ett regnväder, har blivit som förbytt, det har kommit människan att undra över den egna själens identitet och skapnad. Det är ju bland annat just detta som meteorologerna har fått sin status ifrån, - att vädret har han "mystisk" inverkan på människor.

Inte minst då just regn och blåst. Ty det har visat sig – enligt min mening – att blåsten påverkar oss mycket mer, och på ett mycket egendomligare sätt än vi i förstone vill erkänna. Det påverkar vår tankeskärpa, om det blåser kraftigt.

Det har – vid vetenskapliga försök – troligen visat sig att det är svårt att med lätthet addera tvåsiffriga tal under det att man är utsatt för blåst. Man blir både orolig och i längden även deprimerad av blåst...

Civilisationer som byggs i blåsiga trakter på jorden kommer gärna att domineras av ödestro, medan man i mer skyddade atmosfäriska landskap snarare får en religion där man känner sig trygg under en väldig gudsfader, som leder sitt folk genom en ändlös välgång.

Blåst gör allting osäkert, och i blåsiga trakters gudsläror kommer man därför ständigt att se hur gudarna byter gemåler, och hur de rövar bort döttrar och söner och slavar från varandra i ett hastigt tempo, och utan att kunna redogöra – i sånger, sagor och myter – för de egentliga bevekelse-grunderna. Man vet aldrig hur empyréerna ser ut i blåsiga trakter.

De högsta gudarna har flera olika namn, som de använder i olika sammanhang, som de tycker bäst, och ingen kan med säkerhet säga vilken gud som är mäktigast. De motverkar ju ofta varandra. Med undantag av de fyra vindgudarna.

De blåsiga trakterna det svårt, och tanklösheten och de många krigen i de blåsiga trakterna har skapat endast flyktiga kulturer.

Blåst är jobbigt. Så väntar man – när det blåser – ivrigt på att det skall mojna, så att man kan börja tänka redigt igen, och utan svårighet återgå till att snabbt lägga ihop tvåsiffriga tal och dyrka sina faderslika gudar, vilkas söner och döttrar aldrig blir bortrövade eller ifrågasatta.

Sådan var alltså blåsten som drabbat Västra Götaland och norra Halland denna höst.

När den pensionerade gymnasielektorn och docenten Edward P:son Tegelkrona - en legendar i akademiska kretsar bland de moderna Kierkegaardforskarna - vaknade denna otroligt blåsiga morgon i sensommaren eller den tidiga hösten, hade han inte alls brytt sig om vädret, den jämna blåsten, som ju genom sin jämnhet var lite svårare att märka än de vanliga ojämna, men ryggat inför den, för honom visserligen inte alls ovanliga, framför hans ögon svävande hypnagoga synen av en ung, dansande flicka.

Sådana där syner, vilka är ett slags av organismen helt rationellt framställda föreställningar, som kan drabba mentalt förhållandevis rikt utrustade personer, ofta tillfälligt befinnande sig under hög psykisk press, talas det sällan om. Och om det ändå görs, så sker det urskuldande och räddhågset. Ja, oerhört sällan talar man om sådana upplevelser, som vi gör här, upplevelser som kan utspela sig i bräckningen mellan upplevd natt och dag, som något i grunden positivt. Ofta är det, i istället, i skenet av någon påstådd psykiatrisk expertis, som hos gamle Boismont, som man snarare, och mycket vanligare, får höra om allt sådant i termer av sinnessjukdom, som sviter av långvarigt missbruk, sexuella utsvävande liv eller som tecken på demens och en mycket nära förestående död.

Att tala om dessa, av organismen så fantasifullt, finurligt och färggrant inplacerade avbrott i vardagen, är riskfyllt, inte minst för skribenter, ty man kan då helt enkelt misstänkas för att vara helgalen, och till följd av detta utsätter man sig för den för författare fatala risken att inte bli publicerad och läst, samt att allmänt få dåligt rykte.

Vansinne har nämligen dåligt rykte. Vansinnigt dåligt rykte.

Min egen uppfattning - som i viss mån väl får anses gälla här… - är dock att hypnagoga syner och hallucinationer är en berikande aspekt i det mänskliga livet, förutsatt att den är så begränsat förekommande som i Edward' fall, så att den enbart uppträder morgon och kväll, om ens då. Och dessutom sällan mitt i veckan. Man kan - i Edward' fall – säga, att det var i undantagsfall som han observerade sina egna hypnagoga vakendrömsyner med något annat än nyfikenhet, präglad av ett visst irrationellt mått av stolthet och känsla av originalitet och rikedom.

Hans stolthet var givetvis inte bara irrationell men även barnslig och liknade den som den aspirerande kriminella gossen i förorten känner, när denne för första gången får känna den kalla metallen i en liten, grå, kompakt revolver från Belgrad, under påseendet av denna i en fönsterlös källare ägd av traktens beskyddarbröder, de båda X-sons, vars tunga blickar under tiden gör den nödvändiga, konstaterande bedömningen av det mördarfrö, med endast svagt behårad överläpp, som de just skall börja uppfostra till ett mycket mer skräckfyllt, osäkert och kortare liv än vad ynglingen nyss hade att se fram emot.

Även om detta liv givetvis kommer att starkt förgyllas av en Rolex kring handloven.

Edward var alltså inte negativ till sina syner.

Ty att iakttaga sina egna drömmar och inre visioner har genom historien bara lett till att man blir författare av ockulta skrifter, Rosenkorslittertur, avantgardepoesi, samt – som i Kafkas fall - helt absurda historier, som visserligen bara förvirrar folk, men ändå beundras.

Synen med den dansande flickan var snart glömd denna gång, ty Edward fick syn på mobiltelefonen, som låg på det lilla bordet invid sängen, och att denna hade blinkat till, och skakat på sig, på ett sätt, som den brukade göra, när ett sms anlände. Telefonen inte bara vibrerade, - den svängde på sig lite också.

Edwards liv var under denna tid extremt händelsefattigt. Kanske var det just denna händelsefattigdom som kom honom att se syner i morgonbräckningen. Det vet man inte.

Telefonen vibrerade alltså – med en nästan absurd kraft - på nattduksbordet. Det visade sig emellertid snart att det denna gång bara var från vårdcentralen, ett ställe som Edward betraktade med en till stupor gränsande vanmakt, då man i stort sett aldrig kunde komma i kontakt med den. Inte bara att de inte svarade telefon, eller aldrig ringde upp en, när man beställt att bli uppringd. Nej! Även webfunktionen låg nere. Tider kunde inte beställas detta året. Inte heller nästa eller året därpå. Hur det såg ut ännu längre fram visste inte Edward, men han fruktade att det helt enkelt aldrig fanns någon tid på vårdcentralen. Vårdcentralen tillhörde ändå en av de större kedjorna.

Fumligt ritade Edward på telefonens display den praktiska koden som han installerat för att skydda sig mot bedragare, och som öppnade upp telefonen:

1212

Han tog upp meddelandet och läste:

"Hej Edward!

Vi vill bara meddela att du har fått en ny kontaktman på vår mottagning. Istället för din tidigare skall du nu fråga efter Jenna. Vi önskar dig en god dag!

Hassan."

Under detta meddelande stod:

"Detta meddelande kan du inte svara på."

Edward stängde resignerat igen telefonen.

Detta var det första sms-meddelande han hade fått under det senaste halvåret, utom spam och meddelande från elbolaget försäkringsbolaget och banken. Han visste, att han hade valt att det skulle vara så. Men ändå. Det sved lite. Att han hade en kontaktman på vårdcentralen hade han överhuvudtaget aldrig vetat om.

"Det är väl på det viset man en dag kommer att få veta att Gud ändå finns. Genom ett sms som man inte kan svara på.", tänkte han och suckade.

"Sucken finns inprogrammerad i organismen av en anledning.", hade en klok doktor Guigeltroy för länge, länge sedan sagt till Edward. "Man kan utnyttja sucken till ens fördel, och därmed lura läkemedelsbolagen."

Edward hade skrattat, och hade även njutit lite när den slätrakade, piggögde, ungdomlige mannen, vid pass 40 år gammal, som hade rötter i Marseille, förklarat att denne – allt sedan medicinartiden - känt sig som lite av en under-cover-agent i förnuftets tjänst.

Edward undrade, efter det han suckat, för sig själv om doktor Guigeltroy fortfarande var läkare, var han fanns och om han, Edward, skulle försöka få tag på Guigeltroy. Man glömmer aldrig en god eskulap.

Sedan ansåg han att det vore djävligt efterhängset. Guigeltroy hade då – för en tio år sen – klappat Edward på axeln och leende sagt: "Du verkar inte behöva nån läkare!!"

Huru listigt var nu inte detta!

Hela världen består av retorik, tänkte Edward. Och detta var en hos honom ofta återkommande tanke. Det var sådant han tänkte hela dagarna. Han var ju – som kulturarbetare - ett slags filosof.

Edward tog ett ännu djupare andetag – som lyfte revbensbågen och sänkte diafragman - och beredde sig att gå ut i köket och sätta på kaffet.

Högt sa han:

"Allting är ett helvete."

Att prata högt är också nyttigt.

Det hade han kommit på - insett - helt själv. Ofta behövs det ingen läkare.

Han tänkte på hur han i gymnasiet hängt ihop med en flicka vars hogsta mål här i livet var att skrapa ihop en så stor förmögenhet, att hon kunde anställa en livläkare, en herre som följde henne i alla livets skiften och höll koll på hennes hälsa.

Det blev emellertid – ironiskt nog, skulle en del känslolösa människor säga - så med denna flicka att hon inte blev ens 35 år gammal, men söp ihjäl sig, efter att aldrig ha funnit ens bråkdelen av sig själv.

Ensamheten gick ibland Edward på nerverna.

Edward P. Tegelkrona bodde centralt i Göteborg, - landets andra stad, och Edward' födelsestad - i en hyreslägenhet på Arkivgatan. Denna lägenhet var en tvåa på andra våningen, i ett hus ägt av ett kommunalt bostadsbolag. Det var högt i tak, och det var ju bra och ett enkelt och på alla sätt lättfattligt förhållande. I övrigt var lägenheten ett under av krånglighet. Så mycket vinklar och vrår som arkitekten hade lyckats stoppa in i konstruktionen av en tvårumslägenhet i ett vanligt hyreshus som in i den lägenheten Edward hyrde, det får man leta efter.

Redan när man kom in i hallen till den udda konstruerade våningen så började det. Man kunde i denna hall inte alls skönja vart man var på väg, men trodde att man var på väg ut igen, då de två dörrarna i hallen såg ut som lägenhetsdörrar och inte rumsdörrar. Om man till äventyrs vågade sig på att öppna någon av dom, så kom man alltså antingen (den vänstra) till det lilla köket, där ett väldigt vitt kylskåp med frys stod och sjöng i olika tonarter, eller den högra, då man med ens mötte ännu en dörr, en mindre, som sedan ledde till ännu en liten hall, där man insmugit två dörrar, varav en ledde till en klädkammare, vilken låg invid hisstrumman, och en annan dörr, som ledde till Edward´ sovrum, där sängen inte riktigt fick plats, på grund av en utskjutning i väggen, som fanns där för att ge plats åt en osynlig och mystisk ventilationstrumma, som ledde från golv till tak.

Lägenheten var ganska mörk, trots de överdådigt höga fönstren, som utanför sig hade halvmeterbreda gesimser. Tapeterna var mörkt gula eller ljusbruna, med en bleknad blå bård nära det stuckerade, delvis krackelerade, taket.

Rummen var absurt möblerade, vilket förstås accentuerade den rebusartade planlösningens dadaistiska prägel. I både sovrummet och vardagsrummet var längs väggarna, där sådana fanns – höll jag på att säga – placerade två meter höga bokhyllor, proppfulla med böcker, placerade i dubbla rader, bakom varandra. I sovrummet fanns en säng, i vardagsrummet ett skrivbord, en fåtölj och en platt-TV. På den enda lediga väggen fanns ett foto på fadern, modern och den unge Edward. Fotot var även det absurt, eftersom den fyraårige Edward där lekte med klotsar, och fadern höll tre sådana i händerna, medan han strängt blickade mot fotografen. Modern log inåtvänt och spanade över pojkens huvud mot något okänt underbart.

Klockan var nästan sju denna söndagsmorgon.

Morgonljuset strilade nu in i sovrummet, över sängen, där Edward satt på kanten med de bara fötterna på en liten ruggad, fransig matta av persiskt slag.

Han gick till fönstret mot Arkivgatan för att se vad det kunde vara för väder ute.

Det ringde nu i telefonen, IGEN; den blåa Samsung A50, som han hade liggande på nattduksbordet, som nyss mottagit ett sms vibrerade, och försökte återigen - som ett djur - att krypa iväg på den lilla bordsytan.

Edward ansåg, att det inte spelade nån större roll om han svarade nu eller senare. Inga av hans vänner hade bråttom med nånting. Men skyndade sig ändå.

Samtidigt som han åter satte sig på sängkanten grep han tag i telefonen och öppnade den med 1212, samt vevade fram vem som hade ringt.

"Åååh", sa han till sig själv: "Det är Boxe."
Edward skrattade till.

"Det är Boxe som ringer.", sa han igen, och det lät som en besvärjelse, blandad med en stor suck av lättnad.

Så himla roligt hade han det ju inte, egentligen.

"Vad kan detta vara?", undrade han, som ett barn på julafton, och nu var allt missnöje som bortblåst. Han var säker på att det var goda nyheter. Herbert skulle aldrig störa med sjukdom och död.

"Klockan e sju", sade han sig medan han – efter att ha satt sig i sin tv-fåtölj och svept en grönmönstrad ullfilt om sig (inga fleeceprodukter här inte) - ringde upp Herbert Boxe, som nämligen var en gammal vän från universitetstiden, samt även lumparkompis från Karlsborg, nu boende i en kommun strax söder om stan, Fjerrered, där denne också var född och dessutom godsägare.

Nu svarade det i andra änden, och visst var det Herbert. Denne lät som vanligt, bara mycket vänligare. Detta verkade ju misstänkt.

Det var inte så länge sedan de setts egentligen. På ett av stadens caféer var det, Bengtas Kafé – en halvtrappa ner - i Vasastan, där de tagit en kopp kaffe tillsammans efter att ha mötts på en liten konstutställning, på Föreningsgatan, där en av stadens få tecknare av någon betydelse, Kurt Portland, ställt ut sina energifyllda alster – där Portland mest använt ett radergummi – eller troligen flera dussin - på en av blyerts täckt yta - under rubriken "Demi-Monde". Vid kaffestunden hade de talat om vad de nuförtiden läste för några böcker, eftersom båda hade just det intresset. Herbert hade berättat om sina läsvanor, vilka för tillfället divergerat i en koncentration på renässansen i Italien kring 1500, en epok som han alltid varit barnsligt förtjust i, medan Edward redogjort för sina – betydligt mer aktiva och målinriktade studier - om myter och myters ursprung, samt om de böcker inom förströelsesektorn som han också läste, delvis som en slags andlig fingerövning, och som innefattade skrifter om svenska kolonialväldet på drottning Kristinas tid, på Alessandro Scarlattis tid, vilket var ett forskningsområde som Herbert inte tog riktigt på allvar, vilket hade fått Edward att ilskna till, på så sätt att han – i sin tur - hade talat nedlåtande om hela renässansen, som ett "banditprojekt". Herbert hade då genmält att det inte var mycket bättre på Kristinas tid, ett drygt hundratal år efteråt.

De hade alltså – och detta var sällsynt - skilts lite kantstötta, men av Herberts tonfall i telefonen att döma, så var allt detta, åtminstone från dennes sida, glömt. De brukade inte gräla, alltså skulle de snart försonas!

Att Herberts far varit nazist var emellertid något som alltid – som en undertext - stört deras samvaro, trots att Herbert inte alls själv var nazist eller alls något ditåt. Men de hade aldrig grälat om det. Edward bara störde sig på att Herbert alltid talade så väl om sin far. Som ju varit nazist.

"Hej! Va roligt! ", hade Herbert Boxe nu svarat i telefonen.

"Ja, hej! Ja här e de ensamt," hade Edward ärligt sagt, med nästan kärlek i rösten. "Vadan denna påringning?"

"Jo," hade Boxe sagt, "nu ska du få höra, om du har tid?"

"All tid i världen", sa Edward. Han gladde sig över att Herbert verkade så upprymd.

"Du stör inte. ", fyllde han i. "Du stör aldrig", korrigerade han sig snabbt.

"Så här e de.", sa Boxe, låtsande att han inte hört Edward´ förvirring. "Jag fick ett telefonsamtal för en vecka sedan. Från en advokat i USA."

Och det visade sig – ju mer Edward lyssnade - vara en lång och komplicerad historia. Väl att man nu satt bekvämt, tänkte Edward, och njöt av att något förhållandevis konkret för omväxlings skull inträffade i hans liv.

"Han hette Weissmann-Schah", sa Boxe och harklade sig. (Boxe hade sedan ett årtionde nån beläggning i halsen, som han alltid klagade över, och som gjorde att han harklade sig varje halvminut.

"Hans namn var Weissmann-Schah, - nåt judiskt förmodligen."

Och detta är vad Boxe, harklande sig och som alltid mån om att vara korrekt och saklig, berättade:

Telefonsamtalet från Weissmann-Schah hade kommit som en blixt från en klar himmel. Mannen, som Herbert aldrig förut hört talas om, hade ursäktat sig omedelbart med att säga, att han inte hade ringt om det inte varit av största vikt.

Han hade av en man som varit på en loppmarknad i New York och hittat ett gammalt brev i en liten trälåda, inköpt av loppmarknaden från ett dödsbo från 2002, ett brev, som härstammade från en gammal dam, som enligt uppgift dött ensam.

Brevet – som var ytterst litet, som en decimeter i fyrkant, skrivet med blått bläck - , hade enligt vad Weissmann Schah och dess upphittare, en viss Emmet Laurell, (en kändis på loppmarknaden) - skrivits av en viss Sturmbannführer Lasker, och det var, enligt datumet i brevets intarsia, skrivet den 11 januari 1945. I brevet fanns en del upplysningar om krigsbrott – såsom desertering - och om hur en liten grupp tyska militärer sökt undkomma kriget genom att, klädda i civila kläder, fly till Sverige, och sen söka försäkra sig om en god framtid genom att gömma en del av sitt från privatpersoner rövade guld i marken i lador och i källare på svenska landsbygden.

Lasker själv hade åkt fast, tagen av sina egna, då han tillsammans med de andra i gruppen var på väg genom Danmark tillbaka till Tyskland för att dels låtsas som ingenting, dels söka undanröja spåren av sin extratur med "varor" till landet i norr. Under tortyr hade de alla fyra vägrat att erkänna någonting och sen helt sonika skjutits. Som man regelmässigt gjort under dessa dagar.

På vägen från Sverige till sin förläggning i Tyskland hade dock, innan de åkte fast, Sturmbannführern, Karl Lasker, som var den som fört det inofficiella befälet över den i lilla gruppen desertörer, anat oråd och i sista stund skrivit ett brev till sin syster i USA samt postat detta, hastigt dolt i huvudet på en docka, till ett barnsjukhus i Köpenhamn där han hade en personlig kontakt.

När brevet – mot diverse odds, krigstid som det var - kom fram till systern i USA en månad senare, blev denna givetvis förskräckt och sorgsen. Edna Lasker, som snart också begrep att hennes bror var död, skämdes över brevet – eftersom hon syntes ha varit emot alla krig - och lade det, efter hon läst det, i botten på en byrålåda. Efter hennes död såldes hela dödsboet på ett sätt som kommunen rutinmässigt gjorde med dödsbon, som inte hade några ägare, till en firma som handlade med dödsbon och som i sin tur sålde till auktionsfirmor och loppmarknader. Emmet Laurell – som hade loppisköp som hobby - hade hittat brevet av en slump, funnit det mycket märkligt men intressant, överlämnat brevet till sin släkting, den miserable f.d. advokaten Weissman och bett honom undersöka saken, spänd på vad som kunde finnas kvar av krigsbytet eller inte finnas kvar, och givetvis även han förskräckt över vilka brott och ödelagda liv, som låg bakom. Som Emmet – bördig från Huston Texas och f.d. reservist i flottan och ägare till en liten hamburgerrestaurang i Bronx - själv uttryckte saken.

När Weissmann-Schah frågat sin brylling om denne hoppades kunna få ut något ekonomisk av det hela blev svaret undvikande.

Weissmann hade även i telefon till Herbert stilla förklarat, på engelska, att ärendet var mycket DELIKAT, och att ingen ju ville kompromettera sig.

"Nobody wants to compromise themselves, you know."

"Exakt", hade Herbert svarat. Han hade hållit med, och också uttryckligen menat att det var onödigt att kompromettera sig. Ingen vill ha en skandal, som ekar runt i hela bygden.

Man borde aldrig kompromettera sig, hade Herbert menat.

Det överenskoms att Weissmann-Schah var hjärtligt men diskret välkommen. Högst diskret.

Weissmann-Schah hade då bett Herbert Boxe att även be Cantrell Ruthbjörn att närvara samt undersöka om det fanns någon av släkten Blomberg, som ägt Agerbyholms gård kvar i trakten, vilket det ju fanns. Herbert hade då förstås insett att de tyska avhopparna måtte ha gömt saker både på Boxebys ägor, samt hos Ruthbjörns. Agerbyholm var gården norr om Boxeby, som inte längre fanns kvar, då den både brunnit och rivits. Gården var numera en ödetomt, och markerna arrenderades ut av Blombergs till olika bönder i Fjerrered. Problematiskt nog (minst sagt) så hade både Blomberg, Herbert Boxe far och Ruthbjörns allihop - i olika grad - varit nazister. Och" that's why they had been used by these folks for something, perhaps."

Då Herbert – inför detta allt krångligare perspektiv - kände sig obekväm att vara ensam med Ruthbjörn och den amerikanske agenten för den förmodligen guldhungrige Emmet Laurell, som alltså av Herbert förutsattes bida sin tid någonstans i The Apple, förstrött vandrande omkring på loppmarknader, så bad han Weissmann om lov att få ha en gammal barndomsvän med på mötet, en konstkännare (som han sa) vid namn Tegelkrona.

Weissmann-Schah hade då – tydligt missnöjt - sagt att han fick ha så många eller så få människor han ville närvarande, men bad honom besinna vad närvaron av andra kunde betyda beträffande risken att riskfyllt komprometera sig. Allt var ju, hade Weissmann-Schah avslutat, med tydlig avsikt att skrämmas och komma i överläge, egentligen ett solklart fall för Interpol.

Boxe var sedan färdig med sin redogörelse och det blev tyst på Edward´ telefonlinje. Så beslöts – efter ett längre fram- och tillbaka-resonemang, som ju är typiskt för högt bildade personer - att Edward skulle ringa Herbert efter klockan sju på samma kväll, denna söndag, för att säga om han ställde upp, och för att ge sin initiala mening om vad han trodde det hela handlade om.

Weissmann skulle dyka upp - via taxi från Göteborg - på Boxeby på tisdagen, fram emot kvällen, för att sedan få nattlogi där, hade Herbert slutligen – hela tiden förbryllad - inflikat.

T V Å

EDWARD FUNDERAR

EN KVINNA som hade varit nära vän och bekant till kulturfilosofen Theodor Adorno kommenterade dennes person, efter hans död, och menade att Adorno aldrig hade kunnat uppskatta livet, annat än "denaturerat". Med detta lär hon - förmodligen helt bortsett från att hon kanske i något avseende avvisats av Adorno - ha menat att denne – som det syntes henne av inre nödtvång - hade måst processa livet genom ett filter av reflexion och det var i dennes fall dessutom då ingen vanlig reflexion, men just den typ av mycket invecklad filosofisk reflexion som han själv utvecklat.

Hennes påpekande var förmodligen avsett att utsortera Adorno som ett tragiskt undantag från mänskligheten i övrigt, men det stämmer ju inte riktigt med vad vi tror oss veta om Människan generellt. Det är ju i själva verket regel, att de flesta människor – just som Adorno, då – måste – av oförmåga, rädsla eller pretentiöst högmod – på olika sätt intellektuellt oändligt processa verkligheten, innan de förmår att ta in den och njuta av den.

Allra värst är ju detta hos människor som skriver böcker. Hos dem utvecklas i själva verket denna oförmåga ofta i rent hiskeliga monsterberg, oöverskådliga hängande trädgårdar eller jättelika darrande bruléer, aladåber, eller med hjälp av spritstrut garnerade spettekakor, som når flera kilometer upp i luften, upp i de mest syrefattiga miljöerna.

Människor nöjer sig sällan med att registrera sinnesintryck och njuta av det omedelbara skönhet, som naturen i alla dess former serverar, och forcerar så ofta sig själv – innan den egentliga perceptionen tar sin början - till omstöpningar, tillägg och inramningar, som tvingar naturens enkla underlighet in i ofantliga

14

mytiska tvångströjor, sanslöst invecklade sagoskapelser och omåttligt lögnaktiga sammanhang, där naturen tvingas att spela en biroll till helt löjligt uppblåsa personager, som genom att framställa sig som märkvärdiga söker värdslig makt och njutning på andras bekostnad. Adorno var väl i detta avseende en kålsupare just så god som alla andra, en konstruktör av myter, likaväl som han – i förtvivlan över sin oförmåga till konstnärlig, episk gestaltning - enkannerligen var en av de mest hängivna att söka att alltså med ett onödigt och ovanligt invecklat språkbruk envetet demaskera dessa...

Ty: enligt Adorno var det konstens, Konstens, uppgift (och till konsten hörde essän, vilken var den form han själv verkade inom) att avslöja myter, varhelst de befann sig.

NATTEN TILL MÅNDAG blev en orolig, svettig och nästan helt sömnlös natt för Edward – och helt utan hypnagoga syner. Sedan ungdomen hade han lidit av förväntningsångest, och till Edward' stora förvåning – han blev faktiskt inte ofta förvånad – gick den INTE över. Den var på exakt samma höga nivå som förr.

Innan han gått och lagt sig - vid elvatiden - hade han tagit den vanliga loven i lägenheten, kontrollrundan, i hopp om att denna runda – *by way of magic* – skulle lugna honom. Så hade han först gått till köket, kollat vreden på spisen, kranarna över vasken, så att de inte droppade, särskilt inte ojämnt, gått fram till fönstret och sett ut i Augustikvällen, på den motstående, upplysta fasaden, där sekelskifteshusets gula tegeldetaljer sirligt inramade de med olika tunga gardinuppsättningar täckta fönstren.

Edward höjde blicken, och såg att himlen var mörkblå. Tänkte på att det bara några kvarter bort, nere på Storgatan faktiskt bodde en gammal skolkamrat som han inte sett sedan Åttonde klass. Av en slump, i en adressnotis på Google, när han letat efter en ny elsladd, hade namn och adress dykt upp. Men hur skulle han komma i kontakt med Arnold igen?

Sedan hade Edward gått in i badrummet och kollat värmen på elementet, kranarna där, spolat lite i duschens golvbrunn, för att sen gå ut i den med ett gistet och knarrande golv förd sedda smala sjukantiga hallen, och där stuckit näsan in i klädkammaren helt hastigt för att känna om det luktade kraftigt av något där. Det gjorde det inte. Sen tillbaka till vardagsrummet, där han försäkrade sig om att inga routrar, strömomvandlare, termostater, skärmsläckare, laptopar eller tv-apparater sände ut något onödigt blått eller grönt sken, som kunde tränga in i sovrummet och störa den efterlängtade sömnen. En del av de andra minsta gröna ljuskällorna på vissa apparater var inte mycket att göra åt, om man var mån om att klockorna i huset inte skulle stanna. I vissa fall kunde man blockera emitteringen av ljuset från dessa med en trave häftade gamla franska böcker. Civilisationens grund var ju i alla händelser häftade franska romaner. Var hade mänskligheten varit utan romanförfattarna från fnaskens stad, Paris? Alla hade vi varit omedvetna. Kanske hade Kafka aldrig skrivit nåt, om inte Flaubert skrivit Madame Bovary!? Och Emma Bovary hade aldrig funnits utan Paris.

Det där med klädkammaren var särskilt viktigt. Aldrig i hans hela liv hade ett rum åstadkommit så mycket besvär för honom som just denna klädkammare. Först hade det luktat kattpiss i den, tills Edward utrotat denna lukt genom att placera en skål med koncentrerad 55% ättika där för en lång period av dagar; sedan hade det strax kommit underliga ljud från kammaren, som hade varit omöjliga att härleda, och där Edward till sist fått montera in några rundkäppar som löpte kors och tvärs från vägg till vägg, och från golv till tak, i klädkammarens alla hörn och höjder, för att få knäppningar, andningar och suckar och annat att försvinna. Andar och spöken trodde han inte på. Varje gång Edward om dagarna passerade klädkammaren, eller nästan varje gång, tänkte han: "Vad det nu än var för något i klädkammaren, så har det dött."
När han – genom en s.k. reduplikation – repeterade vad han sagt, tänkte han att det vore en fin titel på en skräckthriller men mindre bra som lösenord på datorn.
Att inte veta, det är den större lyckan.

De båda instrumentlådorna, i brun formpressad papp, som ibland använts som trummor, den större med altsaxofonen, med den enkla röda bomullsinredningen i, och den ljusare och mer slitna med flygelhornet i, som hade en mörkblå sammet i, låg längst in i klädkammaren, undanskjutna, halvt, under en med damm övertäckt skohylla, och sov, och drömde om den tid, då de ännu varit med i hetluften och på skoldanserna spelat "On the Jazz Band Ball", "Big

Butter and Egg Man", "Tischomingo Blues", och "I wish I could shimmy like my sister Kate", vilka samtliga spelades i antingen Bb eller Eb, lämpliga för de bleckblåsinstrument som en gång i sydstaterna i USA varit vanliga i religiösa brassband. Vissa av lådorna hade till och med burits av Edward dåvarande flickvän, Kristina, som också hade varit ansvarig för glansen på flygelhornet och hade köpt kopparputs till det.

Sedan hade han – passerande en ovanligt bred, sliten ektröskel - gått in i sovrummet igen och där dragit i bäddmadrassen, gjord av tunn, sladdrig skumplast, som hade En IRRITERANDE FÖRMÅGA att VECKA SIG, och göra natten till en kamp för att ligga MELLAN madrassens två revlar, och inte på någon av dem.

Där hade han nu dragit för de grönblommiga gardinerna, efter att ha fällt persiennens moduler i så vertikalt läge som möjligt. Grannen hade skaffat ett heltäckande mekaniskt rulltygssystem, som med en knapptryckning täckte hela fönsterväggen och blockerade 100% av allt ljus, men det tyckte Edward verkade over-do. Man måste ju veta att man lever också, och inte har hamnat nånstans, där allting är fullständigt beckmörkt.

Så kröp han ner i sängen, efter att ha klätt av sig, och med bara kalsonger och en bomulls-t-skirt bytt till nattstrumporna, vilka var ett par multikulörta virkade raggsockar, med avklippt tåparti. Ett halvt dussin rena sådana nattstrumpor fanns alltid i lådan i nattygsbordet. Denna låda var den viktigaste lådan i huset. Den innehöll också några burkar tabletter.

Att ha fria och förhållandevis varma tår inför natten var viktigt. Att ha varma tår var lika viktigt. Edward hade stor kunskap om kända geniers trivia, och var väl orienterad i sådana för ett gott och snillrikt liv essentiella vardagligheter som Nikola Tesla och Albert Einstein hade sysslat med, som att varje kväll vicka ett par dussin gånger med tårna, samt att på dagen inte alls ha strumpor på sig. I själva verket kan både Teslas och Einsteins genier ha haft att göra just med deras intensiva upptagenhet med att se till att blodcirkulationen i just fötterna, båd' dag och natt, fungerade optimalt.

Sista och slutligen såg han till att ta av sig armbandsuret, ta pulsen och sen lägga klockan vid sidan om sängen. Så hade han krupit ner, kastat en sista blick upp i taket förbi den drömfångare som bestod i en virkad rund del samt diverse påskfjädrar i några tåtar under. Taket var mycket vackert med dess två i varann placerade meanderbårdsstucklister formade som jätterektanglar och den tomma stuckaturkronar i mitten, vars krok alltså saknade ikrokad takkrona men istället förankrade den lilla färgglada hantverksskapelsen i husets stomme.

Edward släckte osentimentalt den med löjligt liten röd huv försedda läslampan, som var uppspikad en knapp armlängd över hans säng med en enda väldig femtumsspik. Natten hade nu – i rummet nästan bestående av helmörker, och i en relativ tystnad, som endast bröts av lite skrammel från kvar över elvaspårvagnen på Kungsportsavenyn – om Edward varit en normalt sänggående kunnat barmhärtigt övermanna honom med alla sina mar- och lyckodrömmar. Men det gjorde den alltså inte. Han tillhörde den skara människor, som ligger timvis vakna utan att somna. Ja, att somna tycktes Edward som en enorm uppgift. Ibland oöverstiglig. Framför allt kunde han aldrig, när han låg där, blickande in i sina egna ögonlocks blodfyllda, halvt genomskinliga insidor, riktigt nånsin komma underfund med, om den människa som låg där och försökte somna, var en person som väntade på att medvetandet skulle somna, eller ett medvetande, som iakttog, hur en person väntade på att det skulle somna.

Människor som närmar sig döden, åldersmässigt, begriper ofta inte att de gör det, men fortsätter att leva, som om ingenting har hänt. Detta är givetvis både bra och dåligt, och kan ses som både komiskt och naturligt.

Dessa människor, som tillhör de minst dödsfixerade åldringarna, är tvärtom så naiva, att de ända tills sista andetaget är måna om alla varelser och alla ting omkring sig, och de tar sig även tid till att planera och att fullfölja alla möjliga projekt, som de samtidigt vet skall inom kanske blott några timmar – eller minuter - tillhöra det mest meningslösa i hela världen.

Kontrasten mellan futtigheten och viktigheten är viktig för människan.

Samtidigt som dessa åldringar är patetiska, kanske de förtjänar respekt. Ty de har inte mycket annat val. Det tänker man – som yngre – sällan på.

Drömfångaren som nu - svängande i en nästan omärklig rörelse, kommunicerande med evigheten - var blott en diffus skugga för hans vakande öga, gick i detta hus - där Adorno var vördad - under det aningen mer komplicerade namnet "Mytfångaren". Edward´ stora lidelse var nämligen den att finna myter, för att sen finna bästa sättet att sticka hål på dem.

Detta med myter och myternas fördärvelse, och dess försumbara nödvändighet för mänskligt liv, var dock, sett i sin teoretiska totalitet, inte alls någon lätt sak. Bland alla utkast till en kommande bok om myter, som delvis fanns publicerade av honom själv på flera diskussionssiter på nätet, hade Edward skilt ut två grupper: Grupp 1. De trots allt nödvändiga myterna, - utan vilka vi inte skulle kunna göra oss förstådda, och Grupp 2. De farliga myterna, de makthungrigas myter, de psykopatiska myterna, de manipulerande myterna. Edwards mål var att nån gång i framtiden kunna skapa en enkel och praktisk gränsdragning mellan dessa båda, så att man sedan kunde skapa ett undervisningsmaterial utifrån denna revolutionerande bedrift. Om den alltså var möjlig!

Edward vred sig gång på gång under kvällen halva varv under mytfångaren, och började redan trassla in sig i underlakanet, som på ett underligt sätt hade fäst sig i bäddmadrassen och förmått även denna att delta i tortyren av Edward.

Informationen som han hade fått från sin vän på den gamla Halländska gården störde honom i flera avseenden.

Ett brev från en nazistisk krigsförbrytare angående något som knappast kunde beskrivas som något annat än en guldskatt dyker upp i en loppisaffär i New York, efter mer än 70 år – hur sannolikt är detta?

Edward hade ringt upp Herbert på avtalad tid på kvällen och sagt att kände det som en plikt – men även ett nöje - att hjälpa sin vän.

Herbert hade ju hela sitt liv – oförskyllt - fått lida av att fadern varit nazist. Beträffande Herbert, så visste Edward nämligen att det inte fanns ett enda nazistiskt ben i dennes kropp, inte en enda diskriminerande eller rasistisk tanke i det välformade huvud som satt på Herberts korta kropp.

Men var historien med brevet genuin?

Hur kunde man veta om brevet var genuint och inte bara ett påhitt. Ja, någon båda med och utan mycket med kunskap om den forna nazismen i Utterholmen, i Fjerrereds socken, kunde ha fabricerat brevet!

Hur mycket falska brev fanns det inte i världen!!

Och falska människor, och falska böcker!

Folk hittade på myriader av osannheter nuförtiden. Och det var lätt för vem som helst – nu med internet – att vaska fram en otrolig mängd data om personer, som man inte kände, som bodde långt borta, till och med på andra kontinenter! Hade man bara data- och språkkunskaper, så kunde man fabricera de mest otroliga och samtidigt detaljerade desinformationer om allt och alla, överallt. Ja man kunde till och med instruera en AI-tjänst att göra det.

Men, skulle inte de där två gentlemännen i New York ha märkt om det var ett falsarium? En av dem var alltså advokat. Inte låter sig en sån lura? Visst checkar man ordentligt upp sina dokument och källor, innan man kastar ut flera tusenlappar på flygbiljetter till Europa!?

Om man skulle ta i åtanke den andra delen i problematiken, det där med nazister som skulle ah varit där och gömt något i hus, eller bredvid hus, på tomter i Fjerrered, så var just det förstås inte omöjligt.

Men varför just där? Ja, nånstans skulle ju grejorna grävas ner! Varför inte i Fjerrered?

Edward hade vridit sig på lakanstrasslet och bäddmadrassen, så att denna nu veks i två revlar över varandra och nu delade sängen i en vänsterdel och en högerdel.

Edward hade nu givit definitivt upp tanken på att få någon sömn före klockan fyra, och gick därför upp ur sängen, efter att ha tänt den lilla IKEA-läslampan. Han gick ut i köket, öppnade kylskåpet och tog fram leverpastejen.

Sen satt sjuttiofemåringen, med vita hårtestar glest spretande i olika riktningar på huvudet, och åt – stånkande av trötthet och irritation - två leverpastejsmörgåsar, med fyra bostongurkskivor på, vid det lilla köksbordet.

Kanske var han dock äntligen lycklig, trots allt, tänkte han.

Vaddå "trots allt"?

"Vaihinger", tänkte han. [Vaihinger var en tysk filosof som hade skapat en filosofi kring uttrycket "trots allt".]

Vad för problem hade han numera? Utöver bäddmadrassen? Inga. Egentligen inga alls.

Jo, tänkte han, irrationellt. Nazismen i Utterholmen! Givetvis hade det funnits nazister där. Det hade ju Herbert berättat om vid Edward' förra besök, ett besök som dock varit kortvarigt, typ taxi dit, kaffestund med klenäter i Boxeby kök, och så taxi till Göteborg igen.

Herbert Boxe hade då och då berättat lite om sin släkt. Redan när de för länge sedan som 18-åringa studenter träffats på Konsthistoriska Institutionen i Göteborg, på Skyttegatan, och böjda över en gammal bild i ett av Humboldts praktverk, en bild föreställande Amenhotep III, farao i Egypten och grunnat över om det kanske fanns primtal invävda i håruppsättningen, vilket skulle bevisa att egyptierna känt till dessa tal, hade Herbert nämnt att hans far varit nazist. Han hade velat att Edward skulle få veta det av honom, så att Edward inte trodde att han, Herbert, dolde något för denne.

Så hade Herberts far, i sinnets labyrinter, därför fått drag av självaste Amenhotep III.

Herbert och Edward hade funnit varann direkt, mycket för att de båda var från landet (Herbert från Halland och Edward från en stuga invid Hunneberg), dels för att de båda var öppenhjärtiga och generösa personligheter, som redan vid den unga åldern bestämt avvisade all pretentiositet.

Herberts far Rudolf – hade Herbert då berättat, skamset - hade till och med låtit nazister – två löjtnanter - bo på Boxeby, om nu än detta visserligen var före krigsutbrottet, men ändå.

Sen var det detta med bilen, sportbilen, kopian av Görings sportbil, som Herbert än idag hade försvarad i ett gammalt garage på Boxeby! Att ha en nazi-bil som klenod, och som minne av sin far var ju högst tveksamt, moraliskt sett. Detta kunde man ju i alla fall hävda, även om det inte var alltid Edward såg det så. Somliga dagar tyckte han att det inte spelade särskilt stor roll om Herbert hade en sportbil som var en sannskyldig och nota bene faktisk kopia av Görings, manufakturerad av G. själv.

Att en nazist hade glömt bilen där, det var egentligen inget man kunde klandra Herbert för, som inte ens var född när detta skedde.

Herrman Görings sportbil var vida berömd i historiska kretsar. Denna bil, som hade namnet "Blue Goose", var ett av många krigsbyten som amerikanarna hade tagit med sig hem efter kriget, forslat över Atlanten, för att sen ställas ut på nåt litet krigsmuseum, i öknen Utah, i en skogsslänt Nebraska eller Nevada, för fulla, nationalromantiska "rödnackar" att skråla nationalsången till – som Edward förstått det.

Vid fyrasnåret hade han äntligen somnat, mellan valkarna i madrassen.

Han drömde att han var med en nyfunnen vän i Amerika, på luffen.

Vännen – som hette John – hade tagit honom på en utflykt längs Mississippi. De hade vandrat en sommardag, likt Tom Sawyer och Huckleberry Finn, i midjehögt gräs, skrämmande små brunspräckliga änder, och Edward hade i drömmen tänkt, att allting alltid borde vara så här, i evighet amen: på promenad med Huck längs floden.

Ack, om det alltid var så!

Att sedan, tio år efter att de träffats i lumpen, Herbert hade råkat ut för en katastrof, det var något man tyvärr alltid hade in mente när man umgicks med Herbert.

KATASTROFEN hade nämligen starkt definierat denne.

Ett år innan katastrofen, i slutet av 70-talet, hade Herbert gift sig med sin klasskamrat från gymnasiet, Mignon, en flicka, som Edward aldrig nånsin träffade. Mignon och Herbert hade förstås bosatt sig på Boxeby, men Mignon hade varit noga med att inte försöka ändra på något på gården. Herberts far hade då ännu levt. Hon hade inte ens velat ha ett eget rum. Oftast satt hon i salongen och läste, hade Herbert berättat. Franska romaner.

Ett år efter giftermålet hade Mignon ensam med sin sportbil kört av vägen ute i Fjerrered och in i ett stort träd, en ek, och omkommit. Det var mitt i sommaren, och mitt på dagen, och ingen förstod hur det kunde hända.

Kanske dog hon meddetsamma, kanske dog hon där i gräset, i väntan på ambulans, som tog en halvtimme att komma.

Herbert var otröstlig, och man såg honom företa ändlösa promenader längs vägarna längst ut på halvön. Ofta med den hund som Mignon köpt, för att promenera med. Denna hund, en collie, vid namn Märta, var lika deprimerad som Herbert, och de två gick tysta och med dämpade steg mil efter mil på de vindlande grusvägarna, till långt in på nätterna.

Han blev smalare, tycktes längre, blev blekare i ansiktet, som också fick en nästan sakral, prästerlig prägel, och där huden gradvis, delvis med hjälp av nikotingiftet som de hundratals Chesterfield innehöll, de pinnar han under dessa år så begärligt rökte, förvandlades till något som mer liknade papper än en mänsklig trettioårings hud.

Herbert började mer och mer likna sin far, Amenhotep, som även denne varit rökare.

Han fortsatte att vara vänlig och även intresserad av andra människor, men han fick en slags tankfullhet, en dröjande distans, som om han smakade på verkligheten, för att känna om den var verklig. Om den var verkligt verklig. Om verkligheten fanns, trots att Mignon ju inte gjorde det.

I salongen hängde på kortväggen mot mellersta tornet – över Grundig-tv:n - ett förstorat foto av en leende skälmaktig Mignon, med Eiffeltornet i bakgrunden.

När Edward så småningom vaknade hade ljuset från den nya dagen ändå på något sätt trängt in i hans sovrum, och han gick upp för att laga kaffe. På väg till köket, passerande det lilla vardagsrummet gick han förbi en bokhylla där det bland många andra böcker stod två av Oscarssons bokbinderi i Majorna i ljust läder, och med infinitisemala guldbokstäver på ryggen, inbundna doktorsavhandlingar. Hans egen avhandling, från Filosofiska Institutionen i Göteborg stod där, bland annat, men även Herbert Boxes. Hans egen – vilken var en avhandling i Praktisk Filosofi från 1970-talet - handlade om Sören Kierkegaard och skräcken som estetisk "gadd", Herberts däremot – från Institutionen för Mikrobiologi hade den mer gåtfulla titeln "Phatogenity and effects of toxins in Entamoeba histolytica".

Att Herbert och Edward inte läst varandras avhandlingar var en underförstådd länk – en av många - mellan dem. Men nu var sådana avhandlingar egentligen heller inte avsedda att läsas. De var – som alla vet som sysslat med sådana där studier – till för att meritera för lärosätesbefattningar och liknande. Herbert hade i några år också varit lärare i Biologi och mikrobiologi.

Erfarenheten av att ha skrivit en akademisk avhandling, med dess nödvändigt logiska upplägg, dess krav på vetenskaplighet, relevans, evidens, fruktbarhet och adekvans, dess myriader av källhänvisningar, långa litteraturlistor, där vartenda semikolon bör hamna rätt, kommer väl till pass i många sammanhang. Har man en gång lärt sig vara strukturerad, metodisk och tålmodig, så är det en stor hjälp i allt annat man företar sig.

Edwards måndag var en väntans dag. Han företog sig inget väsentligt på hela dagen, och kom inte längre i sina funderingar över nazistbrevet. Noga planerade han resan till Boxeby, en resa han ämnade företa bussledes. Edward hade aldrig skaffat körkort, något han skämdes för. Samtidigt älskade han att åka tåg och buss.

Bussen – en buss med gröna mjuka stolar - till Utterholmen i Fjerrered skulle avgå på tisdagen klockan 11.15 från Korsvägen. Edward hade pensionärskort, ett slags kommunalt frikort, civilisationens krona.

T R E

LANDSKAPET i FJERRERED

Det måttligt bebyggda och befolkade landskapsområde, där Herbert bodde, och som Utterholmen var sydvästra kustremsan till, hette Fjerrered – fyrtiotvå kvadratkilometer stort - och var, på grund av den rika frekvensen ofruktsam moränmark - , enbart fläckvis uppodlat. Ty odling fanns och landskapet var mer än ett sommarhusparadis. Det var även en gammal "kulturbygd" och ett ställe där man fortfarande förmodades idka diverse näringar för att skaffa ett levebröd.

Det var dock som om kustbygdens folk – folk i kaparkaptenernas härad - aldrig riktigt "bestämt sig för" om det var någon idé att alls odla särskilt mycket på åkrarna. Många åkrar låg i träda, och på grund av det genom klippöar splittrade landskapet fanns mycket få riktigt stora odlingsytor.

I alla de små träddungarna som också fanns tryckte harar, räv, grävling och vildsvin, med sina av naturen fantasifullt designade klädedräkter, stirrande, och i olika storlekar. De hukade, inte räddhågset men mer intresserat tillsammans inför höstovädret, som fredagseftermiddagen nu plötsligt hotade med.

Genuint nyckfulla, alltid främmande var de än var, dessa harar som snabbt och med ändorna i vädret lämnat de stora fälten, där säden för länge sen var bärgad, dröjde många i skogsbrynen. Andra, yngre, hade sprungit till skogs och gömt sig, utan att en enda gång stanna, när de väl fått upp farten. Biffkorna – böndernas räddning - stod, som alltid, trygga, varma och ångande i höstvädret, och i stunden blickstilla, på fälten, och de vred ståtligt sina skulpturala huvuden och spanade i grådiset så vitorna glänste och släppte lugnt och oberört rök ur sina mular innan även de långsamt tågade iväg för att också de söka skydd. De väldiga djuren ställde sig till sist under de plymiga men redan något avlövade almträden i kanten av det magra betet, där ängen sluttade den mot den med älggräs, oleander, nyttigt kvanne och spretigt buskris försedda hafsigt och ojämnt utförda dikningen, medan solen mellan talrika, starkt konturerade, mörkvioletta molntussar sände glimtar av varningsljus ner över den med ockrafärgade stubbåkrar översållade nejden. Traktens mjölkkor poserade, också de stelt och blankögt, med andedräkten som virad runt nosen, för en landskapsmålare, en Poussin, en Millet, som glömt att infinna sig på avtalad tid - blivit hindrad av en älskarinna i Montmartres festkvarter – eller hellre för en okänd, för dem själva osynlig konstnär, som befann sig i en annan dimension, där denne vätte sina penslar med en inspirerad tunga.

De stod som en sinnebild av alteriteten, av Annanheten, i världen. Korna.

Men alla djur, alltifrån dyngbaggar, daggmaskar, pilfinkar, råbockar, rävar, mullvadar och näbbmöss till korpar, törnskator, steglitsor, fiskgjusar och örnar, på Fjerreredhalvöns magra, ömsom direkt steniga och leriga, utmarker, kunde föreställas som goda, lugna och nära nog religiösa i sinnet. Ja, varför inte?

Många djur var givetvis existentiellt sorgsna, innerst inne, också. De hade – och har - en medvetenhet, som inga människor har, den om att de är här på jorden, delvis för att bli mat (!) åt andra. De vet att själva deras kroppar, som kött, som protein, är begärliga för andra, en upplevelse som människan ju sällan har, på samma sätt.

[Att på det där viset – alltifrån födseln – detta är viktigt att inse, springa omkring och veta att man är en proteinkälla för andra, måste ju benämnas som ett direkt melankoliskt liv. Djuren verkar dock – så upplever jag det – se krasst på det hela. Även från predatorernas sida är ju attityden sådan att man få föreställningen att båda parter inte riktigt kan tycka att alltihop är en maximal lösning, men att tycks förstå den mekanism som är skapare av alltihop, i alle fall. Men några leenden ser man ju sällan hos djuren.]

Fälten var här och där åtminstone mellanstora och välskötta, med säd i räta rader, men landskapet låg så nära intill kusten och var så flackt att det inte fanns större åar men bara några enstaka ringlande grunda halvgenomskinliga Cremona-gröna bäckar, som bäcken utanför Chateau Ruthbjörn. Mest utmärkande var en huvudbäck, kallad Fjerrereds Knarrbäck, som visserligen aldrig torkade ut, men som heller aldrig svämmade över sina bräddar. Så var hela landskapet inte bara vindpinat, men också torrt och odramatiskt. Nära nog all fukt kom med tillfälliga ösregn eller ständigt med vinden, saltbemängd, och den räckte ju inte på långt när. Moln släpper inte sitt regn stadigt över en kust. Ofta behöver de en sjuds upp i vädret, av en liten bergshöjd, för att allt skall komma igång. Nederbörden i denna landsdel hade alltså alltid, i sin ringhet, varit ett problem, och överallt hade man dammar, märgelgravar och även rader med trätunnor och gamla itubrända bensintunnor för vatten, som man ibland också fick hämta från inlandet. Har man klippgrund, så finns det erfarenhetsmässigt och lättförklarligt nog inget vatten. Långa vattenledningar av koppar hade under senare tid installerats, som förde vatten ända från sjöar i Småland ut hit till kustlandskapet.

Här lovades vare sig någon större rikedom eller hotades man egentligen av några allvarligare problem, annat än ofruktsamhetens, magerhetens, torkans och tristessens.

Detta var kort sagt inte alls den sortens land och mark som någon startade krig för att erövra. Jorden i dessa marker var mager, lerig och fattig. Människorna som bodde här hade av olika skäl vikit av från allfarvägen och letat sig ut på en halvö, där man stretade med sina liv under erbarmlig tråkighet, närapå helt utan fest, pompa och glam. Fjerrered var en utmark i ordets genuina betydelse, en peninsula som stack ut i havet, i Nordsjön, den gröna och kalla och haj- och delfinfria. Hade Djingis Khan, Caesar, Alexander den store eller Napoleon eller Rommel kommit hit så hade de inte blivit besegrade med svärd, men dött av leda.

Det särskilda och speciella med utmarker är att de alla ensidigt vetter ut mot något som inte har något erkänt värde; mot något anonymt, färglöst och något närapå försumbart. En utmark vetter mot ett nära nog konkret intet. Möjligen ett fårbete. En utmark är ett område man aldrig tänker sig investera särskilt i. Bortom utmarken finns - i stort sett - ett formlöst ingenting. Ett fisklöst hav. Ett hav utan skatter. Om man någonsin skall finna frid på jorden, ett Napoleonfritt land, så skall det förmodligen ske i en utmark, en mark vari ingen rör sig intresserat, på vakt eller på spaning.

Det är intresset som göder och föröder jorden. Ur intresset föds profiten. Här i utmarken halvsover allting i tidlös väntan på ingenting, enbart på det stora Intet och den eviga sömnen. En utmark är likt Dödsskuggans dal. Här föds – i Le vent de la vie et la mort - allting bara för att dö. Och när samhällena i den stora världen förändras, ja, då förändras utmarken bara långsamt och motvilligt, som en trött, omusikalisk, haltande försening och efterklang, om överhuvudtaget alls. I utmarken står tiden helst still. När den kan, om den kan. Och den är ofta bra på det.

Vindarna bar alltså salt och lite fukt då och då, men egentligen inte direkt saltdoft, ja, så lite kraft hade denna utmark, att den inte ens kunde dra till sig den doft av hav, som egentligen borde varit dess främsta kännemärke och stora stolthet, men man kände ändå givetvis vagt på sig, att man var nära det stora västerhavet, vilket man ju faktiskt var. Här syntes nämligen för den skarpögde åt öster böjda enar och låga, krokiga martallar som med ena handen stödde sig mot den mossbelupna granithällen med den andra svepte sina torra brunaktiga barr omkring sig.

Liksom på alla ställen i landet, där man länge haft jordbruksfastigheter, men inte haft någon större framgång med förräntningen av utsädet, och där tiden passerat mången gång över tegägarnas huvuden, så var de gamla vagnslidren fulla med utslitna kärror och harvar och plogar och pinaler som brukats genom århundradena. I Fjerrered var det dessutom så illa, att det egentligen saknades stora skogar för att inte tala om djupa vatten att dumpa det gamla skräpet, och så var tusentals lador, vagnslider och schapp som stod och lutade sig i alla väderstreck, helt omöjliga att ta sig in i, då de var smockfulla med gammal bråte. Ibland disputerade bönder och drängar glatt om vad det var för pryttlar man hittat i skjulen, och tillresta skrattade vid åsynen av dessa myriader av tråg, trallor, grepar, ystkar, hovtänger, hästskor, potatisämbar, skovlar, hamprep, narskrapor, skaklar, ässjor, sågklingor, plogdelar, tenar, hovtänger, hästschabrak, ostsilar, vagnshjul och vagnsdäck, hammare och spik, träpluggar och tenar, tjurselar, treuddar, mjölbingar, havresäckar och mjölkmaskiner som låg huller om buller, och intrasslade i varandra jämte kilometervis med taggtråd i skjul efter skjul. Månne man inte hellre skullat satt eld på alltihop, bara för att en gång för alla bli kvitt det! Många påstod att man kunde ringa Antikrundan, men få bland folket här ville ha hit Antikrundan. Man var inte så lite folkskygga.

Vägnätet var inte något man inom kommunen var särskilt stolt över. Inte långt från nerfarten till Utterholmens villa- och kuststadsområde löpte den smala ensamma – ofta dammiga - grusvägen, där en grönorange buss fortfarande passerade ett par gånger i månaden – en eftergift mest till några av den lilla socknens äldre och fattiga. Det var en mycket ålderdomlig grönorange buss, med rostfläckar – ja hela rostränder - på sidorna. Förutom oljudet – stånkandet - från bussen, - det lät som om kardanhuset släpades i marken - vid dessa enstaka tillfällen om fredagsförmiddagarna och söndagskvällarna när bussen passerade, var det alldeles tyst kring godset. Åkrarna hade invid vissa gårdar, som gapade mer tomma än andra, växt igen och allt var på sina ställen blott lervälling, stubb och ogräs. Kråkorna, som ofta satt på skorstenarna på Boxeby gård, förhöll sig liksom småfåglarna i allmänhet, om hösten alldeles tysta.

Man hade här, med sitt trötta ansikte vänt mot Kattegatt, få naturliga hamnar, men lät folk utifrån, från Bohuslän, Norge, Danmark och Holland ta den magra fisken utanför kusten. Man hade alltså aldrig startat något fiske här, och från trakten hade utvandrat, bland annat till Amerika, Brasilien, Australien, Tonga och Nya Zeeland, en mängd människor, av vilka de flesta förmodligen ansett halvön vara på gränsen till obeboelig, på grund av den magra jorden och den eklatanta bristen på övriga naturtillgångar. De företagsamma hade lämnat Fjerrered. Nu var det inflyttning från storstaden som gällde. Hit flyttade människor som hade råd att köpa eller bygga ett hus. Det artade sig nu till att bli en rikemansbygd.

För de få bönder som fanns kvar blev det biffkouppfödning.

Storbönderna sålde av sin mark, avstyckad i tomter. Sen, bevars alla dessa sommargäster och de nya fastboende, pendlarfolket! De byggde under blott några årtionden rader av hus, av alla de slag, mest låga, bungalowliknande, många avancerade, och drog till sig nysprängda, kraftigt muddrade hamnar, segelbåtar i hundratal och satte i turistskala – men ändå - sprätt på den bygd som så länge legat i dvala, för fäfot och inför hot om avfolkning.

Man kan bara ana vad traktens grodor tyckte om detta.

Nu var denna bygd – som blivit ett annex till storstaden, ett annex för de nyrika, för parvenyerna, inte desto mindre trots alla brister, och alla förändringar, i vissa avseenden en gammal bondebygd. Inkräktarna från staden var och förblev inkräktare, och de personer som figurerar i denna berättelse hade – de flesta av dem – sina rötter, sedan generationer – här ute i denna karga del av den svenska mytiska obygden. De var födda i Fjerrered.

Under den nya ytan, där det kördes elskoter, skateboard och Teslabil så fanns allt det gamla kvar. Som när man lagt ett modernt tjusigt blommigt överkast över en säng, river av det och omedelbart ser säckväv och en tagelmadrass inunder. Så var det.

I vissa delar av Fjerrered var allt som det alltid varit. Gamla jutesäckar, där bös från korn av råg, majs och havre i vissa ladugårdar fortfarande kunde täcka golvet med ett jämnt tunt skikt. Diverse väggfasta burar av hönsnät, där redena gapade tomma efter leghorn, kunde stå tomma i tiotals år i uthusen till de gamla gårdarna, där folk bodde, folk, vars förfäder bott här sedan medeltiden.

Detta var hembygd för vissa, för dem som hade sina långa rötter här, med hela den mystik som begreppet "hem" har för oss alla, - eller för många människor. Hem, säger vi ofta, är där vi kommer ifrån, eller dit vi hör, den plats vi är lugna på, där vi andas lätt, där vi hänger vår hatt. Vad ett hem är kan alltså variera med olika människor, men ofta är en hembygd något enkelt och självklart, som Fjerrered är för en som är född i Fjerrered. Överhuvudtaget är "hem" ett begrepp som vilar i en slags nära nog mytisk enkelhet, och som växer i en enkel, föga reflekterad atmosfär. "Hem" är ett vilans begrepp, och det står aldrig för äventyr. Äventyret utspelar sig inte i hemmets lugna vrå, annat än i barnasinnen och i bittert folks fantasier. Hem – det är ett existensbegrepp; det är när allt är bra. Hem, det är därifrån man kommer, och dit man ska, säger den konservative. "Ursprung ist das Ziel", som gamle religionsfilosofen Schleiermacher så envist hävdade. Hemmet är meningen med livet, för den arkaiskt lagda människan.

Att "hem" är ett mystiskt begrepp, det betyder att det är ett begrepp, som när man säger det, och samtidigt sluter sina ögon, så framkallar det syner av egendomligt och behagligt slag.

Att något är mystiskt betyder att något är relaterat till slutna ögon.

Slutna ögon, det är ögon som tidigare varit vidöppna, som girigt slukat allting i tillvaron, men som lika plötsligt som intensivt och tillfälligt slutes i existentiell reflexion.

Existentiell reflexion betyder - om man inte är fackfilosof - att man reflekterar på det som raskt kan upphöra att existera.

Mystik är egentligen inte mystiskt, men är en naturlig process.

Hos människan processas allting, i en rundgång. En del av denna process är det som vissa människor föredrar att kalla mystik, medan andra mer har det som en naturlig rörelse i själen. Liksom vissa människor anser att man inte vet vad livet eller litteraturen är, eller människan för den delen., så hävdar andra att litteraturen, livet och människor är rörelse, att dessa tre består av den mest diversifierade rörelse som finns i hela universum.

Livet, det anser nog många, med mig, är så egenartat, att det inte finns någon annanstans än just HÄR. Och då är det också så, att den rörelse som finns här, i liv, hos människor och i litteraturen är den mest remarkabla kalejdoskopiska rörelse som finns.

Inte i hela universum finns något så oerhört komplicerat som en litterär text, skapad av det näst mest komplicerade: en människa. Matematik kommer ju inte ens i närheten, då matematiken bara är ett transformationssystem. Fysik är endimensionellt såtillvida att det enbart är en formaliserad spekulation kring ett litet antal dimensioner. Filosofi är en formaliserad fantasi som – som fantasi - hämmas av sitt sanningskrav, och som sanning hämmas av kravet på vision.

Verkligheten är i sig själv inte nog komplicerad, att tävla med litteraturen, då ju verkligheten inte har någon reflexion.

Det finns dock egentligen ingen djupare mening i litteraturen. Dess mening ligger i den otroligt diversifierade och måleriska rörelsen, dess oändligt sensitiva åtbörd.

Många frågar sig om seriös litteratur, i form av seriös fiktion, i till exempel romanform, är möjlig. Hur sann och väsentlig kan en roman vara? Ett riktmärke för grubblerier om detta kan vara att man tänker på att en bra fiktion väl till största delen borde behandla allt det viktiga, som människor INTE TÄNKER på, när de är mitt i uppe i att drabbas av livets händelser, vilka för det mesta ju är helt otroliga. Händelserna alltså. Ty vad ger igenkänning – denna så hyllade egenskap hos moderna blockbusters aka bestsellers – igenkänning i romanens figurer, igenkänning i den tanketomhet som människor i allmänhet "uppvisar", när de går genom livet? Ingenting, utom ju möjligen en viss lättsam lättnad. Men vad är det för en vinst, att momentant känna en sådan avspänning, ENBART för att sen befinna sig i samma orediga reflexion som man hade innan man började läsa romanen??

Nåja, angående människan och universum då: Många människor –
som går omkring här i tillvarons centralmarker – inser ju inte att just
de själva, dess person, är ett exemplar av det mest komplicerade som
finns i hela universum. Att de inom sig bär på den allra mest
häpnadsväckande rikedom på strukturer och känslor, som nånsin
uppstått i hela det väldiga universum

Detta är givetvis inte bevisat, men som vi vet hittills, så är detta det
faktiska fallet. Inte mycket talar för att det funnits, finns eller kommer
att finnas något mer komplicerat nånsin.

Snart – om några miljoner år - är denna jordkula ensamt
snurrande, livlös kring solen, åter tom på mer invecklade samband,
säger forskarna, dessa kulturens mystiska dödgrävare.

Sedan försvinner även solen.

Det finns ingen mer meningslös lära än läran om rymden.

F Y R A

ADJUNKT RUTHBJÖRN

Cantrell Ruthbjörns hus – som låg en fjärdingsväg från Boxe´ gård –
Boxeby - var – ett fult beigt hus och låg på en klippslänt, fläckvis
bevuxen med diverse björk, martall och vildaplar, och låg i svängen
på en stenig sandväg som ledde från där Boxeby Allé övergick i
Utterholmsvägen som löpte i några graciösa låglänta svängar ner mot
den lilla spetsiga havsviken. Huset, en solid tvåvånings
artonhundratalsvilla helt i trä med ett – på ett ganska invecklat sätt -
brutet tak, lite slottslikt, kunde förmodligen varit vackert om det inte
hade haft just den extremt fadda, glanslösa, beigea tonen. Någon
illvillig målare – inhyrd över en dag kanske - hade väl ansträngt sig
för att via blandning få fram den absolut mest gräsligt beigea kulör
uppfattbar för det mänskliga ögat. Det var det mest troliga. Det fanns
bara en sådan ton! Bara en! Så tänkte i alla fall Slim Thibastvall, när
han långsamt cyklade förbi – då och då tomvevande pedalerna - på sin
gamla rostiga fyrväxlade Crescent, vilken i alla fall var ljusgrön.
  Han cyklade så långsamt, nästan så långsamt att cykeln förlorat
styrfart och han var tvungen att därför cykla i sicksack, för att han ville
– i det behagliga septembervädret - se ordentligt och en extra gång på
huset, som att avlocka det någon förbisedd hemlighet.

  Beige är ju en eländig avart av färg. För det mänskliga ögat är beigt
en förrädisk färg, eftersom den så mycket påminner om vår egen huds
färg - om man är Kaukasier. Om man betrakta mänsklig hud av detta
slag, tömmer denna på blod och fukt, samt avförtrollar (ett suggestivt
och rymligt begrepp skapat av Max Weber) den, så är det som blir
kvar just det beigea.

Det är bara generellt sett det som blir kvar, när allt annat i världen blekts bort, och rester av ett urgammalt projekt ännu en tid står kvar och låter sig beskådas, som är det beigea. Något mesigare än beigt får man leta efter, och få är de fotbollslag som spelar i beigt eller har en beige flagga. Beigt är inte kärlekens färg, och inte krigets. Men det är heller inte fredens. Eller filosofins. Det är ingens färg, - utom för målaren ... (paradoxalt nog) men annars inte, och inte symboliskt i varje fall. Ingen kompositör skulle kunna komma på tanken att skriva en melodi som hette "Love in beige".

Ruthbjörns hus, jägmästarvillan, "Ruthbjörn Castle", en tolvrums jättevilla – som ju förstås en gång varit en av Utterholmens stoltheter, för att inte säga hela Fjerrereds (i konkurrens med Boxeby slott) - vätte rakt åt väster och på bottenvåningen fanns en stilig ingång med dubbeldörr, över en vid, böjd trappa med kanske tjugo trappsteg. En gång var en jägmästare en riktigt viktig person i en bygd.

På var sin sida om ingången till detta av Slim så djupt föraktade hus, där det fanns socklar, på vilka det en gång stått stenlejon, fanns även två fönster, med ständigt fördragna vita gardiner. Våningen ovanför pryddes av en täckt glasveranda, som sträckte sig över husets längd, bakom vilken det genom buktiga originalglas syntes likaledes en dörr, en balkongdörr, som även den flankerades av två fönster åt båda sidor. Taket var belagt med lätt svartnat mörkrött tegel, och här fanns inga fönster insprängda. Däremot fanns två åttadelade fönster med spröjsade intarsior på takvåningen som vätte åt norr respektive söder. Den i solitt umbrafärgat tegelmurade skorstenen syntes vara husets stolthet och liknade en bokstav, något mellan ett T och ett M.

Att se ting som bokstäver är en sjuka som drabbar människor med en dubbel inställning till alfabet och symboler. "Jag känner mig som en bokstav som står bakvänd bland alla de andra på raden.", menade Kierkegaard.

Det var förre jägmästarens – salig Pontius Ruthbjörns - hus, nu bebott av dennes sonson, Adjunkt och enslingen, Cantrell Ruthbjörn.

Cantrell Ruthbjörn var pensionerad Adjunkt i franska och spanska språken, 75 år gammal, ungefär som vår Edward, samt riddare av en urgammal provencalsk fransk orden. Han var av medellängd och egentligen kraftigt byggd, med en rörlig, kompakt brottarkropp, med ett fyrkantigt skalligt huvud, överdraget endast av några få mellanblonda hårstrån. Skäggbotten och ögon var mörka, och ett långt rött ärr löpte från höger ögonbryn upp över hjässan, och man skulle kunna säga att han såg lite prästlik ut, om det inte var för leendet – och ärret. Leendet kunde i viss belysning synas elakt, i annan belysning tyckas småvänligt, men det fanns alltid där, även när han var för sig själv. Han verkade energirik, men när man kom närmare i kontakt med honom så märkte man att detta var en illusion. Mannen var till begåvningen och sinnet tråkig, kunde i stort sett ingenting och fick sällan något gjort.

Ärret växlade något i färg, med humöret. Detta växlade också, och man var aldrig säker på Ruthbjörn. Man visste inte vad han tänkte, och inte alls vad han kunde komma att göra eller säga härnäst.

Han rörde sig snabbt, och förbluffande var hans fingerfärdighet, och sättet hans fingrar brukade – blixtsnabbt – trumma på det ena eller det andra.

Ruthbjörn var tankfull, beräknande vänlig, blyg, tillbakadragen. artikulerad – om än i talet långsam - nyckfull, motsträvig, motsägelsefull och tolererad – av ingen älskad - Adjunkt i en skola i Göteborg.

(Adjunkt är en titel, syftande på en kommunanställningsform som är så gott som utrotad, lite lägre i rang än lektor, men några få människor lyckades skaffa sig denna titel, och man kan ju egentligen inte beröva någon en titel denna person fått inom undervisningsväsendet, om det inte föreligger synnerliga skäl.)

Ruthbjörn var medveten, självmedveten, och på väldigt långt håll syntes det att här var en människa, vars Själv stod i centrum.

Varje rörelse utstrålade detta, och om man än såg honom på långt håll, så blev man innerligt trött meddetsamma av denna uppenbarelse av reflexivitet. Det var som om det inte kom en människa gående, men en inkarnation av alla speglar i världen, en slags spegelns essens, en självhetens själ.

Och ensammare än Självheten, det finns ju inte.

Det var som om denna självmedvetenhet dömt honom till ensamhet.

Samtidigt var det något hos honom som kom en att omedelbart förstå, att han längtade efter kärlek. Men – som alla vet – så kommer inte kärleken till alla. Det är ju synd eftersom tiden är ändlig och solen en dag - som nämnts - kommer att slockna.

Det Ruthbjörnska jägmästarresidenset var solitt byggt, under mitten av artonhundratalet, med en redig källare av granitblock, inrymmande gillestuga och sedan öververk av prima småländsk fur. Det var ett trähus i två och ett halvt plan, med en ansenlig bredd. Rummen och terrassen eller den halva svalgången runt huset, som hade ett jättelikt brutet tegeltak, var aningen för stora, så att man, när man väl tagit sig igenom trapp och hall, syntes stå i utrymmen som mer liknade små salar till konsthall eller bibliotek. Just det förvuxna i husets innanmäte gjorde besökarna förvirrade.

Den starkt kuperade tomten, fyra hektar stor, varav diverse klippformationer utgjorde en tredjedel. Upp till klipphöjderna ledde på barmark några små, slingrande stigar, vilka här och där övergick i små cementgjutna trappor. Stigarna ledde på ett ställe upp till en slags rastplats, där det tronade ett antikt solur av järn på granitsockel. Soluret lutade, och gick följaktligen fel. På ett annat ställe leddes man från Ruthbjörns tomt till ett åt öster bland böjda, fnasiga dvärgtallar halvt dolt duvslag, vilket alltid varit mycket sparsamt använt av alla inblandade. Ja, nära nog alla fåglar tycks ha undvikit det. Inga duvor trivs i havsbandet, på grund av rovfågelsrisken och då de inte tycker om så torr och salt luft som den fjerreredska. Ibland kunde man se en havssula sitta på det svarta tjärpappstaket och knacka. Förmodligen var det något i tjäran som var nyttigt för dess matsmältning.

Utanför duvslaget låg några stora, grova, buckliga, av ålder stela mörkgröna handskar som använts av duvhanteraren, lika falkenerarhandskar.

Om man via en gisten trädörr, som stod på glänt här, tog sig in i det vindpinade, av grånat, vindtorkat, ytterligt tunt ospåntat virke sammanfogade duvhuset, så kunde man i halvmörkret ännu se spår av vad som fanns kvar av inredningen, och genom två flerfaldigt spräckta av ramen knappt fasthållna glasrutor var det möjligt att genom damm och spindelväv skönja konturen av en kustlinje mot mörkblått hav, långt, långt i fjärran. Detta hav var Kattegatt.

Direkt under fönstret låg en söndervittrad ljusbrun pappförpackning, ur vilken en mängd 2½ tums trådspik tittade ut. Strax intill låg även ett hammarhuvud, rostigt. Skaftet fanns inte längre, men var uppenbarligen uppätet av några insekter.

Någon skarpare lukt av fåglar eller av andra djur fanns inte heller kvar i det bräckliga lilla fågelhuset, där påsar och säckar med fågelmat hade ruttnat bort till damm, och det lilla bygget höll sig kvar just invid klippkrönet endast med en kombination av nostalgins och letargins krafter. Nästa snöstorm skulle dock troligen riva ner alltihop och göra kaffeved av det. Nån skulle bara säga om det, att det varit dags länge.

Nedanför fågelhuset, i skydd av bergsknallar och diverse martallar och cederdungar, samt en jättepoppel, vilken härrörde från 1800-talet, låg en ogallrad vildäppelträdgård med en för tillfället av vildsvin förstörd gräsmatta. Här var det närmast lite sankt, ruttet och osunt och trädgården stupade sedan raskt via en slänt med ormbunkssnår brant ner mot den tröga bäcken. Utdömda brunnar längs den lilla ån var sedan länge en visa i trakten. Men nu var ju slagsrutemännens tid hur som helst förbi, då samtliga hushåll i Utterholm sedan tjugofem år var anslutna till ett dyrt kommunalt vattennät, vars vatten kom långväga ifrån. Som ifrån Småland.

Den ursprunglige ägaren och byggaren – Pontius Ruthbjörn - var ättling till en ursprungligen dansk bondfamilj, [namnet var också en i en folkbokföringslängd uppkommen förvanskning av något danskt namn] som hade ägt denna tomt i århundraden, och familjen var befryndad med kustkapare, smugglare och slavhandlare, som gjort sig förmogenheter med kontakter med det gamla brittiska imperiet, med Amsterdam, med kung Leopold och massor av danska banditer sedan den kontroversielle rödhårige Magnus Gabriel de la Gardies tid. Om svunnen lycka och om ursprunglig bebyggelse från 1700-talet vittnade en gammal skeppskanon som, halvt övervuxen av hortensior och murgröna låg framför entrén till huset – bredvid de tomma cementsocklarna, där stenlejonen stått - och riktade sin mynning ner mot den mystiska bäcken, där det ofta skummade vitt, av någon oklar orsak. Kanske den smala, anorektiska kanonen väntade på att det där skulle dyka upp en kanin, ejder eller en vaktel å vilken man kunde öppna eld.

Hela trädgården hade något trolskt, sadistiskt, sataniskt och unket över sig och föreföll djupt sakna den trädgårdsmästare som en gång – med livlig föreställningsförmåga och gränsöverskridande optimism – hade planerat alltihop med stöd av den enorma variation som tomtens geologiska anatomi redan från början erbjöd.

Kort sagt, så var det, redan från ursprunget, en drömtomt. Läget kunde inte på något sätt vara bättre, om man sökte en tomt, i vilken man kunde samla västsvensk idyll, både i dess kustformer och i dess mera inländska kulturellt färgade borgerliga hortikultur. Så hade både häckar, buskage och fruktträd som ympats med tunga engelska sorter såväl som mer vilda urskogsvarianter här fått en fristad, där deras prunkande ordlösa trivsel tycktes vara en hyllning till den vänlighet och humanism som tillät dem alla att i fred och anständighet stå och vänslas med varandras rötter i orörd humus mitt bland urgamla mycel, kvanne och Karl Johans svamp under det den salta vinden från Nordsjön. Härdade under seklers vindpustar, stormar och piskande regn tycktes all växlighet här i detta landskap, som var en så tydlig evolutionär syntes av det bästa både ifrån Bohuslänskt och Halländskt, besjunga deras kravlösa och blygsamma vänskap med de varelser som då och då klippte och ansade i deras kronor och stammar, då och då lät dem vara som de bäst gitte, i århundraden.

Cantrell var alltså en lycklig man i det hänseendet, att han ärvt allt detta från sin far, som ärvt det av salig jägmästaren – Pontius - själv. Och i förbund med det faktum att han var till kroppen frisk, bildad och försedd med ett icke oväsentligt skarpsinne och ett åtminstone delvis fungerande socialt liv som lärare kan man säga att Cantrell var en människa vars förutsättningar för att skapa sig ett gott och lyckligt liv förefoll alldeles sällsynt gynnsamma. Så hade dock inte riktigt blivit fallet.

Kanske hade detta att göra med fadern, Zander Ruthbjörn, som, under sin ungdom dragits in i diverse lugubra kretsar i Ungsvenskarna och Tysk-svenska Riksvänskapsförbundet, influerade av Herman Lundborgs rasteorier, där vänskapen till Tyskland mer var ett svepskäl för att införa slaveri i Sverige. Många människor syntes ju klart disponerade för slaveri, denna trygga levnadsform, som till sin natur var så problemfri och praktisk i flera hänseenden.

Så kom det sig att Cantrell blev föremål för en uppfostran, där han, som enda barnet, uppvuxen i denna lilla mot Utterholmsvägen lutande trollträdgård av en far, som var nazist och en mor, från Värmland, som dyrkade denne far, utvecklades, under svår tukt, lite praktisk information och med bisarr etik, till en slags intelligensaristokrat och till predator och utsugare, i namn av att man såg sig som förmögna, som rikt och betydelsefullt folk. Ja, man kan nog säga att uppfostran helt enkelt var en utbildning till nysvensk, till nazist och till ensling.

Modern som varit en mycket tyst människa dog när Cantrell var åtta år gammal, snabbt efter en influensa, utan att Cantrell riktigt begrep saken. Han hade dittills nästan inte märkt henne, på grund av att fadern varit så dominant.

Om inte Cantrell varit så oföretagsam, och blyg, så hade han med all säkerhet blivit en stor odåga. Som det nu var, så inskränkte sig hans betydelse till att vara till förtret för alla.

När fadern – som alltså ärvt villan när jägmästaren Pontius Ruthbjörn dog 1935 – i sin tur lämnade jordelivet, 1976, mördad av en partikamrat från Uddevalla, fann sig Cantrell inte bara som ägare till Villa Ruthbjörn och aktier svensk skogsindustri, men även ägare till buskmarker, savanner och gruvor i Tyska Västafrika, till vars ägandes marker även hörde ansenliga lägerkomplex byggda på stenig jord fyllda med mörkhyat folk som arbetade gratis om man blott höll dem vid liv med diverse avfall från slakterier samt med rikligt med öl från byggerier i Kapstaden samt också lite getmjölk då och då, just precis nog för att hålla dem upprättstående, men samtidigt i så svagt skick att de inte orkade protestera.

Av sin far hade Cantrell ärvt aktier och ägobrev, som administrerades av en del tyska och schweiziska banker.

Det förhöll sig ju så att det gamla Tyska Västafrika, nuvarande Namibia, visserligen blivit fritt från Tyskland, och självständigt, men landet ägdes till hälften, än idag, skam till sägandes, på 2000-talet av de tyska storbankerna. Att tyska staten betalat mångmiljonbelopp i skadestånd till Namibias regering var ju förståeligt mot bakgrunden av folkmordet i Tyska Västafrika, men kunde från de tyska myndigheterna förstås lätt överses med, så länge man ändå ägde halva landet, vilket man ju alltså gjorde.

Så trillade det på Cantrells schweiziska bankkonto in en stadig ström av pengar från hans ägandes bostadskvarter i Windhoek, den gamla stad i Namibia, som byggd på en sandrevel, invid uråldriga elefantbeten, påminner om gamla kolonialtider bland annat genom det sätt på vilket mången där fortfarande talar tyska till frukost. Han ägde också diverse marskland och bergsområden, där man hade getskötsel.

Cantrell hade aldrig satt sin fot i Namibia, vare sig i Windhoek eller på Capo Negro, eller Cabo Corso, och han kunde ibland på nätterna vakna av en röst som sa: "Varför i helskotta äger du mark i Afrika?", men han hade hittills alltid lyckat somna om. Många västerlänningar har i århundraden haft väldigt rymliga samveten, när det gäller sådana där frågor. Vissa människor tror till och med att de gör andra länder en tjänst genom att äga egendomar där.

Obekymrad om sakernas tillstånd – eftersom han då bara serverats lämpliga delar av sin släkts historia - hade Cantrell emellertid skaffat sig en god humanistisk utbildning vid Göteborgs universitet och den tiden man skrev licentiatsavhandlingar – lite mer än halvvägs till dåtida doktorsavhandling – hade han författat en sådan om mästerberättaren och samhällskritikern Emile Zola och dennes korta landsflykt till England. Cantrell hade härunder blivit en del av en borgarklass, som, i det den höll på att dö ut, sannskyldigt njöt av de privilegier de förmådde smussla undan och uppehålla i den nya tid som med socialdemokratisk, kulturmarxistisk och digital kraft sköljde över större delen av världen.

Hans kärlek till det franska språket var så stor att man sällan såg honom utan en fransk pocketbok – av det där mindre formatet – med glättigt omslag, i höger kavajficka. Allt från Colette, Sagan och Simenon till Zola, Sartre och Huellebec. Gamla franska klassiker. Kärleken till det franska språket var så innerlig, att han kunde sitta och titta på en sida text i en fransk pocketbok, och tänka att skulle han nu ändå dö, så varför inte medan han hade en sådan text, på ett sådant språk framför sig. Ingenting kunde någonsin överträffa det.

"Rien ne pourra jamais surpasser cela!"

Man gjorde i den Ruthbjörnska familjen kort sagt förr i tiden så att man såg om sina tillgångar på börsen, samt höll i sina jord- och skogsegendomar, stenfastigheter och vårdade sina krypterade och okrypterade kopplingar till utländska slavplantager. Mycket litet av denna ekonomiska grundval för det välstånd som Cantrell kunde njuta av, var emellertid alltså till öppet beskådande. Ack nej! Det såg alltså samma gamla europeiska affärsbanker till. Allting var fortfarande som det skulle vara, enligt uråldriga ekonomiska doktriner.

Cantrell Ruthbjörn hade etablerat sig som gymnasielärare, och som han inte hade någon familj, inga syskon, inga barn, och så förefäll det beigea husets öde efter Cantrell Ruthbjörn mycket osäkert. Kanske skulle det komma att bli testamenterat till någon udda förening, kanske tillföll det efter Adjunktens död någon avlägsen släkting i Norrland, eller till en fond för barn i Namibia. Om detta visste ingne något, ty Cantrell var en ensam människa.

Cantrell levde förresten enkelt, och tycktes mer intresserad av att gå fram och tillbaka på sin veranda, lyssnandes till klassisk musik, kanske fången i ett slags ressentiment. Kanske drömde han om att en ny tid - pampigare och påminnande om en inbillad förgången idealtid - skulle nalkas.

I Utterholm hade det pratats i smyg under alla år om jägmästare Pontius, och om sonen Zander, och om deras skumma förehavanden, men Cantrell tog alltid fadern i försvar, och undrade vad det var för fel med att vara nationalist.

"Jag är stolt över mitt land och min hembygd. Jag är stolt över att vara svensk.", brukade han säga, som dessa människor säger, som sitter fast i nationalismens myt. Att nationen, som den mytiska företeelse den nu var, enbart var en ynklig destruktiv parentes i historien, det förstod inte Cantrell, så Adjunkt han var.

Vad skulle en människa vara, menade den lille brottarlike Cantrell, ordlöst, om hon inte var medlem i en grupp? Tänk om alla vore solitärer, just begivna på inget annat än Självet?

Ändå var det just sådan som Cantrell var, vårdande just sitt själv, en solitär monolit i det stilla Fjerrered. Ensam, grisk och butter. En vilsen själ, utan roder. En man spanande mot det stora Intet.

Ruthbjörns lilla kråkslott tronade på den allra vackraste tomten och den mest praktiska tomten i hela Utterholm. Det låg vackert, skuggigt i sin vägkrök bakom grind, brevlåda och buxbomshäck medan höstlöven i de kringliggande lövträden började singla ner bland äppelträden och på de gräspartier runt den stora villan, som nu endast kunde kallas rester av en gräsmatta, sedan vildsvinen lyckats böka upp alltihop, hungriga och glada, innan de somnat i ett hagtornssnår. Äppleträd av släktena Aroma, Ingrid Marie, Cocks Orange och inhemsk vildapel dignade och dröp om höstarna av frukt, som rådjuren sökte sig in och åt av om morgnarna medan andedräkten virrade som ett grått moln ur de av ålder håriga näsborrarna.

Ibland visslade det lite i Cantrells näsborrar. Kanske vore detta ämne någonting för all världens nasologer, att beforska, om pipljud från näsor har någon praktisk existentiell betydelse, när det kommer till primater som Homo Sapiens.

En av Cantrells käpphästar, medan han ännu undervisade i fransk filosofi för gymnasister var just den, att "existentiell" inom filosofi inte betydde "utrotningshotad". Det borde sammankopplas med den rörelse inom filosofin som kallas existentialism, och som i stora delar skapades av Sartre. Att något har existentiell betydelse, är – enligt existentialismen – att något är givet i existensen, i Varat, och att det är öppet för ett totalt fritt val av en individ, som på intet sätt är bestämd deterministiskt, vilket all materia är. Existensen är att vara till, som materiell varelse, medan ESSENSEN är viljan. Så är viljan fri i förhållande till all existens, och valet är existentiellt, i den meningen att det är totalt fritt, grundat i det OMEDELBARA VARAT, oberoende av existensen, men därmed bestämmande den fortsatta existensen hos individen.

Ett existentiellt val är alltså fullständigt naket, ett val som uppstår ur Varat, och som, i det att det blickar mot det rena Varat, och det rena Intet, ensamt och – i viss förtvivlan – väljer de stora valen i livet. I Sartres magnum opus, Varat och Intet, finns det alltså överhuvudtaget inte alls, på de många hundra sidorna, något som helst tal om "existentiellt hot". Existensen är hos Sartre – som ju annars var brett politiskt intresserad och aktiv, i motsats t.ex. mot Camus - aldrig hotad, men är istället där självklar.

Så kan tiderna förändras. Vad som var självklart i början på 1930-talet, existensen, - när Sartre skrev L´Être et le Néant det kan i början på tvåtusentalet te sig som något som är villkorat av hur många flygresor man gör om året.

Cantrell hade alltid tyckt bättre om Camus än om Sartre, men han höll inte alls med Camus.

Men när det kom till kritan, så betydde inte filosofi det minsta för Cantrell. Kanske hade han ärvt, trots sitt energifyllda yttre, en slags djupt liggande letargi från sin mor. Ofta var Cantrell inte alls närvarande, och om någon påpekade något han sagt eller gjort, så kunde han bara ofta helt enkelt svara:

"Gjorde jag det?"

Så tillhörde Cantrell den lilla skara människor om vilka man säkert kan säga, att de nog i viss mening bara existerat svagt. Men även en svagt existerande människa existerar ju, och måste tas med i alla beräkningar, och omfattas av alls våra känslor och omsorger, då också en svagt existerande utför handlingar, umgås och har känslor och betalar skatt.

Detta med existerandegrad (ett försummat ämne) skulle – i redogörelsens intresse - fordra en lång utläggning, men av skär fruktan för att göra min läsare deprimerad och sjuk, så avstår jag.

Det finns mängder av filosofier för svagt existerande människor. Bland de mest trösterika är ju då inte de existentiella filosofierna, vilka åtminstone i yttre mening är kravfulla, men fastmer de apodiktiska. Dessa kan man dväljas i hur länge som helst. De resonerar nämligen enbart om existensen i termer av sannolikhet, tillfällighet och nödvändighet.

F E M

SLIM THIBASTVALL

Mellan vägen, där Slim kom i den småblåsiga septembervätan med sin med fem växlar försedda cykel och den Ruthbjörnska jättevillan rann en bäck, som succesivt fylldes en bit uppifrån, via några sluttande åkrar och gärden och ett litet skogsparti, från granngården Boxeby, och den fortsatte i en miniravin utanför Ruthbjörns hus för att just där dyka in i ett stort av sand, kolstybb och jord övertäckt cementrör vid infarten till villan, en infart över bäcken, så att bilar och annat kunde ta sig dit. Sedan löpte bäcken via ett enormt snår av al ut i de rikliga vassen i Utterviken, en skrattretande sank företeelse, hermvist för tvenne svanar, en vik som sedan omärkligt övergick i Utterholmens hamn, där Marinan muddrat upp och bäckens blacka vatten blandade sig med Västerhavets salta vatten, bildande en lugn, levande liten havsvik, i stormskydd av en stor naturlig klippa, till båtnad för allsköns krabbor, änder och yachtägare.

En häck av tät vitblekt, förkrympt buxbom formade utanför Ruthbjörn Castle ett visst skydd mot den väg som var en av de två som ledde uppifrån Fjerrereds kyrka och centrum via Boxeby Allé till Utterholmens hamn och via två vägarmar till alla husen på hamnens båda sidor, där bland många andra Slim Thibastvalls familjs hus låg.

Slim Thibastvall tillhörde inte de RIKTIGA Utterholmsborna, eller Fjerreredsborna för den delen, det etniskt Fjerreredska, ty hans far hade köpt tomten och byggt huset i nutid, och var en inflyttad. Ericus

Thibastvall – Slims far - hade haft sina rötter i Kalmar och Småland. Detta inflyttadskap plågade Slim, som hett önskade en nära tillhörighet.

Slim – som egentligen hette Ossian – Thibastvall, en blek 19-årig rödhårig, nästan albinistisk, pojke med uttryckslöst, fjunigt ansikte med frågande uppsyn och en slags åt okändheten förlorad blick, tyckte så illa om Ruthbjörn att han nästan kräktes vid tanken på denne. Adjunkten var ju inföding på Utterholmen, sedan många släktled, och var – enligt ryktet - rik, hade titel, en slags bildning och anseende, men var definitivt ett kräk, tänkte Slim.

Ruthbjörn hade ofta agerat dryg, viktigpettrat sig, spänt sina vader samt hånat andra nere vid båthamnen.

Slim, som ännu inte hade något speciellt att vara stolt över, var – liksom många i den stora majoriteten i samma predikament - noga med sin heder.

Slim tänkte dessutom, att Cantrell inte hade mycket att yvas över, men desto mer att skämmas för. Så mycket hade Slim – som var väl bevandrad i Googles söktjänst - i alla fall lyckats rota fram om den gamle akademikern, att denne hade ett oförtjänt gott rykte. Oerhört oförtjänt, enligt Slim, och det vattnades hämnd i hans mun. Kanske var det rentav hans sak, att se till att världen blev medveten om det Cantrellska bedrägeriet, - så gick tankarna hos den unge, harmske förbicyklaren.

Slim, som alltså genast tycks oss medvetna betraktare vara både instabil, begåvningshandikappad men samtidigt även osedvanligt reflekterande till sin natur, vilket ju alltihop skapar en givande combo, hade just inlett sina matematikstudier på universitet, och det var nu, i inledningen av den första höstterminen på Tekniska Universitet i Göteborg, Chalmers, som det skulle visa sig om han var kapabel att bli en riktig teknolog eller om han var en av dem som sorterades ut, och som sedan hela sitt liv sedan skulle få leva i skuggan av det faktum, att han inte ens klarat "Ingenjören".

 Att han ändå bodde kvar på landet, med en resväg på en timme med sin duvblå MG, som egentligen var broderns, men kunde titt som tätt ses cykla omkring i den lilla semesterbyn, det berodde på en övertygelse om att cykling lugnade nerverna. Ofta – struntandes i vad folk tyckte – kunde han lika dock gärna köra omkring i broderns MG på vägarna här ute. Och han var en orolig natur, och led av det.

Eftersom han så ofta syntes på vägarna, så tänkte folk – inte helt oriktigt – att Slim inte alls studerade särskilt flitigt, att han aldrig läste något överhuvudtaget, och att han förmodligen var skäligen okunnig i allting.

Han hade fått ett tvivelaktigt rykte som flanör och betraktare.

Hans valspråk var hämtat från den store matematikern John von Neumann, som ju lär ha sagt: "Vad är det för mening med att vara precis, om man inte har en aning om vad man håller på med!"
Med denna devis kunde man ju motivera den mest ihärdiga indolens och passivitet.

Slim Thibastvalls familj hade sedan ett halvt sekel – inte så länge som Ruthbjörns alltså - ägt ett sommarställe på Utterholmen, som inte var nån holme, men mer en halvö, men efter föräldrarnas död i en motorbåtsolycka när Slim var tio år, så hade Slim och hans bror Arnar tagits om hand av moster Zarabeth, som, i det att hon ville låta allt vara som vanligt, hade insisterat på att de skulle alla tre skulle bo kvar på Utterholmen på somrarna.

Bara efter några år, när Slim var fjorton, så hade Zarabeth – eller "Zarabeth" - tyckt att de lika gärna kunde bo året runt ute i Fjerrered, och de sålde lägenheten i storstaden och bosatte sig med havsutsikt på Utterholm. Alle tre hade trivts bra härute, där man kunde njuta av naturen och de hade även ägt en liten träbåt från vilken de kunnat fiska flundra, spätta, bergtorsk, fjärsing och vitling med.

Nu för tiden var Arnar, som var snille och ingenjör och tre år äldre än Slim, gift och bodde i USA, i Connecticut, och Zarabeth hade hamnat på ett sjukhem, som hon drabbats av strupcancer, som nu bragt henne till slutstadiet i en lång kamp för livet. Slim hade just igår fått besked om att mostern sannolikt inte alls skulle komma hem mer till Utterholm, och att man slutat med kemoterapin. Han planerade att i morgon åka och besöka henne på Regionsjukhuset. Hon hade sms:at, som hon gjort varje dag sedan hon kom in på onkologen, men nu stod det bara: "Mår illa. E. / Kram.", vilket tycktes Slim vara optimalt kort.

Så var Slim kvar ensam i den sommarbostad som fadern byggt på en klippa i havsbandet, och där varje morgon solens strålar förgyllde det av ljus metall gjutna balkongräcket runt altanen i det lilla ett och ett halvt-plans sommarslottet. Rödmålat, pyttelitet och pittoreskt, försett med krimskrams och snickarglädje, med horder med tinnar och torn i alla regnbågens färger, kom det alla förbifarande seglare att i kör utbrista i ett förälskat: "Åååååh!", ty det låg så till, i en pytteliten vik, lite avskilt, att man såg det från havet. Så sött var det lilla träslottet. Ehuru somliga såg det som smaklöst. Men beigt var det definitivt inte.

Pappan, Ericus Thibastvall, hade verkligen varit en träkonstnär, förutom att han haft det gott ställt som vd för och delägare i en trä- och masonitfabrik. Han hade dessutom haft ett stort platonskt intresse för kinesiskt porslin. Mamman, Desireé, (född van den Haag) var en mer obetydlig person, som endast haft sinne för romankonst av franskt snitt och som försummade allting för nöjet att sitta och skriva ändlösa historier om bankirer, cirkusartister äventyrare i Mellaneuropa hela dagarna i den lilla rotundan, alster, som hon publicerade i olika nordiska veckotidningar som följetänger.

Fabriken hade gått omkull omedelbart vid faderns dödsfall, och massvis med skulder hade hopat sig, och lämnat Zarabeth med alls inget kapital att lotsa de två barnen fram i livet med. Hon hade dock lyckats ganska bra med att hålla den lilla familjen flytande.

Arnar bodde nu i Amerika där han försörjde sig med affärer och med våghalsiga intrång in på elbilsmarknaden, med en prototyp han utvecklat redan som fjortonåring. Slim och brodern hade ingen kontakt, och de tyckte illa om varandra sedan tidiga år, då fadern favoriserat snillet Arnar, medan Slim mer gick under radarn och – utan större intressen och obegåvad, som han ansågs av alla – läts ränna omkring och agera åskådare till alla sina kamrater, som snabbt skapade sig karriärer inom alla de olika områden som ett modernt samhälle erbjuder unga människor att blomma ut inom.

I Utterholmen var dessutom nästan alla människor Moderater eller Liberaler, och de slet som djur och intrigerade och rushade och drog i alla upptänkliga tåtar, för att deras telningar skulle få en chans att behålla en plats i den halvövre medelklass, vilken de själva fann vara såsom ett förstadium till paradiset, och ett rättmätigt sådant. Ty alla

människor i Utterholm såg sig – hur korrupta deras handlingar än var
- som hederliga och anständiga. Och sådant borde belönas med en
plats på Kristi trons sockel. Religiositeten stod annars lågt.

Slim Thibastvall hade inte en endaste talang. Arnar var, förutom
elektrotekniskt geni, en utmärkt elgitarrist under namnet "Chuck" –
som behärskade "tapping" – och schlagerpianist och förtjänade i sina
tonår en mindre slant på att spela i olika band i storstaden. Slim, som,
vilket ni redan gissat, kallades "Slim" på grund av sin nära nog bisarrt
smala och taniga kroppshydda, kunde inte ta en ton och var trög i nära
nog allting. Om fadern, Ericus Thibastvall, dragit en vits mitt i alla
snickerierna på sin ögonsten till hus, så hade Slim dels inte förstått
vitsen, men också ofta ansett vitsen vara ämnad att få honom sluta att
blanda sig i husbygget, där Arnar då ofta kommit på nån originell idé
om en yttre trappa från övre sovrummet eller kommit med ett tips på
nån genial stupränna av presenning.

Om man inte förstår sin omgivning, vilket stämde in på Slim, så är
det lätt att man blir misstänksam.

Slim hade ett intensivt förhållande till datateknik. Hans kunskap
var dock av det mer intuitiva slaget. Datakod var – enligt Slim - sådant
man kopierade. Den matematik man mest lärde ut på Chalmers var av
ett generellt slag, vilken oroade Slim. Denne hade lyckats komma in
på Chalmers enbart genom utnyttjande av diverse appar på internet,
VPN och avancerad AI, samt bruk av hjälp från kamrater i Orten via
hörsnäcka. Slim var mest intresserad av matematik UTAN paradoxer
och utan inblandning av negativa tal, imaginära tal och annat konstigt.
En sådan enklare form av matematik kunde man finna inom
datateknik. Detta var en enkel matematik, och knappt ens matematik.
Kodning till exempel var ju mer ett chiffer, samt en serie kommandon
som direkt bestämde vad man ville ett protokoll skulle utföra. Lätt
som en plätt. Och ganska så lätt att komma ihåg, då allt var skäligen
endimensionellt. Alla siffror och symboler man använde i protokollen
var strikt bundna till funktioner, till praktiska resultat som framkom i
dataströmmar, i loggar, datakluster, i figurer och texter på en skärm.
Inte heller serverteknologi var något som krävde någon Einstein.

Så var Slim en produkt av det nya samhället. Datasamhället.
Ingenting föreföll för Slim egentligen krångligt, så länge det fanns på
internet. Allting som var IRL, hade stämpeln IRL på sig eller luktade
IRL var för Slim, liksom vad det föreföll, alla Slims nätkamrater, helt

förkastligt. Drömmen om kommunikation och en ideell tillvaro var för Slim visserligen inte alls Flashback eller Telegram. Drömmen, som för Slim var ett och samma sak som med Verkligheten, var att suveränt flyta fram i ett universum där algoritmer blandades med digitala ryggdunkar och där LEKEN (den nya kulturen) var själva syret i den tillvaro, som – i kraft av den digitala matematiken – föreföll vara den nya Vågen, vars koppling till ett yttre liv var behagligt vag, och därigenom helt försumlig.

Den digitala världen skulle utrota alla problem.

Slim kände sig alltså BEFRYNDAD med sina kamrater, de å den digitala surfvågen seglande nya conquistadorerna, där målet för de ständiga upptäckterna inom kodningens område var – förutom den exkluderande exklusiviteten, vilken var ett övergående stadium, en slags teknikens mörka medeltid - en värld av oändlig transparens, oändlig tillgänglighet och förgörande av de fiender som inte tillät denna genomskinlighet.

Man föreställde sig, i Slim och Slims kamraters krets, World Wide, att hela världens lycka hängde på utrotandet av okunskapen om digitala system. Om okunskap i kryptering blivit ett minne blott, och att om bara alla en gång blivit medvetna om krypteringens välsignelser så kom man på så vis att – med elektricitetens hjälp - simma i salighetens nejder. En hjälp på vägen var givetvis kryptovalutan, som skulle utrota kapitalismen – förpassa korruptionen och svälten till forntiden - och ge alla lika möjligheter till en gigantisk förmögenhet och evig lek.

Att detta på flera sätt och vis var verklighetsfrämmande och ologiskt, det hade ännu ingen kommit på. Inte ens Slim. Han visste inte om den nya datavärldens mål var att möjliggöra att kartlägga och kontrollera all mänsklig verksamhet, intill minsta signalsubstans hos minsta kryp på vilken himlakropp som helst i vilket solsystem som helst. Han visste inte om det var byggandet av detta enorma bibliotek, som var det yttersta målet för all digital forskning och utveckling. Nej. Var insamlingen av data skulle stoppas - om alls - visste ingen. Han hänfördes – liksom alla sina fränder online – av de möjligheter, som det senaste programmeringsspråket erbjöd. Hur eleganta var inte de nya lösningarna, då man kunde så lätt sekvensera bilder som erhölls ultrasnabbt, bilder med en så gigantisk skärpa, att man blev bedövad. Om den digitala världens tankeinnehåll, i den mån det fanns något, brydde sig inte Slim.

Datavärlden var liberalismens karikatyr, och han visste inte om det.

Slims överordnade reflexioner kring digitaliseringen och dess naturliga konsekvens: AI var av den enklare sorten. Han var övertygad om att vacker dag, så skulle några kriminella använda AI till att spränga hela jorden i två bitar. Till dess skulle man njuta av datasamhället, som – enligt Slim – var själva höjden av allt mänskligt tänkande. Om man visste att världen skulle gå under, så behövde man inte bry sig om saken, tänkte Slim, som i detta avseende var rationell.

Slim Thibastvall var alltså obildad – i motsats till Cantrell Ruthbjörn - och skulle förmodligen, om någon påmint honom om det, sagt att han inte heller hade någon önskan om att bli det, heller! Eftersom bildning var något för den gamla världen. I nutida kunskap existerade ingenting som benämndes "bildning". Man var helt enkelt kunnig, eller inte kunnig, i det bestämda avseendet. Av eller på. Etta eller nolla.

Digitaliseringen hade utrotat rationaliteten, kunskapsbegreppet och reflexionen. Så var det vara. Den som inte begrep det, var en idiot.

Så lät den digitala världens budskap, även om ingen sa det rakt ut.

Tekniken, denna autonoma dumma kraft, hade – med hjälp av sina slavar, genomförarna, teknikerna - bevisat sin överlägsenhet, omedvetet och effektivt likt en bakterie som ödelägger ett värddjur.

Det gamla afrikanska ordspråket löd: "Om man gräver för djupt i marken, så bränner man fingrarna."

Så enkelt var det.

Framtiden – trots att Slim inte visste det – var att ta hand om brända fingrar.

Folk hade hittills glömt bort den ädlaste av alla konster: konsten att låta bli. Konsten att försaka, som Stagnelius så varmt skriver om, som något som bör adlas.

Vägen ut till den del av Utterholmen där Slim bodde delade sig - som sagt - i två armar i två långa givar ut mot bryggor och hav. Dessa två armar kallades Västra och Östra stranden. Slim Thibastvalls pappa hade byggt sitt pittoreska hus, som en av de första i det området, på en stentunga långt ute på Västra Stranden, den stormigare, så att det lilla röda träslottet halvt liknade en fyr, halvt densammas fyrvaktarstuga. Slim hade alltid undrat varför man bygger ett hybridhus, när man bestämt sig för att bygga ett hus. Fadern hade aldrig lyckats förklara sitt tilltag. Vissa byggen kan få ett liv för sig själv. Nu satt Slim emellertid ensam i vardagsrummet på bottenvåningen i den egendomliga "fyrvaktarvillan", som hans far konstruerat och såg på den klassiska filmen med Julia Roberts, Pretty Woman, för 57:de gången på tv-skärmen.

Han hade aldrig kommit att uppskatta någonting i livet mera, än just den filmen. Om han dog medan han såg den filmen, så var allt okey, tänkte han. I och för sig så fann han Gere outhärdlig. Fjantig och mjäkig. Men det var okey också det. För då framstod ju Julia i allt mer härlig dager. Om ändå allt var som i Pretty Woman. Ljuvligheters ljuvligheter! Att historien var barnslig insåg han, men förlät detta omedelbart.

Att åse Julia, när hon ser ner på scenen, där man sjunger en kärleksduett, och tårar stiger upp i Julias ögon och Richards leende sneglar på henne! Är inte detta lycka.

Men, … vad i hela friden är det denne Richard gör i den scenen? Slim var inte säker. Parsiterar han eller hånar han? Älskar han Julia mer, eller älskar han sin upplevelse av att se fattiga Julia? Slim kunde inte för sitt liv komma underfund med vad som händer i scenen. Till slut gav han upp. Stängde av filmen med en tryckning på Samsungremoten och gick ut i köket för att standardmässigt steka sig två ägg.

Slim hade ju fast sällskap med Sofi. Sofi Guztavsson. Men det skilde han ut som något fullständigt olikt detta med Julia Roberts. Det handlade inte om samma sak.

Julia var den eteriska kärleken, den översinnliga.

Sofi var den jordiska tryggheten.

Slim kunde äta ägg när som helst på dygnet. Tillgången på ägg uppe i Boxeby lada var god, och man plockade de ägg man ville ha, samt betalade vad de kostade – 5 kronor styck – i en skokartong som stod mitt bland hönsen.

Slim var inte komplicerad, om man med komplicerad menar upptagen med grubbel. Han hade satt en ära i att försöka tänka enkelt.

S E X

CANTRELL STÄLLER TILL DET

Klockan hade varit fem på eftermiddagen och fredag i tidig vår. Flera månader sedan alltså. Tankarna flög från det ena till det andra. Bilen, MG:n – en snabb 1958 babyblå MG MGM Cabriolet som tillhört Arnar ("Chuck" alltså), men som givetvis inte följt med till Amerika - stod i garaget och cykeln var lutad mot den med lila acrylgrodor dekorerade garagedörren.

Den lilla motorbåten i Utterholmens hamn skulle i och för sig forslas till varvet i stan för vintern, och det var massor han borde läsa inför nästa tenta. Som tur var så hade han undsluppit den fåniga nollningen, som alla chalmerister utsattes för. Han skyllde på att han deltog i ett experiment anordnat av Försvarsmakten, och måste vara redo med en kvarts varsel för diverse uppgifter. Men det var inte Chalmers som upptog Slims hjärnverksamhet. Alltihop kretsade kring den förhatlige Cantrell Ruthbjörn. Och dennes ord – som tycktes sagda mer i förbigående visserligen - om honom nere vid bryggan häromdan.

"Vad i all sin dar skall du studera för?"

I sitt sammanhang – Adjunkten visavis en finnig ung man - var detta något oerhört.

Två andra pojkar från Östra Stranden i Utterholmen hade dessutom hört delar av samtalet. Gaston Bengtson - som bara var 15 år - och Troels, som liksom alltid troligen höll på med ornitologiska

studier, försedda med moderna kikare och kameror. Detta var ju något
som accentuerade förolämpningen. Troels och Slim var nära vänner
och föreningskamrater.

Föraktet från Cantrell – som ju dessutom var en äldre man, med
mogen erfarenhet - kunde bara betyda en sak. Cantrell betraktade
honom, på Slim, som en komplett idiot, som slösade bort
skattebetalarnas pengar i onödan och som borde ägna sig åt att ta ett
jobb som toalettstädare på Volvo. Och som var allmänt löjlig. Cantrell
tyckte det.(Det lät, tyckte Slim, ungefär som den på nätet klassiska
frasen: "Du har väl tagit dina mediciner nu?")
Slims vrede bringade hans anemiska blod att koka. Hans ansikte
blev eldrött och armarna ömsom skakade, ömsom kändes som gelé.
Varför skulle man alls fortsätta leva, om det var så människor,
bildade människor omkring en såg på en? VARFÖR? (NU fanns
plötsligt "bildade" människor.) Det var lika bra att man dog.

Länge hade han funderat över vad en kränkning var för något.
Varför blev man så fullständigt bragt ur fattningen, at man nästan inte
ville leva, efter det att man blivit kränkt. Han var säker på att det fanns
ett svar på detta, bara att han just nu inte var kylig nog att producera
något. Antagligen är det typiskt för den kränkte, tänkte Slim, att denne
blir så ryckt ut ur sin tillvaro, att den normala analysförmågan är
temporärt deletad.

Slim tänkte att orsaken till att han hade det så svårt också var att
han tidigt hade mist sina föräldrar. Ofta hade han tänkt att han mött
människor som hade det svårt, eller läst om dem, och nästan alltid
visade det sig, att dom inte hade haft några föräldrar....
Slim tänkte inte på att det kunde vara så att Ruthbjörn kunde känna
igen sig i Slim. För en utomstående betraktare kunde tanken uppstå,
att Ruthbjörn i själva verket ville försöka hindra Slim från att bli så
misslyckad som han, Cantrell Ruth björn, kände sig.
Att dramat mellan Ruthbjörn och Slim var ett drama om
igenkänning, och om tragik hos sådana som j känner att de inte har
kraft nog för hela den strid som livet är.

Slim tog de hårt stekta äggen av stekplattan, la dem på en tallrik,
och med darrande händer bar han tallriken in i vardagsrummet i det
egendomliga huset på Utterholmen och satte sig i soffan för att där och

då förtära sin lilla energimiddag. Till äggen hade han vitt bröd. Medan han åt, tänkte han på om han skulle ta en av sina vanliga distraktionsrundor med broderns MG. Han brukade – iklädd en stor motorkeps - fara runt på småvägar i landskapet för att spana efter förändringar, drömma om syner han aldrig skulle få se och för att – trots allt - beskåda skönheten. Ty skönhetssinne hade han, det visste han, då han kunde erfara skönhet med både smärta och hisning.

Landskapet älskade han. Och det tycktes nästan älska honom tillbaka. Ty det gav honom frid. Lycka är att vara där man kan andas lätt, hade någon sagt. Det var bra. Andas lätt. "Ett andetag djupt är livet", som en bok hette. Av Paul Andersson. En av de få böcker han läst. Nu va ju också denne Andersson en romantisk gestalt, en sprutnarkoman som dött ung, troligen i Paris.

Slim hade nu förtärt sina två välstekta ägg med salt och persilja på, och såg sig om i sitt vardagsrum efter en plats att ställa tallriken. Allt var i ordning. Överallt böcker, papper, datordelar och påsar, kläder och skor och stövlar och gamla strumpor.

Då ringde det på dörren.

Det var Sofi Guztavsson. Detta var en flicka jämnårig med Slim. De hade gått i samma skolor, och varit goda vänner och kamrater sedan lekskolan. Hon bodde med far och mor – som var med i pingstkyrkan och nån Rosicrusianorden och hade ett nybyggt mindre hus på Östra Stranden och var storväxt som en hulk. Hon var inte fet, men istället ytterst vältränad, och vänsternia i handbollslaget på orten. Hennes muskulatur var jättelik och det svällde här och där, så att hon, iförd elastadräkt, var som en plansch å vilken man lätt kunde peka ut de viktigaste mjukdelarna, senorna och musklerna på den mänskliga kroppen. Hon sig 192 centimeter över havet. Hennes kropp var som en skulptur, en blandning mellan vitalistisk och futuristisk skulptur, där alla kurvor var överdrivna för att uttrycka kraft och livsvilja. I jämförelse med Slim, som bara mätte 172 cm och var byggd som en spaljé, verkade denna kvinna OFANTLIG och som tagen ur en mytologisk sagobok. En jättekvinna ur asasagan, en monsterkvinna man kunde skrämma barn och vuxna män också med. Låren var breda och muskulösa, med en omkrets som visserligen inte nära nog var oljefat, men inte långt därifrån. På den kraftiga halsen, om vilken visserligen inte var som en mansmidja, men som i alla fall var otroligt massiv, satt ett litet vänligt tillskapat huvud, omgivet av kort, svart rakt hår. Mitt i ansiktet satt en liten nordisk trubbnäsa. Munnen var, likaså den, minimal och underläppen var alltid lite våt. Hennes ögon var blå och ärliga, och vitorna likt snö. Då och då fanns även en glimt i dessa, och hela människan var mer änglalik än någon annan levande varelse på jorden. Så tyckte flera pojkar i Utterholm samt deras fäder och farfäder.

Slim studsade nu till inför åsynen av muskelberget. Trots att han känt henne i evigheter, och de alltid varit på varandras födelsedagar, och tyckte bra om varann, så blev han alltid rädd när han såg henne. Om han fruktade att hon skulle sitta ihjäl honom eller varför, det visste man inte.

"Hej!", sa Sofi.

"Åh, kom in, kom in!", ropade Slim till och rättade till sin t-shirt, en röd med svart bård, på vilken namnet BAILEY´s omotiverat skrek ut ett för alla okänt budskap.

T-shirten hade dålig passform. Han kunde inte köpa ordentliga kläder, av nån anledning.

"Hur är det?", frågade flickan enkelt medan hon försiktigt satte sig på kanten av en snurrstol i Slims kombinerade vardags- och arbetsrum, på bottenvåningen i det lustiga huset, där det stod datorer och låg boktravar huller om buller. Han bodde ju numera ensam där, med moster Zarabeth. Dennas rum låg bakom köket.

Sofi var verkligen opretentiös. Okonstlad (naturligt) och enkel. "Hellre generös än pretentiös", brukade Slim också säga till sig själv, som peppning. Han uppskattade stort ärlighet, rakhet och snällhet. Han hade nästan gråtit häromkvällen, då han tittade på en video med Mohammed Ali på YouTube, där denne hyllade Elvis, som gentle an humble, samt Sonny Liston som gentle. Snäll. "I don´t admire anybody.", hade Ali också sagt. Detta beundrade Slim Ali för.

Slim såg upp till många människor – medveten om sina begränsningar.

Sofi kunde aldrig riktigt vänja sig vid att det var så stökigt hos Slim, och hon fann det underligt, då alla de vänner hon hade, som nördat in sig på datavärldens mysterier, vanligen föredrog en asketisk stil, med ett mycket litet bord i ett hörn med en laptop på, och för övrigt ett helt kalt, tomt rum med vita väggar, v ars enda dekoration var elledningen i nederkanten av långväggen.

"Ja, så däär....", svarade Slim, motvilligt.

"Hur då?", undrade Sofi, vars ögon nu växte till blanka tallrikar, fulla av sympati.

Slim, vars ansikte utmärkte sig för sin smalhet, sina gråaktiga ögon, som syntes skela lätt, och den ganska långa näsan i vars inre en förtätning hindrade all manlig klang i stämman, svarade:

"Jo", och han satt sig i en rutmönstrad soffa, där han brukade ligga och tänka,

"... hur skulle du göra om du var trakasserad av nån? Och kränkt?"

Detta yppade han, eftersom han under dagen blivit alltmer skeptisk till idén att ta livet av Cantrell Ruthbjörn. Han mådde i själva verket illa av blotta tanken, och grunnade nu över något annat sätt att hantera sina känslor visavis denne man.

Sofi tänkte efter, och hon lutade huvudet lite framåt. Hennes hållning var vanligen helt rak och stolt, men i känsliga lägen (och dessa inträffade rätt ofta för Sofi) lät hon hela staturen kollapsa, och huvudet lät, i en liten sid- och framböjning förstå att hon engagerade sig i vad som var å färde.

Detta var – för alla i tecknens konst invigda – ett gott tecken, och avslöjade ju i själva verket en konflikt inom Sofi. Som alla vet så är människor med inre konflikter de enda människor som man kan lita på och de enda varom hopp finnes. Om detta visste dock knappt Slim något alls, ty han var ännu för ung för det.

"Man kan väl markera..." sa Sofi.

Slim nickade. Det var ju en tanke.

Sofi fortsatte:

"Man kan sägas till personen: Hit men inte längre! Och sen kanske be dom att ta tillbaka vad dom sagt."

Detta var visserligen helt ologiskt, men kontentan var ju att man borde prata och inte slå.

"Alltså först fråga varför hen kränker, och om hen inte svarar på det så då markera!", förtydligade Sofi med en röst som andades försiktighet, men samtidigt beslutsamhet.

Slim nickade och såg i golvet. Sofi hade antagligen rätt. Ur stånd att diskutera saken vidare så övergick Slim till att fråga hur det var med Sofi.

"Hur e de själv?" frågade han.

"De e okey! Match ikväll i Göteborg. Mot Heim."

"Ååh!" sa Slim. Det lät ju roligt. Han stirrade på Sofi. Han hade nästan glömt att han hade vänner. Som Sofi. Detta med Cantrell hade fullständigt sugit upp all energi.

"Jag kommer!" nästan skrek han.

Utan att denna kväll ha den vanliga datastunden tillsammans vid laptopen, när de brukade sitta och konstruera websidor med CSS3 för att se om layouter fungerade lika bra i Explorer som i Firefox, då de ofta nuddade tinningarna mot varann, så bestämdes att Slim skulle komma och heja kl. 20.00 i Bragehallen.

Sofi lämnade Slims och tog sin mountainbike, som, skångrande under den väldiga tyngden, tog sin ägare över grusvägar hem till det lilla blå huset på Östra Stranden, där hon nu skulle packa sin Pumaväska inför kvällens strid. Hela hennes familj var en vänlig skock människor, som allihop tvättade strumpor åt varandra och slogs om vem som skulle gå ut med hunden, rottweilern Simba.

Fadern skulle köra henne till Göteborg.

Att det fanns människor som endast nuddade tinningarna mot varann, det låter som något ur sagans värld, men det är det inte. Massor av människor låter just tinning- och pann-nudd (där pannorna nuddar varann) vara den ömsesidiga sällhetens mirakel. Så var det med Slim och Sofi i Utterholm.

Slim insåg att han varit överspänd. Han hade ju till och med funderat på att MÖRDA Cantrell. Så jävla dumt! En sån idé!!

Slim såg nu ut genom fönstret. Det hade börjat regna. Just detta höstregn var av den sorten som föll rakt ner. Sådana regn är ju alltid lugnande. Men han var nu tvungen att gå och fälla upp taket på sin cabriolet, annars skulle han bli våt när han körde in till Göteborg. Så gjorde han så, gick till garaget, via dörren från hallen, och såg till sin (broders) duvblå lilla bil. När detta var klart hade han två timmar på sig.

Han kollade sin mobil. Inga mejl eller sms från Zarabeth i eftermiddag. Han beslöt att gå till hennes rum, som ju stod tomt, men möblerat, efter det att hon hamnat på sjukhuset.

Rummet var propert, och stod där snyggt och vädrat och med sin varma inbjudande atmosfär. Hennes tre höga bokhyllor var sprängfulla med böcker, mest deckare på engelska och spanska.

Slim gick fram till en byrå, och tänkte att nu kanske han fick röja ut alltihop, om att Zarabeth inte kom hem mer. Det var outsägligt sorgligt. Hon hade ju tagit hand om bröderna, och tagit hand så väl. Zarabeth hade inte haft det så lätt, med sin manodepressivitet och Litium och allt! Slim suckade. Han lät tanklöst sin hand fara bland Zarabeths skära korsetter i lådan.

En kråka kraxade på fönsterblecket utanför, där den sökt skydd mot regnet. Då plötsligt stötte Slims hand på något kallt i lådan. Han tittade efter. Det var en PISTOL! Slims hjärta började dunka. VAD VAR DETTA?

En pistol! En Luger, med fem rödsvarta lådor med patroner. Han gömde snabbt alltihop åter under de skära behåarna och korsetterna, och smet ur rummet och nedför den nästan mytiskt smala vindeltrappan till sitt kära vardagsrum igen. Vad i all sina dar hade hon en pistol till? Det var ju fullständigt crazy!

Men nu måste han göra sig i ordning för färden till Göteborg. Han funderade på om han skulle ringa Oswald, som ibland följde med och såg på handboll. Men det var för kort notis, så det fick vara. Oswald Moody var annars reko, - han var postanställd och jobbade på postkontoret invid Fjerrereds Kyrkby.

Snabbt gick han till badrummet, där han tvättade av sig hjälpligt, och beskådade sitt ansikte, för att se att han såg ut som vanligt. Han fingrade på den antydan till mustasch som han hade haft under näsan sen han var fjorton år. Nån riktigt mustasch blev det visst aldrig. Men det fick vara som det var. Han strök med pekfingret på de små mörka stråna och lät dem vara. "Moder Natur.", sa han lågt. Somliga män, som Arnar och gamle Cantrell hade fått all Testosteron. Han hade bara fått en liten slatt.

Sofi hade hur som helst muntrat upp honom åtskilligt. Han lämnade badrummet, tog på rena kläder och gick sen och öppnade garagedörren, och gick sen och startade sitt lilla vrålåk. Med ett leende, och en tacksam tanke till Sofi svängde han ner på vägen och satt fart –

embarkerandes en entimmestripp - mot Göteborg. Gruset sprutade under däcken och Oktoberregnet avtog i takt med att mörkret föll.

Inter en själ syntes på vägen, och när bilen passerad Cantrells sväng, så såg Slim hur det lyste på glasverandan, men såg ingen människa därinne.

Ungefär vid Fjerrereds K:a ringde det i mobilen. Medan han svängde in till vägrenen lyfte han mobilen och svarade.

"Hallå."

Det var från hemligt nummer.

"Ja, är detta Ossian Thibastvall?"

"Ja." sa Slim.

"Ja, det är syster Lena. Från Onkologen."

Slims strupe snördes samman.

"Ja va e de?" viskade han.

"Jag måste tyvärr meddela att din moster har dött.", sa hon.

Slim sjönk ihop.

Nu var han ensam.

Det hade varit illa nog förut. Nu var det värre. Han visste inte hur han skulle klara sig.

Mitt i alltihop tänkte Slim att hans besatthet av förolämpningen måtte bero på hans utsatthet, men också på att han samtidigt som han föraktade Ruthbjörn också tyckte synd om denne.

S   J   U

FEYDOR WEISSMAN-SCHAH

Feydor Conrad Weissman-Schah var på Manhattan inte känd som någon lustigkurre. Såtillvida var Weissmann-Schah (son till en Rabbin, expert på Hesekiel och trollsländor) dock en gemytlig man som att han, oavsett sammanhang, aldrig nånsin kunde hålla sig fullkomligt allvarlig. Även ställd i de mest sinistra sammanhang, även i situationer som vanära och konkurs, så bestod han omgivningen med ett åtminstone ett halvt leende.

För ett decennium sedan hade Weissman, som tröttnat på att försvara småkriminella i lokaldomstolen, med sin firma "Weissman Prominent Estate" hjälpt klienter att köpa och sälja lägenheter i staden New York. När han blivit varm i kläderna kring 2007 startade han en investeringsfond, där han erbjöd en del av sina forna klienter att investera i fastigheter, som han ibland ägde, ibland hade hand om försäljningen av. Dessa klienter var alltså inte köp-klienter, men investeringsklienter, och dessa bad nu Weissman att identifiera lovande fastighete ratt investera pengar i. Weissman fick hand om deras kapital. Investeringsfonden köpte nu och sålde fastigheter. Weissman representerade sina klienter, och tog betalt för det. De fonder han ansvarade för var dels en långsiktig fond, den ursprungliga, där hans första kunder investerade för att ha en sparbuffert. Den mer aktiva fonden var snar t mycket större. Mycket beroende på att Weissman flyttade över hela det kapital som var avsett att vara långsiktigt, till den spekulativa handeln. Det var därför det var möjligt för Weissman att – när nu affärerna slutligen brakade samman under finanskrisen – så länge dölja för sina sparinvesterrare, att kapitalet var borta.

Han hade gåt ti konkurs, och hamnat i två år i fängelse, samt var sedan tvungen att – med sina nu mycket mindre utkomst möjligheter – betala tillbaka $30.000.000 till sina forna klienter, som i många fall hamnat på bar backe och i skuld, dom också.

Så var läget för Weissmann, när han – berövad sin advokatverksamhet – nu drog sig fram med sin lilla rådgivningsfirma.

Innan kraschen hade han varit lyckligt gift, med två barn, och bott i en elegant takvåning i Queens, men nu var det värre.

Feydor lånade för tillfället en liten lägenhet av sin syster Eunice. Denna var pensionerad – eller snarare f.d. - dansös. (Få länder betalar ut pensioner till dansöser, och USA är i detta avseende inte speciellt generöst.)

Man skulle kunna tänka sig att en lägenhet som innehas av en människa som arbetade inom det estetiska fältet borde ha en viss finess i möblemanget. Så var inte fallet med Feydors syster.

Hon hade samlat på sig den mest otroliga mängd av gamla konstföremål och udda leksaker och porslinsfigurer, så att lägenheten mer liknande en secondhand-shop än en tvårummare på Manhattan.

Feydor vantrivdes, men hellre än att punga ut med $3000 i månaden på en t0om lägenhet, så försökte han att lära sig trivas i bråten.

Han hade till slut fått lov att tränga in alla inventarierna i Eunices sovrum för att sedan inordna sig, med en smal säng och skrivbord och soffgrupp i det större rummet, så matt det nästan blev trivsamt.

Bara några murriga jättetavlor med mytologiska motiv var allt för jobbiga att ta ner, tyckte han och lät dem hänga där, därmed givande rummet – vars nära nog omåttligt höga fönsterramar gav en gotisk karaktär - en atmosfär av mystik och teater.

Ibland, när han tog hem klienter, vars ekonomiska handlingar han snabbt ögnade igenom medan han satt vid sitt skrivbord, fann sig besökarna betraktade av satyrer, nymfer och krigare i full medeltida rustning. Detta gjorde nu de nykomna disträ och förvirrade, så att Feydor till slut fann att hans nuvarande kontor, inklusive dess möblering, gynnade affärerna.

Han gjorde nu nästan en gimmick av att ha ett sådant sjaskigt kontor, och blev därmed delvis lite ner fryntlig och shabby chic själv, sedan han också skaffat en bred illröd slips, vilken skulle understryka det nya äventyrliga hos honom.

Det enda han oroade sig för – bortsett från hur han nånsin skulle komma ekonomiskt på fötter igen – var hur Eunice skulle reagera om hon kom på besök.

För närvarande bodde Eunice hos deras mor i Nevada, där hon arbetade inom barnomsorgen. Borta var nu drömmarna om solodansöskarriär. Hon hade fått ont i ryggen, samt brutit en fot två gånger. Det fick räcka med dansen för Eunice, hade hon själv bestämt. Att komma tillbaka till New York en dag, det hade hon dock tänkt sig, men hon ville först och främst ta hand om sin älskade gamla mor, som nu närmade sig de nittio.

Feydor älskade sin syster, vilket var det enda syskonet han hade, och ville inte såra systern med att på något sätt förstöra lägenheten.

Affärerna gick dåligt, eftersom han inte hade tillstånd att själv ta hand om klienters ekonomi, men mer bara kunde rådgiva. Så var det som en skänk från himlen när Emmet kommit med sitt brev.

Naziguld! Där behövdes inga licenser!

Han hade raskt lånat upp pengar till resan.

Visioner från hans barndom i Nevada hade trängt sig på. Han hade tänkt på sina hästar, på Barbados, Debbie, Stellita och Audubon. Så vackra de varit!

När skulle han få råd med hästar igen? Förmodligen aldrig.

Å T T A

RUTHBJÖRN OCH IGOR STRAVINSKY

Ruthbjörn stod på sin inbyggda glasveranda på andra våningen. Det hade stormat hela dagen, men Ruthbjörn brydde sig inte särskilt om det. Hans intresse för naturen var ofta svagt. Han såg i halvmörkret ner på resterna av sin gräsmatta. Efter en stund gick han snabbt (ty han var ju mycket snabb och rörlig) till sin öronlappsfåtölj som stod i ett hörn av glasverandan och satte sig. Där stod en liten flaska Bell's på bordet intill. Cantrell, vars ärrade ansikte vid åsynen av flaskan fick en sällsam glöd, hällde upp ett litet glas, som var dekorerade med en – som det tycktes – i glasets sida ingjuten engelsk rävjägare i röd jacka och svart hatt, och tömde glaset i en rapp rörelse, omedvetet efterhärmande en generation filmhjältar från Hollywood.

Cantrell mindes rest sig nu och gick in i sitt bibliotek, som låg innanför dörren från glasverandan, ett mörkt och sobert möblerat rum. Där stod till höger musikanläggningen, en Sony receiver med en Kenwood CD-spelare. Han tog fram en cd med den sonore klädsnobben Stravinskys musik och snart dånade Stråkkvartett No.4. ut.

Musiken hade alltid varit viktig för honom.

Framför allt den modernistiska, och den bjärta, den violett-rosa musiken.

Ett andningshål hade det därför blivit för j honom att varje år, i juni, söka sig ner till Tyskland, till Berlin och till sina kamrater och intressefränder i Berliner Stravinsky Verein.

De var ett halvdussin entusiaster, som under några veckor reste runt i Mellaneuropa och lyssnade på kammarmusik.

Mest tyckte han om att de bara lyssnade på musik och njöt av den, utan att alls analysera eller kommentera. Allihop i denna förening, vars medlemmar kom från olika håll i världen, var av den åsikten att det enda man kunde säga om musik var om den var bra eller inte. Ja – förstås – men man kunde också säga om den var utomordentligt bra. Då sa man det; "ausserordentlich"!

De bodde vanligtvis på mycket enkla hotell och spenderade den tid, då man inte reste eller lyssnade på musik, med promenader i det fria.

De var av någon egendomlig anledning, som ingen kunde riktigt sätta fingret på, allihop män, och det enda gemensamma de hade var just kärleken till Stravinsky. Kanske också till Paul Klee. Det brukade nämligen höra ihop; var man affekterad av Stravinsky, så innebar det ofta – nästan med automatik – att man hade Paul Klee som husgud. Alla behärskade tyska, och kongenialt med att de var en "Berliner Verein", så talade de alltid just tyska. En mycket enkel tyska, men ändå.

Efter sommarens rundtur till små konsertlokaler och exklusiva privata salonger i Österrike, Tjeckien och Tyskland, åkte var och en till sitt, förstärkta i de lokaler av deras andliga boning, vilka främst var associerade till violett och rosa.

Men denna dag hade det kommit en överraskning till Cantrell i Fjerrered, från utlandet. Och den hade inget med Stravinsky Verein att göra.

Cantrell var skakad i sin existentiella grund.

På hans skrivbord i det centrala rummet på bottenvåningen, där så många av hans geniala tankar kläckts, och överförts från penna till papper, låg nu ett uppsprättat brev från USA, som kunde vara allt från gudasänd gåva till dödsdom för Cantrell.

Detta var verkligen okärlek.

I bedömningen var från Cantrells sida även den eventualiteten tagen med i beräkningen, att brevet kunde bygga på ett i sin tur helt förfalskat, och i elaka syften, ur rena fantasier komponerat brev från någon som hade till avsikt att röja gamla nazisters identitet.

Cantrell visste inte vad han skulle tro.

Herbert Boxe på Boxeby – som låg en halv kilometer på vägen från Ruthbjörns, den väg som ledde till Fjerrered centrum, med köpcentret och kyrkan, hade inviterat Adjunkt Ruthbjörn, för att möta samme advokat, Feydor Conrad Weissman-Schah, som kontaktat den långe (190 cm) Herbert Boxe, i samma "very urgent matter", angeläget ärende. Herberts vän, Torsten Larsson, som även arbetade som dräng på Boxeby, skulle närvara.

Den fjärde inbjudne var en konstkännare från Göteborg, en Rembrandtspecialist och kännare av Kierkegaard, Docenten Edward Tegelkrona, som både Boxe och Ruthbjörn kände sen gammalt. Denne man förstörde aldrig några fester, men kunde lossa tungorna på de mest förtegna – även om avhandlingen var fullständigt strunt.

Weissman-Schah vem bar det?

Weissman-Schah hade tagit in på Eggers Hotell i Göteborg, men skulle anlända i taxi vid 17-tiden.

Boxe och Ruthbjörn var de enda någorlunda bildade människorna i Fjerrered, förutom drängen Larsson då. Och möjligen pastorn. Pastor Ambrose, som kom från en pingstförsamlingsliknande kongregation i Kalifornien, hade ett lugnt pastorat. På högmässorna var det en tre till fyra gamla pensionärer som kom och lyssnade. Carl Zeke Ambrose – som var i 35-årsåldern - hade i affären uppe vid kyrkan klagat över detta för Sofi Guztavsson, högt så att Ruthbjörn hört det, och sagt att han på fritiden – av leda - brukade ägna sin tid åt att lägga patienser.

"Jag lägger Idioten hela dagarna", hade han sagt, småleende.

Inga i Fjerrered utom dessa fyra akademiker – Boxe, Tutor, Ambrose och Ruthbjörn - hade minsta aning om vad postmodernism eller anarkosyndikalism var för något, menade Cantrell, som hade anlag för generaliseringar.

Så reste sin Ruthbjörn, borstade av sina byxor, strök över det stora ansiktsärret och gick för att byta skjorta inför kvällen. Musiken stängde han av, genom att pressa ner en liten metallknapp på Kenwooden.

Huset föll i djup Stravinskylös tystnad. Endast skrapet av Ruthbjörns skor hördes i det beigea huset och några regnstänk på de små rutorna – blyinfattade och kvadratiska - på den exklusiva verandan.

Han sneglade upp på väggen, på porträttet av fadern, som glad, iklädd naziuniform, log mot Cantrell, sonen.

Cantrell hade aldrig i hela sitt liv begått någon brottslig handling, så långt han själv kunde bedöma. Ja, han hade visserligen häromdan tafsat på flickor, tänkte han förnöjt, men det kunde ju gästen, som tydligen var långväga, inte veta. Men varför tänkte då Cantrell att det ändå kunde vara en dödsdom? Innebar brevet att man ville gräva upp trädgårdar, eller källare överallt i trakten? Vem visste vad de skulle hitta då? Kanske de mest förfärliga uppgifter om Cantrells far, uppgifter som han själv inte ens kände till?

Ruthbjörn var en begåvad man, och han kunde lätt föreställa sig scenarier, som ännu inte inträffat.

På den höga tallen, som stod utanför huset, tillsammans med andra raka ståtliga exemplar från granriket, hade av någon monterats en liten videokamera, som spelade in varje hans minsta rörelse på hela den stora glasverandan. Varje Cantrells rörelse, vartenda glas whisky som tömdes registrerades på denna, Dag som natt. Det var miljörörelsens kamera, som satts upp i största smyg, och helt fucking brottsligt.

Han tog sig till skrivbordet och läste brevet, som låg där ännu en gång.

Det hade tydligen skickats, i tre likalydande kopior, till Herbert Boxe, Cantrell Ruthbjörn och till Blombergs på Agerbyholm, Agerbyholm, som ju delvis rivits, delvis brunnit ner, men invid vars tomtgräns det stod en brevlåda, med namnet "Blomberg" på, som ännu tog emot post.

Det visste Ruthbjörn, som var medlem i vägföreningen, där även Boxe och då ... Blombergs var medlemmar.

Brevet löd i sin helhet:

Most revered Mr. Herbert R. Boxe, Mr. Cantrell Isidor Ruthbjorn, Mrs. Inez Laula Blomberg!

(Letters containing identical content have been sent to the three of you at the same time with the same carrier.)

I am writing on behalf of Weissmann-Schah Financial Firm.

I am writing in an urgent matter of great concern to You all.

On August 23rd this year, I got contacted by a Mr. L. Emmet, who had happened to be at a flea market in Queens and had been buying – among other things - a box containing old letters. The box had been the property of an old lady who had just died. The Rescue Mission in Queens then inherited the box and decided to sell off the old lady´s things at the flea market.

The letter, which was found amongst a lot of U.S. postcards of no particular interest, was written in German and contained perplexing information about a large number of gold items and jewelry that was said to have been buried on the grounds of three estates in Halland, Sweden, towards the end of WWII by a group of German soldiers, led by a Sturmbannführer, named C.C. Eberhard.

A small sketch is drawn on the back of the letter, showing a landscape with three houses. Specific markings (x) indicate the locations of the treasures that are said to have been buried.

I suppose you are all interested in discovering whether the information in this letter, which I consider genuine, is still accurate. (I have – together with a former companion of mine, Mr. Hoberg, a former investigator at the Cincinnati Police Special Unit for Fraud- examined the letter with great suspicion, but I can find nothing that indicates that it should be a falsification.) We are all interested in knowing whether there are any treasures to be found on your properties since it seems to be your estates that are marked on the small map and indicated in the letter's content. C.C. Eberhard, who wrote the letter to his mother in the USA probably while being caught in a battle with a small troop of resistance fighters in Norway a couple of weeks later, and then killed. C.C. Eberhard indicated that the three estates in question were Boxeby, Ruthbjorn Castle, and Blomberg Farm, (Agerbyholms Gard).

I intend to go on a journey to Sweden by Trans Air Flight immediately to find out, with your assistance, if anything can come out of this.

Due to the sensitive nature of the matter, I hope that all information I have sent you will remain a matter of concern ONLY to the four of us. I am the legal representative of Mr L. Emmet, who is the sole owner of the letter. I will present you proof of this, as soon as I arrive in Sweden.

I will contact Herbert Boxe and, on the last Tuesday of September, will arrive at Boxeby by cab. I expect to be there around 05.00 pm.

Yours Sincerely

Feydor Conrad Weissman-Schah

Weissman-Schah & Partners, Trade Counsellor, 22nd Street, Queens, Manhattan

Ruthbjörn stirrade begrundande på brevet. Det fans inte en chans i helvete att han skulle kunna bedöma äktheten av denna historia! Svetten bröt ut i pannan på honom. Han harklade sig. Något som dock talade för att det var äkta var just det att ...Blombergs omfattades av upplägget.

Endast någon som var mycket insatt i bygdens historia skulle kunna veta om att Blombergs varit involverade lika mycket som Zander Ruthbjörn.

Ruthbjörn blev tankfull. Tänk om det var så.... Cantrell kippade efter andan:

Tänk om det var så att Blombergs redan hade HITTAT sin del av skatten, rivit huset för att hitta mer, och sen tänt eld på resterna, behållit tomten (OCH BREVLÅDAN) för att sen flytta till Norrköping (och Malaga, där dom köpt en stor villa). Att gräva upp hela tomten skulle verka misstänkt. Att sälja den vore – i det läget – dumt.

Att bo i lilla Fjerrered – om man hittat miljoner – verkade inte så lockande, om man verkligen ville leva livet. Inez, som i sin ungdom varit en sådan skönhet att hon i Fjerrered kallats "Sheherazade", borde kunna hitta på något roligare.

Vad de verkligen gjorde och höll hus – bortsett från att Inez köpt en villa i Malaga - visste inte Ruthbjörn. Då var ju faktiskt detta en klar indikation på att hela denna historia var äkta! Så rik hade väl inte gamle Blomberg ändå varit!?

Ruthbjörn förbannade först sin dumhet, sen sin klokhet, sedan sin infallsbenägenhet, och var nu nästan på vippen att rusa ut på tomten för att leta skatter.

Men var på tomten då? ("on the grounds of the estates"....?)

Ruthbjörn beslöt att koka sig en kopp starkt kaffe.

Ruthbjörn var mer komplicerad än han själv trott. Vad bestäms allt av, hur man blir som människa? Att allting bestäms av en ungdomsdröm, eller ur en eller annan underlig händelse, som man av någon dold orsak inte minns, från sin barndom, det tror jag står ganska klart för var och en. Vad jag syftar på är alltså att varje människa, om man inte av yttre faktorer tidigt tvingas till en tillvaro av den ena eller andra sorten, i sin själ och i sina livsval är predestinerad av ett eller några ögonblick i tidiga ungdomen – kanske mellan barndom och ungdom – då man – sneglande in i vuxenvärldens obegripliga mystik, fått syn på något som i ens egna ögon tycks som den ideala tillvaron, som man sedan alltid strävar att uppnå.

Det tragiska med detta – ty visst är det tragiskt – är att det kan vara en ganska påver tillvaro, en fattig bild, en bedräglig värdering, som här i den unga människans förvildade fantasi skrudats i idealitetens rubiner och blommiga sidendräkt.

Man inser sedan – livet igenom – aldrig vad som pågår, förrän kanske någon gång i nittioårsåldern, när man sitter och dricker sitt kaffe i samma sommar hus där illusionen skapades och man slutligen ställer sig frågan:

"Men vad handlade detta om, egentligen?"

Kanske ställer man frågan, så att ens vän hör vad man säger.

Vännen kanske är något yngre, och därmed en människa med mindre vetande än man själv, men kanske därför desto piggare i huvudet, ber då att man lite mer utförligt förklarar vad man har för fundering. Man tänker då att det ligger något tragiskt, och även då alltså något komiskt i att allt man strävat efter har sitt ursprung i någon bagatell, något man råkade höra som barn, som inte var avsett för ens öron.

Hur kan det gå till så, att en sådan händelse sätter sådana spår, blir av en sådan dignitet, att denna händelse kan bestämma allting?

Ruthbjörn hade gått och lagt sig för att ta en tupplur efter sin stadiga frukost, och tankarna kom på hur det varit förr, medan han svepte sin filt så att den både täckte hela kroppen, halva huvudet och armarna.

Sådana skådespel ungdomens restaurangbesök i Vasastan och runt Linne´ varit, - enorma tragiska dramer, psykodramer, ledde av tjejerna, utnyttjande killarna!

Under det grå filttäcket kunde Ruthbjörn rentav kosta på sig ett snett leende.

Det vanliga var att man kom till restaurangen vid halv åtta-snåret. Alla tjejerna släpade dit sina killar, kväll efter kväll, för att visa upp dessa, och för att se om man kunde byta ut dem – om blott för en natt. Standard var att de ung a männen spelade olyckliga, hårt ansatta av världen och som offer för praktiskt taget alla orättvisor som kunde drabba en människa. Flickorna spelade tröstare och beundrare, i en och samma person.

Oftast var det någon av männen som började tala om sina alkoholskador (medan han drack) och om hur doktorn menat att han bara hade några månader kvar i livet, om han inte slutade dricka. (… slurk, slurv) .

De unga damerna i mohairjumprar i pastellfärger och med bara armar, som viftade – obetydligt parfymerade bland glas och flaskor på borden - himlade med ögonen och låtsasskällde på männen, medan de spanade in den snyggaste killen samt ansatte dennes flickvän för en kanonad med frågor om vad det nu var hon sysslade med på dagarna.

Nu började också debatten. Eller debattshowen. Någon av killarna, som tillhörde dem som ansåg sig ha enbart åskådarstatus – för att flickan ville att han skulle mer vara det – slängde in en fråga till de mer involverade, tragiska männen:

"Kommer verkligen Palmes död att påverka valutgången positivt för Socialdemokraterna?"

(W Eftersom Palme just för nån månad sedan blivit skjuten på öppen gata...)

Hyenalikt spände nu alla flickorna ögonen i sina respektive partners.

Säg nåt klyftigt nu! , tycktes deras stora ögon säga.

"Det är väl klart", sa en ung man, som såg ut som en förvuxen Hans, ur nån Hans och Greta-saga.

"En sån fråga!", sa någon, som tjuvdruckit för mycket, och som meddetsamma blev tystad av sitt bihang.

"Socialdemokratin har väldigt länge – alltför länge - varit på glid utför. Det kommer att fortsätta oavsett att folk blir skjutna", menade någon, vars ansikte var dolt av kvinnans hår, då denna just försökte hångla sig till en stor kyss.

I samma stund hade någon fått ner gitarren – en enkel av spansk modell – från väggen, och börjat sjunga Olle Adolfssonvisor.

Det stimmade i lokalen, glas bars runt, och glas dracks ur, och sångaren sjöng nu "Helga jag älskar dig", som ju inte är en av de längsta Adolfssonsångerna, men inte den kortaste heller.

Ingen kunde texten utom sångaren. Så blev det därför något tystare kring borden, medan visans bedövande sentimentalitet och sommarkänsla fick blodet att rusa omkring centralt i både kvinna- och manskroppar.

Visan blev som en signal att byta ämne.

Någon kvinna tyckte att det blev för magert innehåll i debatten och att just hennes hjälte har kommit i skymundan.

Ett säkert kort är därför att be denne redogöra för hur lyckat det var på en annan krog, kvällen före, då denne hade gjort succé genom att offentligt sabla ner en författare och denne senaste bok, en författare som då dessutom varit lite lätt närvarande, svinberusad vid ett bord i närheten.

Mannen, som bar trasiga glasögon (en effekt av et bråk på hemvägen kvällen före) berättade om händelsen, med breda analogier.("Det var som att fälla en tolvtaggare.")

Då sa en kille med finnar i hela ansiktet att världen efter Nietzsche och postmodernismen skulle övertas av starka individualister, som skulle omdana världsekonomin genom att ge alla en garanterad grundlön samt estetisk utbildning.

Som svar invände en annan, äldre med för stora svartbågade glasögon och stor svart slokhatt:

"Men människor som inte har en aning om Nietzsche, lever dom också i en postmodern värld?"

Invändningen bedömdes som barnslig, och man bad servitrisen om en stor karaff Vino Tinto till.

Sen bytte man ämne igen, genom ett inlägg från en kvinna denna gången.

"Vad skall ni göra i sommar?", frågade denna.

Trots att flera av paren planerade att upplösas redan nästa dag, så ställdes frågan om vad just paren skulle göra.

Detta var en del i dramatiken på restaurangen.

Här skulle man höra vilka som ljög bäst om sina sommarplaner.

Under redogörelserna om vilka sommarhus som var tillgängliga för den och för den, så började nu några bli rejält fylledryga.

"Det skall la du ge fan i!"

"Darling, kyss mig hårt!"

"Älskling, var har du varit hela mitt liv?"

"Jag tror att jag har cancer."

Ruthbjörn slängde av sig filten, och satte sig, nysvettig, upp i sängen.

Det var dags att ta en promenad.

Eller kanske skulle han gå och se till duvslaget. Kanske det hade blåst ner i natt? Det var ju storm.

Varför stormade det? Höll jorden på att gå under? Kunde verkligen ett förändrat klimat kasta omkull en hel civilisation?

SLIM OCH TROELS - NAZISTJÄGARE

HIN, Hunting Indigenous Nazis, hade inte många medlemmar, kanske tio, men de var ändå – inte minst i denna bortglömda del av landet - en viktig resurs och del av alla de antifascistiska och antinazistiska rörelser, som parallellt med miljörörelsen internationellt är så viktiga för att hålla vaksamheten och medvetenheten uppe om grova brott mot mänskligheten.

HINs lilla Fjerreredsavdelning sköttes till stor del av två medlemmar som råkade på Östra Stranden i Utterholmen, och som länge haft sin uppmärksamhet riktad mot det beigea huset, Castle Ruthbjörn. Avdelningen, som var en av 11 avdelningar runt landet, hade på Flashback och i en sluten grupp på Facebook redan publicerat länkar till länkar till ett vidsträckt material på Bitchute, där det beigea husets historia var klarlagd, där Cantrells fars verksamhet fanns redogjord för i minsta detalj. De två Fjerreredsjägarna, Slim Thibastvall och Troels Wallén hade också inriktat sig på att finna ut vad som nuförtiden möjligtvis kunde utspela sig i den lilla granitkällaren, där det under naziåren så mänga viktiga förbund stöpts. Man hade en aning om att där förvarades en massa gamla uniformer, naziuniformer och annat obskyrt, som alltså sparats för att hedra och minnas folkmördarna.

Slim och Troels hade inte bara kartlagt Ruthbjörns far, man hade även luskat i Boxebys historia, och funnit multum. Så hade man kontaktat en pensionerad jurist, som gick under namnet Nachmanson, vilken man ville skulle ta reda på lite mer om Herbert Boxe på Boxeby. De hade även kontinuerlig bevakning på Cantrell, och på reguljär basis genomsökte man det beigea huset, både med digital teknologi och rena IRL undersökningar genom hittills obemärkta inbrott.

Oftast var man hemma i Slims källare, där man hade det bästa internetet, och var mest inkognito.

Troels Wallén var en blek mörkhårig ung man på 18 år, som var den ende i Fjerrered, av de som hade hört om det amerikanska brevet, som klart och högt uttalade sin djupa skepsis.

"Det är något konstigt med brevet", sade han, och inte bara en gång, men ett flertal.

Något stort gehör fick han inte.

Ibland kan det bli så i sällskap, och det blev nu så till exempel i Boxes sällskap (vilket alltså Troels bara hade tillgång till via en webkamera) att ingen där har någon misstänksamådra.

Ofta, i en samling med ett halvdussin människor, kan det bli så att den slumpartade konfigurationen av gruppen blivit av den karaktären att ett – av flera - perspektiv saknas. Man kan ofta uppleva det själv, hur man hamnar till exempel vid ett gatuslagsmål bland åskådare, där ingen tar tag i saken och ringer polisen, men där alla handfallna endast står och ser på och undrar vem som skall vinna fajten, och vem som till slut skall ligga medvetslös och knappt talbar på marken i slutändan. Det kan slumpa sig att man själv, om man är av den passiva sorten, hamnar bland idel likar, och då – som alla förstår – kan det gå verkligt illa. Det värsta här i livet är nog det: att hamna bland människor som allihop har ens egna svagheter.

Man blir då berövad möjligheten att se saker från andra håll än ens egna, och kommer att – om man inte lyfter sig själv i håret – leva som en medvetslös halvmänniska hela livet.

Att alldeles ensam upptäcka verkligheten är svårt. Om man hamnar i ett sällskap med få, eller inga, åsiktsvariationer, så har man uppförsbacke i tillvaron.

Men Troels var självständig.

När han inte fick – som han tyckte – riktigt gehör för sina åsikter hos Slim, så började han rentav misstänka, att Slim låg bakom brevet, att brevet var en genial förfalskning, skapad av Slim under nattens mörkaste timmar, med hjälp av resurser på internet.

Slim skulle definitivt kunna vara kapabel till detta, tänkte Troels, vars långa smala fingrar här, vid denna tanke, strök sina egna tonårsröda läppar.

Något att göra åt var detta inte. Om Slim endast visade genuin upptäckarglädje visavis brevet, så kunde Troels inte göra mer än att i tysthet odla sin skepsis, samt skärpa sin uppmärksamhet.

Ruthbjörn stod samtidigt i sitt sovrum i det beigea huset, två trappor upp i sitt till "Ruthbjörn Castle" döpta kråkslott, och såg sig i spegeln ovan chiffonjén i päronträ.

Trots att han såg en nygammal lätt böjd gubbe i reflexionen, så såg han dock genom självhetens filter en stark mentalt alert herre, i blå, kritstrecksrandig (något skrynklig visserligen) kostym, vit skjorta och illröd – ganska lång - slips. Flinten glänste i lampskenet, och det långa mörkröda ärret, som löpte från nedre delen pannan – just från höger ögonbryn - upp över halva hjässan, som han fått efter en båtolycka i Hamburgs Hamn en gång, lyste praktfullt även det.

Han brukade säga att han fått det i Gulfkriget. Men ingen av dem han dragit detta skämt för fanns längre i livet, eller hade bara försvunnit i anonymitet.

Inget var så bedrövligt i Cantrells liv som detta, att folk bara försvann. Och att han tyckte sig ensam lämnad kvar, med dessa tankar på vad som varit av de stora politiska drömmarna och på vad som kanske aldrig skulle bli. Många av hans vänner från förr, som tillhört eliten (som han tänkte på det) i Göteborg, hade fallit offer för cancer.

Vart var dom någonstans nu?

Cantrell rös av obehag. I de flesta fall var det inte ens någon som kom ihåg att de existerat. Om man googlade på dem, så fanns det inga svar alls.

"Det glas, som sitter i en spegel är genomskinligt glas", tänkte Slim, när han stod i hallen och betraktade sig i en sådan. Han hade aldrig riktigt begripit sig på speglar. Alltid är det något som förbryllar en människa livet igenom, något hen aldrig riktigt kan komma över att hen inte riktigt kan omsätta i lugn och komfortabel visshet.

I Slims fall var det just speglar. Inte den eventuella genomskinligheten, men …. spegelvändheten. Han begrep att speglar reflekterar en bild, men det var något konstigt med själva spegelvändheten. Efter att som vanligt grunnat över den ett tag, fruktlöst, övergick han nu till att betrakta sitt ansikte. Spegelvänt visserligen, men ändå.

Ty var det inte så, att folk hade, gång på gång, UPPREPAT, förklarat för honom varför ansiktet blev horisontellt spegelvänt, men aldrig vertikalt. Varför såg han sig inte upp och ner i en spegel, om han nu blev höger-vänstersidigt utbytt? Varje gång nån förkarat det för honom hade han förstått det, men sedan hade totalt glömt bort svaret. Hur var det med andra saker som folk förklarat för honom, tänkte han, och som han förstått, men sen glömt bort? Tänk om han halva livet hade hört folk säga saker, som han nu inte kom ihåg längre! Som var svar på frågor.

Nån kanske hade förklarat massor av saker, och han mindes det inte längre!!

Detta fick honom att må lite illa.

T I O

"JAG HAR LUNTAT I DITT HJÄRTA"

Miljörörelsens i Fjerrered Utterholmsavdelning av FRIDAYS FOR FUTURE bestod av enbart två personer. Trakten var ju politiskt bevars mörkblå, eller på sin höjd mellanblå, och konservativa människor bryr sig i allmänhet mer om ägodelar, myter, ekonomi och nöjen än om miljön. Därför var ingen förvånad över trädkramarnas antal i denna landsändan.

De två medlemmarna var båda unga pojkklippta blonda flickor, Gunnel Poulsen och Louise "Lou" Björk, båda arton år gamla, veganer och till yrket lagerarbetare inom livsmedelsindustrin, åtminstone Gunnel. Louise var lite mer lösligt anknuten till tillvaron, och ofta påverkad, som hon var av tung spirituosa, gick hon på bidrag och var allmänt samhället till last. Men hon var tidvis en nitisk medlem ändå, mycket beroende på hennes djupa förälskelse i Gunnel. För Louise var kärleken allt. Ingenting annat var någonting. Att ha en sådan medlem i en förening kan ha sina risker. Men samtidigt betraktade Gunnel sin vän och älskarinna som så disträ och oföretagsam att hon mot den bakgrunden inte kunde anses undergräva någon som helst verksamhet.

Hur många anslag de än satt upp, vid kyrkan, vid snabbköpet och på träd längs landsvägarna, så var det ingen som sökte sig till deras Miljörörelse: Framtid för Världen, och utsikten att deras rörelse skulle utökas syntes dem liten. Men gav sig, det gjorde de inte.

(Visserligen är det sant att Louise hade gömt ett hundratal av flygbladen under sin säng, för att det var för tröttsamt att dela ut dem.)

Det var dom som satt upp kameran, som de köpt hos Clas Ohlsson, som var riktad mot Cantrell Ruthbjörns glasveranda.

Deras intresse och beredskap att överträda lagar hade stärkts av en händelse i början av augusti.

Gunnel, som bodde några hus ifrån Slims hus, hade passerat på cykel det Ruthbjörnska slottet, och som hon alltid var intresserad a v växtligheten i Fjerrered, så noterade hon att i den vanvårdade trädgården som omslöt det beigea huset, tycktes det ha växt upp några buskar, hon aldrig sett förut.

Utan att fråga om lov, ringa upp eller annat, stannade hon, steg av sin cykel, ställde den vid grindstolpen, öppnade grinden och steg in på grusgången, som ledde upp till Cantrell Ruthbjörns ingång, den med de tomma socklarna.

Buskarna växte invid gavlarna på huset, och efter ha inspekterat dessa och k jämfört med bilder som hon raskt tagit upp från Google på sin mobil, så visste hon nu att det var parkslide.

Hon såg att Cantrell var hemma och satt och läste uppe på verandan, och han hade – till hennes förvåning – inte upptäckt henne på grusgången som ju låg i hans synfält mitt framför huset.

Hon ställde sig då i skydd av porten och ringde upp sin väninna, Louise, och förklarade att Cantrells trädgård var smockfull med parkslide, och även om detta inte var något brottsligt, så borde ju nån kontakta Ruthbjörn för att tala om att det växte en icke-endemisk art i hans trädgård, som ju kunde sprida sig i hela trakten.

"Vi går och pratar med gubben", menade Louise, som också bodde på Utterholm, och hon lovade komma på momangen.

"Lika bra att göra det mesam", sa hon, och förkortade ordet "meddetsamma" på ett i Gunnels öron mycket charmigt sätt. De var djupt förälskade. Gunnel uppskattade dessutom mycket Louises poesi.

Louise dyrkade Gunnels höftparti.

Gunnel hade en atletisk och vacker kropp, och alla traktens ynglingar kastade blickar efter henne, när hon var ute och cyklade, alltid iklädd tajta, slitna blåjeans. Alla visste att hon var lesbisk, men man visslade friskt ändå.

Efter en stund knackade de båda unga flickorna på den tudelade porten, som i kontrast mot det beigea, var vit, eller gråaktig, och väntade.

Snart kom Cantrell och öppnade.

Nå, snart satt de i vardagsrummet på nedre botten och drack kaffe med den gamle Adjunkten, som även serverade ostsmörgås.

Angående parkslidet så sa han sig vara helt okunnig i "Botanikens värld", men sa samtidigt att han fullkomligt inte brydde sig särskilt om, huruvida det var några invasiva växter i hans trädgård. Allt här i världen var invasivt och han tänkte inte ta bort några växter. Principiellt hade mycket att invända mot miljörörelsen, sa han. Nästan ingenting i hela världen var så fullt av tankefel och myter som just miljörörelsen, enligt honom.

Samtidigt smög han dock – som av en händelse - upp handen i Louise nacke och smekte denna förföriskt.

Efter en minut – då Cantrell fick en utskällning på stående fot av en illröd Louise – sprang de två flickorna ut genom porten i den beigea villan och hoppade på sin a cyklar och cyklade hem.

Lou kunde inte för sitt liv bli av med känslan av Cantrells hand i nacken och på halsen, och grät floder och kunde den natten inte sova av harm och äckel. Det var mycket också att det kom så utan minsta förvarning, som gjorde att det blev en sådan djup chock. Cantrell hade inte visat det minsta intresse för de båda flickorna, och sen hade handen bara kommit.

Helt förnedrande.

Lou hade vanligtvis inte mycket intresse av filosofi, om det inte var esoterik, men i det här fallet hade hon ändå tänkt att man kan stå ut med mycket oförrätter, och oförrätter som begåtts av passion, kunde man ju i vissa lägen bedöma mildare. Detta hade ju rent historiskt varit ett faktum I Frankrike hade man ju, förr it tiden i alla fall, tänkte hon, sett på vissa brott som "crime passionel". Men i Cantrells fall så hade det verkat som om gubben INTE BRYDDE SIG OM HENNE. Han hade just bara förnedrat henne, för att han inte tyckte att hon var värd något! Det var som om det inte hade spelat någon roll, enligt vad Cantrell tyckte. Kanske hade Lous rykte, som beroende av alkohol, även spritt sig till Cantrell, och att det var så att denna upplysning hade gjort så att Cantrell tyckte att det rättfärdigade en mer principlös inställning visavis henne själv?

Nu satt flickorna och stirrade på laptopens skärm.

"Nazisten ska gå ut", sa Lou, som blickade på laptopens skärm, där man otydligt såg hur Cantrell gick omkring i sin veranda, uppklädd i finkostym.

Man hade, via Flashback, lärt sig ett och annat om Cantrell och dennes far.

"Det jävla svinet", sa Gunnel. "Nå, då slår vi väl till ikväll då?"

Gunnel var halvsyster till Fjerrereds kanske mest populära människa. Det var traktens bilmekaniker, William Fredlund Innan man svängde av från den väg som i en cirkel sammanband Kyrkan med affären i Slottskär, - Fjerrereds segelbåtshamn, marina, och golfklubb -, och som ledde åt sydväst ner mot Boxeby, körde man förbi en liten bilverkstad, som hette William Verkstad.

Denna bilverkstad anlitades av nästan alla i Fjerrered, och hade i motsats till alla andra verksamheter i södra Fjerrered vuxit lite, vilket fått ägaren, William Fredlund, att anställa hela två medhjälpare, Gusten och Peter, för att ta hand om alla de underliga reparationer som trakten var i behov av. William inte bara ställde upp när det gällde att fixa Volvon, eller Audin, men servade båtmotorer, hushållsmaskiner, mopeder, pump-aggregat, reservaggregat för el, kaffemaskiner och batterier till allt från telefoner till febertermometrar.

Inte desto mindre var både verkstan och affärslokalen gammal, liten och man blev förvånad varje gång man upptäckte att alltihop faktiskt fungerade, inklusive kvitton och fakturahantering. Denna senare sköttes av Williams andra syster, förutom mycket yngre halvsystern Gunnel, den biologiska helsystern Erika, som var en rödhårig punkare som passerat de 35, lite damig i sättet, men med minst femton metallringar på olika platser i det något bulliga ansiktet.

Hon framstod för alla som en levande paradox och anakronism.

William, som var en godmodig, tystlåten man i fyrtioårsåldern, som kunde sina saker, var enormt populär i trakten, och svarade på ett lugnt sätt i upp mot de båda rollerna att vara traktens maskot och räddare i nöden i alla situationer, där teknik fallerade.

William var dock inte en del av miljörörelsen även om han inte hade något emot den. Han respekterade den. Och Gunnel och William – Fjerreredsbor sedan födseln - stöttade varann i vått och torrt.

I Slottskär fanns hela Fjerrereds jetset, vilka alla var medlemmar i de två stora naven för sällskapslivet i socknen: båtklubben och golfklubben.

Ordföranden i den ena klubben hade inte sällan varit ordförande i den andra, och tvärtom.

Man anordnade, förutom seglings- och golftävlingar även partyn, som kunde vara allt från baler till fylleslag.

Om man blivit insläppt i dessa föreningars inre krets, så var man tryggad för livet. Där såg man om varann och gjorde affärer som gynnade varann och gifte in sig med varann, och stödde varann livet ut.

Var man INTE insläppt, så fick man helt enkelt titta på.

Många u Fjerrered var inte alls insläppta, eftersom de inte uttryckt sin beundran för de familjer som utgjorde den inre kretsen.

William var – eftersom han uttryckt sympatier för anarkismen – , trots sin popularitet som hantverkare, inte insläppt i jetsetarnas klubbar.

Andra som stod utanför var kretsen kring Boxeby, Herbert och Ruthbjörn, samt pastor Ambrose, som, i egenskap av amerikansk frikyrkopastor från Albuquerque, - och infört "Halleluja"-rop i Fjerrereds söndagsliturgi - betraktades med stor skepsis.

Man var inte säker på pastorns agenda.

Pastorn själv – amerikanskt social som han var - ville verkligen vara med, och hade sänt flera brev till både golfklubben och segelsällskapet, utan att något hade hänt.

Golfklubbens aktuelle ordförande, Viktor Kopparhammar, hade bara gett brevet från pastorn ett skevt leende, innan brevet arkiverades i en jättelik blå plastlåda, som var märkt "Skräp!".

Ägaren till Slottskärs Restaurang, där man ofta hyrde in små orkestrar som spelade helt omodern blues och jazz – Bengt Signorelli – var inte heller så tänd på att ha en pastor i närheten.

Louise hade någonstans i Norrbotten en mor som var intagen på sjukavdelning för både KOL och demens sedan många år, och hade ingen kontakt med sina släktingar. Hon bodde i Slottskär, i en liten dragig, nedgången lägenhet i ett rappat tvåvåningshus invid marinans konditori. Lägenheten var liten och hade flera gånger betraktats som uttjänt. Kommunen hade rustat upp den, och nu användes den för logi åt bidragtagare. Den var liten, 15 kvadratmeter, och allt som fanns i den var en säng en byrå och en liten kassettradio från 1980-talet.

Här tillbringade Louise, skådande ut över marinan genom ett lågt fönster, sina dagar.

Ackompanjerade av fiskmåsarnas läten, där dessa satt på båtarnas master och i riggen, låg hon på magen i den obäddade, nerlegade sängen och skrev på sin poesibok.

Den hade redan en titel, och Gunnel tyckte att Louise' poesi var den vackraste och mest skakande i hela världen.

På det svarta vaxdukshäftets omslag hade Louise klistrar en syltetikett, som bar de med en blå Bic inristade orden:

JAG HAR LUNTAT I DITT HJÄRTA

Omkring på golvet låg whisky- och vinflaskor om vartannat, tillsammans med en mängds pillerburkar och pillerkartor av varierande storlek, färg och snitt.

Vid ett tillfälle, när Gunnel fyllde 23 år, och de hade fest hemma hos Gunnel, och då bland andra Slim och Troels var bjudna, så visade Gunnel upp Lous manus, och alla bläddrade i det svarta vaxdukshäftet, och Gunnel läste högt till tända ljus.

Då uppdagades det emellertid av gästerna – som alla drack Vino Tinto - att det var lite si och så med äktheten av Louises poem. Troels kände nämligen igen vissa av dem från en antologi med Edit Södergrans dikter.

Så var alltså inte "Mina solbrandfärgade toppar" alls någon dikt av Louise, men av Edit Södergran, den finländska modernisten från Karelen.

Här blev nu Gunnel så ledsen och förbittrad att hon grät. Gunnel hade nämligen skrivit av hela manuset, samt sänt in det till ett av Sveriges största bokförlag och inte ens fått en bekräftelse på att de mottagit manuset.

Nu förstod hon att det kunde bero på att det helt enkelt inte var äkta.

Slim sade då – vis av skadan att själv en gång skickat in ett romanutkast - att förlag nästan aldrig svarade på brev, och sällan bekräftade att de fått manus, om det inte var digital, och att det då var en automatisk svarsfunktion, manufakturerad av en robot.

Efter det förstod alla att man inte kunde lita på Louise. Den enda som inte förstod detta var Louise själv. Hon ändrade aldrig på något sätt attityd till någonting.

"Det är själva definitionen på stort ego", hade Slim förklarat för Troels.

Lou var den enda personen i hela Fjerrered som alla visste att man inte kunde lita på.

Samtidigt som man beundrade Lou´s poesi, så ansåg ju en del av det lilla gänget i Fjerrered, en del av de ikring henne, som hört dikterna eller läst dem, och varav flera var ganska flitiga bokläsare, och således omdömesgilla i frågan, att det inte var så mycket poesi att ha. Den var FÖR patetisk. Även om den var stark, så osade den så mycket av erotik, att det skämde den.

Riktig poesi var det nog, när allt kom omkring, inte alls.

Det var mer en eruption från ett monomant sinne.

Men sådant är ju också fascinerande.

Vad var – när allt också kom omkring – den poesi som skrivits en gång av Sapfo, där på ön Lesbos i Egeiska havet, vid Atens storhetstid?

Var inte det en eruption, som i kraft av sin erotiska kraft slungats ut i tidens megafon, och hamnat i alla älskogstörstandes örons trumpetsnäckor, och sjungit där, i århundrade efter århundrade.

Poesi var en så konstig konstart.

På ett sätt var allt poesi och poesi allt.

Poesi var både för stort och för litet. Poesi var paradoxernas paradox, så alla var för sig själva mer benägna att kalla Lous skriverier för poesi, än att kalla det för köksbordsrimmerier.

E L V A

BOXEBY GÅRD

BOXEBY låg i Fjerrereds socken, i Fjerre härad i Nitens båtmansrote, i ett gränsland mellan den svenska kusten i väster och det trygga inlandet i öster och mellan Bohuslän och Halland. Man levde här av hävd av vad säd, bönor och andra grödor som godset och närbelägna gårdar kunde producera, och vad det kunde få ut av djur såsom kor, höns, kalkoner, gäss, får och svin, så som skett i långa tider i detta svenska inlandet, liksom i närliggande länder.

När man kom nära det gamla godset Boxeby - efter det man passerat den väldiga häck som omslöt själva den trädgård som inneslöt huvudbyggnaden - en känsla av att det gamla träslottet helt enkelt – likt en årsrik människa - var skört. Dess stomme tycktes tunn, som urgröpt av århundraden av insektsangrepp. Ja, kanske hade även den saltbemängda vinden från havet gjort sitt till och till sist lyckats att blåsa tvärs igenom huset, genom varenda bräda, utan att man på något sätt kunde förklara varför. Så ytterligt på nåder stod det på sin plats, fullt av snickarglädje, trappor, altaner, tinnar och torn och med massor av rum i vilka det knäppte, stönade, suckade och viskade. Det gamla virket tycktes alltså levande i sin sekelgamla murkenhet, och alltihop var sannerligen en konservators mardröm. Likt ett regalskepp som visserligen aldrig varit under vatten, men enbart i salt vind, och det genom århundraden, stod Boxeby på den omvittnat fattiga Fjerreredska slätten och andades evighet – inte utan en viss stolthet, emellertid då blandad med en dos hjärtsviktslik trötthet.

August Boxe, farfader till Edward´ vän Herbert, hade 1866, istället för en vanlig mangård med intilliggande lagård, på den med diverse

granbevuxna lilla kullen mitt bland ägorna, som legat där länge nog,
sedan Karl XI:s och Magnus Gabriel de la Gardies tid, byggt ett
veritabelt slott i fur, ask och ek, på en grund och på stor källare av
diverse granitblock, ett träslott med pilastrar efter italienskt mönster.

Boxeby var ett slott i trenne våningar, innehållande en kolossal
mängd rum och alltså försett med en gigantisk källare i två våningar,
i vilken det då och då förvarades franska viner från Bordeaux och
Argueil-Sur och Jalousie i fat. Källaren försågs – efter råd från
Christoffer Polhems verkstad - med ett elegant halvautomatiskt
pumpverk, drivet av hästar, ty givetvis forsade det där tidvis genom
sand och morän in vatten från Kattegatt.

August hade skaffat en byggmästare ända från Köpenhamn och så
satte de igång med att, efter en ritning som rike och begåvade August
själv gjort, bygga det stora träslottet, på den solida grund som redan
fanns från ett äldre Boxeby slott och stor källare. Man grävde ut
omkring 20 alnar ner och gjorde en stadig grop 200 meter ggr 50 meter
från vilken man ledde vattnet ända till havet genom en till stora delar
underjordisk kanal. Arbetet med kanalen hade startats redan ett
årtionde tidigare av en ättling till en äldre Boxe, Karl-Emil Boxe, som
också byggt ett antal stenstugor i trakten, ett slags halvt fortifierade
förrådsbyggnader för alla slags varor.

När det första huset byggts på Boxeby kulle visste ingen.
Förmodligen någon gång nar isen släppt tag om området.

"Detta blir inte billigt, Boxe!" hade dansken sagt och slog
geschwint med baksidan av byggmästarhanden på sticket.

Ritningen på det grova papperet framför honom föreställde ett litet
slott i tre våningar med två fyravåningars torn med platt tak, uppe på
vilket diverse platåer med balustrader syntes. Byggmästaren, vars
namn var Berndt Westergaard, lyckades, hänvisandes till
hållfasthetsläran, banta ner huset till tre våningar. Huset var – som
redan nämnts - helt symmetriskt ritat och man hade till och med
ansträngt sig och smyckat det med små utmejslade sirade detaljer i
takskäggen. Boxe kallade huset för Boxeby, vilket – istället för det
äldre "Boxe gård" - så blev namnet på själva jordbruksfastigheten, uti
lantmäteriregistret i Kongsbacka.

Tillsammans med Westergaard ritade nu August Boxe, som var
allmänbildad och hade gått ut folkskolan i närheten av sockenkyrkan
i Fjerrered, med en enkel snickarpenna färdigt huset, och män kallades

in från det närbelägna Göteborg till att hjälpa till dels med den stora källaren, och dräneringen av denna, dels med struktureringen av alla bjälkar, all spont, reglar och alla stag som krävdes, ty det skulle bli ett hus helt i småländsk ask, lokal halländsk björk samt norrländsk fur med inslag av importerad redwood från Tasmanien, via Göteborg.

August Boxe hade i själva verket sett bilder på hur renässanspalats i Italien såg ut, på originalkopparstick. I omgångar hade August via seglats på eget skepp varit i Holland och på besök i Amsterdam hos en målare, som i sin ägo hade mängder av kopparstick, och av denne inhandlat sådana med hus på. Som present hade han av den trinde lilla målarmästaren vid ett tillfälle fått ett porträtt, där någon som troligen hette Harmenz Rembrandt van Rijn satt och smålog iklädd nån slags basker, samt kliande en liten nederländsk hårt randig katt. Detta porträtt, kallat "kattporträttet", hängde, efter det att nybyggnationen var klar, alltid i godsägarens arbetsrum i norra tornet. Intill tavlan hängde i två bastanta rep av svart läder en två alnar lång spikklubba, som sett sina bästa dagar. Porträttet var insiktsfullt, just som Rembrandt kanske varit, (menade Tutor, vars kunskaper tycktes outtömliga) och det spred sitt lättsinne och sin stillsamma fantasi över rummet.

Huvudbyggnaden kan beskrivas så här.

Slottet vetter rakt åt väster, såsom brukligt är, inte minst i kustnära trakter. Betraktat från denna sida har slottet – eller herrgården - fem delar. Längst till vänster ett trevånings torn med platt tak, som inrymmer ett rotundaliknande rum, samt ett trapphus vettande mot husets baksida, sedan en mangårdsbyggnad till, den mellersta, med tre fönsterrader, sex fönster på var våning, i vars bottenvåning en stor salong upptar hela ytan, "stora salongen", sedan ett torn, utan trapphus, och med ett litet lustigt hattliknande tak, krönt med en stel vimpel av metall, som någon gång förmodligen varit målad, men nu är bara grå, sedan ytterligare en huvudbyggnadslänga med sex fönster, samt tre längsgående verandor över varandra. Så ligger ett torn – även det med platt tak, där man kan ligga och sola om somrarna, längst i söder, med motsvarande rotundarum, av vilket det på mellersta våningen var Herberts sov- och skrivrum. På baksidan av denna södra rotunda fanns även där ett trapphus, södra trapphuset.

Hela denna herrgårdsbyggnad har alltid varit målad i gult, och det var den även när Edward denna sommar besökte det.

Ladugården revs och ersattes av August med en dubbelt så stor, jämte svinhus, väderkvarn och tröskhus. Där fanns även stugor till statarna och stallar till hästar och de många vagnarna och redskapen, tvenne brunnar samt en mångfald murar, märgelgrav, och äppel- och päron- och grönsaksträdgårdar.

Att detta allt var möjligt berodde givetvis på god ekonomi, men denna ekonomi var emellertid inte enbart byggd på skötsel av jord och skogsbruk, som visserligen blev alltmer omfattande ju mer ägorna utvidgades, men det var även så att Boxearna hade – ironiskt nog i denna karga bygd - näsa för goda affärer, varhelst dessa fanns, och ofta fanns dessa affärer på böljan den blå. Böljan låg i närheten. Närmaste ordentliga hamn var väl hela fem kilometer från Boxeby. Där låg då själva havet. Och där hade August Ebenezer Boxe haft sitt lilla inkomstbringande rederi. Det var tradition i trakten att man egentligen livnärde sig på kaperi och smuggling och annat. Ofta hade man låtit sig leja av Dansken. Var det kaperi så var det i sin tur sanktionerat, i hemlighet, från högsta ort. Från kungs, via landshövdingar, generaler och fogdar. Sånt hade man bevis på.

Gamla ordnar från det gamla Boxeby slott, som byggt i slutet av 1600-talet av Hans Boxe, och som ingen vet hur det såg ut - låg och drällde bland besticken i kökslådorna i Boxeby kök.

August var en omtänksam, förtänksam och påhittig man och visste även att man bör hålla ett öra till marken för att lyssna till förfädrens steg.

Värre var det alltså med kopparsticken. Dessa inspirerade nämligen inte till lättsinne, men till massor av arbete. Det visade sig att utländska slott och herresäten, mest schweiziska, när de drogs upp i naturlig skala, till skala 1:1, blev hiskeligt stora, och behövde massor med virke, spik, tegel och sten för att bli annat än rangliga teaterkulisser. Det var det som den utrikiske byggmästaren insåg, när han hade fått kopparsticken framför sig. Det kan ibland vara svårt att göra en solid verklighet av möjlighet.

Huset stod, skinande gult, klart, efter två års bygge. 1866 flyttade Boxe – med alla släktklenoderna - från den mindre släktgården, vid namn Holmen, en fjärdingsväg bort, till det lilla godset, som invigdes av en mässingsmusikkår från Kungsbacka, en gosskör samt av dåvarande prosten, Teol. Lic. Ante Dillén.

Av någon anledning så kom slutresultatet mindre att bli ett träslott som liknade något italienskt, eller ens fjärran tycktes vara något som Voltaire kunde bott i, men herrgården hade istället något av Liseberg eller Gröna Lund över sig, trots att detta gods var mattgult och inte rödrosa eller matt grönt. Man kunde, när man till exempel drömde om herrgården på nätterna, lätt föreställa sig att man var på ett nöjesfält, man hörde nästan ropen från försäljarna av spunnet socker, och man kunde hallucinera att Boxeby gård och slott mest var en mängd kulisser och att både människor och djur hade hyrt dit av någon affärsman, och att man tog inträde där. Man letade efter rotundan, efter spöktåget, och de fordoma tjocka damerna, dvärgarna, missfostren och karusellerna.

Herbert Boxe var alltså det lilla ruckliga godsets nuvarande ägare och herre och hade förutom godset av sin far Rudolf även ärvt alla de vidsträckta, och dyrbara, ägorna som i tunnland efter tunnland bredde ut sig n både inåt land och ut mot den klippiga kustremsan och söder över, där en kollosal utmark blandade klippor med snår och sankmark, och där kvigorna släpptes på sommarhalvåret.

Med Herberts familjekrets, hans kusiner, bröder, föräldrar och vänner, i Fjerreredsbygden, hade det historiskt – även långt innan den moderna Boxeby gård alltså - alltid varit ställt så, som det var brukligt i dessa kusttrakter nära Nordsjön, att den nästa yngste pojken i en skara syskon inte alls blev bonde men istället sjökapten. Ja, majoriteten av de rikedomar som fanns i denna fredliga avkrok, i Fjerrered, de hade alltså inte alls nåtts genom arbete på åkrarna, men de hade skapats till sjöss, och ofta genom kaperi eller värre. Stöld, rån och båg. Och rikedomarna var ofta riktigt stora. Här dolde sig alltså en illistighet bakom den mycket blygsamma och tarvliga fasaden, och man höll tillgodo med träkyrka här, som inte bara en paradoxreligionens tecken, men som ett paradoxens tecken. Man hade helt visst varit rika nog att bygga en stenkyrka, men man drog sig för det. Man ville spela fattig, för att gå under radarn. Varför inte fortfara med att ge omvärlden bilden av påver utmark, medan man i stillhet festade om året runt med sina lustiga grannar, som oftast var kusiner, svågrar eller sysslingar.

Skatterna som kaparkaptenerna - de näst äldsta sönerna – på det gamla slottets tid - forslat hem begravdes ofta i jorden i små stensatta schakt, kryptor, ute i de risiga snårskogarna, benämnda "nödförråd", samt senare i stenstugorna.

Ofta nog så visste inte dessa kaparkaptener, när de återvände till sin fädernebygd, vad de skulle göra av sina rikedomar, och det fanns egentligen inte i bygden något intresse av eller mening i att investera på plats. Man ville inte visa upp någon rikedom. Fanns det ingen rikedom på fälten och tegarna, varför skulle det då synas rikedom i lador och på gårdar? Ja, det förhöll sig så ovanligt och märkligt att man här, i hela Fjerrered socken inte byggt, inte bara en tegelkyrka, ett endaste riktigt solitt tegelhus under alla dessa hundratals år, och man kan säga att just detta var – i just detta sammanhang - det säkraste tecknet på att man här hade att göra men en särskild sorts väldigt sluga och amper åpenhet mycket välutvecklade människor.

I själva frånvaron av kultur kunde man här spåra en kultur som var byggd på misstänksamhet, försiktighet och ihärdig väntan på bättre tider. En riktigt väl utvecklad fegkultur alltså. En oginhetens och själviskhetens högkultur. The niggards of Northern Europe. Kaparkaptenerna i Fjerrered köpte sig hellre ett stort rött tegelhus, eller ett helt kvarter, i storstäderna, som Göteborg, och bosatte sig där, låtandes sina döttrar få undervisning i vers, i mandolin, franska och piano, lämnandes sina storebröder att slita ihop till sitt dagliga bröd ute på sina potatisåkrar på den ödsliga utmarksvischan än att de försökte få den osaliga halländska bygden att blomstra genom investeringar.

Man var mer begiven på att köpa lustyachter, lyxmotorcyklar och fjällstugor och öar i Karibien än att söka göra något vettigt, lönsamt och vackert av de tassemarker där de själva och deras förfäder sett dagens ljus.

Så var rikedomen, som ändå delvis fanns i bygden, mest dold och utlokaliserad. Väldigt få människor i denna trakt hade prålat med det de hade. Kanske var just Agust Boxes Boxeby Nya Gård det enda undantaget.

Det visade sig att alla djuren på Boxeby trivdes i sina stallar och fåren hade det hyggligt på strandängarna och på småöarna intill och man hade lätt att få tag i beskedligt och pålitligt folk, drängfolk såväl som arrendatorer, som i sans och ärlighet hjälpte godsets herre att förvalta Guds gåvor. Ty givetvis var menigheten i socknen enfaldig, och enfalden, som även den är en Guds gåva, underhölls å det flitigaste av socknens pastorer och kantorer, - i all evighet amen.

Boxebys area var – bortsett från hur de faktiska ägande-förhållandena av marken nu under senare tid så ut -ofantlig. Hur det hade blivit så begrep knappast någon. Det var som ett mirakel alltihop. Tunnland hade lagts till tunnland, hektar till hektar och kvadratkilometer till kvadratkilometer, och kvadratmil till kvadratmil.

Om Boxeby tidiga historia kan – för våra syften - kort sammanfattas så här:

Urfadern, Hans Boxe hade satt en skörd med rovor ungefär när Karl XII var på färd österut tillsammans med hund, häst och värja mot Riga. Det var ett lyckokast. Rovorna blev utmärkta och kunde forslas till Kungsbacka, för vidare transport till tross-kaptenerna, och säljas med god förtjänst. Hans byggde sig för förtjänsten ett rejält stockhus – Holmens gård - på en liten öppen plätt i landskapet, och ett stenkast från där det huset låg en gång, där, ligger nu hela Boxeby slott. Virket hade Hans importerat från Norge via skepp. Halland var så gott som avskogat sen början på Nyare Tiden. Det som växte här, i trädväg, dög knappt till takläkt på uthusen. Möjligen som tändved till kakelugnar. Om vi nu hoppar över några generationer av idoga och näringsriktiga havre., bön- och kreatursbönder, jämte tider när hela gården låg för fäfot och man satt inne i de små husen och spelade fiol och kort, så hamnar vi alltså hos byggaren av träslottet, den sluge August Boxe. Denne hade bröder och mängder av systrar, och gott om pengar och psykisk energi, vilket senare lätt kan inses av det faktum att han även ägde skepp, som seglat långt och även fört svarta, bruna och gula slavar kors och tvärs i tropikerna och över Atlanten. Genom alla tider hade släkten haft god hand med länets fogdar och med landshövdingen, - och kanske även konungen alltså - och sänt dessa rikligt med gåvor och mutor och bjudit dem på underbara rådjurs- och fasanjakter samt på seglatser i små jollar från vilka man om nätterna fiskat hummer.

August, som var född prick år 1830, blev, trots lungsot och difteri, mycket gammal. August hade varit en sällsynt begåvad, omtyckt och

stark man. Hans två skepp, kaparskeppen Ulken och Deiligheden –
efterföljare till mängder av rövarskepp, mest fregatter, från samma
socken, som kanonförsedda byggts på halvön ända sen 1700-talet -
gick genast samma natt i kvav på Kattegatt, sänkta av nån förlupen
tysk, rysk eller engelsk projektil, eller kanske rammade, och man
saknade de leveranser som man hade blivit vana vid, av sällsyntheter
utrikes ifrån, samt hela besättningarna också, inklusive de båda
skepparna, varav en kom från den egna socknen och var släkt med
pastorns fru. August var således 1914 nu 84 år och man ansåg att han,
på grund av sin sjuklighet och sin livsföring, inte borde ha långt kvar.
Man kan tycka att 84 år inte är någon ålder, men helt visst var det inte
alla människor som förr i tiden uppnådde en sådan ålder, särskilt inte
de som unga drabbats av lungsoten.

Han lät då sända efter en advokat från Stockholm, för att uppställa
ett testamente. Med släktskap och äganderätt förhöll det sig 1914 så,
att August Boxe ägde allt beträffande Boxeby, jämte de sjunkna
skeppen och sjöfarts- och kaperibreven. Han hade en bror, Karl-Edwin
Boxe, som från början ägt en hel del, men som gjort dåliga affärer och
nu bodde i en backstuga i skogen på undantag, en fjärdingsväg inåt
land, invid en halvt hoprasad märgelgrav, som tillhörde Boxeby, där
han brukade bada och fiska krabbor. August hade låtit bygga flera
märgelgravar runt omkring på ägorna, och de var alla mödrars skräck,
då ju givetvis barn lätt kunde gå och dränka sig i dessa
vattensamlingar. Margelgravar var ju förr i tiden vanliga på
landsbygden i de trakter man bedrev spannmålsodling. De var
primitiva anordningar för utvinning av märgelkalk för spridning på
de magra åkrarna.

Som ett bevis på människans allmänna sundhet, så var det dock så
att det sällan var någon som gick ens nära en märgelgrav. Dessa hade
därför inga stängsel.

Utöver August och Karl-Edwin fanns från släkten boendes i trakten
Augusts barn med granngårdens Elaine, Konrad och Elsa, samt
Konrads barn med respektive fruar och barnbarn och deras vänner och
alla de människor på obestånd som flockats kring August, samt alla de
goda och punschglada berättare som blivit kvar på Boxeby, ibland
bara av det skälet, att de inte tyckt sig fått berätta sina historier till
punkt.

Inalles fanns 1914 hela 68 personer skrivna och inack-
orderingsboendes på Boxeby. En förskräcklig massa människor. Att

redogöra för alla dessa människor med namn och data är givetvis en fullt möjlig uppgift, men det blir ju svårt för alla att i all hast orka ta till sig all denna information, varför vi bara helt översiktligt nämner att dessa människor bodde överallt på Boxeby och i Boxebys närhet, i diverse större hus, i mindre och i hålor i marken i skogen omkring och I tält och vagnar. Att hålla dem vid liv, och på gott humör, det var ett kärt bekymmer för August.

Om dess Augusts omsorger om patrask, tattare och tiggare fick nu advokaten reda på och blev underkunnig om, en lång snäll karl som gick under namnet Eskilsson. Hur gjorde man nu för att bäst ta hand om allt detta slödder, som samlats kring det vidunderliga snillet August Box? Det var den stora 10000-kronorsfrågan. Det blev inte bättre av att flera i detta slödder var rymlingar från fångvården, vissa rent av turkar och greker och inte alls skrivna på adressen.

En man vid namn Horn hade kommit till Boxeby för affärer. Denne konfererade med August son, Konrad Box. Denne erbjöd sig att ta över gården efter fadern, samt sörja för Elsa, som enbart satt i den norra gavelns översta rum och målade oljeskisser i skenet av stearinljus tillsammans med sin rödlätte son, Wilhelm, som var en drömmare och mest satt och sov med en katekesbok i handen, medan hans mor dels alltså målade tavlor, dels vävde bonader i dova färger till kyrkan.

Konrad Box, som trodde sig ha sinne för affärer övertygade då Eskilsson detta krigsår – i Sverige brydde man sig inte mycket om kriget - om att man borde satsa på – av allt här i världen - tennis, tennisbanor, ett tennisstadion, istället för på kaperi och jordbruk. Ty golf var ju knappt uppfunnen.

Skeppen hade ändå gått i kvav. Man skulle bygga en tennisbana, eller fjorton gräsbanor, på ägorna. Allt i enlighet med internationella regler och med modern standard.

Konrad var i själva verket, i sin tur, offer för en skojare vid namn "Tennis-Horn". Så bildades ett aktiebolag som skulle ta över efter den gamle August när denne gick bort. I bolagets ledning satt Konrad och sonen Wilhelm samt "Tennis-Horn". Samt Konrads barn. Bolaget hette helt enkelt "Lawntennisbolaget". Aktierna delades ut. Ty bolaget bildades meddetsamma. Utan tillgångar, mer än 500 kronor som Konrad tog ur egen ficka. Ingen blev utan aktie. Inte ens Tennis-Horn.

Man övertalade August att låna aktiebolaget pengar så att man kunde investera i tennisbanor.

Konrads fru, Elsa, som alltså var miniatyrmålarinna, hade varit entusiastisk och så skålades det i champagne bland alla 130 gästerna som satt i långbord ute på gårdsplanen, som, grusig, sluttade lätt utifrån slottet och som för tillfället var beströdd med rosor och hö. 1915, efter ett år av missväxt och svinpest. De flesta svinen fick avlivas, så började Konrad då bygga ett tennisstadion, efter Tennis-Horns anvisningar på norra slätten. Den var visserligen den bördigaste åkermarken, men enligt Karl Horn var denna plats den enda tänkbara, ur tennissynvinkel. Nu hade Ludvig Nobel 1907 anlagt den första tennisbanan i Båstad, men Horn hade satt sig i sinnet att bygga riktigt fina gräsbanor, likt Wimbledons.

Man ville skapa ett stort tenniscentrum söder om Göteborg, för att locka V-Gustav dit, och så skulle inte bara banor byggas, men läktare samt hus för handel och vistelse, samt restaurang, gästgiveri o.s.v., vägar och allt skulle upprustas. Man började med en mycket liten kalkyl och fick med sig August på detta, då August lockades av tanken på att få träffa prominent folk. I övrigt var denne dock – som du antyder - mest sysselsatt med att träna sina korpar. Han hade just lärt ett antal av dem att flyga i tunneln, ända ut till havsbandet, och tillbaka. Varför August lånade ut pengar och lät Konrad inteckna åkrar och skogar är det ingen som vet. Både Eskilsson, Konrads advokat och Tennis-Horn menade att en hel liten tennisstad var ett säkert kort. Man skulle tjäna en förmögenhet. När man byggt stadion och allt var klart så skulle den invigas med en match mellan världens två bästa spelare, och allt skulle filmas med filmkamera. Sådant hade Horn lärt sig på resor i USA. Man måste satsa pengar, för att få pengar. Mycket pengar. År 1917 var bygget klart, och man skulle under sommaren inviga det hela, mitt under brinnande krig.", berättade Herbert.

"Har aldrig hört talas om detta." sa Edward.

"Nej, allt tystades ner. Och eftersom det var krig så gick det för sig. Samtidigt så gick det ju inte alls för sig."

"Nå tennisbanan föll sen i glömska till trettiotalet,", fortsatte min värd, "då den sattes igång av Konrads son, Rudolf, min far som dog för några år sedan. Han var alltså född 1912, långt efter sin bror Vilhelm."

"Detta med tennisbanan är påhitt" sa Edward.

"Nu är det alltså 1937", återtog Herbert, och lade till lite mer dramatisk nerv i rösten. Men sen återgick han till imperfekt.

"Jag kan bevisa att det är sant. Jag har ju Trumbechers bil."

"Trumbechers bil??", frågade Edward.

"Allt skall bevisas. Vi tar det i ordning." log Herbert och fortsatte:

"Rudolf byggde upp vad som varit lite förfallet. Inget förfaller så snabbt som nöjesfält och stadions. Men nu skall jag berätta om Trumbechers besök."

"Trumbecher?" sa jag.

"Javisst, han hade blivit så förförd av idén med tennisstadion, att han lovat Horn att donera en pokal till en turnering. Trumbecher var löjtnant i tyska armén. Före andra världskriget var en löjtnant i tyska armén en herre med visst anseende i Sverige."

"Det var en aprildag 1937, när det kom en väldigt ståtlig bil körandes på vägen här borta! Bilen var alltså märklig. På många sätt. Det var nämligen inte vem som helst bil. Det såg ut som Herman Görings bil. En Mercedes 540K Roadster, The Blue Goose, den blå gåsen. En bepansrad bil."

"Var Göring här??"

Edward hade hoppat upp från korgstolen på verandan med sådan fart att katten vaknade och med ett ryck hoppade iväg och försvann nerför en stupränna.

"Nej, inte Göring själv, men hans gode vän, miljonären Trumbecher, kom körande med en KOPIA av Görings bil. En make till den. Du vet ju att Göring genom åren vistades en hel del i Sverige, med sin fru, Carin."

"Jo jo," sa Edward, "alla känner ju till det. Men att han skulle varit här på Boxeby ... vilket han alltså kanske inte var..."

"Det vet man inte." sa Herbert.

"Emellertid hade Göring gett Trumbecher en kopia av bilen, kanske för att ha som reserv, som back-up ... och bett denne att få den till Sverige. Av någon anledning. Bilen var docklöjtnantens, och hans namn är ingraverat på en platta på instrumentbrädan.

"Vaddå "är ingraverat"?"

"Ja, bilen står i garaget, längst in i det gamla garaget bredvid köksträdgården.", sa Herbert.

"Nä.", sa Edward.

"Innan vi går och tittar på den måste jag berätta om tennisturneringen, och varför allt tystades ner."

"Ja," medgav Edward, "det är nog nödvändigt."

"Stadion på slätten i Fjerrered var upplyst med ett helt system av marschaller och hela tennisplan var kringgärdad av stora ljuspelare, drivna av fotogenaggregat. Det lyste upp hela himlen, och så, inför mer än 3000 åskådare började matchen mellan Lawson och Birkenauer. Dessa var dåförtiden världsbäst, enligt vissa rankingar."

Och för att sammanfatta, så tog det eld nånstans under stadions träpodium, som var byggt av några snickare från takten, och så brann alltihop upp, och 112 människor dog, inklusive Lawson och Birkenauer och pokalen, Trumbechers pokal försvann. Och allt filmades av tre filmfotografer. Kungen och statsministern undkom oskadda."

"Och aktiebolaget, Lawntennisbolaget, blev skadeståndsskyldigt?" sa jag.

"Nej. Om det än hade varit så väl. I processen som följde, som hölls i Kongsbacka tingsrätt, så befanns den nu urgamle August och sonen Rudolf, min far, vara skadeståndsskyldiga. Det var fel på aktiebolagets konstruktion. Så August blev skuldsatt, fick sälja en massa mark härute. Tennisstaden jämnades med marken, det som var kvar, och Karl Horn, Tennis-Horn, gav sig av och hördes aldrig mer av. August dog."

Edward stirrade på Herbert.

"Ja, allt som finns kvar är resterna av en tennisbana, där borta." Herbert pekade åt köksträdgården till. "Och The Blue Goose, bilen i garaget, samt det här fotot på Trumbecher."

Här halade nu Herbert fram sin plånbok ur vilken han lossade ett gammalt foto från fettrester på ett annat kort och visade det.

På kortet såg man en leende man med mittbena som hade en tennisracket i handen och som lutade sig nonchalant mot en sportbil, som mycket väl kunde ha varit en kopia av Görings.

"NU går vi och tittar på bilen!" log godsägaren.

De gjorde så.

"Motorn hålls i gott skick av William från Williams verkstad, men lite rostig är den i lacken."

"Saker kan inte tystats ner så." menade Edward, när de gick ner för baktrappan i Norra Tornet.

"Om ingen har intresse av att något bestämt skall kommas ihåg, så rensas det bort. Efter kriget var det mycket katastrofer och elände folk inte ville minnas."

"Absurt.", sa Edward. "Det är lögn. Alltihop är lögn och myt."

Herbert såg på honom med en min av ytterlig förvåning.

Det var omöjligt för Edward att avgöra om denna förvåning var äkta eller spelad.

Edward grubblade. I sina studier av historia och myt, av myt och mystik hade han genom att sammanställa åtskilliga teorier till en enda, om myt och mystik, kommit fram till att myten var farligare ju färskare den var. När den stelnat i sina former, så brukade mystiken ta vid, och allt som rörde myten vevades i ett andra varv, i mystiken, som både var farligare och inte, ty den spred sig mer flytande och okritiskt som mystik, men KUNDE LÄTTARE STRUNTFÖRKLARAS

Så frågade sig nu Edward om det, när det gällde den Fjerreredska nazismen, och myten kring denna, ännu kommit så långt, att denna myt stelnat och så – enligt de teoretiska lagarna – nu äntligen förvandlats till mystik. Till syner och till inspirerad vers, dyrkan, danser och spektakel - och sådant.

Kanske hade detta ingen relevans. Kanske handlade detta inte om myter? Tänkte Edward, som alltid var öppen för att han missförstått allt, kapitalt.

T O L V

PAULINE OCH FARBROR HERBERT

DET var tisdag förmiddag klockan 11.30.

Med ena handen strök han över sitt hår, som var tunt och svart. Det var lagt i några slingor ifrån en mittbena. Varför bry sig om sitt utseende, när det nu var fullständigt konkreta problem som skulle kräva hans uppmärksamhet under kvällen. Problem med nazistanknytning. Det var i själva verket länge sen han hade på allvar brytt sig om sitt utseende. För övrigt hade det sällan varit något fel på det.

Han slogs dock av att han inte såg så blek ut som han brukade. Kanske var det för att han hade gäster.

Det hördes nu plötsligt en knackning på dörren. Herbert ryckte till och vände sig från spegeln, till vilken han talat.

På väg till dörren, vars dörrspegel var smyckad med tunna ljusblå girlanger, som med enkla liljor och blad skulle uppmana till lugn, försökte Herbert skratta av sig sin skepsis. Helt lyckades det inte.

Han öppnade och fann att Pauline – som ofta kallade honom "farbror Herbert", eftersom han var en äldre släkting till henne - artigt stod där ute och väntade. Pauline med sina glasögon och fjärran blick.

Hon log och stirrade ut i fjärran. Så gjorde hon alltid.

Pauline var klädd i en enkel ärmlös blå klänning, som poängterade hennes solbränna. Hon härstammade från en aningen mörkhyad Holländsk bergsmannasläkt, som hade lite mörkare pigment än vad som var vanligt hos Kaukasier. Hennes ögon, som ju slagits med vindögdhet, var även aningen sneda. Munnen var leende till sin form, och leendet evigt. Hennes röst var dock alltid klagande, och passade i det avseendet väl till hennes person. Hennes förnämsta utseendemässiga tillgång var en stor barm, som hon ofta bar i tättsittande jumprar.

Hon tycktes ständigt mena att det var synd om henne.

"Åh, ursäkta jag stör, jag har huvudvärk. Jo, jag hörde att det skulle komma besök i kväll. Från Amerika…. Men jag kanske stör? Skall jag åka hem? Jag är ju ändå inte passande…"

Renoveringen av Paulines hus omfattade inte hela huset, men berörde mest kök och badrum. I nödfall hade hon kunnat bo kvar och klarat sig med de faciliteter hon ändå hade, då hon hade en liten gäststuga på sin tomt, som var obebodd och som var inredd med det nödvändigaste. Men stugan var ju ytterligt liten, och hade till exempel ingen tv.

"Inte." svarade Herbert vänligt, "det 'är inga problem. "Amerikanen är civiliserad, och Tutor och jag skall bara ha ett möte privat med honom. Allt annat är som vanligt. Bara en gäst. Jag får ju en gäst till, min vän Edward. Från Göteborg."

"Åh.", sa Pauline och indikerad genom att sätta handloven mot sidan av huvudet att hon led…" Jaha. Ja men då stannar jag då?"

"Exakt.", sa Herbert, som gick ut ur sitt rum och följde med Pauline den lilla trappan ner till stora salongen, där Pauline och hushållerskan Ella just höll på att städa. En skurhink stod mitt på golvet och mattorna var utburna. De sex fönstren var alla öppna och en del plädar och skinnfällar hade lagts på vädring över fönsterblecken av grön koppar.

Tv:n stod på vid bortre långväggen, och den visade just CNNs nyheter. Men ljudet var avstängt. Herbert brukade vilja ha CNN på.

Ella Aho, hushållerskan, knackade nu på dörrkarmen till salongen, stående i dörren till den lilla serveringsgång, som sedan löpte direkt till det stora köket, vars fönster alla vette mot baksidan.

"Det är en pojke här, … Gaston. Han säger att han letar efter sin katt. Sotis. Den skulle vara förälskad i våran gråa Tilda."

"Jaha", sa Herbert.

"Han undrar om han får komma in och leta efter … Sotis?"

Herbert log.

"Givetvis, vad tror han att det här är? Sovjet, eller Nord Korea? Han får leta så mycket han vill! Ge honom nåt att dricka också!"

"Han har redan fått ett glas saft.", sa Ella med ljus ton, och försvann sedan snabbt för att släppa in Gaston.

Denne, som såg ut att vara i femtonårsåldern och mycket blyg, samt hade ett sydamerikanskt utseende, brasilianskt kanske, gled in och genomsökte sen ljudlöst och utan att säga ett ord alla rum på nedre botten.

Herbert hade på morgonen varit nere i Utterholmens hamn, på yttersidan piren, och tagit sitt vanliga dopp.

Han brukade ta cykeln vid sextiden på morgonen, innan tuppen galt, och cyklat genvägen som började vid Tutors garage – förbi Ruthbjörns – och ned till yttersidan av Utterholmens hamns pir, där det både fanns en liten metalltrappa ner i vattnet och en trampolin. Trampolinen användes inte, och den hade även ett anslag med två korslagda benknotor på. Varför den inte var borttagen var ett mysterium. Om man dök från den, så hamnade man nämligen snett ner i en klippbrant, och det fordrades en duktig dykare, för att undkomma att hamna på bergssidan, istället för ute i det av hala slingerväxter, vassa havtulpaner, blåmaneter och tångruskor belamrade vattnet.

Herbert tog - vant - sin simtur, och kastade sig sen på cykeln och cyklade samma väg upp igen, förbi ett otal staket och syrensnår hem till kaffet, som Ella brukade ha färdigt vid kvart i sju. Varje morgon drack de kaffe tillsammans och småpratade om alldagliga ämnen. Det språkbruk som Herbert använde om morgnarna var enkelt, och ordförrådet i dessa konversationer inskränkte sig till ungefär 5000 ord.

Han: "En underbar morgon"

Hon: "Det blir nog varm idag."

Han: "Såna moln där uppe, du!"

Hon: "Ta en kaka till!"

Nere vid badplatsen fanns också en sjöbod.

Den användes när man gav sig ut på fiske, vilket hände så där en gång i veckan, vid fyrasnåret på morgonen.

Herbert och Tutor hade – samrådande om lämpligheten av en fisketur, med hänsyn till vädret – bestämt träff vid gamla garaget, där Tutor hade ett ställe med mycket daggmask. DE spenderade så fem minuter med att samla daggmask, som de skulle trä på krokarna, och sen cyklade de båda två ner, Ruthbjörns väg, men vek av innan piren, till den lilla båtplatsen i kanten av piren, som de haft sedan urminnes tider, Där låg ekan med sin gamla Penta-motor, ekan – en vackert grålackad, ganska långsmal femmeters eka med en klarröd rand runt relingen - som lyssnade till namnet "Vild-Inger".

Man kunde få upp ett tjog vitlingar, ett tjog spätta och tre torskar under en normaltur med Vild-Inger. Detta tillagades sedan av Ella, som även frös in en del av läckerheterna.

Favoritfisken var givetvis vitlingen, som stekt med smör var det mest hisnande goda smörgåspålägg som fanns, enligt samstämmiga tyckanden från Boxebys fyra innevånare, Herbert, Tutor, Pauline och Ella.

Snart kommer Edward, tänkte Herbert.

Förhållandet med Edward var alltid hjärtligt, men de passade samtidigt på varandra.

Edward var ju lagd åt det mer upproriska hållet, åt det antiauktoritära, vänster-hållet, medan Herbert – som i statur med hela tio centimeter – med sina 190 cm – överglänste Edward fysiska uppenbarelse - i grunden var en konservativ människa, även i om han politiskt kunde rösta med vem som helst, utom extrempartierna.

Edward sneglade, om de stod bredvid varann, upp mot Herbert, och Herbert, vars ögon besatt en mycket stor kraft, såg vänligt ner på sin gamle vän.

Det stora kulturella intresset hade de gemensamt.

Men i och med den stora divergensen i grundhållningen, så höll det alltid öron och ögon öppna i förhållande till varandra, för att kontrollera att den andra höll sig inom en slags anständighets ram, att inte B Edward flippade ut åt vänster, och att inte Herbert gjorde det åt höger.

De båda vännerna vägde därför varandras ord på guldvåg.

Man tillät inte att den andra gav sig ut i extremismens tassemarker! Att göra det vore ett grundskott mot den egna omdömesförmågan och sinnesfriden. Man kunde inte se sig själv som en, som hade tolererat en galning som ens egen bäste vän! Man ville inte ha närt en orm vid sin barm och inte ha synts lurad på sötman av att frivilligt enbart ha umgåtts med enbart omdömesgilla personer.

Snart svänger det upp en taxi på gårdsplanen – tänkte Herbert Boxe – och gick sen lovar i salongen, och tittade då och då ut genom det stängda fönstret, lyftandes den ena gardindelen efter den andra med pekfingret.

T R E T T O N

INEZ BLOMBERG

Inez hade – antingen på grund av någon av alla de sjukdomar hon dragit på sig, eller genom vårdslöshet – eller otur – med alla de drogmissbruk hon ägnat sig åt från tidiga tonår, efter några års praktik som allmänläkare på NÄL, - plötsligt – från en dag till annan - kommit att förlora minnet, eller delar av det, av minnesförmågan.

Detta förhållande hade slagit ner som en bomb i alla de kretsar hon rörde sig, vilka sammanlagt torde ha varit flera tusen stycken, professionella och privata, och alltihop hade för Inez blivit så besvärande att hon nu – befriad som hon blev från alla plikter gentemot patienter med hosta och tarmvred – därför resolut beslöt sig för att lämna landet, och slå sig ner i Spanien, i Malaga, på Calle Obliverant – trots att diktatorn Francos styrande i detta peninsulära land gjorde det inopportunt för svenskar att bosätta sig där – efter att hon, rik som hon ändå var, både genom faderns försorg och genom att själv ha placerat delar av sina inkomster i klokt valda aktier, helt sonika lät bränna ner det födelsehus i Fjerrered, som hon ärvt av sin far, - ensam dotter och ensamt barn som hon varit - efter att hon först sorgfälligt försålt alla dess inventarier, varav faderns samling av fjärilar var den mest inkomstbringande.

Allt som nu fanns på den tomt, där hon lekt som barn, var en med av henne med oljefärg utsirad brevlåda intill en av de gamla grindstolparna vid entrén, där syrenerna nu växte vilt.

Hon hade sirat ut den, eftersom hon tyckte om att måla, och denna passion för att trixa med färger, den tog hon med sig till Malaga, där hon i sin lilla tvårumsvåning hade reserverat ett rum, det ljusaste förstås, som ateljé, och där hon nästan alla dagar på året, under nu nära ett halvt århundrade hade suttit och målat murriga tavlor, medan hon succesivt vant sig vid att ha endast en restkapacitet av det enorma minne hon en gång utrustats med av för synen.

Inez kom ihåg valda delar av vad som utspunnit sig i hennes livs tabernakel, medan annat var fullständigt som bortblåst.

Man kunde se på hennes, på hennes ansikte, at något inte var som det borde vara.

I hennes ögon tycktes det som om någon satt in fel pupiller, och att de dessutom inte satt fast ordentligt, men gjorde hela HENNES BLICK LIKSOM FLYTANDE OCH PÅ VÄG NÅGONSTANS, OKLART VART.

Denna "eerie sight" hade också medfört att hon blivit ganska ensam.

Uttrycket i ögonen gav henne ett vilt utseende, ja, tillsammans med hennes kraftfulla ansikte och det mahognyröda håret kom hon i mogen ålder att mest av allt, med sin rejäla hala, som tycktes tugga någonting hela tiden, att likna en bandit.

En skurk.

Tavlorna hon målade var av medelstorlek, samt hade allihop murriga jordfärger. Om det var något alls bevänt med dem, så var det för att penselföringen var kraftig.

Om många människor försöker lura ut var de passar in i världen, och var de kan tänkas kunna hitta en lämplig och nöjsam syssla, så är det annorlunda med de människor som är som Inez. De har ju ett helt annat problem: överflödets problem. Eller: det stora Egots problem. De frågar sig inte var nånstans de passar in, men anser att det mer är världen som bör fundera på vad världen kan göra för dem. De blir förvånade om inte världen rättar sig efter dem. Världen får se till att skapa en plats för dem, annars blir det synd om världen.

(Det är ungefär som med Hegel, när denne svarar på Goethes invändning att han inte anser att dennes beskrivning av fakta i dennes senaste avhandling alls stämmer. "Desto värre för fakta!", skall Hegel ha svarat.)

Inez, som vi nu påstått mer utseendemässigt liknade en bandit än något annat, hade som ung varit extraordinärt stilig. Hon var storväxt och bredaxlad, hade ett brett ansikte och blev lätt solbränd, en solbränna som brukade sitta i största delen av året.

Hannes ögon var skarpt blå och håret allts mahognyfärgat. Näsan var något för liten, om man skulle jämför hennes ansikte med det perfekta filmstjärneansiktet, så som det förts fram av Hollywood.

Annars var hon rätt lik Rita Hayworth, kvinna som av Hollywood dock beordrades att raka pannan för att inte se så djurisk och vulgär ut, men – med högre panna - mer evangeliskt kristen.

Medicinstudierna tog hon mest upp för att hon – med sina utmärkta gymnasiebetyg, från Göteborgs Flickläroverk – vilket nu inte alls existerar längre – var beviljad att göra så.

Statusmässigt var det ju också något att komma med, att ha en läkarexamen med sig.

Något gediget intresse för medicin fick hon aldrig, men tyckte hela livet att oljemålning var det roligaste och även något av det mest värdefulla mi an kunde syssla med. Men – som sagt – några filosofiska värderingar för något, det var man aldrig lycklig nog att höra från Inez Blombergs mun. Hon gjorde det hon ville. Det hon ville göra, det var – enligt en naturlig och underförstådd definition – en bra sak.

Typiskt för det stora egot, och för den överflödets människa hon – i energi- och viljehänseende – var, kan ju också sägas det förhållande vara, att denna slags människa sällan ångrar något de gjort, eller att de menar att det hade varit bättre om de ägnat livet åt något annat. Tillvaron får så att säga maka på sig, och rätta sig i sina faktamässiga beskrivningar och värderingar efter den naturkraft som det stora Egot är.

Detta förhållande – i sin tur – gör nu, för den övriga befolkningen i de kretsar där det stora egot rör sig, att dessa har svårt att tåla det stora egot.

Och många var de, som tyckte hjärtligt illa om Inez Blomberg. Och dessa var alltså inte bara medicinare, som ansåg att hon inte alls var lämplig att studera medicin, men borde gett upp sin plats till någon med intresse för eskulapens arbete. Många andra retade sig på hennes h rentav skabrösa självviskhet, hennes erotiska glufsmentalitet och cyniska ointresse för moraliskt hänsynstagande och reflexion.

Hon lade – liksom en gång Edith Piaf (ett annat berömt stort Ego) i Paris - för sina fötter, och för sina väl tilltagna bröst, vilka var av vad man kallar "Torpedo"-typ, en lång rad vackra gossar, inte bara i gymnasiet och på universitetet, men även sedan – som läkare. (Och även mindre vackra, - som Cantrell Ruthbjörn, till exempel.) Om det uppstod någon situation, där någon osedvanligt vacker patient uppenbarade sig, och denne inte led av något alltför allvarligt, som kunde rycka bort denne från världen under de närmsta 24 timmarna, så var den stora, bronsfärgade amazonen, med den blå falkblicken och den girigt röda bondmunnen, Inez Blomberg från Fjerrered, där och satte tänderna i vad man bruka kalla lammköttet.

Det sades att hon slagit intimt läger med långt över tvåtusen gossar genom åren. Några barn hade det inte blivit, av för alla okänd anledning. Kanske kunde inte Inez Blomberg få barn, eller hon hade sett till att bli barnlös ändå. Man vet inte.

Men så hade alltså, när hon fyllt trettiotvå år, det fasansfulla inträffat, att hon en dag på vårdcentralen inte mindes doseringen för en vanlig insulinpatient. Siffrorna var totalt bortblåsta, trots att det var en så vanlig ordination, att var kandidat kunde detta i sömnen.

Efter att - trots allt – konsulterat sin chef, en överläkare, och låtit denne göra en minnes test (något hon givetvis hatade, men ju knappast kunde undslippa), så befanns det att hon tappat minnet.

Varför detta skedde, det vet man inte.

Hon hade dock gått igenom mängder av sjukdomar, som hon ofta ådragit sig under de romantiska aftnarna med alla gossarna, och hon hade inte snålat med att skriva ut de konstigaste piller till sig själv – något man ännu under denna tid kunde göra, utan att det var något konstigt med det, eller registrerades på något offentligt sätt.

Inez var alltså själsligen nu handikappad, och berövad läkarlegitimationen, av hälsoskäl, och för henne återstod – så tyckte hon själv bara till dels förstås – att måla tavlor i Malaga.

Det var det hon nu satt och gjorde, efter det hon skickat iväg sin tjänsteflicka – Asunción – till bagaren, efter baguetter och öl.

Ty bagaren hade öl i ett skåp, och vin, på order av "rika Inez".

Och hon måste ha öl för att kunna måla, även om det innebar att hennes levervärden alltid befann sig lite på gränsen.

(De flesta av hennes kamrater från den gamla goda tiden i Göteborg, på restauranger och klubbar, hade dock tidigt supit ihjäl sig, och dansade nu omkring i en fjärran himmel.)

En ny tavla, av A3-format – med färger som – subliminalt - påminde om gurka och sill, tog form inom några minuter, och när den lilla mörkögda Asunción kom tillbaka, med andan i halsen, bröd och öl, så var Inez i gasen, och det glödde om kinderna på henne och hon glömde nästan av var hon befann sig, vem hon var, och om hon beställt bröd eller öl, eller vem tjänsteflickan var.

Ingen kunde bry sig mindre om Fjerrered, och allt vad som begav sig där, än hon. Hon var ju Malagas Rembrandt.

Telefonen ringde, en svart bakelittelefon av äldre modell, som stod på kanten av den öppna spisen i ateljén. Asunción gick och svarade, och då hon hade svårt att förstå vem det var, så kallade hon på Inez:

"Un señor Herbert, señora!"

Inez skrynklade ihop sin breda panna. L Det var inte igår hon hört det namnet.

När hon masat sig till telefonen, och – efter att ha torkat av sin vänsterhand på det blå förklädet, tagit luren, så ropade hon:

"Herbert!"

Den väldiga bysten under hennes haka gungade upp och ner medan hon hörde på vad Herbert hade att säga.

"Ingen aning, kära nån! ---------Aldrig hört taaalas om. ------Vet ingenting om detta. Absolut ingenting. Hörru du!! ----- Jag är faktiskt inte ens intresserad av det."

-

F J O R T O N

TUTOR LARSSON

MÅNDAG morgon. Markerna kring Godsägare Boxe´ gods, Sydvästra
Fjerrereds stolthet: Boxeby, låg vattendränkta efter en blöt hösts alla
regn. En ensam hare vände, i en enda snabb rörelse, öronen i
skogsbrynet, och var sedan fullständigt stilla; de spröda darrgräsaxen
darrade under daggdropparna och den kyliga morgondimman lättade
i dalen. Himlen över den leriga slätten välvde sig grå, tyst, genomlyst
och skimrade över det gamla herresätet, ett gult sjangserat – men
pietetsfullt bevarat - trevånings träslott, tre gånger så stort som
Ruthbjörns. Det var urmodigt i allt, med sina flagnade fasader, och
med sin av krusbärsbuskar och ljuslila aspar kringgärdade trånga
gårdsplan, där en väldig, årsrik tårpil stod och grät, sorgmodigt och
mer patetiskt än värdigt. Godset var sanslöst gammalt och hade alltså
det snustorra namnet Boxeby. En gång i tiden hade detta gods varit
det vackraste man kunde skåda på jorden. Ja, man brukade säga att
det var landskapets Taj Mahal. Fast inte var Boxeby nu byggt för att
hedra och minnas en död ungdomskärlek, den stora kärleken, så som
var fallet med det fornindiska slottet. Inte såvitt vi vet. Men Boxebys
krönika är ännu icke skriven.

I själva verket var Boxeby en stor gård, ett gods, med enorma ägor,
- proklamerade Tutor för sig själv medan han sökte med ena foten få
bort katten från under bänken. Tutor hade intresse för all slags
historia, och kunde det mesta av trakten, trots att han inte var född
där, men var från Majorna i Göteborg. Han hade kunnat skriva en bok
om Boxeby på stående fot, och den boken skulle både ha blivit
innehållsrik och faktamässigt stå sig väl.

Tutor - godsets unge lätt kutryggige dräng med sängkammarögon – var en drop-out från Göteborgs Universitets systemtekniska linje - och alltiallo sedan två år tillbaka. Han hade hunnit bli 24 år, hade en tunn mustasch och talade snabbt och lågt.

Herbert undrade ofta varför Tutor alls var på landet, när det var tydligt att pojken var genombegåvad och hörde hemma på universitetet, ja, inte bara det, hade Herbert tänkt, ty enligt honom kunde Tutor vara universitetslärare i både det ena och det andra, även i dessa unga år. Tutors kunskaper översteg det tänkta genomsnittet med flera kilometer, enligt Herbert.

Varför HADE Tutor tagit plats som dräng på Boxeby? Andra ungdomar i Fjerrered visste. Tutor var ärelysten och målmedveten. Ofta hade han dessutom en lite överlägsen attityd.
För dem hade Tutor berättat att han h höll på att skriva ett filosofiskt verk, och att han ville ha lugn och ro, och absolut inga universitetslokaler i närheten, men fri rymd och ren luft medan detta epokgörande verk skulle komma till.

Med sig till Boxeby hade Tutor ett litet handbibliotek på 40 volymer, samt givetvis en laptop med all världens kunskap ett knapptryck bort.

Han var målmedveten, och även ganska omtyckt i trakten, om man ändå tyckte han var lite besserwissrig då och då. I affären uppe vid kyrkan hade han gjort sig omöjlig genom att klaga på varor, som importerades från vissa länder, och på att vissa varor var fullständigt onyttiga. Man kan alltså konstatera att somliga i Fjerrered tyckte att Tutor Larsson var en idiot, och att han kunde dra åt h-e.
Vad han filosofiska mästerverk beträffar, så yttrade sig Tutor aldrig det minsta om innehållet. Man visste inte runt om honom alls vad det handlade om.

Hur Herbert än försökte gissa, så var han fullständigt i det blå angående detta.

"Handlar din bok om politik?" hade han frågat sin dräng, medan denne rensade ogräs i pionrabatten invid stora trappfoten.

"Både ja och nej." hade Tutor sagt, strykande sin fjuniga mustasch
med andra leden på vänster pekfinger.

"Det är framför allt viktigt att inte låta psykopaterna styra
världen. Vad vi behöver i en modern kommunikationstät värld, är en
sköld emot psykopaterna. Ty de (eller ni, eller vi) är så duktiga på att
via ord övertyga, på ett övertygande sätt.", ansåg Tutor Larsson. Han
var döpt till Torsten, men hade alltid kallats "Totte", varpå han nu
försökte ändra det med det aningen stiligare, latinskt klingande
substantivet "Tutor" som, klädd i grå, säckiga byxor, just nu gled fram
på en gammal mörkgrön damcykel upp mot godset, blängande upp
mot solen, som just skulle till att gå i moln.
"Kanske skulle de bli lite regn i alla fall. Man kanske skulle ställa
fram en tunna."
Tutor gillade livet på landet, som han fann enkelt och logiskt. Han
var politiskt intresserad, vegan och för barnbegränsning. Misslyckade
akademiska studier hade fört honom till samhällets utkant. Själv
tyckte han att han hade lärt sig en hel del, och bland det viktigaste
hade han lärt sig av att studera den gamle danske tänkaren Sören
Kierkegaards praktik. Denne hade nämligen haft för vana att aldrig
lära sig några tankesystem eller vetenskapliga teorier, som var byggda
på premisser, som han inte godtog.
Angående dennes syn på psykopaterna, så hade den dels växt fram
under de nämnda universitetsstudierna i Göteborg, dels under samtal
med traktens postförmedlare, en viss Egon Gammelstedt, som på sin
runda brukade stanna till vid godset en timme eller så. Egon bodde
uppe vid stora vägen, intill Williams bilverkstad, och körde själv en
urgammal Volvo. Egon menade nämligen, angående psykopaterna,
att man i ett framtida samhälle skulle vara tvungen att ge dessa
näringsförbud, och hans definition av psykopat var dessutom ytterligt
vid. Det tycktes Tutor som om Egon menade, att alla som hade en vilja
att synas, och alla som hade planer att ekonomiskt skapa sig en framtid
– ja nästan alla människor med någon typ av VILJA – borde betraktas
som psykopater. Eftersom jorden nu måste anses som överbefolkad,
om man tog hänsyn till den exploateringsgrad som varje människa
potentiellt besatt, med hänsyn till teknikens olycksaliga
amokspringande, så var psykopaterna i detta skede av mänsklighetens
utveckling de som man alldeles särskilt måste se upp med.

Att politikerna inte hade insett detta, det berodde väl på att de allihop var psykopater själva.

Psykopaterna var inte bara en direkt miljöfara, enligt Egon, som ju i egenskap av postutkörare också hade förstahandskundskap om allt det som folk handlade, från tvapparater, till datorer, mobiler, byxor, skor, kattburar och tuschpennor, men också en fara för själen, då de i sina resonemang utarmade samtalet till att handla om deras ynkliga värden, vilka alla berörde så ytliga ting som rikedom, synlighet och köksinredning, medan viktiga värden, som lugn och ro och samtal i skogen i kvällningen fick mycket lite reklam i massmedia.

Om man betänkte medicinens landvinningar, så förhöll det sig ju nuförtiden så att en avliden person betraktades som något som borde ha kunnat förhindras av sjukvården och som kunde föranleda anmälan till en myndighet, medan det att på ett orimligt sätt föröka sig och ha fjorton barn betraktades som en förtjänstfull het. Detta måste givetvis, i enlighet med det nya paradigm, som insikten om överbefolkningen utgjorde, förhindras. Trängseln i en fågelbur, om denna bur är byggd för 12 höns, och man stoppar i 3425 stycken, blir till slut sådan att varje ägg hotar att bli det ägg som kommer burens alla innevånare att omkomma.

Den viktigaste faktorn i kampen mot överbefolkningen var nu, enlig Egon, att man gav alla psykopater näringsförbud.

Tutor hade via en sidotrappa klivit upp till verandan på andra våningen av Boxeby herrgård, där Godsägaren brukade sitta och läsa romaner.

Regnet som fallit dagen förut hade – trots att verandan var täckt - skapat horder av mörka plumpformade fläckar på verandans trägolv. Dessa fläckar var ännu idag, vid niosnåret, på grund av det fuktiga och kalla nattvädret, intakta. Det luktade också dävet från marken, tre meter under, av regn, råttlort och nässlor. En tung doft i näsan. Man kunde nästan långsamt andas in regnet, som om det var en i atmosfären förångad lössläppt olaglig drog. Denna doft skulle inte stanna länge, det visste Tutor. Han kollade i den två tunnor som godsägaren själv släpat fram och ställt på ömse sidor om mynningen på en hängränna.

Ute på gården, vaktade av taxen Pontius III, i sin långa kätting, som drev ett fjorton tal gäss fram och tillbaka, vilka syntes druckna av törst – som man kan säga - i sommarvärmen.

Altanen, liksom hela Boxeby mangårdsbyggnad, vette rakt åt väster, givetvis, och det var den allra vackraste syn när solen lät sina strålar belysa denna upphöjda altan, denna parnass, om kvällarna genom vårdträdet, den stora bok, med flera stammar, vars lövverk prunkade under den varma årstiden. Över huvudingången som var placerad mitt i den mellersta byggnaden var monterad en stilig skylt av ekträ där bokstäverna syntes särdeles sinnrikt skulpterade, som klossar, och den var målad blå, och som löd: "BOXE" i vita bokstäver. Skylten tvättades då och då, och för detta ändamål stod invid ingången en lång, skranglig omålad stege lutad mot den gula träpanelen.

Tutor gick ner för trappan som ledde till gårdsplanen.

Psykopaterna, tänkte han, är ofta de mest potenta. "Man borde krossa dem."

Denna tisdagskväll skulle Herbert Boxe alltså ha möte med två av sina barndomsvänner. Herbert Boxe, Cantrell Ruthbjörn, Edward Tegelkrona (vars essäer Tutor läst) samt en främling Feydor Weissman-Schah, författaren till "Hidden Gold and Diamonds".

Till sin stora förvåning hade även fil. kand. Tutor av Herbert ombetts närvara.

Tutor hade gjort sig oumbärlig på Gården, och tack vare sina kunskaper och den enkelhet han hade när han framförde dessa, så var han uppskattad av alla.

Herbert hade tänkt att för Boxebys framtid, så vore det en välgärning om en man med Tutors allmänbildning kunde vara kvar där. Det definitiva genombrottet för Tutor var när han en dag, på en fråga från Herbert, enkelt och lättfattligt, på en kvart, förklarade för honom vad ett RNA-vaccin var. Detta hade Herbert förgäves försökt få klart för sig genom att Googla på det. Nu var allt klart som korvspad.

På Boxeby fanns under denna tid ingen särskild verksamhet. De båda ladugårdarna stod tomma, den äldre som var avsedd för mjölkproduktion, såväl som den nyare, som var en biffkoinrättning.

En relativt ny ljusgrå silo – vid pass åtta meter hög - stod och såg meningslös ut. Den hade använts i ett par säsonger, men hade funnit så mycket opraktiska detaljer med den att den nu va bara stod och agerade vindfång.

Alla åkrar och majoriteten av ängarna var utarrenderade till bönder i trakten, och det enda som gården hade i lantbruksväg up and running var lite höns, samt en del får som betade på olika inhägnader på ägorna – och till och med somliga av dessa på en holme utanför kusten, som också den ägdes av Boxeby.

Dessa företeelser – som man kan kalla det ...- sköttes allihop av Tutor, som dessutom hade hand om skötseln av alla byggnader och alla gamla fordon och maskiner, som man inte ville skulle förfalla helt, samt alla arrenden, fakturor, legala ärenden och betalningar.

Tutor hade gjort sig bemärkt på Universitetet, då han tagit en fil.kand. på ett och ett halvt år. Samtidigt var det ingen som kände honom, och han gjorde aldrig något för att lära känna någon heller.

F E M T O N

SLIM MINNS ZARABETH

Slim, som fått det förkrossande samtalet strax invid Fjerrereds K:a, satt som bedövad i sin lilla bil. Han hade svårt att ta in vad som hänt. Var Zarabeth verkligen död?! Varför då? Hans strupe snördes samman. Vad hade han nu ställt till med? Han skulle ju hälsat på henne! Det var i själva verket flera dagar sen han var på Sahlgrenska, och han hade inte riktigt tänkt på Zarabeth på flera dagar, på grund av allt detta med Ruthbjörns kränkande ord. Så upptagen hade han varit av detta, att han glömt Zarabeth, den enda människa, kanske, efter hans barndoms far, som älskat honom. Och nu var hon borta. Borta. Borta. Borta.

Utanför bilrutorna var det nu mörkt. Ljusen från några fönster i hus längre bort, från vapenhuset i kyrkan och från prästgården glimmade svagt.

"Älskade Zarabeth! Vad skall jag göra nu, Zarabeth?", sa han högt, med armarna utefter sidorna, där han satt i förarsätet på sin blå MG.

Det slog honom att han borde ringa Arnar.

Moster Zarabeth var inte deras riktiga moster.

Douglas och Miranda Strid, Slims och Arnars morföräldrar hade adopterat Zarabeth från Tyskland en gång i tiden. Zarabeth var föräldralös, och man visste inget om hennes förflutna. Hon hade aldrig gift sig, men utbildat sig till hovmästare och en gång ägt ett hotell i Varberg. Slims mor, Désirée, hade ofta rest tillsammans med Zarabeth i Tyskland, på jakt efter hennes ursprung. Allt de hade att gå på var en liten egendomlig medaljong i silver, med ett gulnat ovalt foto i. Inget spår hade dock lett någonstans, och när nu Zarabeth var död, så var det osannolikt att hon någon gång ens anat vem hennes egen far och mor var.

Slim kunde inte förmå sig till att ringa Arnar. Det fick vara till i morgon. Han såg på sin klocka. Lite originell som Slim nu ändå var, så hade han ett armbandsur, en enkel Regal klocka, som visade 19.40. Han skulle alltså bli sen till Sofis match. Men dit skulle han i alla fall, beslöt han, lade in en växel och startade färden mot stan.

Hellre cyklade han än körde bil. Men att förflytta sig var alltid något som lugnade honom.

Han ville ringa Oswald också, sin ende vän, bortsett från Troels.
Oswald Moody skulle förstå sorgen.
Denne unge man, som var en storväxt pojke i nittonårsåldern hade en naturlig medkänsla, stort rött hår och väldiga händer, som skapta för handboll. Han hade dock inget bollsinne alls, varför hans intresse för handboll var lite patetiskt.
Istället var han – trots de väldiga händerna – en skicklig pianist, som ibland spelade på fester i trakten.
Hans repertoar var mycket liten dock, och inskränkte sig till några evergreens, som Fly me to the moon och Yesterday.
Men i medkänsla var han en bjässe.
Slim kunde hans telefonnummer utantill, och ringde ibland upp för att höra hur Oswald hade det.
Oswald var jämnheten själv i humöret, och tycktes oförmögen att förändras på något som helst sätt. Han var postiljon i norra distriktet i Fjerrered, och cyklade omkring på en cykel med särskilt tjocka hjul, men utan elmotor. Han bar nästan alltid blå postuniform.

Tankar på Zarabeth kom tårar att stötvis fylla hans ögon under färden, och när han väl var framme vid sporthallen, en kvart senare, så kände han sig tom och urlakad i hela kroppen. Med några gamla körhandskar som han trevade fram från dammet på instrumentbrädan torkade han sig i ansiktet, och sprang in i den lilla sporthallen av furu i Majorna, där ett öronbedövande jubel i den intima sporthallsakustiken förkunnade att ett lag gjort mål.
2-3.

UNGDOMSBOKEN

Nästan alla människor i denna berättelse, liksom människor överallt i världen, var mycket allvarligt mentalt skadade av de slags böcker de hade påtvingats som små. De lögnaktiga barnböckerna. Av någon dunkel anledning, eller egentligen av den självklara anledning som kallas "profit", hade några människor, med stöd i olika oklara föreställningar om kunskap, moral och uppfostran, lyckats under flera århundraden prångla ut böcker och tidningar som man påstod skulle passa, förnöja och vara till god instruktion för barn. Detta geschäft hade genomsyrat samhället till den grad, så att man överallt i uppmuntrade diverse individer, som annars inte hade haft någon möjlighet att försörja sig, förmodligen, att SKRIVA BARNBÖCKER.

Dessa böcker, som alltså skulle vara speciellt avsedda för folk i ett visst åldersspann – för att sedan på något mysteriöst – eller "sällsamt"- sätt vara "passé" –

Har medfört ett oändligt lidande för mänskligheten, något som man först i dagarna uppmärksammat i vissa insatta kretsar.

Det förhåller sig ju så att barn- och ungdomsböcker byggt på den tveksamma uppfattningen att man bör servera barn och ungdomar det dom kan förstå. Så har man – i sken att vara välvillig – skapat för barn och unga en alternativ, FALSK, världsbild, som man alltså i miljontals böcker serverat barn och unga.

Givetvis växer de flesta barn och unga upp (ändå) och upptäcker då, till sin fasa eller förtjusning, att allt man lärt sig i barn- och ungdomsböcker var helt fel, och ren lögn.

Så får man börja på ruta ett, och inse att världen är inte präglad av förekomsten av snälla gossar och stygga, och dito flickor, men av människor som passionerat på olika sätt begär varandra.

Författarna till barn- och ungdomsböcker har i alla tider urskuldat de falska världar de skapat med att: "Man kan ju inte ge barn en värld full av passioner, som barnen inte har!"

Hur falsk är inte detta!

Men vad bör man då ge barn för böcker, om inte dessa falska böcker, där folk inte har sexuella impulser?

Man bör givetvis inte ge barnen några böcker alls.

Man måste säga till barn, att de ännu är små, och att de får vänta med att begripa berättelser och begripa världen till de är vuxna. Till dess får de spela boll och skapa lekar bäst de kan själva. De lekar de skapar räcker alldeles utmärkt för att lära dem basfakta om hur man överlever och hur man bäst umgås. Det viktiga är att barnen lär sig att de måste begripa världen först som vuxna, och att de som barn har begränsade vyer, och att de har begränsade rättigheter och skyldigheter.

Ty som det nu är, så har de vuxna med sig i bagaget en mängd historier, myter om världen, som de måst ta avstånd ifrån.

Varje modern vuxen människa har alltså ett hundratal böcker i sitt minne av världar som är helt absurda, och där figurer som heter Fantomen, Tarzan och Nalle Puh och Ville Vessla lever i absurda världar, som ingenting alls har att göra med den verkliga.

Människor måste förhålla sig till den besvikelse det var att man lärt upp dem som små att betrakta världen helt förenklad, och det bara för att tusentals obegåvade människor, som suttit och prånglat ut barn- och ungdomsböcker, behövt få in pengar för att sätta gröt på bordet, till sig själva och sina ungar.

Den allra största lögnen i världen är att barnen behövt kultur, och att de kunnat tillägna sig visdom, medan de var små.

Detta är ju helt gripet ur luften, och helt ologiskt.

Världen är världen fört i och med att människor genomgått puberteten, och innan puberteten är världen inte till som mänsklig värld.

Ett barn är ett barn, och inte en vuxen människa. Ett barn skall inte i böcker instrueras att det finns en begriplig värld, utan sexuella passioner, och att detta är en total värld, som de måste förhålla sig till. Om barnet lärs att se världen omkring sig som total och begriplig, så n måste ju världen därmed förklaras obegriplig. Om barnet ser vuxna, som handlar i passion, som måste ju dessa handlingar synas helt absurda, för barnet, och man borde alltså, istället för att för ett barn försöka förklara en vuxens passion, helt enkelt säga, att det där tillhör den verkliga värld, som ni ännu inte befinner i er, och därför måste vänta med att förstå, varför ni inte bör ha några böcker, eftersom alla dessa böcker är falska.

Ni bör vänta, och läsa riktiga böcker, och där får ni minsann ändå nog av falska böcker, som ni behöver sortera ut från de sanna, vilka äro väldigt få!

Barn får snegla över axeln på de vuxna när de läser. Barnen måste bara försöka förstå de vuxnas böcker, till den dag, då de faktiskt förstår dem! Tills den dag som barn förstår vad som står i böckerna, tills den dagen får de leva i ovisshet!

Det brott som begås mot miljoner barn och ungdomar dagligen av dessa författare måste stävjas.

Bedrägerit är ju tvåfaldigt.

1. DELS förstår inte ett barn vad det är för konstiga sagor man vill dyvla på det, då det är omedelbart intuitivt uppenbart för varje barn, att det som sägs i barnböckerna inte överensstämmer med den värld de ser omkring sig, vare sig i konkret eller symboliskt avseende. Barnen ser att barnboken är lögn, men FOGAR SIG, eftersom barnet tänker att det ju är nästintill omöjligt att de vuxna skulle servera böcker åt barnen, där man medvetet ljuger för dem om verkligheten.

Till slut, vid hundrade barnboken, så ger många barn upp, och tänker att de accepterar lögnerna, och resignerar och tar verklighetsbilden på allvar, trots alla inadvertenser.

2. DELS har vi situationen, då barnet blir vuxet, och nu upptäcker att allt vad de dittills har serverats i form av litteratur och kultur var REN LÖGN. Då är de alltså OFÖRBEREDDA på verkligheten. NU har de ingen guidning längre. Nu sägs det plötsligt, PLÖTSLIGT, att man måste vara KRITISK. DET sa man aldrig förr. Det var bekvämast för de vuxna att servera lögner och att uppmana barnen att INTE STÄLLA FRÅGOR.

Att mena (3.) att det är pittoreskt med alla dessa minnen av de infantila böckerna, skrivna av korkade, giriga människor (som alltså inte tycks vara i stånd att skriva en RIKTIG bok) det är att förminska det lidande som ju drabbat människor som fått uppleva att de ljugits för som barn.

Det finns människor – och de är alls inte få – som livet igenom TROR att det verkliga, och sanna här i livet ändå bäst representeras av Nalle Puh och Fantomen, trots att vetenskapen säger annorlunda.

Och det är ju en tragedi.

När man blivit vuxen, så inser man, att det finns knappt något sätt alls att berätta en historia på, som nog företräder de legitima intressen som verkligheten har, och om man vill beskriva något riktigt vackert, som hänt en i livet, så kan man egentligen inte göra det.

Och att barn- och ungdomsboken funnits i ens liv, det gör inte saken bättre.

S J U T T O N

EDWARD TEGELKRONA ANLÄNDER TILL BOXEBY

Oftast rådde det fullständig tystnad i Fjerrered. Horisonten här ute var vid. Himlen var hög. Luften hög. var ett låglänt, om hösten ganska grått lantbruks-landskap. Om något alls hördes en sådan här dag med lugnt väder så var det i någon liten enskild gren, där vinden alltså ryckte i dess barkhölje. Ett litet ljud kom då från det luften gled över grenen. Samma med det halvvissnade gräset som stod invid vägen. Bara ett mycket litet ljud, när vinden strök över stråna.

Hellre än att beskriva denna frånvaro av ljud kan man kanske nämna att det inte var ofta man brydde sig om stadens nyheter här. Man föredrog ofta att allt var som det var.

Ofta var det så här. Lugnt. Och ordet "ofta" är just ett sådant ord som beskriver händelser på landet. Ofta händer saker på landet. I staden vet man NÄR dom händer.

Tystnaden i Fjerrered var som ett känsloläge. Det var en särskild tystnad här, som var just den Fjerreredska. Tystnaden här var ett eget fingeravtryck, vid vars förnimmande man kände sig hemma.

Den väldiga västliga stormen förekom inte här. Nu blåste det dock upp lite grann. De vindade i de halvtorra buskarna. Det var inte helt lugnt denna sensommardag, och snart nog kom det ytterligare en vass vind och slet och drog över de åt öster lutande trädtopparna ute på Fjerreredslätten. Klockan var nu snart fem. Den gamla hederliga västvinden, numera skäligen sällsynt i dessa trakter sedan Golfströmmen försvagats mer än på tusen år, ryckte bort allt fler gamla löv från kastanjer, aspar och lindar, och över den vida himlen tumlade stora gråblåa sjok av moln, nästan groteskt, och i celest vällust, fram, som på en målning av Velásquez. I sådana gamla krackelerade landskapsmålningar, som bara är HALVT symboliska, halvt rent expressiva och anarkistiska, är det ofta det frånstötande som är tilldragande. I den åtminstone svagt saltmättade fjerreredska luften kändes att det snart som om det skulle komma in en tyfon eller annat mytiskt oväder in över landskapet, där de nu befann sig, liksom över de små kuststäder som flankerade Fjerrereds slätter i söder och norr.

Gamla herresäten som överlevt och som – av det tvång som det innebär att följa med tiden – blivit som nya, de har antingen restaurerats till oigenkännlighet, blivit försedda med massvis av moderniteter, nya silos, byggda av ljusgrå cementplattor från Slite, nya ladugårdar - som inte ens kallas ladugårdar -, moderna uthus i ljus cement, eller – som i Boxebys fall – nogsamt bibehållit all sin gamla prakt, likt ett föremål på bygdemuseum.

När man kom närmare det gamla godset fick man därför – när man passerat den väldiga häck som omslöt själva den trädgård som inneslöt huvudbyggnaden - en känsla av att det gamla träslottet helt enkelt – likt en årsrik människa - var skört. Dess stomme tycktes tunn, som urgröpt av århundraden av insektsangrepp. Ja, kanske hade även den saltbemängda vinden från havet gjort sitt till och till sist lyckats att blåsa tvärs igenom huset, genom varenda bräda, utan att man på något sätt kunde förklara varför. Så ytterligt på nåder stod det på sin plats, fullt av snickarglädje, trappor, altaner, tinnar och torn och med massor av rum i vilka det knäppte, stönade, suckade och viskade. Det gamla virket tycktes alltså levande i sin sekelgamla murkenhet, och alltihop var sannerligen en konservators mardröm. Likt ett regalskepp som aldrig helt varit under vatten, men enbart i vind, genom århundraden, stod Boxeby på den omvittnat fattiga Fjerreredska slätten och andades evighet – inte utan en viss stolthet, blandad med hjärtsviktslik trötthet.

På Boxebys långsträckta framsida, som vätte mot väster, löpte på andra våningen en smal, täckt veranda. Regnet som fallit dagen förut hade – trots att verandan var täckt - skapat horder av mörka plumpformade fläckar på verandans trägolv. Dessa fläckar var ännu idag, vid niosnåret, på grund av det fuktiga och kalla nattvädret, intakta. Det luktade också dävet från marken, tre meter under, av regn, råttlort och nässlor. En tung doft i näsan. Man kunde nästan långsamt andas in regnet, som om det var en i atmosfären förångad lössläppt olaglig drog.

Denna doft skulle inte stanna länge, det visste Tutor.   . Han kollade i två tunnor som godsägaren själv släpat fram och ställt på ömse sidor om trappen. Dessa var halvfulla av regnvatten.

Ute på gården, vaktade av taxen Pontius III, som drev ett fjorton tal gäss fram och tillbaka, vilka syntes druckna av törst i sommarvärmen. Gäss, som vankar så till den grad som dessa, syntes ibland besökare från staden, som att de var dubbelvarelser, som hade två medvetanden, ett när de stod på vänster, ett när de stod på höger fot.

Tutor tänkte på den religionsfilosof som påstod att människan var en "gränsvarelse". Han log. Gränsvarelse? På gränsen mellan vad då och vad då?

Tutor var både tolerant och icke-tolerant. Han ansåg djupt inom sig att alla människor var idioter. Han hade till och med en dunkel aning om att det innefattade även honom själv.

Tutors skepticism var djup, och när Herbert kärleksfullt hade påpekat at han nog led av ADHD, så hade Tutor svarat han själv alltid utgick ifrån att alla han själv talade med var hjärnskadade. Det gjorde det lättare för honom att formulera sig på ett klart och trevligt sätt. Herbert hade då lett.

Altanen, liksom hela huset, vette rakt åt öster, givetvis, och det var den allra vackraste syn när solen lät sin strålar belysa denna upphöjda altan, denna parnass, om kvällarna genom vårdträdet, den stora bok, med flera stammar, vars lövverk prunkade under den varma årstiden. Över huvudingången som var placerad mitt i den mellersta byggnaden var monterad en stilig skylt av ekträ där bokstäverna syntes särdeles sinnrikt skulpterade, som klossar, och den var målad blå, men som i alla fall löd: "BOXE" i vita bokstäver. Skylten tvättades då och då, och för detta ändamål stod invid ingången en lång, skranglig omålad stege lutad mot den gula träpanelen.

Det var nu måndag, dagen före Feydor Weissman-Schah skulle ankomma, och Herbert hade – som vi vet - bjudit Edward att komma för att sova över. Den fjerreredske godsägaren hade ju en hel mängd gästrum på godset, i flera byggnader till och med.

Herbert Boxe, 75, ännu kraftfull, mager och 190 cm lång. En man med rak näsa, kraftigt melerat hår, som ännu inte var grått, trots hans ålder, och skarp, mörk blick. Han stod vid verandaräcket på första våningen – en av hans definitiva favoritplatser - i en alldeles för stor vit skjorta – hans vanliga plagg, och – eftersom han höll på att trilla över det, och ner i pionrabatten utanför – och grep om räcket med en förvånansvärt stark hand, och bände hela majoriteten av kroppen som redan var tyngdpunktsmässigt över räcket tillbaka till altansidan. Så dunsade han ner på klackarna på det av ålder och regn polerade trägolvet, och utbrast i ett lättat hostande:

"Det var ju en jävla tur!", utbrast han.

Hans ansikte var långt. Skäggstubben syntes tydligt på det aningen för vita ansiktet, där markerade drag avslöjade en vital ande, en ande som var van att bli åtlydd och respekterad, men också en ande som var i stånd att nyansera sina omdömen, utifrån en i ett vitt bildningsfält odlad grund av ideal.

Han såg på klockan. Tre.

Snart skulle gästen, den käre Edward, förnuftets ljus i mörkret, komma! Den vitala, glada pusten av humoristisk skepsis, som han så väl behövde för att kontrastera till sitt eget tungsinne.

Han var väl medveten om sitt tungsinne, som bara hade blivit värre med intag av Mirtazepam, varför detta preparat hade grävts ner av honom bakom ödedasset i bortre änden av rosenträdgården, där det omedelbart tagit livet av ett dussin ormbunkar, som nu formade en torr och risig hög av grålila, lätt osande död.

En liten egendomlig krets skulle det bli. Han själv, Edward, Tutor, amerikanen Weissman och den förbannade Ruthbjörn.

Herbert tyckte att Ruthbjörn var absurd, och roades mer av dennes konservatism än upprördes av den. Varför visste inte Herbert själv.

Vissa människor kom undan med saker och ting. Andra inte. Så var det ju här i världen, tänkte han.

Det måste ha att göra med charm, eller med vibrationer eller med vilken lukt man hade. Eller något sånt, tänkte Herbert. Å andra sidan var det bara periodiskt som Herbert kunde ha överseende med Ruthbjörn. Under vissa perioder – det visste han själv – hade han till och med förbjudit sig att tänka på Ruthbjörn, och om någon – till exempel hushållerskan – skulle nämna Ruthbjörns namn, så låtsade han som om han var döv.

122

I vissa lägen betraktade Herbert sin granne, Cantrell Ruthbjörn, som idiot. Ruthbjörn, menade Herbert i dessa lägen, var den störste och den ende riktigt kvalificerade idioten i Fjerrered, - värre än pastorn, som ju ändå omstöpt den gamla konservative församlingen till en halleluja-klubb av amerikanskt New México-mönster. Varför i alla sina dar hade man släppt in en ung man från Albuquerque i en svensk kyrka för att skapa en fristad för amerikansk pingstkyrkerörelse??

Om ändå Edward komme snart!

Tegelkrona stretade sig den långa vägen från busshållplatsen ner till Boxeby. Klockan var tre på tisdagseftermiddagen.

Fem kilometer var det mellan kyrkan och Boxeby.

Man kommer så att säga nära marken och vattnet och animaliteten, om man bor på landet, och kroppen reagerar med att aktivera sig, försätta sig i förhöjd beredskap, när den omströmmas av friskt syre, som om den undrade vad detta var för en egendomlig omgivning. Det egendomliga var ju givetvis inte den friska luften, men att kroppen vant sig vid en osund halvtillvaro i stadsluften.

Det började nu faktiskt regna, från en blott halvmolnig sommarhimmel. På landet handlar nästan allting om väder och gröda. I staden däremot om klimat och politik.

Regnstänken yrde kring hans tunna vita hårtestar. Ansiktet var ett nät av rynkor. Hundratals, kanske tusentals av små, små sådana. Lustigt, tänkte jag, hur vissa människor blir hur rynkiga som helst, medan andra behåller ett babyutseende till sin hundraårsdag. Gammal kände han sig inte, och i kroppen kändes inga större fel denna dag. Han var en lyckligt lottad 75-åting, tänkte han. "Goda gener."

Det mörknade nu, och så började det från att ha varit ett litet sommarregn att störtregna.

Detta föranledde - samtidigt på Boxeby - drängen Tutor att — avbrytande lagning av en motorcykel i det söderöver liggande lilla garaget - genast ta in hunden, Pontius III, från sin kedja på grusplanen på framsidan. Den magre allvetaren Tutor Larsson hade slängt på sig en ljusblå regnrock och en rutig keps, inköpt på EBay, och vinkade upp mot Herbert där denne satt på verandan halvt i skydd mot regnet, som snart smattrade mot Boxebys tak, verandagolv och balustrader.

Boxebys stora brutna tak var av rött tegel, som Herbert och alla tidigare ägare varit noga med att underhålla och successivt ersätta. Det taket höll regnet ute. Verandans tak – på västsidan av huset - var däremot – på den översta våningen – av skönhetsskäl - bara ett grönt glastak, med vattrat, grönt, halvgenomskinligt glas som även det byttes om det sprack. Ett väldigt förråd av sådana gröna glasskivor fanns i ett hörn av ett källarrum. Glastaket läckte. Därmed samlades vid ösregn en ohemul mängd vatten, totalt sett, på den veranda som var underst av de tre. Detta hade man upptäckt strax efter Boxeby var färdigställt, men aldrig ids göra något åt. Troligen var det gott virke i alla verandagolven, ty dom hade aldrig bytts ut, trots att alltså regnvatten i mer än hundrafemtio år forsat över dessa tiljor vid busväder.

Vid normalt regn var glastaket utmärkt, och man kunde då sitta på verandan med bara en normalrisk att få en regndroppe i halslinningen.

De flesta fann detta verandatak som hägrade över de tre ovanpå varann anbragta med blomlådor översållade träverandorna utsökt vackert.

"Det är bara ett sommarregn!" sade Herbert till sig själv. Likt många välbeställda människor med anor, så hade han ett självsäkert lynne. Lugnet gick i själva verket i släkten. Till och med de – och dom var få – som hade anlag för hysteri i släkten, - de var samtidigt mycket lugna.

Det var givetvis ett sommarregn, men Herbert ville inte – oavsett poetisk definition på vattnet - bli våt utan böjde undan det blommiga, lila-rosa Kinaimitationsdraperiet in mot Boxebys stora salong, den berömda Boxeska salongen, som till och med en gång under en lunch – enligt Herbert - hyst självaste August Strindberg och försvann in i rummet. Talrika var de prominenta gäster som genom tiderna flockats på godset.

Salongen, den murriga, med gröna tapeter (troligen av den gamla sorten, med engelska arsenikfärger) låg alltså direkt innanför den stora balkongen på första våningen i träslottet. Tapeterna hade även en slags guldinläggningar, i mönster där sirliga linjer försökte krypa in i varandra, snäckformigt, som om de – mot logikens lagar – ville försvinna in i ett oändligt litet centrum i vissa mittpunkter i mönstren.

Tygschoket, som var nån slags brokad, var tungt som våt cement. Under tiden började det mullra i fjärran nånstans, på sensommarvis, och regnstänken blev allt fler och tyngre även de, tills man kunde kalla det hela för ösregn.

Den stora flygeln – som stod några meter från kakelugnen – var hyggligt stämd, och locket var uppfällt, visade alla elfenbens- och ebenholtztangenterna med deras karaktäristiska placeringar i suggestiva matematiska förhållanden.

På flygeln hade någon placerat ett inramat tidningsurklipp som visade en svartvit rastrerad bild på Artur Rubinstein. Klippets krigsrubrik var, inom citattecken, följande: "Den siste av de stora felspelarna."

Således kunde man sluta sig till att folket på Boxeby, åtminstone under senare tid hade haft ett avspänt förhållande till den klassiska musiken och till flygelspelet. Men att man generellt varit emot det pretentiösa, som ju varit en farsot inom kulturen länge, det kan man ju inte veta. Rubinstein hade ju varit en mästare på att spela Chopin. Men denne hade inte bara tillåtit sig att spela fel. Han hade ju även haft för vana att läsa dagstidningen medan han övade.

Vad var det pretentiösa för något?

Och vad var - i så fall (?) – det "falskt pretentiösa"?

Under flygeln hängde en anordning, bestående av diverse stag och fyrkantiga käppar, som utgjorde en pedalavdelning. Dessa stag avslutades nedåt med tre mässingsspedaler, som var svängda ifrån varandra på ett sätt som påminde om en extremt kobent liten flickas fötter, en flicka som slarvat med att gå i foträta skor, och istället sprungit alldeles för löst och ledigt ute i markerna barfota, för att sedan på något sätt blivit av med fötterna, bara för att sedan få se dem – transmogrifierade till mässingsklappor - monterade under en Bechstein.

På väggen en bit från flygeln hängde en tavla av Osvald Rasmussen. Den hade Herbert köpt själv på en auktion i Staregården.

Den tillhörde inte finkonstens avdelning, i recensenternas officiella kretsar, men Herbert ansåg att den gjorde det. Den var klar i färgen, och hela anden i tavlan visade på en hjärtats värme, som påminde honom om allt gott i livet.

Rasmussen – eller Karms , som han egentligen hette – en dansk målare, samtida med Herbert ungefär – hade inte tillhört de pretentiösa.

Det fina med tavlan, förutom att den utstrålade kärlek, - en ofta förbisedd estetisk kategori - var, att den hänvisade till något annat än vad den uppenbarligen föreställde.

Den föreställde en bondstuga, med en dörr öppen mot en grön natur. Inne i stugan fanns en säng med fördragna draperingar, samt en stol, och på väggen ett kopparkärl med ett långt handtag.

Allt föreställde en dansk bondstuga. Men det hänvisade helt klart – genom sin fina teknik: sin penselföring och sina klara färger, som påminde om Vermeer van Delfts – till Något Annat.

Det var detta – sången om något Annat, som Gunnar Ekelöf skulle ha sagt i detta sammanhang – som var det viktiga.

På det sättet överglänste nu denna tavla, som betingat et pris av 350kr – i Logos, och i exekutiv förmåga – det mesta i rummet. Den var ett meningsbärande helt, som utskåpade till och med den jättetavla som hängde över soffgruppen och som föreställde två tremastade kofferdistskepp med böljande gulnade segel, i halv storm utanför Dovers klippor.

I det att Karms aldrig hade avvikit från att måla väl, så hade denne varit sant pretentiös. I det att han inte brytt sig om att han kallats för "fidus-målare", det var en styrka hos denne.

Han var inte en trivialmålare. Han hade inte trivialiserat, bara för att han målat bondstugor, med en solstrimma över golvet. Han hade renodlat sitt hjärtas renhet, och han blev belönad för det, av Herbert, genom att Herberts pupiller nu vidgade sig, när han såg på det mjuka färgspelet, som så starkt pekade mot en dimension, som faktiskt inte alls var tillfinnandes.

Att denna dimension inte var tillfinnandes, innebar inte att tavlan var falskt religiös. Nej, den hänvisade blygsamt till allt det som inte var närvarande.

Den förespeglade inget paradis. Den bara var ömsint mot betraktaren i det att den sade till denne: jag vet också vad det innebär att sakna. Låt oss sakna, tillsammans, du och jag!

Väl kan man vara pretentiös, bara man väljer sin pretentiositet bland det som ligger hjärtat nära, och är fjär från plånboken och från maktens salonger.

En vacker trivialisering får man nog vara ironiker för att lyckas med.

Herbert såg på klockan, ett enkelt ur, med märket "Regal", i vilket satt ett batteri, som han bytt dit själv. Varför slänga ut pengar på att betala för saker som man uppenbarligen lätt kan göra av egen kraft?

Läderarmbandet var det värre med, då det slets ut i ett och i ett. Han borde skaffa ett metallarmband, (man kunde ju köpa sådana billigt på EBay) men de skapade ofta eksem och annat. Därför var nu det bruna armbandet lagat med gul maskeringstejp, helt sonika rullad runt armbandet på ett sådant sätt, att den måste avlägsnas varje kväll, - vilket gjorde att Herbert såg lite grann ut som en hantverkare, åtminstone på vänster handled.

Hellre trivial än pretentiös, tänkte Herbert summariskt.

Han hade aldrig brytt sig ett dugg om vad folk tyckte.

Han var dock mån om sitt eget tyckande, och kom alltid ihåg vad han gillat och inte.

Troligen var det ingen i Fjerrered som hade ett så erkänt gott minne som Herbert. Som tonåring hade han citerat halva Shakespeare-pjäser utantill.

"Nu får han väl komma snart...."

Herbert stod – otålig - och försökte se på sin förväntan utifrån.

"Vad vill människor? Umgås med varann?", mumlade han.

"NU skall jag tycka att detta är roligt!", manade han tyst på sig själv, för att trycka bort sin ständiga depression.

"Detta är roligt. Det är ROLIGT att Edward kommer!!"

("Det finns bara en synd: otålighet.", skulle Edward ha sagt, om han hört Herberts tankar. Och han skulle därmed ha citerat Franz Kafka. Kafka, som Edward kunde på sina fyra fingrar. En av Edwards fingrar – höger lill - hade fastnat i slutstycket på en k-pist i lumpen, vid en oförsiktig vapenrengöring.)

Världen, sedd såsom genom subjektiviteten verbalt processat fenomen, erbjuder generellt historiskt mer ironi än vad folk vanligtvis vill låtsas om. Att så är fallet beror på att folk är rädda för ironi, som ju är ett revolutionärt sätt att uttrycka sig och tänka. Många människor som uttryckt sig ironiskt har antingen blivit avskydda eller halshuggits.

Till och med harar och vildsvin borde ha blivit plaskvåta av ett sådant regn som nu bestods Boxeby.

På sin fotvandring från stora vägen, där Tegelkrona endast kommit 1/5-del av sträckan, hade denne sökt skydd under ett träd.

"Det kan ju vara utmärkt att komma till folk överraskningsvis, men inte dyblöt", sade han till sig själv medan han kände på sina byxknän, som nu var otrevligt halvvåta, vilket innebar en slags gräns för vad han själv kunde tillåta.

Därför tog han upp mobilen och ringde upp Herbert.

Denne stod nu i sin salong – strax innanför verandan, bakom förhänget - och tummade på en bok, om judisk mystik av Scholem, en mycket originell lunta, ivrigt väntande på besöket från staden, när det ringde.

"Men tog du inte taxi?" undrade Herbert.

"Jag är pensionär." försvarade sig Tegelkrona.

"Lugn, jag skickar Tutor!", sa Herbert, som lovade att en bil – Boxeby hade minst tre sådana - skulle hämta honom vid trät inom en kvart.

"Jag trodde du skulle ta en taxi hela vägen!", upprepade Herbert argt, "Ingen människa åker väl BUSS nuförtiden?"

"Jo jag", hade då Edward Tegelkrona svarat lugnt, med ironikerns självklara trygghet.

Herbert undrade om detta verkligen var den vän han behövde i det ärende som han kallat på denne.

När den halländske godsägaren tänkte på hur elegant Edward formulerat sig kring Kierkegaard i dennes avhandling om skräcken, så föll han tillbaka i samma blinda tilltro till sin vän och studiekamrat, med vilken han delat förskräckelsen på Konsthistoriska Institutionen, när de båda presenterade uppgiften att den första skriftliga tentamen skulle komma först i januari, och täcka allting från Assyrier, Sumererna, via Egyptierna, Kretensarna och turkarna och Grekerna,

Romarna, Medeltiden samt tidig renässans, intill Högrenässans, när nu studenterna börjat studierna i september.

DE hade båda insett att studierna vid ett universitet, åtminstone på grundnivå, inte var den djupdykning i eftertänksamhetens hav, som de som gymnasister sett så kokhett fram emot, men att studier var som de var: ytlighetens primörer. Man plockade en viol här och en potatis där, och sen visade man upp dem, och sade namnet och fyndort och att de båda vore vackra.

För ordningens skull hade de båda tenterat, med godkänt resultat, men sedan dragit vidare till något ställe som skulle erbjuda något mer självständigt arbete än vad de trodde sig kunna erbjudas inom konsthistorien, där bedömningen av diverse bilder, statyer och byggnader inte syntes dem erbjuda möjligheter att skapa de verktyg med vilka de själva ville omkullvälta världens allra värsta myter.

Detta, hade de både enats om, kunde bara ske om man fick tag i idéers och värderingars ursprung, och för att hitta dessa så föreföll det dem som om man måste komma i kontakt med sammanhang, där ORD stod i centrum, inte bild. Detta kan visserligen ha varit fullständigt felaktigt och inskränkt, men det var så de resonerade, båda två.

Bild – så hade de resonerat – var i stor utsträckning ett konservativt medium, och när det var revolutionärt, så var det detta genom de tolkningar som bilderna bestods med. Och dessa tolkningar bestod av ORD.

Herbert hade sedan, till Edwards stora förvåning, som man vänder en hand, lämnat den filosofiska fakulteten för den naturvetenskapliga. Mikrobiologins värld och den organiska kemins värld var handfast. Här samlade man på sig obestridliga fakta, och undersökte fysiska förhållanden. Edward hade vänt sig till en rad böcker av Kierkegaard.

Herbert hade både velat komma bort från att betraktas som lantis, som bonde men samtidigt ville han absolut inte bli intrasslad bland esteterna.

Mikrobiologins världs var en tillflykt, särskilt som han så ofta drabbades av depressioner. Då var en värld av obestridliga fakta något gott att luta sig emot.

Ett tag hade han funderat på att läsa till läkare, men studietidens längd avskräckte honom. Så blev det studier av kvalster, bakterier och sumpmossarnas etiologi, som kom att dominera Herberts vardag i flera år i stället.

SLUTLIGEN hade Edward nu anlänt, med Tutors hjälp. Denna bar lätt och fort – utan att konversera - Edward lilla resväska upp för trappan till nedre verandan och sedan in, genom dubbeldörrarna, in i salongen där Herbert väntade.

DE två vännerna skakade hand, med ett kraftigt handslag, generade båda två.

Edward verkade – trots allt - lättad över att inte ha behövt gå hela vägen. Han hade artros i höger höft, och hade märkt att varje steg ökade smärtan.

Hans vita hår – som var nytvättat – yrde kring hans huvud.

Snart satt de ute på nedre verandan – eftersom vädret påminde om sommar, även om det var lite gråmulet - och samtalade. Tutor hade med detsamma indikerat att han ville avvika, och Herbert hade i samband med det – urskuldande - förklarat att de visst skulle mötas senare, alla tre, men att han först ville tala gamla minnen med Edward. Tutor hade nickat belevat, och sagt något om att han hade ett brunnslock som måste lagas på baksidan.

Att ha sina drängar som vänner kan ibland göra att sällskapslivets konvenans får tänja på sina regler.

Herbert hade en dräng, som var en alldeles utmärkt vän, som han själv såg det.

"Min initiala reaktion var att det är något skumt med det hela", sa Herbert, vars ansikte ofta såg långt ut.

DE hade placerat sig i två korgstolar med utsikt över gårdsplanen och det stora vårdträdet, en stor tårpil, som stod på en gräsplätt ett hundratal meter västerut, mellan Boxeby och Utterholms Allé, som löpte ytterligare ett femtiotal meter västeröver. Tårpilen – med sina myriader grenar - varav stort värde för Herbert, då den var en sådan trygg bild av kontinuitet. Den hade alltid stått där, och den såg ut att alltid komma att stå där. Den påminde dessutom om en viss tårpil på kaserngården i Karlsborg, där han ju gjort militärtjänstgöringen.

"Men vad tror du nu då?" insisterade Edward som försökte få en bekväm position i den knarrande tingesten, utan att lyckas.

Artrosen gjorde allting i livet besvärligt.

Förmodligen hade livet varit besvärligt ändå.

"Om man färdas ända från Amerika för att kolla upp nånting, så måste det i alla fall vara ett välgjort fusk." menade Herbert.

"Men, ja….", hans ögon vandrade från tårpilen, och sen något till vänster, där statarlängan låg, den som nu beboddes av några sommargäster, Familjen Oscarsson, som nästan aldrig var där. Och inte nu heller var det. Han såg på ladugårdarna till höger om trädet, där det gamla mjölkbordet stod kvar utanför den äldre ladugården.

Detta bord lutade betänkligt från sina fästen på en liten stenmur av kvadersten. Tutor hade erbjudit sig att ta ner och isär det gamla mjölkbordet – som väl var från 1950-talet - och lägga det i påskbrasehögen, men Herbert ville ha det kvar. Han funderade till och med på att låta restaurera det och placera några mjölkkannor och en svart stor räkenskapsbok på det.

Att så inte skett berodde på att han inte ville bli utskrattad. Han fruktade mest Ellas leende, när hon skulle se det nymålade mjölkbordet, när det inte fanns en enda ko på flera kilometers håll.

Mjölk var sånt man köpte i affären.

"Du då?" frågade Herbert, och betraktade sin vän från stan.

"Nä, jag håller med. Det är säkert en förfalskning. Man hittar inte sådana brev på loppmarknader. Inte brev som är äkta."

"Det mystiska är Blombergs.", tillade Herbert tankfullt.

"Javisst ja, det var tre mottager av Weissmans brev. Berätta om Blombergs!" sa Edward, som insåg att den delen ändå var av visst intresse, kanske för att kunna reda ut VEM det var, som hade skapat det falska brevet, och VARFÖR.

"Blombergs är helt enkelt en gammal lantbrukarfamilj, som hade en gård här sen gammalt. Först la man ner lantbruket, och vi övertog deras åkrar, på min fars tid. Blombergs bodde kvar, men ägnade sig åt annat, yrkesmässigt.

Nu ägs det av Inez Blomberg. Modern dog tidigt, och hennes far, som blev gammal och levde tills för några år sen, var aktiehandlare.

Sedan blev han fjärilssamlare. När han dog brände dottern – hon blev läkare sedan - ner huset, och hon vistas numera mest i Malaga."

"För vilka pengar då?", undrade Edward.

"Ja, det vet ingen. Pappans säger dom."

"Konstigt."

"Ja, men å andra sidan finns det många sätt man kan få tag i pengar på.", sa Herbert.

"*Complicated.*" menade Edward, som fick syn på den grå gårdskatten, som just hoppat upp på verandans balustrad.

Katten – en kelen en - ville uppenbarligen ha uppmärksamhet.

"Umgicks ni inte med Blombergs?"

"Inte vi. Men Ruthbjörns och Blombergs mer då."

"Jaha."

Herbert tystnade. Katten hade stelnat i någons slags halv jaktpose. Mycket av katters värld är inbillning.

"Jobbigt med en byggd full av nazist-sympatisörer.", sa Edward, som tyckte det var onödigt att dra ut på det hela.

"Ja, ett sorgligt arv." suckade Herbert, som nu såg ner på sina händer.

"Vissa saker bör man göra upp med.", menade Edward.

"Jag ska elda upp den där gamla bilen" avbröt Herbert argt.

"Jag har bara inte kommit mig för."

Herbert som alltid var ängslig över att någon hade det tråkigt, bad Edward följa med för att se klarinettrummet på översta våningen.

Han ville helst inte påminnas om Inez.

I sin ungdom, när Inez dragit omkring med Ruthbjörn på krogarna i , så hade även Herbert varit intresserad av den sköna, energifyllda Inez, och då även byggt en liten fantasi runt sig själv och henne.

Han hade – elitistiskt – tyckt att Inez borde se vilken begåvning han själv var, och koncentrera sig på honom, och han menade till och med tyst för sig själv att endast de, Inez och han själv, var sådana geniala människor, att de inte borde välja någon annan partner än just varandra.

Detta var i Herberts tidiga ungdom.

Även Edward, som inte då känt Inez, var vid denna tid elitist, och gjorde – i valet av flickvän – skillnad på folk.

Varken Herbert eller Edward kunde tänka sig att den vanliga arbeterskan / ...det fanns sådana då... / fröken x eller fröken y kunde ha en sådan rikedom inom sig som de uppfattade att de själva bar på.

Endast flera år senare, när Edward började närma sig de trettio, ändrade han ståndpunkt, och upptäckte till sin stora förvåning att det nog faktiskt var så, att ALLA människor var likadana, och att alla var lika potentiellt "andligt" rika som han själv.

Det var delvis genom att läsa Stendhal's roman från första hälften av 1800-talet, som Edward insåg detta. Romanen Rött och svart behandlar en viljestark och manipulativ hjälte ur ett brett perspektiv, och man kan int4e som läsare inledningsvis misstänka annat än att det monstruösa lekande med kvinnosjälar som Julien Sorel, bokens hjälte, ägnar sig åt, skall öppna för en ett perspektiv av egalitärt slag.

Men det gör det.

Så hade Edward aldrig i hela sitt liv blivit så häpen som när han insåg att förföraren Julien, delvis genom sitt intresse för allting som hade kjol på sig, verkligen var en person som behandlade alla lika, och som tillskrev varje person ett unikt, och lika stort värde.

Om andra människor begripit detta, det visste inte Edward. Och det brydde han sig inte om.

Men Stendhal blev därefter en av hans favoritförfattare.

Men i sin ungdom kunde alltså Herbert och Edward, båda två, göra skillnad på folk och folk, men de hade också båda sedan dess blivit klokare. Alltjämt betraktade de dock begåvade kvinnor med skräckblandad förtjusning.

Herbert visste att Inez tappat minnet, men att hon skulle ha på något sätt blivit dum, det saknade han – bland annat - fantasi nog att föreställa sig.

Henrik var väldigt mån om att bland de rum han visat mig på Boxeby framhålla just klarinettrummet som en liten gårdens klenod. Han kallade inte Boxeby för slott, eller ens herrgård, men refererade till Boxeby enbart med ordet "Gården". Men tillsammans med ett fåtal andra gods var ju Boxeby ett slags Fjerrered historia och stolthet, i ett.

På tredje våningen i mittbyggnaden låg då klarinettrummet. Här hade Herberts far, Rudolf Boxe, som varit mycket musikalisk spenderat mycket tid med antika klarinetter, sin gamla taffel - innan Bechsteinens tid - , sin spinett och sin klavikott.

Rummet låg i samma trånga och mörka korridor som där Pauline och jag hade våra rum, fast längst åt norr, borterst, troligen gränsande till det åttkantiga Norra Tornet, med sina av ålder florstunna väggar - till rummet där voljärerna med korparna funnits. Väggar och tak i denna korridor, var utsmyckade med diverse halvfärdiga oljemålningar av någon okänd amatörtalang, och de bitvis nakna trästockarna och bjälkarna, som bar upp det här låga taket kryllade av inskrifter och obscena teckningar och gouachemålningar från 1910-talet, och såna både i olja och med krita och tusch. En serie nakna glödlampor av den gamla energislösande sorten, 25 Watts, satt på två meters håll från varann i en liten rad i taket och försåg den smala gången – där spindelväv och damm hängde i tåtar från taket - med belysning.

Dörren – som hade som dekoration ett herdelandskap i brungrön oljefärg i gammal tysk Leipziger och Stuttgarter-stil - till rummet var dubbel, med en liten luftspalt på så där två decimeter, för att skenbart innestänga ljudet och således försöka skona fastighetens övriga invånare från träblåsinstrumentets gälla toner.

Det sades att August Boxe – Rudolfs far - varit måttligt musikalisk – med allt sitt lyssnade på den sentimentale Mahler - och inte trivts med sonen Rudolfs spel.

Sentimentalitet är ett otyg. Vid sidan av nationalism – som ju i sig är sentimental – är sentimentaliteten bland det värsta som drabbat människosläktet.

Att omgivningen var skeptisk, det bidrog då till att han fick hålla till i ett undanskymt ljudisolerat hörn av sitt slott med sina gamla träklarinetter, tänkte Edward, upprymd av sina egna elaka tankar.

En sommar hade organisten från Fjerrereds kyrka haft sina pianolektioner här med Rudolf, på taffeln. Denne, Hr Nordkrona (som av eleverna kallades "Nordkorea") hade en B-examen i orgelspel och körledning.

Edward kände sig som på en förevisning på Barbro Bielkenstiernas Årsta och blev givetvis förtjust i den långa rad av klarinetter, flöjter och okarinor som prydde den norra väggen. Aldrig i sitt liv hade han sett så många klarinetter, bruna, beigea och svarta och röda, och så otroligt gamla också.

Han var själv ingen expert på klarinetter, eller musik överhuvudtaget, men visst – det måste han medge – så tillhörde han den där stora gruppen människor som har ett olyckligt förhållande, tillgivet, till musik, i sin helhet. Han hade en gång spelat saxofon i en dixielandorkester, och trombon i en studentstyrd (?) rabulistisk – sentimental - spexorkester.

Herbert såg sig om i oktagonrummet och pekade på en av klarinetterna, den som hade mest metallklaffar, nästan full Böhm, och sa:

"Jag har faktiskt lyckats spela på den. Den är stämd i Eb ."

"Oj då!!", sa Edward, som alltid var vänlig, och som även han kände till skillnaden mellan Böhm- och Albertsystem på klarinetter. "Det skulle man hört."

"Just idag har jag munsår." tillade Herbert med ett skevt urskuldande leende.

Edward slog likafullt till honom med vänster hands utsida, som man bara gör med den man älskar.

Vänskap är nog det bästa som finns.

....

Herbert och Edward stod efter en stund i trädgården intill ett krusbärsstånd medan Herbert noterade att klockan var tre på eftermiddagen.

Insekterna yrde här på ett sätt som sällan ser nuförtiden, och Edward förvånades över att han faktiskt befann sig på landet.

Han var förvånad över att han levde.

Han tänkte faktiskt då inte alls på att det kunde finnas någon gömma med naziguld nånstans i närheten, men att allting som skedde i hans liv hängde samman, och att vad han tidigare trott handlade om ord inte alls gjorde det. Om det nu var så att ord hängde samman på ett både oroande och roande sätt, och att det var det som var det farliga, så gällde ju detta också, och kanske i ännu högre grad det som orden ytterst handlade om, d.v.s. verkligheten. Denna var sous rassure, d.v.s. (från franskan) <u>under överstrykning</u>. (Ex.: "~~verkligheten~~") Man talar om verkligheten som om allting på ett självklart sätt fanns, men stryker samtidigt i djup skepsis över vad man säger, eftersom ingenting finns på det sättet, egentligen.

Allting finns ju, tänker man – om man är Edward - omedvetet, fast det finns inte PÅ DET SÄTTET.

"Jo," sa Herbert, "nu måste jag ändå visa dig den där bilen som det ju varit så mycket tal om."

När Edward nu såg Blue Goose-kopian för första gången blev han storligen besviken. Det liknade mer en rosthög än en bil. Lite blå lack fanns på den låga sportbilen, men mest var det en bil av rödbrun rostig plåt som framträdde för hans ögon. Den stod ensam i det bakre garaget, en låg byggnad med plåttak bakom Tutors verkstad, granne med potatislandet.

När Herbert påpekade att de hade koncentrerat sig på att hålla motorn i perfekt skick, kunde ändå inte Edward avhålla sig från att säga:

"Det är ju bara en skrothög."

Herbert blev tyst en stund. Sen, medan de beredde sig att lämna garaget, och Herbert släckte den lilla taklampan som spridit sitt ljus en stund över tysk ingenjörskonst á LA 1943, SÅ SA HAN:

"Min far var väldigt stolt över denna ... som han sa: klenod..."

"Jepp", sa Edward surt.

Han tänkte att ett så magnifikt gammalt herresäte, en så ljuvlig tillflykt från all stadens larm och bröl som Boxeby var borde ha fredats ifrån en så tarvlig "klenod" som denna bil, som ägts av en officer från ett av historiens värsta mördarband.

När de lämnat bilen och gått ut och stängt dörren till garaget fick Edward syn på en brunn täckt med ett sargen omslutande trälock.

"Ååh, en gammal brunn!" utropade han. "Fungerar den?"

"Troligen, den är hur djup som helst, och hur gammal som helst."

"Men ni tar inte vatten från den?"

"Bara när vattnet från vattenverket inåt land inte fungerar..."

"Det är mycket att tänka på här på landet," sa Edward och tänkte på hur man i krigstider förr brukade förgifta brunnarna man passerade på härnadstågen genom att slänga ner en död ko i varje brunn.

Nu var detta egentligen inte något han visste, men en uppgift han tagit för sann, när han mött den i någon historiebok, eller trott att han mött den där, när det mesta som Edward visste, eller trodde sig veta, i själva verket var produkter av dennes egna fantasi..

"Är den stenlagd?" frågade han, och menade med detta att han undrade om brunnen var fodrad med huggen granitsten.

"Vad roligt att du är här!", sa Herbert, ignorerande frågan. Det var typiskt Herbert. Han var ännu mer nyckfull än Edward. Men på ett mer resolut vis.

Herbert var ett enda stort välkomnande.

Det var väl rikedomen, tänkte Edward, för att nyansera det hela. Herbert var rik, ägde ett helt gods; Edward var fattig. Han ägde – inklusive banktillgångar – denna dag 3500 kr.

A R T O N

EDWARD I KÖKSTRÄDGÅRDEN

Efter besöket i garaget, där den famösa sportbilen verkligen stod, om
än dock inte alls blå, men helt svartbrun av rost, hade Herbert visat
mig släktkyrkogården, vilken låg bakom en jättelik häck av rabarber
väl en trehundra meter på baksidan om Boxeby, där, i skuggan av
några japanska ligustrar och en silvergran, godsets imposanta
privatkyrkogård låg, stängslad vackert med meterhöga, halvrostiga
gjutjärnsstaket bland en multitud av Tussilago Farfara och försett med
små grå, mossbelupna statyer i högt gräs föreställande både änglar och
hiskeliga monster i en slags mycket porös sandsten och samt röd
polerad antracit och granit. Här låg massor av människor begravda,
inte bara Box´, ty under alla långliga tider hade kreti och pleti trängt
sig in och lagt sig här för att njuta, njuta av och få färg och ära av det
fina sällskapet, ända sen Hans Boxes tid, på 1600-talet! Ty denna
körgård, som aningen liknade en pestkyrkogård, var byggd av denne,
och här låg – bland alla lycksökare - hela Boxeska släkten, hela långa
raden av män och kvinnor som burit namnet. och Här fanns frillor och
här fanns det drängar och köksor i långa rader, här fanns bekanta och
långväga gäster, som dött under gästa bud, samt knektar och kuskar,
fientliga (danska) soldater, och likaså katter, hundar och hästar och
ett flertal namngivna undulater, likaledes de begravda på frostfritt
djup. Alla, ända ned till den mest obetydliga knähund, ja till den
minsta lagårdskatt, hade förärats en gravsten på vilken det i vad som
liknade guldskrift förkunnades födelse- och dödsdag. Kyrkogården
var närmast en kulturskatt. På grund av platsbrist hade dock både

138

gravar och stenar kommit att ligga på varandra, så att man bitvis fick intryck av att man befann sig på mindre hinderbana för mountainbikes.

Jag studsade när jag på en sten över en "redeliger man" fann en davidsstjärna, men Herbert påpekade att man på Boxeby inte hade ägnat sig åt antisemitism.

DE tog sen en tur till den äldre av ladugårdarna, som Herbert inte hade restaurerat, men bevarat – nedgången och omodern som den var - som minne. Där var en otrolig samling av lantbrukshistoriska redskap och inredningar, och jag njöt av att ställa mig i en stor svinstiebotten, gjuten enkelt och professionellt i cement, vars alla hörn var insvepta i spindelväv, och i vars tak hängde några snedtandade dynggrepar, allt belyst av genom smutsiga glasrutor inträngande tystlåtet dagsljus.

Herbert blev vid 9.30-tiden avbruten av ett samtal från en sockenbo, som meddelade att fåren på en äng vid ett torp, öster om Utterholmens utmarker hade gett sig in i ett par trädgårdar som tillhörde några sommargäster.

I ett huj fick han tag i Tutor och de gav sig av i Tutors pickup.

"Sådant är livet på landet", sa Herbert, som bytte från kavaj och byxor till en blå overall, med text från ett större mejeri på ryggen.

Edward fick nu ensam ströva omkring i ladugården.
Inte honom emot.

Det var stimulerande för hans reflexion att iakttaga alla den gamla lagårds detaljer. Mest fascinerad var han över golvet. Det föreföll honom – utan att vara det minsta insatt i byggnationen av hus, än mindre specifikt jordbruksfastigheter - som om det viktigaste med en ladugård var just golvet, som, vad han själv förstod, alltid måste vara upphöjt över marknivån. Det var dessutom alltid av cement eller något ditåt, och dessutom aldrig helt horisontellt. Ett ladugårdsgolv lutade antingen åt ett håll eller ett annat. Vatten och annat kunde aldrig tillåtas stå still, med leddes via en nästan omärklig lutning ner i rännor, för att sedan displaceras ner genom galler och ut genom avlopp.

Detta var genialt. Hade man bara ett sådant gediget golv och avrinningssystem, så var ju resten av ladugården, i konstruktion och skötsel, en ganska enkel historia. Väggar, takstolar, tak och spiltor var ju bara en logisk följd av golvet och av de trettiotal kossor, som den var byggd för.

Fascinerad till gränsen av förtjusning – och fascinerad över sin egen förtjusning - gick Edward omkring och såg på de gamla båsen, där namn och nummer på kor ståtade på små pappskyltar, där urtagen för mjölkmaskiner nyfiket ännu stack ut från en dammig trävägg här eller där.

Ladugården var avdelad i Öster med en kraftig stuckerad mellanvägg, bakom vilken ett stall för fyra hästar fanns. Deras spiltor var försedda med mycket högre väggar, och det var dessutom avsevärt mycket mörkare i stallet än lagård, där många väggar, tvärslån och bärande bjälkar var vitmenade.

I stallet rådde en stillhet och ett annat allvar. Det var som att här var det plats för ortens stridsmän, medan det i ladugården mest handlade om de livgivande sysslornas primat.

I stallet kunde man mycket väl tänka sig sobra namn på djuren, och Edward föreställde sig att man kunde namnge hästarna efter filosofer, som Aristoteles och Platon eller Spinoza, medan man ju knappast kunde kalla en ko för Simone de Beauvoir eller Angela Davis.

Edward tänkte, när han stod i dörren som ledde från stallet till det stora vagnslidret, som också nuförtiden förvandlats till en mörk och dammig museipark för gamla jordbruksmaskiner, att Herbert förmodligen trivdes alldeles utmärkt med detta liv som bonde, mest då den sociala biten. Det var uppenbart att han inte var mycket affärsman, och inte intresserad av att få ut så mycket som möjligt ekonomiskt av gården. Han ville mer ha den kvar, så som den varit under fadern, Konrads tid, samt med stöd i dess enkla vara förbli en slags social hubb och en liten kugge i socknens sällskapliga och empatiska liv.

Fåren, och handhavandet av ett dussin robusta kvigor, var inte en fårskötsel, men bara en liten detalj med vilken han kunde hålla kontakt med folk i bygden.

Likaså hönsen och äggförsäljningen. Allt var sociala projekt. Pengar kunde Herbert alltid få om han sålde av en tomt i utkanten av sina ägor, antingen in mot kyrksamhället, ut mot eller bort mot sommarstugebyn i öster. Kanske var det till och med av någon slags anständighetsskäl som han behöll dessa små djurbesättningar, vilka i arbetsinsats ju inte fordrade mer än en bråkdel av det som hans far, och hans mor, Britt, lagt ner på att hålla igång mjölkproduktionen.

Efter att Herbert skrivit sin doktorsavhandling i mikrobiologi slutet av 1970-talet hade denne aldrig mer producerat sig i skrift, och inte visat något som helst intresse av det heller. Han hade aldrig haft minsta tendens till att vilja göra karriär. Att vara lärare i biologi och privatman var alldeles okey för honom.

Han hade – för omgivningen - verkat nöjd med att bedriva sällskapsliv på Boxeby.

I vagnslidret stod en skördetröska, två gamla bensintraktorer, en Rex motorcykel, diverse harvar och såningsmaskiner, och tonvis med olika grepar och krattor, varav de vackraste var breda träkrattor, med minst ett fyrtiotal piggar, som såg ut att ha används fört att samla in det, som högafflarna och de enklare krattorna lämnat efter sig. Längs väggarna i lidret stod högafflarna i allvarsamma rader, vändande sitt spetsiga, buttra U ned mot golvet, gjort av träbalkar, tydligtvis lagda låringsvis på ännu djupare stockar i marken. Från loftet hängde i oregelbundna schok ner gammalt hö, fullbemängt med dammig spindelväv i olika stadier av om inte förruttnelse så ändå upplösning.

På väggen hängde en Albert Engström-affisch med ett ansikte, - ett självporträtt - och med orden "Kräftor kräver dessa drycker!"

Det luktade numera inte så mycket hö som det luktade damm.

Ventilationen i väggar och tak – det var springor över allt – hade gjort att denna förruttnelse var så långsam, att allt här tycktes präglat av den allra mest melankoliska sorg, en sådan sorg som präglar allt det som inte tillåts dö, men som hålls i ett mellanläge mellan existens och förintelse.

Å andra sidan, tänkte Edward: om det inte fanns sådana miljöer, där just gamla saker för en kort period hindrades från att upplösas i intet, så skulle ingen nånsin begripa något av sin historia. Då vore allt omkring en bara obegripligt!

Vad vore världen om man inte i sin bokhylla hade en CD med installationsprogrammet för Windows97 eller 2000?

En lätt klagande vind lät höra ett vinande här och där i väggspringor och takstolar.

Råttlortar och förstelnade rester av timotej och blåklockor tävla om utrymmet i fönstersmygarnas damm med några tusen döda hästflugor, som låg upp och ner, med de sex benen i vädret.

Det skimrade lätt i de smutsiga glasen ovanför. Fönstren här var nog hundra år gamla, och lät bara grått ljus passera.

Här stod också några trasiga cyklar, och mopeder, en med påhängsmotor, samt hängde på en långvägg en vidsträckt banderoll, klumpigt målad, som förkunnade att det var logdans. Ett lass telefonkataloger – med oerhört tillkomplett färglöshet bleknade omslag - hängde över ett snett bord, och en samling gamla trattar, bunkar, tallrikar, kaffekannor, slevar, silar och tvättfat låg under bordet.

När Edward lämnade ladugården var det med en känsla av andakt.

Hur hade inte civilisationen en gång börjat just med en lagård.

När människorna blivit bofasta, så var det första de byggde, sedan de skaffat ett någorlunda säkert hus för sig själv, just en sådan byggnad för de djur som de höll året runt.

Ladugården var det kultur- och fredsprojekt, som bar den största meningsfullheten, den största anständigheten, tänkte Edward.

Hjärtat av all civilisation fanns här, i lagårn.

NÄR tisdagen började lida mot kväll och klockan blivit 19.00 och Feydor Weissmann-Schah inte ännu dykt upp på Boxeby, blev Herbert orolig.

Han, Tutor och Edward satt på den mellersta verandan i varsin korgstol och funderade på vad som kunde ha gått fel.

Klockan var nu precis fem.

Herbert beslöt sig för att skicka ett sms till Weissmans telefon med en undring, och Tutor och Edward beslöt sig för att ta ännu en promenad runt Boxeby gård. Edward var så nyfiken på stort och smått, och det var en rolig nyfikenhet att dela, då Edward i anslutning till varje fråga eller anmärkning hade något att berätta.

Snart passerade de en blomsterrabatt, där det fanns en hord gamla skyltar av metall med blomnamn på latin ingraverade, just som man brukar ha i rosenträdgårdar och andra botaniska trädgårdar. Tutor försäkrade att ingen idag orkade pyssla med sådant, inte på Boxeby, och rost och beläggningar på skyltarna vittnade också om att de härrörde från en tid ett halvt århundrade tillbaka. Inte desto mindre kunde man urskilja en hel del namn på rosorna, ofta med kulturell anstrykning. Botanik var i viss mån ett konservativt projekt, tänkte Edward.

"Det är fantastisk", sa Edward, "så stor användning man kan ha av att kunna namn på växter, om man till exempel ... skriver en roman. Ta bara en sådan som den erotiska romanen Tortyrträdgården" av Mirbeau, (inte Mirabeau) som handlar om en grym kvinna som älskar att tortera män, och hur den romanen hade blivit alldeles platt och oläslig, ja, hur den hade kunnat bli lika fruktansvärd som Markis de Sades "Justine" om inte Mirbeau hade kunnat måla upp väldiga scenerier mellan tortyrorgierna, där hans botaniska kunskaper flödar och lägger sig som ett plåster på historiens alla blödande sår...."

Tutor hade visserligen hört talas om de Sade, men aldrig om Mirbeau, varför han bara sa:

"Aah, ja men det kan nog stämma. Även Strindberg hade ju en enorm detaljkunskap... "

"Octave Mirbeau.", förtydligade den gamle docenten," var en brödskrivare, men en fantasifull sådan, vän till Zola, beundrades av Kafka, - ja, i tysthet visserligen, på grund av eroticismen ... "

"Strindberg ja, OMM HAN HADE?" återtog Edward, överdrivet, och blinkade sedan mot Tutor, dymedelst ironiserande sitt eget utrop.

Tutor skrattade.

"Och här", pekade Edward, "här har vi en ros med namnet "Drottning Kristina". Det påminner mig om mitt senaste historiska arbete, som handlar om Drottning Kristina som utrikespolitisk taktiker."

"Åååh", sa anarkisten Torsten Larsson igen. Denna gång något tröttare dock. Edward var verkligen prövande.

"Ja, jag fann just under mina studier i Juni", berättade Edward för den unge studenten, "att när Kristina hade mött Henrik Carloff, sjö- och sjörövarkaptenen från Dorpat i Stockholm, något hon med största säkerhet faktiskt gjorde, då Carloff förmodligen tog med en kofferdist till huvudstaden, så insåg hon att hon kunde lura sina fiender vid hovet genom att låta dem investera i något så korkat som en koloni i Västafrika, Cabo Corso."

"Ja, men det genomförde hon ju också...", inflikade Tutor, som nu stannat vid synen av en majestätisk tordyvel, som satt på en av de av vattnet och vinden grånade träbänkar som sneda och murkna huserade längs grusgångarna i rosenträdgården.

Tordyveln tittade tillbaka med fast blick, uppenbarligen besluten att hävda det äldre djurrikets rätt mot uppkomlingar.

"Javisst, det är en otrolig historia om massor av människor som lurar varandra, men Kristina, om man skall koncentrera sig på henne, och inte – till exempel – på alla slavarna, så: hon placerade uppenbarligen inte en enda Daler själv i projektet. Kristina var ju en bildad dam, och klok, vilket man inte kan säga om den adel i Stockholm som girig omgav henne. Hon visste själv, att det skulle bli omöjligt att hålla en sådan koloni, särskilt inte som det var både slavar och elfenben och andra rikedomar inblandade. Hon helt enkelt skojade med hovdamernas plånböcker och med Hr. Wrangel."

"Vart tog Carloff egentligen vägen, efter det kolonin gått förlorad?", undrade Tutor, lite sammanfattningsvis, som kanske tyckte att alltihop verkade spåra ur – och att man hade mer akuta ärenden att bry sina hjärnor med.

"Han blev fransk ståthållare i Västindien, efter det han och hans kamrater sålt kolonin till Frankrike, men det varade inte så länge. Det blev krig i Västindien. Sen försvann han ut i kulisserna. Ingen vet var och när han dog. Han hade förstås ett hus och fru i Amsterdam, och det var vad han lämnade efter sig. Förutom en liten bok på franska om hur man mest framgångsrikt får tag i slavar och i bojor, under däck, föra dem över Atlanten."

"Aaaah", sa Tutor. "Är din bok om detta klar?"

"Den ligger i pipeline."

Tutor nickade, funderade på om Carloff, Carloffers, lilla bok gick att få tag på, samt och insåg att han ännu, som tjugosexåring förhoppningsvis hade många böcker att läsa och skriva.

Efter att ha tröttnat på rosenträdgården, där mycket annat än rosor hade blivit dominerande med åren, såsom hagtorn och videbuskar, hade de båda nu förflyttat sig två kupiga bifluster. Ur dessa kom stötvis massor av virvlande arbetarbin, och spred med sin idoghet en stor trevnad omkring sig.

Då såg Tutor en tillslutande människa i vänster ögonvrå.

Längs baksidan på Boxeby kom denna, och när Tutor noterat vem det var, vände han sitt kortklippta blonda huvud raskt, och uppmuntrad som det tycktes, mot Edward och ropade socialt och konstruktivt:

"Detta här är en släkting till Henrik!"

En kvinna med en korg med ägg obekvämt i handen kom i promenadtakt åt deras håll. Docenten blev glad vid åsynen av korgen, ty han hatade tyg- och plastpåsar, för att inte tala om såna där plasttråg med hjul, som man lurat på större delen av befolkningen och vars enfaldiga ljud mot stadens stenläggningar drev honom till vansinne.

"Åh, är det en gäst?", ropade den unga kvinnan till både Tutor och gästen från stan, och log ett förkrossande leende.

Släktingen till Herbert, ett sysslingbarn, som hette Pauline Boxe – och egentligen – vilket snart framkom - bodde i ett mindre, äldre trähus invid Holmens gård, men nu tydligen hade ett rum hos Herbert, på översta våningen invid Norra Tornet - hade varit hos Herberts hushållerska och druckit kaffe.

Paulines hus – där hon bodde ensam - höll sedan två månader tillbaka på att renoveras.

"Pauline, Pauline!", skrockade hushållerskan Ella Aho med sin finska accent – bligande med sina leende, brett sittande aningen sneda ögon, där hon – iklädd blå arbetsklänning och handdukshuckle - stod i kökets dörr, en tudelad dörr, vars överdel var öppen - lycklig, som en riktig matmor, och det stod inte länge på förrän den yppiga Pauline övertalats att stanna kvar.

Allihop – Edward, Tutor, Ella Aho och Pauline – satt snart i det rymliga köket, som luktade av nybakt bröd och kattpiss och åt gröt och åt ostfrallor, på färskt bröd.

Pauline var i trettioårsåldern, en atletiskt byggd brunett, med stora mörkblå intensiva, oroliga ögon bakom glasögon med stora brunrosa skalmar. Ett lätt ögonfel bidrog också det till att hon – trots sin perfekta figur och sin enorma energi - såg hysterisk och lite ensidigt partisk ut. Hon verkade partisk med sig själv.

"NI ÄR FÖRFATTARE?", undrade Pauline med persikoglasögonen när hon vände sig åt Edward till.

"ja nåt ditåt," sa Edward generat, och undrade varför hon sa så.

"Tutor sa att ni var författare….", sa hon,

och såg på Edward.

Något i hela hennes uppenbarelse utstrålade viss passiv manipulativitet.

Människor blir i allmänhet förvirrade om de mötte någon som skrev böcker. I en del fall blev människor oroliga att de skulle själva hamna i en nyckelroman.

Det hemskast som finns är om det är någon i ens familj som skriver böcker. At på ett sådant sätt – som genom en bok – få reda på vad en människa som man annars har tryggt i sin närhet, tänker för galenskaper om livets utkanter, det är själsstörande.

Släktingar borde enligt lag förbjudas att bli författare. Endast personer, som inte har nån släkt alls, borde få skriva.

Om inte annat så borde människor vänta med att publicera sig, tills de är döda.

Det hördes att Pauline inte var intresserad av om Edward skrev böcker, eller vad han gjorde överhuvudtaget.

"Jag kommer bara för att hälsa på", sa Edward förvirrad. Han var inte van vid så mycket folk.

"Fina intressen!", fortsatte hon, och så överdrivet att Ella rättade henne.

"Nu får du lugna ner dig!" sa hon – återigen (förstås) med markant finsk brytning - till den unga kvinnan. "Pauline överdriver. Hon är jo sån. Det är inget personligt." försäkrade hushållerskan som – här överstigande sina befogenheter - också la handen på Edward´ arm, för att lugna denne.

Ella tycktes i många lägen vara förnuftet personifierat.

Pauline såg – i det hon spelade något slags spel med något slags långsiktigt mål - förorättad ut. Hon tog av sina glasögon, såg därmed annorlunda och lite naken ut och blev alldeles tyst. Man trodde sig kunna höra att det knäppte mellan hennes något stora tänder.

Ella satte sen fram kaffet på det lilla vita trädgårdsbordet som stod mitt i gruppen möbler.

"En underbar gård!", sa Edward, för att nu mäkla fred, och kunna samla tankarna. Han tillade generöst: "Om jag varit rik, så hade jag köpt en liten gård."

Tutor hostade. Han hotade på ett sätt som antydde att han tänkte: "Ett sånt samtal!"

146

Det hade nu blivit eftermiddag.

Klockan var nu 05.45.

Ingen taxi med Weissman-Schah hade svängt in på gårdsplanen, vad de hade hört. Man kunde höra bilar tydligt från baksidan.

Herbert dök nu upp i köksdörren.

"Jag får inte fram sms:en till Weissmans telefon. Något är konstigt...", ropade han till dem.

Edward borstade en hästfluga från hakan och såg på Tutor.(Edward var ju uppvuxen på landet och betraktade hästflugor som en naturens inredningsdetalj.)

Tutor såg på Ella.

Ella, vars hela släkt på svärdssidan gått under i Finska vinterkriget, sa inget.

"Bara det inte skett en olycka!", sa Pauline tonlöst och satte ner kaffekoppen med ett klirr på det med Bersåmotiv och av såpvatten blålysande klassiska fatet.

Hon indikerade att hon ville ha mer kaffe, men ingen reagerade.

"Jag följer med dig", sa Edward till Herbert och reste sig från bordet, medan han tömde det sista kaffet rakt ner i halsen genom att kasta ner det där.

"Vi får kanske ringa polisen, va?", lade han till, och var bekväm med att ta initiativet. Det enda människor i de övre åldersspannen kan göra är att just göra det.

"Sitt kvar, sitt kvar!" menade Herbert.

"Jag måste tänka", tillade han.

Edward satte sig igen, och tog fram mobilen, som om han skulle ta och googla något, men utan att veta vad han skulle leta efter, så lät han handen med mobilen vila mot bordet.

Tutor ursäktade sig med att han måste se till något i verkstaden.

Herbert gick in i huset, genom köksdörren och en liten blåmes satte sig på en trädgårdsstol nära Edward.

Edward funderade på vad som kunde vara orsaken till Weissmans dröjande.

Pauline och Ella lämnade likaså trädgården och gick in i köket för att lugna ner sig. Detta var förhållandevis rymligt och låg alltså innanför den nedre salongen och hade morgonsol. Det var utrustat med två spisar och dominerades av ett stort ovalt köksbord av furu. Väggarna var täckta av rader av skåp med dörrar målade i passande duvblått. På en av de fria väggytorna hängde en flagga med IFK Göteborgs emblem. Runt bordet stod ett dussin köksstolar. Solen strålar hade letat sig in till trasmattan på golvet, där den grårandiga huskatten behagfullt låg på ena sidan och slog med svansen åt båda håll med ojämna intervaller.

Ella satte sig på en köksstol vid köksbänken, som var modernt låg, och drog till sig två bunkar ärtor och ärtskidor och började sprita dem, ärtor som hon förmodligen plockat in från köksträdgården tidigare på morgonen.

Denna var en kvinna runt de sextio. Ella Aho var inte alls ifrån trakten, som framgått, men från Finland. Att beskriva henne är omöjligt, men hon utstrålade starkt vanlighet, rejälhet och luktade tvål.

I utvecklade kulturer är vanlighet en lyx.

Pauline tog själv en kopp kaffe. En kaffeautomat av modernt snitt stod alltid på, med varmt kaffe hela dygnet, på begäran av Herbert. Något får man kosta på sig.

"Vad handlar det om?" frågade Pauline, som alltid yttrade sig så att hon inte skulle kunna bli komprometterad på minsta vis.

"Vilket?" frågade Ella, som hade genomskådat det manipulative i en mycket öppen fråga.

"Ja, besöket?" medgav då Pauline.

"Ja, säg det.", svarade Ella, som inte tänkte låta sig köras med.

Noterande efter en stund, genom att titta ut mellan pelargoniorna genom det stora köksfönstret, att Edward satt kvar på baksidan beslöt de båda kvinnorna att återvända dit.

Ella tog, med Paulines bistånd, med sig ärtverksamheten.

"Ja, livet på landet!" sa Edward enfaldigt.

De båda kvinnorna blev helt sanslöst lugnade av denna fåniga anmärkning och hävde sig ner i de två trädgårdsstolarna med ett riktigt lantligt lugn.

"Allt ordnar sig nog", sa Ella, och borstade fnas från kråset på bröstet innan hon tog itu med ärtskidorna.

Pauline log och suckade och återgick till att göra ingenting.

Edward iakttog allt detta med viss tillfredsställelse.

En av Edward´ utgångspunkter i synen på Mänskligheten var den att alla människor framför allt bör definieras efter sina oförmågor. För att undanröja det mytiska elementet, var just detta avgörande. Det man kunde var i alla avseenden så oerhört mycket mindre betydelsefullt än det man inte kunde. Ur mytiskt perspektiv gick det naturligtvis inte alls att betrakta världen så. För de mytiska krafterna bestod världen av kapabla och KUNNIGA och modiga människor. För mytkritikern var det precis tvärtom.

Sanningen var – enligt Edward – att människorna var OFÖRMÖGNA. Att människor framför allt bestod av varsin mängd oförmågor.

Att vissa var komiskt hjälplösa, det var bara en statistisk accentuering. Pauline var en sådan statistisk accentuering. Därmed borde hon omslutas av så mycket mer kärlek, enligt Edward´ filosofi, vilken denne alltså privat höll för sig själv, men skrev om på olika sociala medieplattformar som Reddit och Gunsha.

Att människor också kunde vara djävliga fick man givetvis också bara acceptera. I vissa fall berodde jävlighet – enligt Tegelkrona - mer på en förvärvad hjärnskada än på något metafysiskt tankefel.

Det knastrade nu till i gruset borta vid Södra Tornets fot, där ett gigantiskt pionsnår skymde sikten något.

Det verkade vara en cyklist som genom att runda tornet var på ingång till herrgårdens baksida, där det lilla sällskapet satt.

Mycket riktigt, det var Sofi Guztavsson, handbollsspelaren, som kom på sin gamla damcykel, på vars pakethållare en liten korg med ägg var fastspänd. Det var dessa ägg hon kom för att betala för. Man hade en överenskommelse i bygden om matt man kunde komma och plocka åt sig vad man såg som en lämplig mängd bruna eller vita ägg i hönsgården, som låg öst om biffkoladugården, och sen betala Tutor pengarna, eller lägga pengar i garaget med en lapp om hur många ägg man tagit.

"Hej, Sofi!" ropade Ella glatt. Sofi Guztavsson var Ellas stora platonska kärleksobjekt. För Ella var Sofi det vackraste man kunde se. Och denna dag strålade Sofi. Hon hoppade av cykeln och lutade den mot en ledig trädgårdsstol - (det fanns minst ett dussin sådana stolar stående i olika upprätta tillstånd på baksidan av Boxeby) - och sprang i hela sin 192 cm längd fram till Ella och kysste henne på den breda kinden.

Efter det vände hon sig mot de övriga och frågade artigt och belevat efter Tutor.

Denne var dock inte där, och man sa då att Sofi kunde lägga pengarna på bordet bara.

"Detta är Sofi", sa Ella till Edward,"...Fjerrereds stolthet".

"I handboll då...", fyllde Sofi trevligt nog i, och alla utom Pauline skrattade, eftersom Pauline inte hade någon humor.

Denna tog av sina stora aprikosfärgade glasögon och såg ut som om hon skulle börja gråta.

"Jag tror jag satt i halsen...", sa hon.

Sofi fick nu, också hon, en kopp j kaffe, och så satt hon nu med vid bordet – omedveten om hela den dramatik som dolda sig under de andras artiga leenden.

OM Pauline brydde sig ingen, och hon satte på sig sina glasögon igen.

Edward insåg att detta med Sofis okunskap var ohållbart, och såg sig som den som måste ta ansvaret att upplysa den nytillkomna om läget.

"Vi väntar på en person som skall komma, men som har blivit helt oförklarligt försenad..."

"En man från Amerika.", sa Pauline.

"Åh", sa Sofi." Ursäkta men vem är ni då?" frågade Sofi Edward, Sofi, som inte insåg den eventuella vidden av att amerikanen saknades.

(Att amerikanen aldrig skulle komma, det visste ingen.)

"Ursäkta, mitt namn är Edward. Jag är en gammal vän till Herbert. Till godsägaren."

"Jaha.", sa Sofi och sträckte fram handen.

"Sofi heter jag. Jag bor på Utterholmen."

"Så fint.", sa Edward, återigen med en klumpighet som kom honom att inkluderas i kretsen med värme. Han hade ju med uttrycket "så fint" parafraserat namnet "Sofi", och gjort sig skyldig till en tarvlig groda av normalklass 2B.

Alla skrattade.

Så underbart, tänkte Edward, med människor som inte är pretentiösa. Hans tankar om Fjerrered blev allt mer uppskattande och han tog ett djupt andetag salt västkustluft.

"Skulle den ni väntar komma med bil?", frågade Sofi.

"Exakt." sa Ella, rakt och enkelt. "Med taxi från Göteborg."

"Jaha. Jaja, man kan ju inte komma gående precis.", sa Sofi sen.

"Jag gick," sa Edward, som hellre nu pratade med Sofi än bekymrade sig om Weissmann-Schah.

"Gjorde ni?"

"Jag älskar att gå.", sa Edward sanningsenligt.

"Great", sa Sofi, och fann att hon inte visste vad hon skulle säga mer.

Ingen annan visste heller något lämpligt att tillägga, varför samtalet dog ut, och alla försjönk i sina olikartade funderingar, medan skymningen gjorde sig så smått beredd att sänka sig över Fjerrered, även om ännu väldigt få myggor kommit fram ur silvergranen bakom dem.

Tutor hade alltså gått till den intill de två garagen belägna gamla verkstaden, som ju var hans oinskränkta domän och favoritarbetsplats, även om han hade ett litet kontor på 3:dje våningen i huvudbyggnaden, intill sitt sovrum, och tog sen – sittandes på en huggkubbe - fram sin mobil och ringde upp Slim.

"Hay. Totta här!" sa han.

"Några nyheter, … om Weissman?" undrade Slim, som satt med efterforskningar på de båda amerikanerna på nätet. Weissmann och Emmet tycktes båda vara småkriminella, med ett ganska "sorgligt" förflutet. Båda var dömda for bedrägeri och häleri.

"Dom får inte tag på Weissman. Hans mobil svarar inte." sa Tutor medan han strök handen över snickarbänken, på vilken några böcker låg travade.

"Okey, men han kommer väl?"

"Fungerar kamerorna då?"

"Ja, det har jag ju redan textat dig om. Både de i salongen och de två i biblioteket. Men det jävliga är att vi inte är ensamma."

"Vaddå inte är ensamma?" undrade Tutor.

"Du skall få höra. Det betyder antagligen ingenting, men ändå. Du vet Gaston?"

"Ja, vad är det med honom?"

"Han var inne på Boxeby, och lyckades smyga upp två små kameror mitt framför näsan på Herbert idag. Han sa att han skulle leta efter sin katt, och så lämnade han två små ögon i bokhylla och i en blomuppsättning."

"Ha! Kunde du se det i din kamera."

"Vi har det på film."

"Det var ju elegant. Men arbetar han på egen hand? Han är ju bara ett barn?"

"Troligen är det Gunnel som ligger bakom."

"Jaja. Dom kan ju förstöra allt för oss om deras kameror hittas. Då är ju allt förstört."

"Gastons kameror verkar ganska smart placerade, om jag får säga det...", menade Slim.

At någon sade något positivt om Gaston var sällsynt.

"Kan du inte ringa Gunnel och fråga?" undrade Tutor.

"Vi vill ju inte avslöja att vi vet att också dom bevakar nazisterna...."

"Det är kanske ändå bäst. Annars blir det för krångligt.", menade Tutor.

"Okey. Jag ska ringa hennar."

"Gott. Allt ordnar sig. Gör så!"

"Exakt." sa Slim. "Okey, vi får avvakta då. Tack skall du ha. Weissman kanske har stannat nånstans för att pinka."

"Pinka var ordet." sa Tutor.

Han lade på.

Tutor visste att det inte var någon fara med kamerorna. Om de hittades, så skulle han själv förklara för Herbert att dom var tv-transistorer, inte kameror, verkade gamla, att dom inte fungerade, och säkert hade funnits där i åratal, och var något nån hantverkare, nån tv-reparatör, glömt när tv:n skulle lagas.

Herbert – så mikrobiolog denne var - begrep inte sådan mikroteknik, det var Tutor säker på. Kamerorna var inte större än en gång en centimeter. Godsägaren kände inte ens till vad en halvledare var, tänkte Torsten.

Om Herbert insisterade, så skulle Tutor lura av Herbert kamerorna, och sen låta dom försvinna fullständigt.

Tutor ville inte förlora jobbet. Han trivdes på landet, på Boxeby, och var ju inte ute för att sätta dit Herbert, som han tyckte mycket om, och ansåg vara en bra karl, men ville ju komma åt Ruthbjörn, som Tutor ansåg vara en föraktlig karl. Hela historien med brevet och skatterna som var nedgrävda hade nazigängmedlemmarna lite olika åsikter om.

När nu klockan var sex hade Ruthbjörn ringt Herbert ett par gånger och undrat om gästen kommit.

Ruthbjörn kände sig alltid obekväm på Boxeby, liksom i alla officiella och halvofficiella sammanhang, och ville inte sitta och vänta på plats, och där på någon som kanske var försenad.

Han såg sig aldrig som särskilt välkommen, och fruktade att bli förolämpad av någon medan sällskapet däruppe inte hade något annat för sig.

Nu ringde han Herberts telefon igen.

Godsägaren själv satt på verandan ensam och funderade.

Vad hade hänt med Weissman? Varför ringde inte denne.

När Ruthbjörn ringde, så ville Herbert hålla samtalet kort, för att inte blockare linjen, så att säga. Väntande samtal och liknande behärskade han inte, på sin Samsung A50-telefon.

"Nä," sa Herbert, "Weissman har inte kommit och inte hört av sig. Jag ringer sen! Är det okey?"

Ruthbjörn hade svarat jakande, och avsnäst på det sättet återgått till att betrakta inredningen på sin egen veranda, vilken ju var en inglasad historia, där gamla flugor, från tiden när sådana djur fanns, låg i drivor mellan rutorna.

Höll något ytterligare på att förändras i världen? Undrade han medan han trummade på stolens armstöd.

"Vad var det för mening med alltihop?" undrade han också.

N I T T O N

EN ÖDESDIGER TAXIFÄRD

Advokat Feydor Conrad Weissman-Schah hade – efter att ha lånat pengar till biljetten av en före detta kompanjonen, advokaten Gabriel Hoberg - satt sig på en jet-flight, ombesörjd av ett av de större flygbolagen, till Europa, till Sverige – till en stad som hette Gothenburg, eller något ditåt ...- tillsammans med sin uppdragsgivare, Emmet Laurell, och de skulle, efter att båda två ha checkat in på JFK med närapå minimalt med bagage – en liten metallskinande rullväska var - nu sova sig över Atlanten tillsammans, i en rad med fem stolar.

Weissman-Schah – som köpt en Baedecker - hade helst velat åka ensam, men Mr. Emmet hade insisterat på att få följa med.

Kanske litade inte Emmet på advokaten.

Weissman hade skämtande sagt till Laurell att han inte hade en aning om vad Sverige och svenskar var för nåt, utom att dom inte varit med i Andra Världskriget.

Emmet hade bara nickat, och tänkt att Weissmann nog visste betydligt mer än så om detta land, i vars andra stad de befann sig. Den stora skammen att inte ha deltagit i WWII var helt obegriplig, ansåg Emmet, men det var ingenting han ville diskutera just nu. Han var nämligen nervös.

De hade tagit en taxi direkt på Landvetter flygplats – som liknade vilken flygplats som helst - och omedelbart frågat om chauffören ville ta dem direkt till en gård fem mil söder om Göteborg. Efter en kort fundering hade chauffören gått med på detta, och nu, när klockan var kvart över tolv, middagstid, denna tisdag, slått in resan på datorn, och så var man nu på väg söderut.

Man upptäckte nu att det stormade rejält.

Några dagar förut hade det varit nära orkan, och nu tycktes alltså vädret återigen deterioera.

Laurell – en ganska fantasilös exmilitär och hamburgerhakägare i 40-årsåldern, en svettig, rödlätt man – satt tjostandes av KOL bredvid Weissmann-Schah i taxin, gloendes på sin iPod, i vilken han placerade sina aktier i obskyra företag, som handlade med soldattransporter till Mali, under täcknamn att det rörde sig om fjäderfä.

Weissmann å sin sida halvsov med de stålbågade glasögonen nära nästippen, den platta hatten – en "pork pie hat" á la Buster Keaton - bakom huvet som kudde och skjortan uppknäppt i halsen och ägnade sin halvvakenhet åt sin kärlek till spekulativt njutande av tillvaron. Han hörde helt enkelt på regndropparnas dans mot biltaket.

Underligt, tänkte han, att regn är så fridsamt. När man hör regn, filosoferade han, är dt som om inget annat betyder något.

Chauffören, Sten Andersson – en blond man i trettioårsåldern, som såg ut som en som sysslar med uthållighetsidrott, smal och senig - sneglade bakåt i bilen via backspegeln och undrade vad det var för människor som skulle till Boxeby gård denna afton.

Vad Boxeby gård var för något visste inte chauffören. Men att den skulle ligga på en liten väg ut mot havet i Fjerrered. Han hade knappat in adressen i sin bildator, och en GPS gav tydliga instruktioner. Allt var som det skulle.

Vinden slet i bilen, men det gick ju att korrigera med styrningen.

Chauffören Andersson styrde lugn och säkert bilen i högfartsfältet på motorvägen. Han skulle just köra om ett långt långtradarekipage med släpvagn för att komma snabbare fram mot Kungsbacka, när något tycktes hända med långtradaren, som i en obegriplig manöver svängde över åt höger. Andersson försökte parera, men misslyckades, och när hans taxi träffades av lastbilens stänkskärm fastnade taxin under skärmen, vreds upp, och slungades i luften i en både ner i ett dike, medan lastbilen följde efter, och i en våldsam kollision exploderade både lastbilsekipaget och taxin, lämnade inget att se utom ett gigantiskt eldklot och ett stort svart rökmoln, som sedan i timmar skulle ligga över platsen.

Eftersom det var storm skingrades röken snabbt, när elden väl avtog. Men det tog ju en bra stund.

Varken Andersson, Weissmann Schah, Emmet Laurell eller föraren av lastbilen, som var en man från Sydeuropa, överlevde kraschen. Av taxin fanns inget mer kvar än svarta, brända rester. Att något märkligt skulle ha funnits i den portfölj som fann i närheten av resterna av vad man senare genom en metallbricka lyckades identifiera som Weissman-Schah, det hade man ingen aning om. Allt var förkolnat, sopades upp av Renova och slängdes.

Polis och ambulanspersonal bedömde att alltihop var en olycka med explosiver, eller något sådant. Det var sällan lastbilar exploderade under färd på motorvägar. Men denna hade gjort det, - eller i diket. Detaljerna fick en haveriutredning visa. Vad som funnits i lasten visste man inte. Det såg ut som det varit maskindelar.

Radiosändning i Västra Sverige, och även nationellt, meddelade i 3-sändningen att en taxi innehållande tre personer och ett lastbilsekipage hade förstörts i en tragisk olycka på riksväg E6 mellan Göteborg och Kungsbacka på tisdagen. Alla fyra inblandade personer hade omkommit.

Vissa påstod att det var stormens fel.

T   J   U   G   O

SAKER BLIR ANNORLUNDA

Vid åttatiden på kvällen gick Tutor från sin vid Boxeby södra gavel och pionsnår belägna kombinerade vagnhall och verkstad, där han suttit i en konversation med Slim, som hade kontakt med källor inom polisen, och där man hade kommit fram till att en av de omkomna i bilkraschen verkligen var en advokat Weissmann, för att söka upp Herbert på verandan.

"Det är Weissman, som har omkommit." sa Tutor, utan att ens hälsa först.

Herbert, i korgstolen på sin nedre veranda, nickade utan att se upp.

"Då blir allting annorlunda." sa han, utan att riktigt vara medveten om vad han sa.

"Kanske bäst att ringa Ruthbjörn?" menade Tutor.

"Skall vi inte ringa polisen?" undrade Herbert.

"Varför det?" menade Tutor. "Är det nödvändigt?"

Herbert stirrade på Tutor.

Under den närmaste minuten insåg han att de faktiskt inte alls behövde ringa polisen. Ingen visste vart Weissman varit på väg, och ingen behövde få reda på det.

Allt skulle vara enklare om man lät bli att ringa Polisen.

Bara nu inte någon, som visste om brevet, gjorde det! Men vad för intresse hade Ruthbjörn eller Blombergs, om de nu alls läst brevet, - var de nu befann sig ...- av att få alltihop med brevet och nazistkopplingarna känt i hela världen?

Inget alls.

Ingen hade något intresse av det. Hela historien var således försedd med en Catch.

Så hade Tutor – som vanligt – alldeles rätt.

Vad skulle han göra utan Tutor?

Herbert nickade åt den lätt kutryggige, med tunn mustasch försedde, blide men skarpsinnige drängen och bokhållaren, och sa:

"Jag ringer Cantrell. Jag ringer Ruthbjörn."

Tutor satte sig i den andra korgstolen och betraktade katten, Tilda, den gråstrimmiga, smala, som rullat ihop sig och låg och sov på en uppslagen dagstidning som också låg det skrangliga vitnålade träbord, som stod mellan de två korgstolarna.

Mitt i historien finns alltid en katt, tänkte Tutor.

Tutor var lugn. Han blev aldrig nervös. Inte av nånting. Aldrig upprörd. Aldrig ledsen. Aldrig riktigt glad. Aldrig besviken. Aldrig entusiastisk. Om man jämförde med nazijägargruppens andre frontalgestalt, Slim, så var de som natt och dag. Kanske var de lika begåvade, men Slim var som ett darrande asplöv, och splittrad, och hans associationer var som en kråkas flykt, medan Tutors tankar mer liknade rörelser hos en svan. Resultatet blev oftast identiskt, men man följde ju hellre Tutors tankegångar än Slims, om man hade tillfälle att betrakta dem utifrån, vilket man i och för sig inte hade.

Säkert var att deras tankevärldar – båda två - var mångbottnade, och att denna episod var något som för de båda inte var mer än krusning på ytan av vad de var för sig kunde tänka sig att komma uträtta, intellektuellt här i den egendomliga världen.

De var båda hungriga på livet, och ansåg – från sina olika utgångspunkter, Slim med sitt självtvivel och Tutor med sitt överdådiga lugn och sin stilla övertro på sig själv, att mycket behövde göras.

"Kan du hitta Edward åt mig?" undrade Herbert.

"Sure!" sa Tutor, och skakade på huvudet, liksom medgivande att han glömt något.

Sen reste han sig, lämnade verandan, gick genom salongen, in i serveringsgången, och sen via köket, och den tudelade bakdörren ut på baksidan, där Ella, Pauline och Edward fortfarande satt vid kaffekopparna.

T J U G O E T T

Slim och Troels satt på tisdagseftermiddagen denna gång hemma i Troels pojkrum i en rymlig stuga – eller enplans trävilla - i Utterholmen, nära det hamnskjul – ägt av Utterholmens Båtklubb - där några av de finare motorbåtarna brukade tas in för vintern, men som ännu – i augusti – var helt tomt. De åt leverpastejsmörgåsar.

Troels föräldrar – pappan var lokförare och mamman hade en postorderfirma för merinofårsullgarner - brydde sig aldrig om vad Troels, som var 16 år, hade för sig. De litade blint på denne.

I bortre ändan av pojkrummet stod ett stort bord med ett elektriskt tåg och en liten stad i papp. Allt var dock huller om buller och ingen tyckts ha brytt sig om tåganläggningen på bra länge.

Tidigare på dagen vid tolvtiden hade de mött Tutor Larsson på Zach´s kafé – ett litet kafé med två rum, inrymt i ett gammalt vagnslider - vid kyrkan. Tutor hade tagit en sväng för Att handla en tidning och lite annat i kiosken, som låg alldeles mellan Zach´s och kyrkan, pastor Ambroses lite vänsterliberala kyrka.

Som vanligt höll Tutor – eller Totta, som var hans namn i den trehövdade nazistjägargruppen - dem underrättade om vad som hände på Boxeby.

I tidigare sms hade de redan underrättats om brevet från Weissman, och om dennes telefonsamtal med Herbert, där dock ingen utom Herbert och Weissman exakt visste vad det innehållit.

Troels lyfte sin leverpastejsmörgås och hälsade de två andra med ordet:

"Paleverstej!"

Något riktigt ord var det ju inte, men det hade blivit det, då man brukade ha det som hälsningsord i den lilla gruppen. Leverpastejsmörgås var vad man brukade äta hos nazistjägarna, och man var dessutom, som tonåringar ganska bekväma med att ropa barnsligheter till varandra medan man höll på med de allvarligaste göromål.

"Paleverstej!" ropade de två andra i kör, trots att de just då inte åt detta. Efter att de sagt detta, tjöt de av skratt.

Snart stirrade de på den 26 tums stora monitorn på väggen, där två bilder visades, avdelade med ett svart streck. Det var två kamerabilder, livesändningar från två kameror, utplacerade av Tutor i Herberts stora salong på Boxeby. Bilderna visade färgbilder med 30 rutor i sekunden, och ljud därtill.

Slim rättade till något på laptopens skrivbord, och fick därmed volymen på väggmonitorn att höjas, så att man tydligt hörde vad som sades i salongen.

"Välkomna då, allihop", hördes Herberts röst. Han stod invid Bechsteinflygeln, omedvetet halvt blockerade den ena spionkameran med sin vänstra arm.

T J U G O T V Å

MÖTE I SALONGEN

Prick klockan åtta denna grå senseptemberkväll var de nu alla samlade i Boxeby nedre salong, de fyra, som ursprungligen hade planerat att träffas denna kväll men som nu alltså fick mötas utan att den femte personen, advokaten Weissmann kunde närvara, på grund av att han inte längre var i livet.

"Hej på er! Välkomna då, allihop", hördes Herberts röst.

I fåtöljer och soffor satt gästerna, försedda med varsin kopp kaffe, som de serverats av Ella, innan denna gått till serveringsgången, ställt kaffebrickan på en nedfällbar hylla – av tre – där, varpå hon ljudlöst stängt dörren till salongen.

Ruthbjörn satt mer vid fönstret, Tutor i den stora låga soffan, Edward i den mest bekväma fåtöljen, vars rosa antemarkasser syntes nyinköpta (ett Ellas verk) medan Herbert alltså stod invid den gamla, ljusbruna flygeln av märket Bechstein.
Vissa tangenter i tangentrader, sackade ner, särskilt var så fallet med ettstrukna F.

"Även om ni alla vet varför ni är här, ämnar jag för ordningens skull sammanfatta det kort. Detta är egentligen inte något officiellt möte, som detta inte är någon förening, men jag skulle ändå vilja be Tutor att föra ett litet protokoll över det."
Här pekade Herbert på ett litet skrivblock och en bläckpenna som låg på soffbordet.
Tutor nickade och gjorde som begärts.

"Jag här på Boxeby, Ruthbjörn och förmodligen också familjen Blomberg har fått ett brev, där någon påstår att det finns ett antal dyrbarheter, krigsrov eller något sådant, nergrävda i våra trädgårdar."

Stämningen tätnade, och alla i salongen njöt av att denna förhandling äntligen var igång, så att man nu till slut kunde spy ut sitt tvivel och sin stora ilska över hela tilltaget, så som man generellt såg det, från majoriteten av de närvarande.

"Tyvärr så har den som skulle ge oss mer upplysningar, och ägaren av brevet, det gamla dokumentet, där originalupplysningarna stod att läsa båda försvunnit. I en brand på riksvägen tycks både advokaten Weissmann och brevet på olika sätt försvunnit."

"Det var en ful beskrivning", sa Edward spontant.

"Advokaten Weissmann har omkommit i en bilolycka", rättade sig Herbert och såg skuldmedveten ut. Han hade alltid tyckt illa om att tala offentligt.

"Nu har vi inget brev", sa han, förut det som Weissman skrev till oss.

"Vad anser nu Adjunkt Ruthbjörn, … du Cantrell, om brevet från Weissmann."

"Försök till bedrägeri, förstås.", sa denne och slöt ögonen.

Det blev tyst i salongen.

Katten Tilda trillade plötsligt ner från fönster-karmen och ned i ett tidningsställ från 1970-talet med ett litet brak.

Tidningsstället som var tillverkat av lackad ljus fur välte, och med det en liten flaska whisky, vars mörkröda kork satt löst. Så rann det nu ut whisky framför Ruthbjörns fåtölj.

"Vem i all sina dar är det som dricker whisky här?" ropade Ruthbjörn.

"Det är ingen som dricker whisky här", sa Herbert tjockt, något motsagd av förekomsten av en halvdrucken 33 cl Bells.

"Kan det vara Pauline?", undrade Edward krasst och opretentiöst, som inte hade minsta bevis för saken, men som faktiskt inte kunde tänka sig någon annan förklaring.

"Pauline?" sa Ruthbjörn, som i alla fall tinat upp något av händelsen.

"Min sysslingsdotter. Hon bor tillfälligt här.", sa Herbert.

Man lämnade sedan ämnet whisky.

"Vad anser du Tutor? Är vi utsatta för en scam?"

"Jag skulle tro att allt är iscensatt av någon som vill någon ont. Men säker kan man inte vara. Eftersom vi inte har originalbrevet, det på tyska, så kan vi ju faktiskt inte veta. Klokast vore att försöka undersöka saken vid källan… tycker jag."

"Vid källan?" undrade Herbert.

"Jag instämmer", inflikade Edward, som i alla fall inte ville komma på efterkälken nu när han ändå var inbjuden, som ett slags förnuftets röst.

"Men,", tillade Edward, "vi går för fort fram. Vi bör först undersöka, tycker jag, om Blomberg s alls har fått kallelsen hit, till Boxeby idag."

"Hur skulle vi kunna undersöka det?" menade Herbert, som pekade åt katten att gömma sig under flygeln.

"Försöka på tag i ett telefonnummer.", menade Edward.

Alla funderade nu en stund.

"Är all ense med Edward om att vi går för fort fram?" undrade Herbert. "Alla som anser att vi går för fort fram räcker upp en hand."

Alla räckte upp sina händer.

Edward suckade, lutade sig sen fram och stirrade på en mattfrans. Givet var nu att alltihop skulle ta en evig tid, och att de inte skulle bli klara – på långt när – denna dag, men att ärendet med det eventuella naziguldet, skulle dra ut i flera dagar.

Genom sitt propsande på noggrannhet tycktes Edward ha försäkrat sig om logi och fritt vivre i flera dagar framåt på den gamla herrgården Boxeby.

"Vi ajournerar", sa Herbert, och menade att det var dags för enskilda samtal, samt mer kaffe.

Edward frågade Tutor om han visste hur man fick tag i hemliga telefonnummer.

"Man söker på nätet." fick han till lakoniskt svar.

T J U G O T R E

LIBRIUM

Att leva är att göra distinktioner. Man kan t.ex. göra en distinktion
mellan vad som är roligt och inte roligt. Men man kan också göra en
distinktion mellan vad som är roligt och vad som är roligt. Detta gör
man till exempel som den amerikanska längdskidåkaren Jessie
Diggins, som man kunde höra, efter ett ovanligt ansträngande
skidlopp, som hon vann, med blodet sipprande ur mungipan, besvara
tv-journalistens fråga, om det verkligen var roligt att anstränga sig så
enormt, för att vinna en skidtävling. Jessie svarade då något i stil med
detta:

"Det är skillnad mellan roligt och roligt. ... Man kan säga att det
till att börja med finns roligt, typ 1. { Engl.: *Fun. type 1.* } Då är det
omedelbart roligt, och man har inga problem med att tycka att ett
skidlopp i utmärkt väder, och när man har ett överskott av krafter, och
hur lätt som helst åker förbi allt va d konkurrenter heter. Det är roligt.
Sen har vi ... Roligt typ 2. Då är det värre. Man har plötsligt fått fel på
en skidbindning, valla är dålig och dessutom har vädret gaddat ihop
sig. För allihop är det plötsligt motvind. Man får kämpa så att blodet
rinner ur minnen på en. Folk gråter i spåret. Publiken huttrar och går
hem, men vi fortsätter. Slutligen kommer man i mål som vinnare, och
faller ihop i en liten trashög på mållinjen, omhändertagen av några
huttande funktionärer och en sjuksyster. Plåster och aspirin. Men det
var ROLIGT I EFTERHAND. Man skulle inte vilja vara utan, och man

kan alltid tala om det med de som också var med, och som man delade stormen med. Ett illustert sällskap. Det är att ha roligt typ 2.

Skidor är mycket ofta typ 2.

Edward Tegelkrona och Herbert Boxe hade alltså mötts första gången på Göteborgs Universitet, som 18-åringar. Båda två – långa, smala ynglingar i kostym och slips - hade där blivit besvikna, och stort sett AVSKRÄCKTA, i förhållande till akademiska studier av det sätt som undervisningen bedrevs på Konsthistian. Att man där ägnat praktiskt taget hela höstterminen åt egyptisk skulptur och arkitektur var ju så helt snedbalanserat, när nu kursen faktiskt på helåret skulle omfatta hela världens konsthistoria, inklusive medeltiden, renässansen, nya tiden, modernismen i Europa och Nordamerika. (Österländsk och Latinamerikansk konst förbigicks i denne kurs, som alltså hette "Västerlandets konsthistoria").

"Vi kom aldrig ur Egypten", brukade Edward skämtsamt säga, alluderande till den bekanta berättelsen om Israelerna hos Farao – och Moses i vassen.

Så hade Herbert och Edward – var för sig – beslutat att göra något annat, tills de i sina stilla sinnen kunnat utvärdera vad de som nya studenter varit med om i studieväg på denna nya nivå.

DE beslöt, vart för sig, att då göra militärtjänsten, för att ändå ha gjort den, och kunna slippa tänka på vad de var "skyldiga staten" något mer i sina liv.

De umgicks inte alls efter konststudierna, då ju Herbert också bytte fakultet, och så blev de oerhört förvånade när de stötte ihop ett och ett halvt år senare i en fästningskorridor i Karlborg, i det enorma slutvärnet på fästningen vid Vätterns strand.

Det var juni månad, och 1: sta kompaniet hade en första uppställning i den av röda sandstensblock uppförda väldiga byggnadens andra våning. Alla rekryterna, ett nittiotal hade hämtat ut sina uniformer, pjäxor, sängkläder och k-pist i kläd- och vapenförråden i de lägre byggnader på området, vilket bestod av en sandig halvö, som stack ut från Vätterns västra strand ut i den djupa, smala sjön, som var så djup att den ansågs ha förbindelse med en kinesisk sjö, på andra sidan jordklotet. Att detta var en typisk MYT, det hade inte alla fullständigt klart för sig. Sjön var svart och oberäknelig, och här hade en ångare med den kände sagomålaren John Bauer en gång förlist under en storm.

166

Regementet de båda ynglingarna från Västkusten kommit till var ett Signalregemente, S2, och kompaniet var en kombinerad Plutonchefsskola och Kvartermästarskola.

Edward hade – efter att i mönstringen uppgett att han var musikalisk och helt enkelt inte KUNDE sjunga falskt, samt hade en släkting som var kompositör – kommit signaltrupperna, och glatts åt detta, i tron att det var mindre moddigt och gyttjigt än Infanteriet. Herbert hade – på grund av sina allmänt goda betyd – anvisats till kvartermästarskolan, där de utbildades, som skulle kunna rigga upp en militärförläggning, och stå för värme och mathållning praktiskt taget över allt.

Fästningen som helhet var ett otroligt bygge, i sandsten, som sagt. Straffångar hade forslat m denna sten över Vättern, och vissa stenar kom ända bort ifrån Baltikum.

Bygget var uttänkt och beställt av ingen mindre än Karl XIV Johan, fransmannen, som ville skapa en förrådsfästning, och detta med Moskva i minne. Fästningen skulle ligga så otillgängligt som möjligt, och kunna vara en plats dit man – utövande den brända markens taktik – kunde dra sig tillbaka och försvara landet från, och där kunna hålla stånd bra länge, tills enheter från andra håll i det vidsträckta landet kom till undsättning, och föll fienden - vilket ju alltid var "ryssen"- i ryggen.

Den där korridoren, i det röda sandstensslutvärnet var Norra Europas allra längsta korridor. Stod man i ena sidan och glodde längsmed golvet, så slutade golvet längst bort i en liten pytte, pyttedörr, som i ena fallet ledde till fästningskyrkan, i andra fallet till en mindre tornbyggnad i vars bottenvåning fästningsbiblioteket, en ideell facilitet, innehållande 500 volymer, förestådd av en maläten rustmästare, en man vars axelklaff pryddes av fyra, i cirklar inskrivna, stjärnor, en tunnhårig, lätt fet man, som annars mest drack kaffe.

Stenarna, stenblocken, som fästningen var byggd av, var jättelika och man kan inte så lätt föreställa sig det slit som alla straffångarna hade, under 1800-talets mitt, med att sätta dem på plats.

Förmodligen fanns den där korridoren i Södra Europa som skulle matcha slutvärnet i Karlborg i Vatikanen. Här var Edward inte säker. PÅ den tiden när de båda vännerna hade gjort lumpen fanns inte heller något internet, så man hade inte kunnat googla det, och att få reda på vilket det där slutvärnet i södra Europa var, genom att slå i Svensk Uppslagsbok, som ju visserligen fanns i fästningsbiblioteket, eller på

Soldathemmet, som sköttes av en sirlig diakon i Svenska Kyrkan, var ju något som innebar ett mycket komplicerat letande.

Kanske fanns korridoren i Vatikanen, kanske i Florens, i Palazzo Lippi? (Lippis var en med Medicis konkurrerande släkt.)

Edward tog aldrig reda på det.

Under fästningskyrkan – en halvgotisk skapelse med sin full-size kyrkorgel med väl över femtio stämmor fanns en källare, till vilken man kom via ett snirkligt trapphus. I trapphuset fanns ett litet portförsett sandstenvalv, från vilket man kunde gå ner i en – också med en trappa försedd - gång. Denna gång blev snart underjordisk, och via den underjordiska gången kunde man gå under den del av Vättern som skilde förrådsfästningen från land, och så nå detta land. Istället för den vanliga vägen, då, vilken var över en i en fästningsdel spänd bro, där det fanns en med Karl XIV Johans sigill i stuck samt ett fällgaller försedd port. Bron löpte över det vatten som skilde fästningen från den fasta mark, den del av det skogiga, med små näckrosförsedda skogstjärnar, myggtäta, underfulla Tiveden, som den lilla staden Karlsborg tillhör.

Hela fästningen var – kort sagt – fantastisk.

Med fantastisk menar man att den liknar en fantasm, vilket helt enkelt betyder "drömsyn", eller "hypnagog" syn, eller "fantasisyn".

Här hade Herbert och Edward tillbringat femton månader, och trivts alldeles utmärkt, mycket bättre än under studierna i Egyptologi.

De tillhörde egentligen inte samma vapenslag, även om de – förvaltnings och organisationsmässigt tillhörde samma regementskompani. Kvartermästaresysslan var inte regementsspecifik, men den servade alla Sveriges regementen.

Numera – inklusive på Boxeby - berörde inte Edward och Herbert denna tid. Så är det för många, som gjort militärtjänsten tillsammans. Det känns alltid komplicerat att ta upp ämnet försvarstjänstgöring, eftersom detta företagande innebär en dualism. Dels var dessa femtonmånader en tid, präglat av löjlighet, dels var den en sällsam, indianbokslik frihet i slaveri.

Att befinna sig i en tillvaro, som var som en annan värld, en värld i sig, med speciella regler, som bara gällde där, det innebar också en slags science-fiction-lik tillvaro. Allt som skedde där, det skedde lite i en värld som var ett "SOM OM". Vi agerar här, SOM OM det vore krig. Ingen trodde att det nånsin skulle bli något krig.

Nu agerade man dock inte hela dygnet som om det var krig. Massor av timmar ägnades åt annat. Åt att umgås, att läsa böcker, lyssna på radio, åt att samtala.

Eftersom Bils och Herbert inte låg på samma logement, och inte ens tillhörde samma pluton, eller vapenslag, så lärde de inte känna varandra så bra som de lärde känna dem, som de bodde med.

Men Edward vistades ändå en tredjedel eller så av sin fria tid hos kvartermästarna. Dessa hade en mer frisinnad kultur än vad signalisterna – som nästan alla (till Edward förskräckelse) var teknikstudenter, ägnade sig åt. I kvartermästeriets daglokal, vilken hade en hord med draperier och kamouflagenät, så att det mer liknade skymning, fanns dessutom en ingrediens, som skulle komma att förändra Edward´ liv, och mänga andra liv också.

Den mest populäre rekryten i kvartermästarskolan var nämligen ung leende man, som vi – av diskretion - kan kalla Persson. Denne hade en far, som ägde och arbetade i en egen firma som sysslade med någon slags bred forskning inom medicin. Av någon underlig anledning hade denne far i samband med detta tillgång all världens mediciner.

På grund av detta förhållande kunde unge Persson, eftersom fadern hade ett lätt sinnelag, förse de på 1: sta Kompaniet som ville ha lite roligt under långa vinterkvällar med diverse lättande preparat.

Så kom det sig att halva 1: sta kompaniet blev narkomaner. Inklusive Edward och Herbert. Och kanske var det just därför, som de skulle komma att se på tillvaron lite mer ur njutningssynvinkel än från pliktsidan. Det är svårt att säga. Men efter det att Edward och Herbert hade fått en tablett Librium, (ett Benzodiazpinpreparat) eller Stembamat (en Meprobamatvariant) att omsättas i sinnesintryck och kroppssensationer, så var världen och framför allt kroppen inte längre funktionellt desamma.

Persson skrattade, och många var det där, detta år på sjuttiotalet, som i det långa slutvärnet på Karlborgs Fästning, gick i den ekande korridoren, mellan alla de låsta vapenskåpen och skrålande sjöng den entoniga frasen:

"ALL GLÄDJEEEE UTAN TABLETTER ÄR KONSTLAD GLÄDJEEEEE!"

Efter avslutad militärtjänst var både Herbert och Edward tablettnarkomaner.

Först ett halvt decennium därefter skulle de båda skriva sina doktorsavhandlingar. Inte alla vet, att Jean-Paul Sartre skrev sitt magnum opus, Varat och Intet - L´Être et le Néant - under inverkan av Amfetamin, och att det ännu växer opiumplantor i Shakespeares trädgård i Stratford on Avon...

T J U G O F Y R A

GISSNINGAR

MED två hårda knackningar på den med fyra infällda rektanglar dekorerade elfenbensvita dörren till serveringsgången, kallade Herbert in Ella, för att hon skulle torka upp whiskyn.

Det vibrerade nu i Tutors telefon, och denne, som just öppnat ett fönster för att vädra lite, passade i pausen som uppstod på att se efter vem som skickat ett sms.

Det var från Slim. Sms:et löd :

"Inez Blomb 00347-041332246055"

Så, kamerorna fungerade, tänkte Tutor.

Han log mot Ella, som kom med en kökshandduk för att städa upp.

Han tyckte mycket om Ella, just så som man tycker om en mor.

Edward – nu något försmådd av de andra tre, för att han krånglat till det hela, som de verkade tycka: i onödan - satt och lekte med katten, som mer och mer tycktes anse, att mötet borde handla om hur man bäst roar en katt.

Om inte Blombergs hade hört av sig, så hade de sina skäl för det. Så tycktes man resonera, enligt Edward.

Men allt var förstås gissningar.

Även om man fick tag i Blombergs, så skulle de naturligtvis bara säga att de inte var särskilt intresserade av saken, och att de ansåg att alltihop var en bluff.

Varför skulle man inte säga så?

Det fanns ju ett osannolikt scenario. Det hade alla tänkt på, och det var det att det FANNS skatter i alla trädgårdarna, och att Blombergs

VERKLIGEN redan hade hittat och grävt upp sin, och kapitaliserat på den.

Men detta var osannolikt. Men det viktiga var givetvis att försöka lura ut om detta osannolika scenario hade inträffat. Då vore nämligen det största mysteriet löst.

Tutor vinkade till Herbert, och indikerade med en liten skruvrörelse i luften, att han redan hade hittat Blombergs nummer. Detta förvånade ju på intet sätt Herbert.

Godsägaren med de tunna svarta hårtestarna väl klistrade på huvudet äskade nu till samling igen, och Tutor lutade sig mot fönstret till stängde och återgick till sin penna, sitt block och sin soffa.

"Då ringer vi upp Blombergs. Vad är numret, Tutor?"

Efter en stund lyckades Herbert få kontakt med någon. Med hjälp av telefonens högtalarfunktion kunde nu alla i rummet höra Inez´ röst.

"Hallå."

Edward´ uppmärksamhet hade nu överflyttats till katten. Denna hade nämligen ställt sig under flygeln för att där skjuta rygg.

Egentligen var Edward inte överdrivet intresserad av affären med det eventuella naziguldet. Han hade för vana att antecipera händelser, gå i för väg, genom att tänka sig att: javisst antingen händer nu detta (X) eller så händer det inte. Ofta hade han genom att både förutse och utvärdera alternativa slut på händelsekedjor kunnat för sig själv avdramatisera ganska spännande skeenden, så att de blev något annat än spänningsmoment, och mer meningsfulla event. Ty, så resonerade han till exempel nu, vad spelade det för roll för ett antal individer i sjuttiofemårsåldern om de hittade en guldskatt eller inte. Särskilt fattiga var egentligen ingen av dem redan i utgångsläget, och utsikten att få en på tvivelaktigt sätt åtkommen förmögenhet i handen vid denna ålder kunde ju knappast för vare sig Ruthbjorn, Herbert eller Inez Blomberg (vilken, vad Edward kunde gissa, också varit med ett tag, då hon både mist sin far, grävt upp trädgården och flyttat till Malaga) spela nån större troll. För egen del var han ju inte ens inblandad i eventuella finansiella utfall.

Han var den han var, och hade sin lilla buffert på banken, som han haft de senaste 40 åren.

Då var ju katten så mycket intressantare att spekulera kring. Katten – och alla andra djur – ställde ju människan inför den eviga problemställningen om vad som var det specifik mänskliga.

"Jag undrar om du fått ett brev från U.S.A., från en advokat Weissmann?" gastade nu Herbert, som uppenbarligen talade med någon i Malaga.

"Jodå", hörde svaret, ekande genom reläer, hubbar och semiconductors.

"Vad tänker du om det då?", undrade Herbert, mångtydigt.... medan han blinkade åt Tutor och Edward, men inte åt Ruthbjörn, eftersom denne stod och tittade ut genom fönstret, där just nu den lilla mörkbruna taxen, Pontius III, rusade fram och tillbaka i sin kedja på gårdsplanen, i jakt på en sädesärla eller något ditåt.

"Inget särskilt. Det låter som om någon har lite för mycket fantasi.", sa Inez.

"Det tycker vi också.", fyllde Herbert i.

"Ja?", sa Inez.

"Ja, men då vidtar vi väl inga åtgärder.", sa Herbert.

"NI får göra vad ni vill.", sa Inez rappt, och återgärdade således Herberts värme med iskyla.

"Då tackar vi för det", menade Herbert, som dock såg ilsken ut.

"Hej då!", sa kvinnan i Malaga.

"Hej hej", avslutade Herbert.

Godsägaren tog sig nu för pannan, och såg sig vädjande omkring i rummet.

"Sån avskyvärd människa!", sa Edward tröstande.

"Vill nån försöka hitta den där whiskyflaskan åt mig...?", sa Herbert.

Ingen gjorde dock någon ansträngning i den vägen, men de väntade att Herbert skulle hämta sig efter samtalet.

"Det har alltid varit lite frostigt mellan Boxarna och Blombergs", förklarade Herbert som slog sig lite på knän och höfter för att komma ur vreden.

"Vad hon sa spelar ingen roll.", sa Edward.

De andra tre höjde på ögonbrynen.

"Jag menar, detta är bara som ett stort schackspel. Här kommer alla att vänta på vad den andre gör."

Ruthbjörns ögon var skarpt nålade vid Edward mun.

"Den som tror på att brevet är äkta kommer att börja gräva. Då avstår de andra, tills det visar sig om den förste har funnit något. Vem vill gräva upp sin trädgård i onödan?"

Tutor log.

Herbert höll dock med om att detta var nog sanningen med stort S.

Edward vände sig mot Tutor och undrade:

"Vad skulle alternativet vara??"

"Man kunde ju satsa en peng på att undersöka den där loppmarknaden i Bronx. Säkerligen har dom någon slags bokföring, och likaså den Rescue Mission som skulle ha städat ut lägenheten...."

Ruthbjörn, Herbert och Edward var som handfallna. Var detta rationellt? Ja, särskilt dyrt kunde det väl inte vara att hyra en detektiv, som utförde denna sökinsats. Organisationer har ju, när allt kommer omkring, alltid en viss bokföring, i civiliserade länder. Om man betalade nån i Bronx $500, så borde det där kunna vara undersökt på några dagar. Om det då fanns en ms. Eller Mrs. Edna Lasker, som just ensam dött, så kunde ju sannolikheten för att allt var sant öka enormt. Om någon Mrs. Edna inte dött, så kunde man kanske klokt anse att allt var en bluff.

"Detta tål att tänka på", menade Herbert.

"Det utesluter förstås inte att man gräver", fyllde då Edward i, kanske konspiratorisk, alternativt skämtsamt. "I jorden.", fyllde han i.

Ruthbjörn blängde på Edward, också som om han antydde att Edward inte hade där att göra.

Klockan närmade sig nu kvart i nio, och man beslöt göra en paus. Ännu var det lite ljus ute, så man kunde till exempel ta en promenad runt huset för att klara tankarna.

Det menade i alla fall Herbert, som alltid var mycket för promenader.

Tutor hade ännu en gång imponerat, tänkte Edward. Själv hade han mer framstått som en lismande fåne. Detta måste repareras, annars kunde han ju vara tvungen att åka hem, resonerade kulturfilosofen bittert.

Så kunde det gå, om man försökte vara rolig och trevlig.

T J U G O F E M

SLIM; TROELS OCH SOFI

I källaren till familjen Thibastvalls hus på Utterholmen, - ett hus
som låg på en slags terras – bland en kongregation andra hus, av
ungefär samma låga, hukande design - på ett av vågor och vind
blankslipat klipparti, och skyddades mot västanvinden endast av ett
staket av flätat bambu av höjden 80 cm - lutade sig Slim och Troels
tillbaka i sina spektakulärt utformade elastagamerstolar. Kamerorna
från Boxeby visade nu att undersökningsobjekten lämnade scenen för
en stund.

"Tänk om att Weissmann dog för att det var ett attentat?" undrade
Troels.

"Då finns det attentatsmän som springer omkring runt Boxeby nu",
sa Slim, och rotade fram en stor Maraboukaka ur en låda, trots att det
sades att Marabou hade fabriker i Ryssland, och att Rysslands
anfallskrig mot Ukraina inte alls stöddes av de båda pojkarna.

Sen såg de på varann, nyfiket.

Inte ens Slim och Troels var säkra på vad som hänt, - enligt vad de
sa till varandra, i alla fall.

"Var det du?", hade de flera gånger frågat varandra, angående
brevet till soldatsystern, och fått nekande svar. Ingen av dem hade
medgett att de tillverkat några falska brev.

Ingen av dem medgav att de hade någon fast uppfattning om vad
allt handlade om.

"Vad tror du om Tutors förslag?" undrade Slim. "Går det att spåra
brevets äkthet via räddningsmissionens i Bronx bokföring?"

"Ingen aning", sa Troels, som var en mycket sansad och klok yngling.

Om inget mera faktaartat dyker upp, så kommer ju Ruthbjörn att gräva upp sin trädgård! Bergis!" sa Slim leende. "Han är ju inte immun mot rikedom."

"Att brevet, det tyska brevet, skulle brinna upp, var ju typiskt", sa Troels, hjärtlöst.

Så fortsatte diskussionen, utan att något av värde kom upp.

Det tycktes som om hela händelseförloppet gått i stå i och med den fruktansvärda bilolyckan.

Tutor hade försett dem med allt material, och hade till och med sänt ett mobilfoto på det brev som Herbert fått från Weissmann, eftersom Herbert ju visat detta brev för honom och även låtit honom ta ett sånt foto, för eget bruk då, visserligen.

Troels höll på att packa ihop ett Märklintåg, lok, vagnar och räls, plus diverse stationshus, semaforer och övriga tillbehör till tågbanan, för att försöka att sälja alltihop på nätet.

Han hade fått lov av Slim att ta med sig allt till honom, för hans pappa tyckte inte om att han sålde leksaker på nätet.

Slim såg förstrött på när Troels slog in loket i silkespapper.

"Kanske du har rätt ändå, när du sa att det kanske är nåt större.", sa Slim. "Kanske är det U.S.A., FBI, eller kanske Ryssland, eller Israel, som ligger bakom det här. Det är ju vanligt att dom utför ganska sofistikerade operationer, för att ....locka fram diverse hemligheter, och kanske ...för att provocera brott, till exempel..."

Det knackade nu på källardörren, två korta och en lång.

Det var Sofi.

Slim och hon hälsade varann med en vinkning.

När Sofi sjunkit ner i en soffa, och tagit en chokladbit, sa hon:

"Tror ni jag skulle passa i försvaret?"

"Som soldat?", undrade Truls.

"Ja, i infanteriet eller sjöstridskrafterna?"

"Jadå", sa både pojkarna. "Du är ju alltid alert."

Här tystnade de nu.

Truls visste att förhållandet mellan Slim och Sofi inte varit det bästa.

"Jag är så trött på Ryssland.", sa Sofi och hon var alldeles röd i ansiktet, något hon ofta var.

EN LÅNG NATT

Efter det att Herbert och Edward tagit en runda runt Boxeby och kommit in i salongen igen, där Ruthbjörn satt och surade i sin fåtölj, och de även sett att Tutor sträckt ut sig i soffan, så beslöts snart att man skulle be Tutor att undersöka, via sina sociala media, och annorstädes, om man eventuellt kunde göra som denne sagt: ta reda på om någon Fru eller Fröken Lasker verkligen dött vid denna tidpunkt och lämnat sitt bohag till Räddningsmissionen.

Edward hade frågat om det var möjligt att ta reda på något om de tyska soldater som tjänstgjort under andra världskriget, - om det fanns rullor och data om dem.

Tutor trodde att det fanns, i Tyskland, på central nivå, men att det inte var några data man lätt kom åt via internet. Man måste nog ha forskarstatus för att komma åt dem, förmodade han.

"Många soldater försvann ju bara.", hade Tutor menat.

"Ja, det var väl det denne Lasker förmodligen gjorde, om han existerat; men alla som försvunnit måste nån gång varit sådana som nånstans blev initialt enrollerade, ju. Allt vi behöver veta är kanske om det alls funnits en Karl Lasker, som blev officer..."

"Ja, kanske", hade Tutor sagt.

Herbert tackade Ruthbjörn för besöket, och frågade om denne ville ha en flaska punsch med sig hem. Det ville denne, och han försvann snart med den lilla punschflaskan i rockfickan på en gammal röd moped av märket Puch, utmed en bumpig, ganska stenig, grusväg, som var en genväg mellan Boxeby och Ruthbjorn Castle.

Tutor gick till sitt arbetsrum på tredje våningen för att utföra lite bokföringsarbete, som hade släpat efter.

Även denne erbjöds en butelj, men han tackade nej.

Edward hade anvisats ett rum på tredje våningen även han, intill Paulines, och tackade också han nej till en flaska punsch.

De tre Boxebyresidenterna hade innan de skiljdes åt lovat varann att ses dan därpå.

Klockan var nu ändå inte mer än halvtio, och det var ännu tid att umgås en stund, ansåg Edward. Herbert medgav att han skulle stanna uppe en halvtimme till, men sedan gå till sängs.

Edward hade då beslutat sig för att inte invända mot detta, eftersom hann inte ville förstöra Herberts sömn.

Efter att Herbert även förklarat att han, innan han somnade, brukade vicka på tårna femtio gånger, just som Nikola Tesla alltid gjort, lämnade han rummet och gick via trappan bakom det Södra Tornet, där hans arbetsrum ju låg på våning två, upp till tredje våningen, där han, liksom alla de andra, hade sitt sovrum.

Som ung hade Herbert – som ju var lång och utstrålade kraft - inte brytt sig om några fysiska övningar, någon överdrivet lång sömn eller vitaminpreparat. Men han hade förändrats i detta avseendet. Med åldern blir många människor stela i kroppen och finner ut att vissa hälsoråd inte var så dumma i alla fall.

Nu var Edward ensam kvar i salongen, om man bortser från de kameror som ungdomar placerat ut där, och som fortsatte, trots att natten alltså sänkte sig över det gamla herresätet, att registrera vad som utspann sig i rummet.

Edward fick och satte sig i den fåtölj invid fönstret, där Ruthbjörn suttit under sammanträdet, invid det tidningsställ där whiskyflaskan legat.

Där satt han nu länge och stirrade ut i det välmöblerade stora av släktklenoder, tavlor och draperier fullsmockade rummet. Tankarna smög sig på.

Katten hade lämnat rummet, ungefär samtidigt som Tutor gått, och platsen under flygeln, där Edward senast sett den skjuta rygg, var nu tom.

Under flygeln fanns ingenting mer än den träanordning på vilken flygelns tre pedaler var anbragta.

Hur dessa pedaler hängde ihop med musiken visste inte Edward.

Han tänkte nu istället på katten.

Han var viss om att det var betydelse fullt att änka på hur katten hade set på dem. Kanske var Edward´ tanke på kattens betraktande en större bedrift än kattens betraktande.

Edward – som hade tänkt på saken förut, och visste att tänkande är en process – tog nu kattens perspektiv och tänkte den för honom själv familjära tanken, att människor framför allt – i vardagen - bör betraktas utifrån vad de inte var kapabla till.

Edward var säker på att katten alltid såg på människorna som det släkte som utmärkte sig för att inte behärska något alls.

Alla djur, som katten mötte i sitt liv, var perfekt rustade för sina liv och rörde sig i graciös rytm och på ett klart ekonomiskt vis i förhållande till var de levde av. Utom huskatter och människor. Huskatten hade blivit så bunden till människan att den betedde sig onaturligt, som att stå och skjuta rygg under flyglar. Men med människan var det ännu värre.

Människan var totalt irrationell och sysslade med meningslösheter, och fick inte för djuren att begripa annat än som ett vansinnigt djur.

Människan kunde – utifrån vad djuren såg – inte ens gå. När djuren såg en människa, så såg de någon som förflyttade sig klumpigt, men som samtidigt som hon förflyttade ville markera något, utföra någon slags pose. "Här kommer jag", eller "Jag tänker", "Akta er annars får ni stryk", "Är jag inte vacker", "Fy vad jag mår dåligt", "Jag bryr mig inte om nånting", o.s.v.

Då människan alltså tycktes hela tiden annonsera sina tankar genom sättet ATT GÅ OCH STÅ, fann djuren det NATURLIGT ATT SE PÅ MÄNNISKAN SOM HELGALEN.

DET VAR ALLTSÅ INTE AV RESPEKT FÖR MÄNNISKANS FÖRNUFT SOM DJUREN förhöll sig avvaktande – eller sprang iväg - NÄR DE SÅG EN MÄNNISKA, utan för ATT DE MED ENS INSÅG ATT DETTA DJURET VAR FULLSTÄNDIGT VANSINNIGT, FRÅN BÖRJAN TILL SLUT.

Kroniskt galet. Bindgalen. Konsekvent nyckfull.

Och detta var givetvis något som människan SJÄLV borde ta i beaktande, om hon ville se klarare på sig själv. Varför inte betrakta sig själv som någon som framför allt var – på grund av sin medvetenhet om sig själv - fullständigt oförmögen till att leva anständigt. Ty inget anstår en varelse med medvetenhet. Medvetenhet går inte ihop med anständighet. Anständighet är nämligen anvisad. Människan är inte anvisad nånting. Hon är vilsen mitt i sin oändliga galenskap.

Människan var – enligt Edward - den som, istället, – som Diderot en gång kring år 1800 ansett – gick omkring och intog POSER.

Medvetenhetens pris var detta, att man i tidsflödet ägnade sin tid åt att inbilla andra det och detta genom att så att säga framställa sig. Vad skulle man nu göra åt detta, om alls något?

Edward stirrade på bilderna av gamle Boxear, som iklädda eleganta svarta och röda kavajer blickade mot honom från oljeporträtten.

Framför allt, tänkte Edward, gällde det, i filosofin, att göra upp med den filosofi som betraktade människan utifrån dennas medvetenhet. Man borde påpeka att denna medvetenhet var en olycka, som borde behandlas av medvetenheten själv, som en olycka och ett vanställande projekt, tillhandahållet av en grym natur.

Vad Edward hade att invända mot filosofin var nämligen inte bara det, att den sysslade för lite med mytkritik- vilket var Edward favoritprojekt - men att den hade betraktat människan utifrån medvetandets och medvetenhetens – och till och med Självmedvetenhetens - synvinkel.

Man kunde naturligtvis inte betrakta det mänskliga livet utifrån en bild av människan som en syntes av medveten ande och omvärld, som medveten ande och omedveten natur (som Romantikens filosofers lära föreslog) …., som en varelse, både medveten och omedveten,- som Freud hävdat - eller som en apparat med ett ego, ett id och ett överjag, eller som – likt Jacques Lacan – en varelse bestämd av det Reala, det Imaginära och det Symboliska. Även Lacan hade bortsett från att man inte inifrån medvetandet kunde bestämma vad en människa var för något. Människan kunde inte bestämmas utifrån vad hon med hjälp av att försätta sig i ointresserade medvetandetillstånd – som en Husserlsk "Époché" - kunde uppfatta såsom "fenomen" omkring sig, inte ses som kapabel att bestämma vad världen egentligen var, utifrån att se tingens minsta delar som saklägen och sakförhållanden, och såsom något oscillerande mitt emellan logiska begrepp och atomer, som Wittgenstein försökt. Vad hjälpte det en människa, att stå och oscillera?

Man måste tänka sig – som författaren till Lé Visible et le Invisible[1] gjort – människan som framför allt en kropp, som en varelse, som med den ena handen kunde gripa om den andra handen. Man måste se människan som den lilla ensamma figur i världsrymden, som på det allra mest patetiska sätt kunde ses stryka sig med ena handen över sin kind och se sin galenskap. Det enda som kunde lugna de andra djuren det vore om människan, så ofta tiden tillät, strök sig över kinden och himlade med ögonen.

Detta var – vid sidan av insikten om myterna – Edward stora idé.

Det var just denna egenskap, att med handen på sin kind kunna utbrista: "Stackars nån!", som var den riktiga bilden av människan. Det var likaså hennes allra bästa uttryck.

Något bättre fanns, enligt Edward, inte.

Sen – efter man insett detta – då kunde man ge sig på de myter som denna slags varelse hade kommit upp med, för att göra livet surt för varandra med.

Enligt Edward var räddningen för människan en enda: att genom att läsa romaner, i vilka människan genom ironi blottlades som den galning hon var, komma till insikt om sin fullständigt morbida brist på kapacitet att handha medvetandet.

Mätt var han i magen. Han hade ätit sina ägg och sin potatis. Mycket för mat var han inte. Snarare hade han följt receptet, eller snarare exemplet, från en av World Trade Center- attentatsmännen, den berömde Mohammed Atta, som hela året före attentatet inte ätit annat än potatis, kokt potatis. Ja, hade det varit praktiskt möjligt så hade Edward gärna levt på näringsrika tabletter, - en vision som framförts av en Volvochef- Pehr G. Gyllenhammar – en gång i tiden: att kunna spara tid och kraft genom att enkelt ersätta alla urtråkiga måltider med några tabletter.

Edward – som nu ansåg att han funderat länge nog för den kvällen – beslöt att gå till sängs och bespetsade sig på en lång sömnlös natt. Att han alls skulle kunna sova något på ett så gediget främmande ställe, det var det inte tal om.

----

[1] M. Merleau-Ponty

När han gick till sängs var det därför med en intressant bok i handen. Det var en av hans favoritböcker. Ludwig Wittgensteins Tractatus. På Tyska. Det var en vacker bok. Skriven i en skyttegrav i Alperna .

Nu knackade det svagt på dörren till korridoren. Edward lade undan den tunna boken och klev upp, iklädd sin blårandiga – långrandiga - pyjamas, som han alltid brukade ta med om han skulle sova borta. (Hemma sov han i ett par kortkalsonger.)

Det visade sig att det var Pauline, som undrade om jag ville följa med ner i källaren för att titta på Herberts tama kajor.

"Tama kajor?"

"Ja, han älskar kråkfåglar. Följ med!!!"

Edward lämnade rummet och gick ut, stängde dörren bakom sig – följde med Pauline i motsatt riktning mot den väg han kommit till sitt rum, och färdades nu mot Norra Tornet, där en dörr fanns innan man steg in där, täckt av ett mörkrött mönstrat draperi. Bakom draperiet, - huset formligen vimlade av draperier, alla med orientaliska mönster på - som skylde en liten kokvrå i ett hörn – fanns en trappa som först ledde ner i salongen våningen under, men sen fortsatte i ett litet träschakt ner i källaren, tydligen parallellt med den större trappa, som fanns bakom det Norra Tornet, och som utgjorde den generella vägen att ta sig upp och ner till norra halvan av huset.

Väl nere i källaren, tände Pauline ljuset, genom att vrida ett äldre ljusreglage av svart bakelit – som hängde lite löst - ett halvt varv. När ljuset flammade upp hördes ett kraxande...

Bakom de två stängde sig den av förfluten tid gnisslande lilla trapphusdörren med ett dovt pysande.

Sedan ett svagt kraxande.

'Vad gör jag egentligen här?', tänkte Edward och grep tag om pyjamasen, när Pauline kom med en liten rutig pläd, som hon funnit på en stol:

"Ta på denna här! Jag tänkte inte på att det var kallt härhäne."

"Inte jag heller. Jag måtte ha somnat en stund i alla fall...".

När Edward stod intill buren – där fyra kajor tomt stirrade på honom - blev han rådvill. Det luktade dessutom svagt av krut och armsvett i källaren. Han kände en stark yrsel. Den största av kajorna, som verkade vara ledaren, såg på honom, ja den stirrade, och som hypnotiserad öppnade Edward genast luckan till buren, som varit stängd, lyfte ut den stora fågeln, som var en jättekaja, och satte den på sin axel och vandrade sen med en i källargången, som för att lunga ner fågeln och komma på något att säga till den. På fötterna hade Edward floppsandaler, på kroppen alltså en randig pyjamas, täckt av en pläd upptill. Som ledd av en osynlig hand vandrade han sen ner en liten trappa till vad som visade sig vara en större voljär i en nedre källarvåning, där han – biträdd av Pauline, som efter att varit klädd i en blå städrock, nu visade sig bara i en vit kortärmad klänning av gauze, genom vilken man tydligt såg hennes kritvita bysthållare, och nu släppte in jättekajan till ett tiotal korpar – tre gånger så stora som kajan - som satt där.

När nu kajan – som det tycktes - var återförenad med sina fränder, så satte Edward sig med Pauline bredvid sig – hon hade tagit av sina orangea glasögon och putsade dem med en flik av den tunna sladdriga rutiga pläden - i en liten soffa som stod intill voljären i det stora, kala källarrummet och väntade. I buren – eller minivoljären - syntes nu hållas ett rådslag. Korparna satt och ritade i sanden med vingspetsarna på burens golv och tjattrade halvhögt, och Edward sa till sig själv att detta nästan var overkligt. På burens galler, som var ett sinnrikt verk med massor av smala stolpar i järn, kors och tvärs, växte en underlig mossa, som luktade som marijuana, och han rös lite, eftersom det var extremt fuktigt i källaren, och eftersom det var mitt i natten, och det var nästan som i ett av en jämn vind svagt ristande uthus invid det väldiga stormande havet. Rummet hade också en otäck resonans, ett slags dubbelt eko, med en slags blåsvart ton, som Edward inte alls kunde komma underfund med. Ett sådant märkligt källarvalv!

Edward hade inte väl tänkt denna tanke förrän kajan indikerade med ena vingen att den ville bäras upp i övre källaren igen. Således stack Pauline in handen i voljären, och efter att åtskilliga korpar mödat sig fram för att hälsa på henne och – som det tycktes – tacksamt picka lite på hennes fingrar, och kanske sjöng de en liten sång – Edward skulle inte minnas det - så hoppade jättekajan från Paulines hand till Edward´ axel, och så vandrade de tre i en komplex liten grupp – ledd av Pauline – stelt och sakta upp halvtrappan upp till krutkällaren, där Edward satte Kajan i buren, efter att ha gett denne en Cashewnöt från en skål som stod på en kasserad trasig bull-tv, vilken stod bakvänd och samlade damm i ett hörn under en målning som föreställde Vesuvius´ utbrott år 79 e. Kr., så återvände Pauline och han via de två vindeltrapporna upp till korridoren på tredje våningen igen.

184

Pauline tycktes då sömning, och hon mumlade något om att sova, och Edward var jag inte mycket piggare, men släntrade tillbaka till sitt rum, tog av pläden, lade sig under den tunna sommarfilten, som var inkörd i ett påslakan, som var mönstrat med en stor fotbollsspelare, vilken skulle föreställa Christano Ronaldo, i Barcelonas färger, och somnade som en stock. Varför Edward inte hyste någon rädsla för kajorna och korparna, är ett mysterium. Hur dresserade var kajorna och korparna? Fanns det alls någon bestämd bortre gräns för vad en kaja eller en korp kunde förstå och kunde utföra?

När Edward vaknade på morgonen hade han glömt allt om kajor och korpar. Det var som en sån där dröm som man inte kommer ihåg något av.

Vid åttatiden på morgonen vaknade Edward, och fann att han delvis hade sovit på Wittgensteins bok, och då åstadkommit ett djupt veck på pärmen, som alltså hädanefter skulle vittna på ett gåtfullt sätt om hans tid på Boxeby.

T J U G O S J U

ETT AVBRUTET FRIERI

På onsdagen – som nu kommit - hade Slim och Sofi sedan en vecka tillbaka planerat att göra en utflykt i havsbandet, till själva sydspetsen av Utterholmens utmark, som kallades för Ruskmarken, där klipporna, röda, mötte hela västerhavet. Slim hade nämligen fått för sig att han skulle fria till Sofi. Vädret var fint. Endast lätta moln och en laber västlig bris över Fjerrered och Ruskmarken.

De två ungdomarna hade nu sällskapat i ett halvår, men Slim kände sig säker på att Sofi var flickan han ville ha. Sofi var den enda.

De gav sig av, vid niotiden på morgonen per cykel, Sofi med en jättelik stor röd damcykel av äldre modell, Slim med en liten svart mountainbike, med stornoppriga däck. De bragte med sig en stor matsäck, ställde cyklarna där vägen slutade – invid en gärdsgård där Ruskmarken tog vid, och där kreaturen som betade där ute, några halvvuxna kor, hindrades från att gå tillbaka in på Utterholmen, av ett sinnrikt kreatursgaller, ett gitter, bestående av ett tjugotal längsgående blanka metallrör, och började kliva in i landskapet, som ömsom bestod av kärr, ömsom klippor, och som var kupigt och vågigt, och bestrött med enbuskar och höga vassruggar på ett egendomligt fantasifullt sätt, som skulle ha hedrat varje spelutvecklare.

Ett antal alternativa stigar fanns att välja på, idémässigt särskiljande sig från varann alltifrån de som var mindre skylda mot vind till de som var mer skylda. Man kunde söka sig å ena sidan ut mot klipplandskapet, eller hålla sig i lär av små dungar av toppiga enbuskar, av vilka ungefär hälften var bruna av vattenbrist.

Några dvärgtallar stod torra och sneda här och där, och pekade sorgset ut vindriktningen med sin av denna vind förorsakade omvändhet. Dit jag lutar är det lä, sa träden. Den som böjt mig finner man i det väderstreck som jag undviker.

Slim och Sofi hade efter tjugo minuters marsch och klättring och småhoppande, under vilket allt man vara noga med att se ner på marken, där det bitvis var redigt blött och där man också fick akta sig för strängar av rötter, som ofta syntes komma från ingenstans och inte ha någon funktion, inget alls träd att serva. När de nått ända ner till Fjerrereds strandängar, där det bitvis började bli rejält sjösankt, och där man nu fick se sig för noga vid varje steg på tuvorna. Här växte vassen lång, samt stod asp och strandtobak, starrgräset vippade, och på bergssidorna som omslöt ängen fanns med bär små grå bär beströdda enbuskar och hela fält med fetknopp, ängslin, violett ljung, blå tistel. trift, strandglim, darrgräs, gul fetknopp, strandkål och strandkvanne. Man kunde dessutom skönja porsglim och vitplister. Ute i vattnet – ty här fanns en liten med jättelika näckrosblad täckt insjö - låg, där, i skydd av grynnorna, ett i vitt dun lysande svanpar som elakt glodde mot ungdomarna och utstötta väsande ljud.

Över deras huvuden singlade tärnor och svalor, som om de hölls i trådar av Guds vänliga fingrar, och en svag bris rörde vid deras huvuden och kinder och smekte deras små ansiktshår och rörde vid läpparna lätt. Allt var som det var klippt direkt ur saligheten och klistrat uppå verkligheten. Allt var ljuvt som ytan på ett underbart bubblande vin i ett kristallglas.

Utflykten tycktes som ett bilder ur en sagobok för femåringar. Och det var som om tusende små händer tyst klappade ovanför deras huvuden och äskade lycka över dem. Det var som om luften var ett bolster, som sökte hölja oss och skydda dem från tidens törnen. Musik strömmade från molnen, och harpor och trumpeter var stämda i himmelska tonarter och det var kärlek i luften. Ja, så var det! Och än mer ljuvligt! Ja, så ljuvligt att man helt enkelt inte förmår beskriva det!

"Så dumt bara", sa Sofi, som redan hade gissat, att det rörde sig om en friarutflykt, "att vi inte har ett eget hus att bo i?"

Slim tyckte det var fullständigt onödigt av Sofi att så abrupt hasta på i ulltofflorna, eftersom det ju var han, som MAN, som skulle ta första steget. Han hade dock inte riktigt än bestämt sig för hur frieriet skulle låta.

I detsamma halkade Slim – som höll på att rätta till ryggsäcken, som satt snett och kom honom att se lite dum ut - till på en sten invid en av tuvorna med starrgräs och slant med foten långt rakt ner i det ljumma vattnet. Och där fastnade han. Sofi, som var några steg före, vände sig om, och betraktade honom.

"Kom loss!" skrek hon argt i falsett, med ett enormt magstöd. Sofi var ju ett fysiskt praktexemplar. Hon var ju handbollsspelare. Högernia.

"Jag kan inte. Jag sitter fast!"

Han stack vänster hand i byxfickan för att känna om ringen låg där, den lilla silverringen som han skulle ge till Sofi. Den låg där, insvept i en ren näsduk.

Foten hade glidit ner i en bergsskreva under strandängens bedrägliga tuvor, ty här likande landskapet mer Bohuslän än Halland, eller var nånstans mittemellan.

Faktiskt kanske Slim hade klämt foten – vänsterfot - mellan de båda landskapen!!

Kanske hade Bohuslän och Halland en gång tillhört olika kontinenter? Slim kände inte till den geologiska historien nåt särskilt, och begrepp som Ancylussjön och Krittid var inget han svängde sig med dagligdags.

Han tänkte plötsligt på hur man ansåg att de som hade byggt fornborgar förr i tiden, hade byggt dessa på avsnitt i naturen, där en typ av landskap övergick i ett annat slags landskap, och hru dessa borgaer troligen inte alls var till frö att försvara territoriet, men mer till för att man skulle reflektera över alltings föränderlighet.

Så kunde han nu inte komma ifrån analogin att om han nu med foten satt fastklämd mellan två landskap, sp kanske det innebar också att han här kunde reflektera kring två sidor av kärleken. TY ämnet för dagen var ju det. Detta var en friarfärd, och nu satt han – klämd mellan Bohuslän – med dess mer fiskeberoende ekonomi, och därmed mer äventyrliga livsformer och Halland, med dess tryggare jordbruksekonomi – och skulle nu bestämma sig vilken slags kärlek, och vilket slags liv han var mest intress4erad av. Allt här i livet var ett val. Det var ju också ett val i vilken mån man ville låta sig ryckas med av lustar och känslor, och hur mycket man tänkte sig att vilja bestämma över yttre och inre strömvirvlar. Slim grunnade över om inte det, att han satt fast med foten, nu innebar att han måste – med stöd av hela sitt förnuft – välja hur livet skulle se ut. Han var ensam i valet, som alla andra också var det.

Liminala upplevelser hette det då, enligt arkeologerna, de upplevelser man kunde ha vid en gräns. Det var liminala (gräns-) upplevelser som man kopplade till förekomsten av fornborgar. Plötsligt förstod Slim ingenting av denna slags arkeologi. Hade fornborgarna uppförts FÖR ATT man där skulle fundera över gränstillstånd eller transtillstånd i livet vid en gräns i landskapet. Få landskap hade tydliga gränser och väldiga stup. Varför i alla sina dar skulle man plötsligt bli så tankfull, och få en slags buddistisk filosofi så fort man upptäckte ett bergstup i terrängen? Detta störde honom. Och han begrep just då inte vad han tänkte.

Kanske var begreppen "liminala upplevelser" helt enkelt en eufemism för ... ättestupa? Tänkte han plötsligt. Då blev det klarare och mer lättfattligt.

Kanske hade helt enkelt alla fornborgar i Västergötland varit äldreboenden med en brant utväg? Han ryste.

Mycket solitt fast satt han, hur som helst. Foten kom varken fram eller tillbaka, upp eller ner. Tårna gick som tur var att vicka på, det kändes. Han trodde sig inte alls skadad. Men han satt helt fast. Sofi kom och drog i benet, försökte få foten ur skon, men det hjälpte ju inte.

"Stackars dej! Åh, är du en sån som råkar illa ut hela tiden!" suckade Sofi, talandes mer för sig själv, som nu, med denna generalisering, tydligt visade att hon var inte var en ängel men mer en vanlig människa.

Det var ju en hemsk och olycksbådande generalisering. Hon kunde väl inte mena det? Hon måste väl skoja? Så SA man väl inte....?

"Stå inte där och spekulera! Du får ringa efter hjälp!" skrek Slim argt och besviket, nu med gråten i halsen, - ja han skrek, trots att hon stod alldeles intill.

Skulle de nu gräla?

"Jag kan väl inte lämna dig så här!?" sa hon och började nu tänka lite mer på Slim.

"Ringa, sa jag. Inte springa."

"Vi får äta lite först. Foten kanske lossnar om vi äter?" sa Sofi.

När de ätit upp sina smörgåsar tog hon upp mobilen ur fickan och frågade Slim vart hon skulle ringa.

Kanske var Sofi realistisk. Men hade hon ingen humor?

Om hon inte hade humor, hur skulle det gå då?

""Är du en sådan som råkar illa ut hela tiden?"" Hur kunde man säga så?

Svanparet närmade sig under tiden långsamt i den lilla viken i den lilla sjön alldeles på insidan om det stråk av stenar, som de två förälskade var i färd med att på sin sydfärd bestiga, och gjorde lite ringar på vattenytan och man kunde skönja en viss medkänsla i själva rörelserna, som var liksom mer trevande samt i fåglarnas nu lite skygga och undrande blickar. Vinden tycktes emellertid friska i, och så lyfte fåglarna plötsligt, tydligen glömska av allt, och flög iväg. På 10 sekunder var de utom synhåll.

Fåglarna tycktes ha mer förståelse för Slim än Sofi.

"Jag ringer väl 112 då." sa hon enkelt.

"Tänk om jag plötsligt får loss foten då...", sa Slim ängsligt.

I sitt stilla sinne tänkte Slim, att han inte, i det läge han befann sig, kunde erövra Sofi, Ringen fick ligga där den låg, i vänster byxficka. Så djupt smärtade honom detta svek ifrån de högre makterna, att han från denna stund såg allting i tillvaron i svart, i becksvart. "Svart är min värld från denna stund och mitt namn stavas helt enkelt "Sorg", tänkte han, och en minnesbild av ett porträtt av poeten Stagnelius kom för honom.

Nu drev molnen in från Kattegatt in blågrå över kusten. Det mörknade. Klockan var fyra. Och regnet började falla flockvis, och stötvis, i byvindar i stora straffande stänk från en grå himmel. Fjerrered kunde denna dag i stora drag beskrivas med ett enda ord: regn.

"Vad hade vi här att göra?!"

Nu vräkte snart regnet ner. Till yttermera visso. Slim ryckte och slet i foten. Den satt i sin sko och skon – med sitt koketta Nike-emblem - satt fast. Regnet strilade halvvarmt kring foten, men denna satt där den satt. De försökte göra ett regnskydd av vad de hade med sig. En rödvit ICA-påse draperades snart av Sofis handbollshänder över den kroppsdel som av Leonardo da Vinci en gång beskrivits som ett ingenjörstekniskt mästerverk. Da Vinci hade gjort otaliga anatomiska skisser av både fötter och händer, och hans teckningar av dessa anses än idag vara banbrytande.

Slim svor över att han denna dag, i motsats till alla andra, inte tagit med paraplyet. Sofi tog nu upp ur fickan en hopfällbar solhatt med stiliserade gredelina fjärilar på, och satte den på hans huvud.

"Foten borde lossna ju längre tiden går", sa Slim, något ogrammatiskt.

Framåt kvällen, när guldkransade moln visade sig vid horisonten och vädret lugnat ner sig och regnet gett sig av till Småland.

Till sist, när de ätit alla sina sillsmörgåsar, och tömt båda sina termosar, som av ingen orsak alls, lossnade foten.

Den lossnade och med ett litet ploppande ljud också och han hade inte ens längre ont i den! Slim undrade då inom sig om han inte fastnat med foten av ren skräck, av rädsla för Sofi? Och för kärleken.

Men Sofi var i alla fall kvar.

Slim visste att han hade en så stark inbillningsförmåga, en så stark hysteri att hans inre kunde skapa yttre ekvivalenter i det reala av föreställningar som bottnar i ren rädsla. Men sen struntade han i vilket.

De reste sig och begav sig hemåt. Sofi stödde Slim sedan de drygt femhundra meterna – och passerande kreatursgittret - till sitt de båda cyklarna, som hemvant stod där och väntade, med vilka de tog sig till Sofis hus, vilket låg på vägen till Slims, om man tog den inre Utterholmsvägen.

Slim funderade – på hemvägen, under det han försökte värma sig med intensivt tramp och pingvinrörelser med axlarna små gymnastiska rörelser - om Sofi verkligen var den rätta.   Han kunde ju aldrig fria till nån som trodde att han alltid råkade illa ut.

Istället började han, så fort han kom hem, att fantisera om en annan flicka, Ingvild, som han tidigare hade hoppat i hö med i Herberts gamla lada, för fem år sedan, när man hade tagit in en skörd där, något man sedan hade slutat med, då man sålt alla mjölkkorna till en bonde i Åsa. Inte långt från kärnkraftverket.

Men Ingvild hade flyttat, och bodde nu i Värnamo.

Ingvild hade haft spetsig mun och stora blå, gnistrande ögon fulla av humor. Kruxet var att Ingvild verkat osjälvständig och aldrig hittade på nånting alls, men väntade sig att alla andra skulle göra det. Vad hjälper det om en flicka har humor, men aldrig har några idéer?

Tryggare var det ju i viss mening med Sofi, som alltid såg ut som om hon gjorde överslag och bedömningar, och syntes redo att ta befäl över vad som helst.

Slim suckade.

Nu var han i sitt pojkrum, före detta pojkrum, och drog till sig laptopen, som stod på standby, raskt fick han upp den site, som stod till tjänst med utrymme för den kamerabild som laptopen i Tutors garage sände till datamolnet.

När bilden på Herberts salong nu, tillsammans med några ljusflashar, kom upp på laptopens monitor, såg Slim, att salongen på Boxeby, klockan 14.50 denna onsdagseftermiddag, var fullständigt tom.

Han tog fram sin mobil och knappade in ett meddelande till Troels, som efter vad han trodde, befann sig hemma hos sig, läsande om kvantfysik eller något annat som han inte begrep.

"Hur är läget?"

Det tog inte fem sekunder förrän Troels svarade:

"Lugnt. Jag sover."

Slim lutade sig tillbaka i sin på tre hjul ljudlöst rullande chockblå gamerstol, som i ryggpartiet var försedd med fantasifullt utformade lufthål på nio ställen, och en tanke slog honom.

"Tänk om Sofi hade rätt!! Tänk om han var en sån som alltid råkade illa ut? Tänk bara på kontroversen med Ruthbjörn! Hur många människor försätter sig i situationer, där de kan bli förolämpade av griniga gubbar? Förmodligen väldigt få."

"ADHD", tänkte han och beslutade sig för att, även han, ta en tupplur.

T J U G O Å T T A

BILJETTKÖPET

Cantrell Ruthbjörn, irriterad på allt i hela världen, satt på onsdagsmorgonen vid sitt skrivbord i vardagsrummet. På den höga ekbyrån stod ett porträtt på fadern. Somliga personer har ett intensivt, varmt förhållande till sina fäder. Andra har det inte.

Om någon blev irriterad på den lilla naziflaggan, som fadern bar på rockslaget, så bad han dem att dra åt helvete.

Egendomligt var det därför att tvärs över fotot hade någon med svart spritpenna skrivit på kortet orden: "FUCK YOU!" Om det var Cantrell som gjort det, det visste ingen.

Nu satt han dock och funderade på vad Tutor hade sagt.

"Edna Lasker"

Det var alltså denna kvinna, som var död, om hon funnits, som var nyckeln till sanningen.

Varför skulle nu inte Cantrell kunna hitta henne? Själv.

Sagt och gjort. Cantrell loggade in på Google, och sökte upp en resebyrå. En biljett till New York. Pass hade han, ty han reste då och då till Thailand, för att bada, på vintrarna.

Det var inte billigt att resa till New York. Men om det överhuvudtaget var något han ville i denna världen, så var det just att finna ut om detta med de nedgrävda skatterna var sant.

Plötsligt hade ingenting annat något som helst värde.

I själva verket tycktes allt annat bero på sanningen eller lögnen i detta. Det var som om allt i hans tidigare liv bara varit upptakten till denna fråga. Var det sant att han på sin ägandes tomt hade en skatt?

Han fick fram via en jämförelsesite:

Utresa
torsd 29 sept.
Economy
American Airlines
American Airlines
AA6879
Trafikeras av British Airways
18:50
GOT Göteborg Landvetter
Göteborg
2h 10min
20:00
LHR London Heathrow
London
Bagage inte inkluderat
Byte med övernattning:
Economy
American Airlines
American Airlines
AA101
10:35
LHR London Heathrow
London
8h 10min
13:45
JFK New York John F. Kennedy
New York
6800.00 kr.

Ruthbjörn bestämde sig meddetsamma. Vad fanns att förlora?
6800 kr var ju inga pengar! Så kom man bort ett slag också.

Genom några knapptryck och med hjälp av Bank-ID fullföljde
han affären och ämnade alltså dagen därpå embarkera ett flygplan på
Landvetter. Sen fick dom se, på Boxeby, vem det var som mest resolut
tog sig an bygdens affärer.

Efter att ha kastat en blick på fadern på porträttet beslöt sig Cantrell
för att ta en stärkande promenad ner till den lilla båthamnen,
Utterholmens Marina, där han inte var medlem, då han inte ville det,
men hade sin lilla täckta plastbåt i en liten vik lite längre bort vid en
brygga han gjutit själv.

Han bytte kavajen till en stor sportjacka, satte fötterna i ett par gummistövlar och gav sig av, efter att ha låst om huset.

Nu hade den stora irritationen släppt. Så fri hade han inte känt sig på många år. Antagligen – tänkte han – hade han låtit sig förlamas av den förkrympthet som rådde i Fjerrered, och förminskats, till nästan ingenting, utan att han hade märkt vad som stod på.

Ingenting tycktes hopplöst längre! Tvärtom.

En sån satans välsignelse allt var!!!

Inom 24 timmar skulle han sitta på ett plan till U.S.A. Han hade inte begett på någon långresa på länge. Och i U.S.A. hade han överhuvudtaget aldrig varit.

Raskt tog han en titt i garderoben och fann där en kostym som var lämplig. För att understryka sitt nya jag valde han en ljus kostym, - visserligen inte dagens mode, men en snygg, med breda slag, och en omfattande mängd knappar, på en mängd ledder.

Skorna blev ett par läderboots, som fick honom att bli 5 centimeter längre, vilket ju aldrig var nån nackdel.

Mycket mer än några toalettartiklar behövde han inte. En ytterligare ren skjorta kanske, eller tv å. Och underkläder, och ett par strumpor.

Returresan var bestämd till en vecka efter ankomst.

Nu skulle Cantrell erövra världen.

Raskt gick han därefter fram till den höga byrån i storarummet där porträttet på fadern stod, slet nere det, och gick ut i köket och kastade det i soppåsen.

Varför han gjorde så begrep han inte själv. Det var som om en osynlig kraft drev honom. År av hämningar och av irritation, av misslyckade studier och dåliga artiklar, av tusentals hatiska inlägg på Flashback och Reddit och i Face Book-grupper syntes honom vara fullständigt meningslösa, ett slöseri med den dyrbara tid som livet erbjöd.

Det handlade nu heller inte om den där eventuella skatten heller. Det handlade om att lösa ett problem. Problemet var helt enkelt det: var Sturmbannführer Lasker-brevet äkta eller var det inte det?

I vetenskaplig mening var det inte viktigt. Men för Cantrells liv, och för hans självrespekt var det viktigt.

Det var dessutom konkret. Och det var något som lät sig göras. Varför inte ägna sig åt något som lät sig göras? Menade Cantrell när han nu gick ner i källaren för att också därifrån röja ut faderns jättesamling av naziuniformer.

Varför i alla sina dar skulle han ha en massa naziuniformer?

Cantrell var förbannad. Proppen hade gått.

Kanske var det just det, att när han var på Boxeby, och man ställde sig frågan om Lasker-brevet var äkta, då hade de andra tre talat som om han själv, Ruthbjörn, inte existerade! Man hade betraktat honom som en förgrämd Nobody, som en gammal bitter kvarleva från den tiden, när fäderna gick omkring och var nazister.

NU fick det vara NOG! Utan respekt och självrespekt kan man inte leva. Det må bära eller brista!

Alla uniformer, och allt gammalt peripenalia från Nazismen åkte ut på backen till en stor hög, som Cantrell ställde sig att elda upp samma eftermiddag, med en spann vatten i beredskap, om brasan skulle vilja sprida sig. Det gjorde den inte, och efter tre timmar var allt som påminde honom om nazistdyrkan borta från Ruthbjörn Castle.

Kanske var det Inez röst från telefonen, som hade väckt honom ur slummern, erkände han slutligen.

Den vackra, underbara Inez Blomberg!

"Det låter som om någon har lite för mycket fantasi." hade Inez sagt i telefonen till Herbert.

Så underbart gåtfullt!

Ur plånboken tog han nu fram ett urgammalt foto ur plånboken. Där framträdde Inez som student.

Ruthbjörn och Inez hade sjungit i samma kör. En liten oktett, som hade sjungit på olika bröllop – Beethovens lovsång - under ett års tid, när de gick i sista ring.

Allt går igen! Tänkte Ruthbjörn.

Kameran som satt i hans päronträd registrerade hur de sista flagorna från de uppbrända uniformerna singlade omkring i skyn i hans trädgård, och när kvällen kom och Gunnel och Louise skulle kontrollera sina olika filmer, så hade AI-programmet markerat att aktivitet av ett sällsynt slag hade förekommit på kamera 3, i Ruthbjörns trädgård, mellan 02.00-03.30.

Häpet noterade de två flickorna hur Ruthbjörn bränt allt nazistskräpet.

"Vad ÄR detta?", sa Gunnel.

"Haha.", sa Louise.

BORT MED SKROTBILEN!

På onsdagsförmiddagen hade Herbert ringt efter en lastbil, samt sagt till Tutor att nu var det dags att forsla bort den gamla skrotbilen från garaget. Blicken från Edward när de hade besett Blue Goose i Herberts garage var något som Herbert inte ville uppleva igen.

Fanskapet skulle bort. Herbert hade ju betraktat bilen som ett festligt skämt, en rolig historia att dra till med under en falnande fest, men hade nu insett att det inte alls var något särskilt lyckat skämt. Folk hade blivit lite mer medvetna, med tiden.

Vad var det Inez hade sagt?

"Det låter som om någon har lite för mycket fantasi." hade hon ju sagt i telefonen till Herbert.

Och vad innebar det.

Bland annat innebar det ju att …. Någon hade för LITE fantasi!

Märkligt var alltihop, vad det nu än var för något detta, med Lasker-brevet.

Det hade verkligen rört om.

Tutor fick byta om till sin sämsta overall, en gråbeige historia, och Herbert bytte även han. Chauffören hade lovat att hjälpa till, och lastbilen hade en egen kran, som kunde lyfta det mesta:

"Bara skrotbilen håller ihop i fem minuter te, så åker han me!", sa Berndt från Åkeriet på genuin Göteborgska, vilken även var utrustad med vad som förr kallades "tattar-r".

Vid tretiden var allt klart, och Herbert och Tutor hjälpte såt att med hjälp av några stora, breda kvastar, sopa de sista resterna av den gamla tyska sportbilen ut från Boxeby.

När det brunsvarta schabraket, lätt vajande åkte ut på lastbilsflaket från Boxeby gård stod Herbert, Tutor, Edward, Ella och Pauline på rad och hurrade.

Ingen vill verbalt uttrycka exakt vad man kände. Att bilen alltid varit en skam var ju den dominerande åsikten, men den hade egentligen aldrig framförts till Herbert, och så skedde inte denna dag heller.

Då ringde det i Herberts mobil, och denne tog några steg åt sidan från alla de fortsatt hurraande.

Det var Ruthbjörn i telefon.

"Hallå, det är Cantrell!"

"Hej! Hur var punschen?"

"Fantastisk", sa Ruthbjörn, som hade ställt in den i kylskåpet, och inte smakat en droppe av den. "Men vad jag ville säga var att jag åker till U.S.A. i morgon eftermiddag. Så jag kan inte vara med på mötena under nån veckas tid..."

"Till U.S.A.?? Vad är detta?"

"Åh, affärer. Man har ju så mycket att stå i ibland."

"Jahaa!" sa Herbert, omåttligt förbluffad. Han ville fråga om affärerna, men kunde inte riktigt förmå sig till det.

"Låter ju väldigt spännande", sa han till slut.

"Ja, jag har faktiskt aldrig varit där förut. Men okey, hälsa dom andra!"

"Åh, javisst. Lycka till då! Flyg lugnt!", sa Herbert, något förvirrad.

"Det ska jag", sa Ruthbjörn utan någon darrning på rösten och la på.

När Herbert nu berättade nyheten för de andra var det som att släppa en bomb.

"Till U.S.A.??" ropade de, nästan i kör. Ella satte nästan i halsen. Hon var väl insatt i vad som försiggick. Tutor berättade alltid huvuddragen i vad Herbert höll på med för hushållerskan, och med Herberts vetskap. Ella kunde ju hålla tyst. Det visste de.

"Ja. Han lät väldigt glad också. Svårt att känna igen nästan...", sa Herbert.

"Där har nog topplocket gått", sa Edward, mer skeptiskt.

"Nja, vi vet inte varför han åker...", menade Herbert, som läste Edward´ tankar.

"Antag at han skall till Bronx," sa Tutor, med en för honom ovanlig social touche, "Han får det inte lätt inte..."

"Konstigt", sa Pauline.

De andra såg på henne. NU var ett gyllene tillfälle att få henne att förklara en mångtydighet.

"Hur då menar du?", sa Ella.

"Jag menar, det verkar som om alla trodde att han ... Cantrell ... skulle börja gräva idag redan..."

"Ja?", undrade Herbert.

"Har han fått reda på något mer?"

Sällskapet stod nu i en cirkel på gårdsplanen utanför Boxeby Södra Torn och såg på Pauline.

"Vad då för nåt?"

"Inte vet jag. Kanske är hela affären större än bara det där med det nedgrävda...?"

Nu såg de andra sig om längs skogshorisonter och rapsfält. Vad då större?

Hur kunde det vara större?

"En intelligent reflexion", sa Edward, som nu också log mot Pauline.

"Ja, det är ju sant", sa Tutor. "Allting kan ju faktiskt alltid vara större. Särskilt bedrägerier kan vara hur stora som helst."

Pauline rättade till sina glasögon, som alltid hotade att trilla av åt höger, och såg ut som om hon skulle börja gråta.

"Nu går vi in och dricker kaffe och firar att den jävla bilen är väck!", sa Herbert.

Alla skrattade och godtog detta förslag, och begav sig omedelbart inte "in" men till baksidan av huset, i vars soffgrupp kaffe brukade intagas, vid allt tjänligt väder.

Där höjde Tutor sitt finger.

"Jo," sa han" jag har tänkt på ensak angående Ruthbjörns resa. Alltså innan Paulines hypotes..."

"Vaddå?", undrade Herbert, vars ögon glänste lite av trivsel. Han älskade att ha kafferep med de sina runt omkring sig. Och dessutom gamle vännen Edward...

"Jo, att hitta Edna Lasker", förklarade drängen, "för om hon nu antingen var FRÖKEN Lasker kring 1945, eller FRU Lasker – vilket ju ... det senare ... inte är så troligt, då brodern ju hette Lasker, så hette hon väl inte så när hon dog 2003? Och vad har då Ruthbjörn att gå på? Jo, nån som hette Edna..."

"Ja, det är ju sant", menade Herbert, "och New York är ju en storstad."

"Enorm.", fyllde Edward i, som ville vara en del av gemenskapen.

Denna känsla av samhörighet hade ju dessutom ökat nu, med Ruthbjörn på okänt uppdrag, ivägflugen till det stora landet i väster.

"Tänkte han inte på det?..." undrade Herbert, här vänd mot Tutor.

Ella – i ett vanligt blåvitt huckle, nystruket och mörkblå klänning - hade varit i köket och kom nu med kaffe och bullar. Pauline reste sig för att hjälpa till, och hennes urstarka kropp och de seniga, solbrända händerna kom väl till pass, då kaffekannan var stor och välfylld. Ella förutsattes alltid att ha obegränsade krafter, och gjorde aldrig något för att visa annat än att hon klarade allt själv.

"Tänk nu om Pauline har rätt", sa Edward, och uttryckte vad alla tänkte, "om Edward har fått reda på något, som vi inte vet??"

"Men vilken slags upplysningar då?", sa Herbert.

"Sånt man kan googla fram måste det väl vara.... Weissmann är ju död.", sa Tutor.

Det blev nu tyst i det lilla sällskapet.

Ingen begrep.

"Ockhams rakkniv", sa Edward. "Det vill säga: försök alltid med den enklaste versionen först. Vi kan ju helt enkelt anta, att allt är som det först tycktes. Torbjörn,... äh... Ruthbjörn förbisåg att Edna kan ha bytt namn. Han gav sig iväg för att vara först med definitiv visshet. Om han hittar.... o.s.v., o.s.v."

"Vem av oss hade hoppat på ett flyg, - i hans situation?" undrade Tutor.

"Vi vet ju inte hans situation", replikerade Edward.

Efter en minuts tystnad, under vilken man börjat hugga in på en stor vetekrans, som Ella lagt på en pappersrundel på bordet, så sammanfattade Herbert det hela:

"Vi kommer inte längre. Vi vet helt enkelt inte vad Cantrell sysslar med."

"Men", sa Edward, "Vad tänker vi själva syssla med då? Börja gräva?"

Herbert frågade Ella om Tutor hade talat om för henne vad allt handlade om. Det hade han försäkrade Ella. Hon sa, att Tutor alltid berättade allt för henne. Ingenting som försiggick på Boxeby kunde försiggå som hon inte visste om, sa hon, och blinkade lite, för att understryka att det låg en viss överdrift i detta.

"Visst är det spännande med skatter", sa Herbert, "men jag måste erkänna, att alltifrån jag först hörde talas om detta med en eventuell nedgrävd skatt, ett krigsbyte, här, så tänkte jag att det blir bara besvär, in get annat. Jag har aldrig känt nån större lust att gräva."

"Nä, särskilt inte på måfå.", sa Edward. "Jag menar: jag håller med!"

Några kajor jagade varann i ett körsbärsträd, intill garaget.

"Man skulle haft en tränad mullvad…", tillade han sen.

Alla log artigt.

"Vad är det för summor som man kan tänka sig att dewt rör sig om?", undrade Herbert rakt ut i luften.

"Krigsbyten, guldarmband, smycken, småsaker i silver och guld. Lite ädelstenar.", sa Tutor.

Ingen ville gissa.

"Det är väldigt mycket vi inte vet.", sa Pauline, och fortsatte nu på sin linje, vilken inte alls var nån dum linje. Fler i sällskapet önskade troligen att de intagit hennes hållning i grundfrågan. Men nu var det för sent. Hon hade på ett sätt redan, retoriskt, segrat.

"Det är så med det mesta i livet", sa Edward då, som försökte rätta upp resonemanget, och rädda de övrigas ansikten. Han var dessutom ännu mer debattvan än Pauline, eftersom han ju hade doktorerat i filosofi. Edward kända sig ofta som om han var kapabel att verbalt nedkämpa självaste Elohisten, och att han hade kunnat bevisa för denne att Jakobs stege i själva verket måste ha saknat flera viktiga stegpinnar.

Pauline såg sårad ut.

"Vet någon hur det gått med Weissmans kropp, hans döda kropp? Och om han har några släktingar…."

"Eftersom vi inte har ringt polisen, så lär det blir svårt för oss att ta reda på nåt...", replikerade Tutor enkelt.

"Jag tycker vi skall ringa Polisen!", sa Pauline omedelbart, delvis kanske som hämnd mot vad hon betraktade som Edward´ utfall.

"Det var ju till oss han var på väg", fyllde hon i.

Det blev en paus. Ingen ville kommentera. Alla tänkte, att, om ingen kommenterar detta, så rinner förslaget ut i sanden. Klockan närmade sig 14.00 denna onsdag och det var ännu mitt på dagen. Molnen drev in från väster, som dom gör i dessa trakter, när vädret är som bäst. När väderleksrapporten talar om Brittiska Öarna, så slipper man de hemska kalla isande luftlocken från norr, som har blivit så mycket vanligare i och med försvagandet av Golfströmmen.

Edward drack alltid sitt kaffe på bit. Om det inte fanns något bitsocker på plats – till exempel om han var bortbjuden – så hade han alltid extra råsockerbitar i bröstfickan. Han drack nu Ellas kaffe – och drack det på bit. Kaffet silades så att säga över de två sockerbitarna han hade i munnen, och gav en stark lustsensation, starkare ju starkare kaffet var.

Edward tänkte på hur objektet för hans egen doktorsavhandling, skräckförfattaren Sören Kierkegaard, hade konsumerat enorma mängder kaffe under sitt relativt korta liv. Det sade att denne hade haft så mycket socker – importerat till Köpenhamn från Danska Västindien - i kaffet, att kaffeskeden stod rakt upp i koppen.

"Det vore ju förstås roligt att se Blombergs gård....", sa Edward då, smackande.

Tutor hade ett däckbyte på den lilla Toyotalastbilen inbokat på Villes verkstad, men sa att han hade tid över att ta en sväng. Men eftersom nu både Herbert, samt även Pauline vill följa med Edward och Tutor, så erbjöd Herbert sin Citroën, som var modern, snabb och komfortabel.

"Toyotan kan du väl ta hand om i morgon, Torsten?"

Nästan aldrig förekom Tutors egentliga förnamn på Boxeby. Det var bara i lägen när Herbert var överväldigande nöjd och tillfreds som detta tilltalsnamn förekom. Detta insåg även Tutor.

"Nja, jag kör efter Baronen.", sa Tutor då, och log. "Jag kan vika av upp till Villes Verkstad efteråt."

Verkstaden låg längs vägen mellan kyrkan och Slottskär, invid Fjerrered högst belägna plats, Fjerreredsberget, vid vilket resterna av en gammal dansbana kunde skönjas i en glänta. Den hade låtits förfalla, och hade besparats både stöld och brand, och var därför något av ett museiföremål.

Ingen hade haft ett horn i sidan till dansbanan, och om det fanns någon plats i Fjerrered, förutom kyrkan, som betraktades som helig, så var det just den.

Över porten hängde fortfarande den stora skylten, där några urblekta grönaktiga bokstäver förkunnade:

"Lindås Dansbana"

Här hade i tidernas begynnelse Herbert, Cantrell och Inez dansat till ett femmanna jazzband, där tenorsaxofonisten – som drömde om en resa till Manhattan - varje lördag med kraftigt munstycksläckage och varmt vibrato improviserat över "Body and Soul".

Nu tackade de Ella, som alltid höll sig i bakgrunden, när inte annat krävdes, för kaffe och bulle, och hon dukade av, förnöjd ä över att Herbert tycktes vara på så gott humör, trots allt krångel som uppstått den sista tiden, inte minst genom den hemska bilolyckan, som toppat några kvällstidningar. Det spekulerades om att chauffören på lastbilen varit berusad.

T R E T T I O

AGERBYHOLMS GÅRD

Tutor och Edward färdades i den vita Toyotalastbilen – en av världens mest spridda lastbilstyper av den mindre modellen - , medan Herbert och Pauline satt i den snabbare Cittran, som var en hybridmodell.

Man hittade till Agerbyholm genom att på vägen till Sockenkyrkan vika av åt havet till, ungefär halvvägs, och följa en väg som åtminstone inledningsvis löpte i en allé med gamla almar, som löpte i ett stubbåkerlandskap, som tycktes helt tomt på liv. Här och där fanns, vid teggränserna något lummigt snår med ett halvt dussin ekar, där man kunde gömma sig undan regn om man var kritter, och på ett ställe även en väldig poppel, som Tutor trodde var den poppel, som i Fjerrereds historia utpekades som sjömärke. Men Tutor var inte säker, och denne hade aldrig något behov av att glänsa med kunskap han inte hade. För folk med mycket kunskap saknas ofta detta behov, som hos oss i resten av befolkningen är så vida spritt.

Här och där såg man ekstubbar med mossa och svamp på.

Landskapet var brungrönt, och påminde Edward om gamla Holländska landskap, och särskilt om de tidiga målningarna som va Gogh lämnade efter sig, där tristessen närapå lyfter från tavelduken och säker sig under skjortan på en, när man betraktar bilden. Särskilt om det i stubbåkern vandrar tre kråkor, eller liknande.

Landskapsmåleriet i Europa hade ju varit ypperligt, reflekterade Edward, till Düsseldorfarna kom, vilka ju hade nonchalerat färgaspekten, och gjort allt brunt.

Att företa en liten utflykt med vänner är ju så nära fullkomlig lycka man kommer, tänkte Edward, vemodigt, och på hur underbart det en gång var att göra en utflykt med sin mor, bara med det enda bagaget bestående av en rutig filt, en grön termos och ett papperspaket smörgåsar. De hade brukat ta spårvagnen till Bergsskogen, och där på somrarna sökt upp ett ställe de öppet sentimentalt kallade för "varma backarna".

Modern hade annars inte varit sentimental, men ganska modern och närvarande.

Nu – på denna utflykten - var de ännu fler. En hel liten tvåbilskonvoj var de ju, med fyra personer, som skumpade fram över grusvägens ojämna yta. Gemenskapens berusning hade nått Edward, och han visste nästan inte till sig av njutning att dels tillhöra en grupp, dels tillhöra en grupp som var på väg för att nästan vetenskapligt undersöka någonting visst.

Som för nästan alla människor var det för Edward en salighet att tillhöra en grupp, och att tillhöra en sådan var ett så stort värde, att det värdet – omedelbart – åsidosatte en mängd andra värden, som Edward hade brukat värna med stor envishet.

Han tänkte på hur det varit samma sak i militärtjänsten, när han själv och Herbert utbildats till plutonchefer i Karlborg.

Hur sinnrikt hade det då inte varit konstruerat, militärlivet, så att man kom att formligen älska varandra på logementet, och inom plutonen, på ett sätt som gjorde att man skulle ha varit villig att dö för varandra, oavsett vilken yttre sak man egentligen kämpade för. Det var gemenskapen som var så stark att den ersatte alla andra värden. Hur solitt var inte detta vapen mot en fiende. Det värsta var väl då att det hos fienden förhöll sig på exakt samma sätt. Deras gemenskap gjorde deras pluton er till formidabla dödsmaskiner.

Så eländigt var det.

Nu var emellertid den dödsskvadron han just nu tillhörde, bestående av Herbert, Pauline, Tutor och han själv på väg att runda den sista kröken, en illa medfaren syrenhäck, innan de anlände till Agerbyholms gård, eller vad som fanns kvar av den.

Plötsligt såg de från bilen två cyklister som kom emot dem på vägen. Herbert kände genast igen, på den eleganta vita cowboyhatten, pastor Ambrose, som var en känd cyklist, motionär och nakenbadare m.m., m.m., i Fjerrered. Om någon motionerade i Fjerrered, så var det den amerikanske pastorn. Med sig på den andra cykeln tyckte Herbert det såg ut som Raman, frisörens grabb, en helt ung person ju, som då och då förirrade sig till Boxeby för att köpa ägg eller leka med katten, o.s.v.. Frisören, Gastons far, Olof "Dumas" Bengtson, hade sin lokal intill speceriaffären uppe vid kyrkan. Den var öppen två dar i veckan, tisdag och fredag.

De båda cyklande passerade dem på bilens vänstersida, och pastorn ropade:

"Guds frid!", och vinkade med höger arm över huvudet.

Edward skrattade.

"Det var väl en djävla tur att han inte välsignade oss!"

Herbert skrattade, för han visste hur fientligt inställd Edward var mot kyrkan, trots att han disputerat på en avhandling om en präst, om än dansk. Sören Kierkegaard.

Herbert – som ju hade encyklopediskt minne, och även lyssnade på allt möjligt skvaller, hade nånstans snappat upp att grabben Gaston var en religiös grubblare, trots sin unga ålder, och att han tyckte om att höra pastorn lägga ut texten om gudsbevisen.

Gudsbevis var ju något som en femtonåring mycket väl kunde sysselsätta sin tanke med. Somliga människor anser till och med att gudsbevisen finns till just för barn.

Nu närmade sig den lilla kolonnen Blombergs ägor, vilka, även om de inte alls var av Boxebys storlek, i alla fall var ett par tunnland.

De två bilarna stannade framför den forna trädgårdsporten till Blombergs gård. Efter att ha kastat en snabb blick på den Blombergska gården insåg Edward att det alltså bara var rökstocken kvar.

Porten bestod av två höga, smala granitmonoliter, på tio meters avstånd från varann, om en inkörsväg emellan. På en av dem var infällda stansade bokstäver, formande ordet "Agerbyholm", i bladguldsgult.

Sällskapet lämnade nu de båda bilarna där de stod, dymedelst blockerande infarten.

"Jag VISSTE det!", ropade Pauline och pekade "Jag VISSTE att brevlådan skulle stå kvar!"

De andra tre stirrade häpet på henne.

"Det visste vi allihop", sa Edward, som alltid var för kommunikation före tystnad.

"Vi visste att Blombergs fått sitt brev i den brevlådan. Vi diskuterade det förut...", förklarade han ytterligare.

"Ååh, det visste jag inte", sa Paulina och försökte lugna ner sig genom att mekaniskt indikera att hon hade ont i huvudet.

Sen stirrade de alla på resterna av gården.

Mycket snart, även från ett avstånd på ca 60 meter, kunde de se att här hade det använts nån form av petroleum för att få det att brinna ner så definitivt ner till marken. Frånvaron av skarpa konturer, och den nästan oljeblanka ytan på resterna av huset tydda på att det funnits en katalysator av det slaget inblandad.

Det syntes också att här hade inga vitvaror eller diskbänkar eller andra dyrbarare inventarier lämnats kvar, men burits ut och avlägsnats från gården, innan man satte fyr på den. Allt som fanns kvar syntes vara askan från den stora trästomme av de tre huvudbyggnaderna som varit byggda omslutande en liten mittgård, där en fontän funnits, vars kar fanns kvar, med en liten sockel i mitten, där en mindre staty av något slag en gång stått. Fontänen hade en skvätt vatten runt ena sidan, där några nyfallna löv simmade, ännu gröna, då det ännu var långt till den frost som skulle göra att keratinet omvandlades till det höströda.

"Ingen har i alla fall varit här och grävt nyligen" menade Herbert, när de nu tog en sväng runt askhögsområdet, där några buskar hämtat sig ovanligt väl i kantarna av detta, och på ett nästan muntert sätt försökte göra sig en mer fantasifull gruppering runt huskomplexet än de tillåtits, senast det begav sig.

Några djur syntes inte till. Inte ens en kråka eller gråsparv. Men det kan ha varit en tillfällighet. Om det finns djur eller inte beror ofta på vädret, och denna dag var grå och trist och i luften kändes inte minsta doft av nånting alls. Här kändes inte ens den "doft av Gud", som Tomas av Aquino ibland talade om, som ett tecken på att man var nära sanningen.

"Jag skulle ge en femma för att få reda på varför man har bränt ner stället", sa Tutor- nästan mumlande. "Det ligger ju fint. Om man har pengar, och om man tyckte det var omodernt eller så, så kunde man ändå bygga ett nytt, för platsen är ju utmärkt."

Tutor hade ju alldeles rätt, tänkte Edward.

Runtom gården utbredde sig åt alla hålla böljande åkermark.

Det enda som fattades var några skyddande skogssnår. Det låg ovanligt flackt. Västeröver lutade det långsamt i en kilometer ned mot havet, som dock långt borta skymdes av en snårskog.

På fälten stod här och där gråa lador, och glömda i landskapet fanns en skrinda här, ett mjölkbord där, och diverse staket och gärdsgårdar som halvt övervuxna av sly och alsnår lämnats för vinden.

Då ringde det plötsligt i Herbert telefon. Från ruinen lyfte två kajor, som hade gömt sig där undan invasionsstyrkans blickar. Fåglarna begav sig sedan åt Boxeby till.

"Hallå!" ropade Herbert ut i septemberluften.

Det var Ella som ringde från köket.

"Polisen är här. Två stycken. Kan du komma hem?"

Herbert studsade. Eventualiteten hade slagit honom, men det var givetvis ändå oväntat.

"Kommer", sade han, och tecknade under tiden med den andra armen åt sällskapet att de skulle återvända till de bägge bilarna.

"Jag VISSTE det!", sa Pauline till Tutor. "Jag kände det på mig."

Mindre sofistikerade människor insisterar alltid på att de har ett sjätte sinne. Andra använder det hela tiden.

Tutor nickade bara till svar, medan han petade sig i näsan. Han gick sen och kontrollerade brevlådan. Den var tom.

"Vad tänker du säga?", undrade Edward, som nu frågade om han fick åka med Herbert.

Tråkigt att de inte kunnat ha en längre utflykt, sörjde Edward för sig själv.

Herbert startade bensinmotorn, Edward knäppte på sig trepunktsbältet, förvånades över det stora utrymmet i bilen, vilken sedan ljudlöst och rappt under Herberts vana händer vände mellan granitstolparna.

"Jag nekar. Blankt. Vi har aldrig haft nån kommunikation, säger jag." Herbert var aldrig rädd av sig. Hans glesa hår var nu ovanligt rufsigt.

"Djärvt", menade Edward, som såg orolig ut, men såg rakt fram.

"Asch, jag gör det för deras skull. För polisens. Vi hade ju inget att göra med bilolyckan. Varför spilla deras tid på att berätta om nergrävda skatter??"

BOEING 777

REDAN PÅ VÄGEN ut till Landvetter i taxin hade Ruthbjörn märkt att han knep ihop käkarna på ett för honom ovanligt sätt. Han tvekade. Var det alls en god idé att så här hals över huvud ge sig av till New York?

Han sneglade ut genom bilfönstret.

Resan hade gått snabbt att boka, och kostade under 6000 riksdaler. Fast det blev ett byte då, i London, Heathrow. Men han fick vänta tre dygn med att åka, ty inresetillståndet, som han fyllt i på nätet, måste först processas. Så kom han inte i väg förrän på torsdagen.

När denna dag kommit var Cantrell dock inte lika fast besluten som han varit redan på måndagen.

Käkarna var nästan låsta, och pulsen hade därmed stigit.

Taxin rörde sig nästan ljudlöst på motorvägen. Detta var andra bilar än dom hade förr! Farten och moderniteten i bilen, som tycktes honom nästan rymdskeppslik jämfört med de bilar han själv som ung hade haft, berusade honom.

Det var klart att han skulle till New York! Han hade suttit länge nog i en backstuga på landet och förtorkat!

Han slog sig med handen på knät, ända tills spänningen i käken försvann.

"New York, here I come!"

"Förlåt?", sa chauffören.

"Det var ingenting. Är bilen bra?"

"Utmärkt."

"Är det din?"

"Jag bara kör."

"Jaha."

"Vad sa du?"

"Ja sa bara jaha."

Chauffören – som var en oerhört smal och senig ung man - såg förbannad ut.

"Jag kör inte själv.", sa Cantrell.

Chauffören fann ingen anledning att kommentera detta. En enda blick i backspegeln avslöjade dock att han undrade var det var för allvarligt fel med en människa, som uppenbarligen inte hade körkort...

Efter en halvtimme var det framme vid flygplatsen. Biljetter var redan bokade, förstås, och Edward släpade ut sin ålderdomliga läderresväska, med rem runt, ur bagageluckan och tackade chauffören.

"Trevlig resa!!", sade denne, som var helt ung och såg ut som han kom från Göteborgs skärgård.

Han likande en klasskamrat som Ruthbjörn hade haft, som varit född på öarna, och som hoppade av skolan i Fjerrered, och gav sig ut på sjön.

Några år senare fick Ruthbjörn och dennes gymnasiekamrater i Göteborg reda på att han drunknat utanför Tonga.

Efter två timmar i den stora vänthallen var det dags att via en täckt gång embarkera planet, vilket var enormt stort.

Han hade fått en fönsterplats i vänstra raden i mitten i ekonomiklasskupé B.

Bredvid honom satt en ung blond flicka som skulle till London för att utbilda sig till Osteopat.

Hennes namn var Elise, och hon var mycket artig mot Ruthbjörn, som var både nervös och hade ont i en fot. Han hade råkat snubbla ut från taxin på något avigt sätt.

"Bultar det i foten?", hade Elise frågat. Hon frågar som en som vet något om leder och muskler och blodomlopp.

"Ingen fara", sa Ruthbjörn, vars snabba fingrar letade rätt på ett plåster som han själv applicerade på sidan av foten, där det tydligen gjorde mest ont.

"Men vad skall Ni göra i New York då?", undrade Elise, när planet väl kommit upp i luften – fått dockskåpsperspektiv på kusten vid Långedrag och Särö och svängt ut över Kattegatt.

"Ja, det är en lång historia", menade den skallige Ruthbjörn som ångrade sina ord i samma stund han yttrat dem.

Han ångrade nu att han hade levt så ensam, och så snålt och egocentriskt. Elise var så behaglig och han riktigt vilade sig i hennes vänlighet, och alla bekymren med brevet, med Ruthbjörn Castle, med sina grannar i Fjerrered, unga och gamla, tycktes honom futtiga och idiotiska. Varför hade han inte helt enkelt umgåtts med personer som han tyckte om, personer som liknade denna här Elise, som ju bara var positivitet rakt igenom. Hur bittert var det inte att ångra all förlorad tid. Tid man hade spenderat på ogina och snåla människor.

"En lång historia... Ja, men vi har ju i alla fall två timmar på oss!", sa Elise familjärt.

Ruthbjörn slappnade nu – plötsligt, och av ingen orsak alls - av.

"Jag skall bara kontrollera en sak", sa han.

"Åh!", sa Elise, som ju satt i vägen, om det var så att Ruthbjörn ville resa på sig och gå ut i gången mellan sätesraderna på Boeingen, makade på benen och satte sig lite halvt sidledes – kranbalksvis, som det heter på maritimt språk.

"Jag reser till New York för att jag vill kontrollera en sak.", förtydligade sig Ruthbjörn.

Elise såg på Ruthbjörn, på det långa ärret på dennes panna, och på den något härjade blicken, där ögonvitorna tycktes röda av sömnbrist eller något sådant.

Hans kropp vittnade om en foren styrka.

"Det är okey", sa hon enkelt.

Henne skulle man kunna testamentera sin kvarlåtenskap till, tänkte Ruthbjörn, som den senaste tiden bekymrat sig över att timglaset nu höll på att rinna ut för hans del.

I Fjerrered tänkte han inte mycket på det, men här på planet kände han sig gammal och utdaterad. DE flesta i flygplanskupén var mellan 20 och 40 år gamla, och många såg sportiga ut, talade högt och såg ut som om de var vrålhungriga på livet.

Det var inte Ruthbjörn längre.

Han såg på Elise.

"Jag ångrar mig nästan.", sa Han.

"Vad då?", undrade Elise.

"Att jag satte mig på planet. Ja inte för att jag träffade dig, men för att jag beslöt mig för att åka till Amerika."

Elise var tyst en stund; sen sa hon:

"Man vet ju aldrig. Det kanske blir den bästa resan av alla."

Hon ville undvika att välja mellan pronomina "din" och "Er", och hade lite ont av att hon därför fick ett stympat tal.

Hennes långa blonda hår nuddade vid Ruthbjörns kind.

"Knappast", sa Ruthbjörn, och längtade efter Fjerrered.

Det var nog ett halvår sedan någon hade talat vänligt till honom, och sådant gör att ovanliga rörelser sätts igång i olika sällan aktiverade centra i kroppen.

Så lite han önskade, tänkte han. Och han vindade lite med ögonen.

Egendomligt var det med Ruthbjörn, att denne med hela sin stora musikalitet och sin inte oansenliga och reella musikaliska skapande talang (han sjöng mycket vackert) aldrig ens hade tänkt tanken att skapa något, att själv skriva musik.

Han hade ibland snickrat saker, bord och stolar och stövelbetjänter, men bara undantagsvis klinkat på något piano med sina seniga snabba fingrar.

Var det melankolin, den nedärvda sorgsenheten som hade satt stopp?

Violett, argt och surt hade hans liv varit, och han tyckte sig alltid ha blivit sviken av allt och alla.

Han kände egentligen ingen gemenskap med de andra i Stravinskyklubben, ty de var allihop gay, - av någon mystisk anledning -, medan han inte alls var åt det hållet. Därför hade han inte bjudit dem till Ruthbjörn Castle heller.

Han tänkte på sin bäste vän, Elmer, museimannen, som bott i Stockholm, och hur han, Ruthbjörn, varit och hälsat på denne, nära han för tio år sen fick cancer. I sjukrummet på Karolinska hade Elmer stått vid fönstret och sett ut på Juligrönskan, stödd på en droppställning, iklädd bara en lång vit sjukhusskjorta, och han hade varit mycket korthuggen, nästan enstavig:

"Absurt är det", sa han. "Det är absurt. Man lever, och så får man en knöl på halsen, och sen dör man."

Ruthbjörn hade sörjt Elmer mer än någon annan människa. Elmers tre böcker om Kinesiskt Mingporslin stod på en hedersplats i bokhyllan i salongen i Ruthbjorn Castle.

Ibland hade Ruthbjörn funderingar kring ödet, och han såg ibland ödets vingslag i musiken. Allt som skapats i musiken tyckets honom på ett dunkelt sätt förutbestämt, och han var inte alls lagd åt att ifrågasätta denna förutbestämdhet.

Så egendomligt rent, och för sig självt, detta musikaliska rike var. Hela musikhistorien följde sina egna lagar, och var bara som en avlägsen kommentar till allt annat i historien.

Musiken var – i någon mening – som att någon räckte lång näsa åt livet.

NU hade Ruthbjörn en barnslig – i sammanhanget – sida, som bestod i att han ibland hängav sig i ett frosseri i sorg över hur eländigt liv många kompositörer till musik hade haft.

Han kunde timvis sörja djupt över Beethovens olycka, eller över Schostakovitchs, och kunde aldrig för sitt liv inse, eller skulle aldrig nånsin ha medgett, offentligt eller privat, att människor över hela jorden, var dom än sysslade med, i lika hög grad, eller förmodligen i än mycket högre grad, än Beethoven och Schostakovitch, hade haft liv, präglade av smärta och sorg och elände.

Denna jämförelse var Ruthbjörn helt enkelt inte i stånd till att göra. Varför, det är en gåta.

Ruthbjörn saknade på något egendomligt sätt ett sinne.

Man visste inte vad det var för ett sinne. Färgsinne hade han till exempel.

Man kunde jämföra honom med grafikern Harald Sallberg, som ju var en utmärkt grafiker, i mitten av förra århundradet, och genom en väv av tunna etsade eller graverade linjer kunde frammana det mest häpnadsväckande stämningar på de grafiska bladen, men som sedan, när han ställde ut ett par oljemålning ar, hade påvisat ett fullständigt blankt sinne, vad det gällde färg. Dessutom hade ju Sallberg tydligen inte begripit detta, ty om han hade det, så hade han ju inte ställt ut de fruktansvärda oljorna till allmän beskådan, och därmed skapat åtlöje åt sin person.

Så saknade Ruthbjörn en viss reflexionskvalitet, och detta yttrade sig, så att säga i, att ingenting av vad denne sa nånsin hade haft någon tyngs, eller tyckts en enda människa på något vis intressant.

Ett öde för en akademiker.

Men så var ju Ruthbjörn nu också ensam.

Allt han sa var duplikat av vad andra hade sagt.

Och så skulle det förmodligen fortsätta att vara till tidens ände.

När planet landet på Heathrow, tackade Ruthbjörn så hjärtligt han kunde för sällskapet, bad om flickans adress, för att kunna skicka ett kort från New York, och sökte sedan upp det plan som skulle ta honom den slutliga sträckan över Atlanten.

Flickan önskade honom lycka till.

Detta plan – som var destinerat ut över en ocean - var identiskt med det förra, en Boeing 777, men hade röda säten istället för blå, som det förra haft.

Ruthbjörn var egentligen rädd för at flyga, int4e minst efter allt trubbel som Boeing haft med sina Mac-plan, men trängde undan tankarna på detta genom att föraktfullt tänka på Duke Ellington, jazzmusikern, som varit så rädd för att flyga att han vid sina Europaturnéer alltid tagit passagerarbåt istället.

Muhammed Ali – boxaren - hade också alltid varit rädd för att flyga, tänkte Ruthbjörn i samma veva, men hade ÄNDÅ flugit, på väg till sin OS-match, insisterande på att få bära fallskärm hela resan.

Dessa tankar var omedvetna för Ruthbjörn, men spelade ändå in i hans buttra beslut att inte vara rädd för att flyga, även om han var det.

Massor av människor har ju liknade dubbla inställningar i botten, när de embarkerar dessa flygande plåtfåglar.

En av de största gåtorna i mänsklighetens historia är ju viljan hos människor att placera sig i flygande konstruktioner, som är så uppenbart livsfarliga. Orsaken till att folk ändå gör detta är givetvis att de utsatts för ett enormt tryck från reklamindustrin, samt från det kulturella etablissemanget, som menar att man bör lita på sannolikhetsberäkningar. Detta är ju absurt. Vad hjälper en sannolikhetsberäkning, när planet är på väg mot en bergssida, med två sekunder kvar i sitt plåtliv?

Denna gång fick han en fönsterplats, vilket ju var fantastiskt, som han tyckte. Att det nu var kväll och att de skulle flyga i natten, minskade bara något hans glädje över detta.

Han berömde sig över sitt flygmod.

Detta plan hade mindre beläggning, och flygstolen intill Ruthbjörns var tom, vilket gjorde honom besviken.

Nu satt han där, efter att man fått säkerhetsinstruktionerna samt en kopp kaffe och en semla, och stirrade ut på ljusen inunder dem i natten.

Att resa till Amerika hade bara varit den naturliga saken att göra. Han ville verkligen reda ut vad det var frågan om. Här skulle han inte tolerera ovisshet. Var brevet autentiskt så var det ju det. Om det inte var autentiskt, så var det alltså inte det, och då skulle han söka upp den som ville skoja med honom.

Ruthbjörn tänkte inte lägga fingrarna emellan.

Han önskade att han hade haft någon musik med Stravinsky tillgänglig. "Eldfågeln" kanske. Moni-torn framför honom gick visserligen att ansluta till YouTube, enligt en liten symbol på skärmen, men han orkade inte med all sådan teknik. Hörlurarna fick hänga där dom hängde.

Han var en gammal man, precis som de andra personerna i brevhärvan. Herbert var nog två år äldre, och Inez var jämnårig med honom själv.

Alla var på existensens brant, på väg att kliva över i det stora Ingenmanslandet.

Varför bry sig om något alls?

Förmodligen för att det var så livet var: att man levde tills man dog...

Ruthbjörn hade alltid haft svårt för begreppet "dödstädning", och även om han många gånger tänkt skriva ett testamente, så hade han aldrig gjort det.

Han tyckte illa om Allmänna Arvsfonden, hjärtligt illa; - den var förmodligen helt proppfull med politiker som hade sina egna agendor och släktingar att gynna – men han tyckte lika illa om allt annat också.

Stravinskysällskapet – om man tänkte på det - hade redan tillräckligt med pengar.

Kanske den där flickan på flyget till London var den enda han skulle kunna tänka sig att ge sin förmögenhet.

Ruthbjörns förtvivlan över sitt liv var det som fick honom att så klistrigt fästa sig vid varje uns av värme han nåddes av.

Så stirrade sorgen Ruthbjörn i ögonen.

Sedan blev det kolmörkt utanför kabinfönstret, och planet gled vidare – skenbart ljudlöst - i det lugna och på 40000 fot månklara vädret; Ruthbjörn lutade sig tillbaka – i all sin ooriginalitet - och somnade.

OM det nånsin funnits en patetisk människa så var det nog Ruthbjörn.

Han drömde att en väldig kaskelott kom upp genom underjorden, genom havsbottnen, havet, genom de tunna elektriska molnen och svalde flygplanet i dess helhet, vartefter den dök och återvände till den djupaste delen av Atlanten, där den portionerade ut flygplansdelar åt sina barn och barnbarn, som simmade omkring där, iklädda färggranna l kläder och – inspirerade av lyktfiskarna - med lyktor på långa spröt av bambu, som de satt fast i sina ryggar. Alla kaskelotterna, stora som små, skrattade våldsamt, så att det bubblade, fräste och skakade i vattnet, till maneters, sjöhästars och havsmolluskers förtret.

Väl framme i New York möttes han – något uppmuntrad över att vara i denna världsstad för första gången i sitt liv - av ett vackert oktoberväder, och nu beställde Cantrell ett rum via en app på telefonen, på 133 Greenwich Street, på Lower Manhattan, med en King Size bed. Han checkade in och började väl där via den surfplatta han tagit med sig att söka efter de myndigheter som hade hand om folkbokföringen.

Han var fast besluten att finna ut om brevet var äkta eller inte! För att det verkade vara det rätta att göra.

TRETTIOTVÅ

OM RETORIKEN

När de nu allihop – vid tvåtiden på torsdagen i ett givmilt solsken - satt på de vita trästolarna på baksidan av Boxeby och Ella och Pauline serverade kaffe, föreslog Tutor att Edward skulle berätta lite om vad han höll på att skriva för något. För att skingra våra tankar, som drängen sa.

Herbert ville verkligen höra om detta, vilket han också sa.

Edward verkade i eld och lågor, även om han flera gånger muttrat om U.S.A. och inte alls tyckte, att det ämnet verkade uttömt.

"Livet", började Edward, medan han på sitt vanliga sätt nästan oavlåtligt sneglade åt vänster, blottande sitt ögas vita,

"är till stor del en historia om makt, och makt är retorik." Han hostade. "Ur ett övergripande perspektiv kan man till och med säga att livet uteslutande är retorik. "Han gjorde en konstpaus. "Vad innebär det, då?" Han svarade här själv:

"Jo, det innebär att livet är ett spel med former. Vi har former för vad vi säger och gör, former för det sagda, och former för det gjorda, och dessa former är vad vi reagerar på, vad vi känner för, kommer ihåg och vad vi replikerar i det oändliga."

Ingen sade något.

"En viss bestämd kärna i retoriken", sjöng hans röst fram," har ingenting med sanning att göra, men med myt. Retorikens kärna är myten.", fortsatte mannen från Arkivgatan sitt något bakvända tal.

"Om man placerar ett litet antal människor isolerade på vilken plats på jorden som helst, så är det första som uppstår i relationen dessa varelser emellan just en myt. De uppstår inte alls så mycket glädje eller sorg, sanning eller kärlek, som just MYT."

Tutor – ung, kutryggig och skeptisk - sade ingenting. Kunde man alls beskriva verkligheten så där, tycktes han mena.

Ella och Pauline beslöt sig här – av okänd anledning - för att gå in i köket, där Ella höll på att göra en Janssons frestelse.

"Denna myt", sa Edward," eller dessa myter, är det material som människor sedan i sin tur användare för att söka få MAKT över varandra. Ty målet för all retorik, och för livet självt, är ju att få makt. Så är det allra viktigaste man bör lära sig, allting om just myten. Vad är en myt, och måste vi acceptera myten, och om vi måste det, hur skall vi hantera myten?"

Herbert Boxe tog sig, full av skepsis – som alltid när det gällde Edward´ filosofiska idéer - om hakan.

Allt vad Edward sa, tänkte Herbert, vittnade om att denne höll på att glida in i vansinne. I själva verket var hela hans anförandes mening och ande ett enda långt av ironi överlastat glidande, menade Godsägaren. Det tycktes så blottat på gediget allvar och kunskap att man föreställde sig lätt en person som stod på lerfötter i en backe vettande ner mot ett kallt, svart bråddjup.

"Det mest förvånande, för den oinvigde, när det gäller livets mytiska retorik är att det handlat så förhållandevis lite om ord. Många ting som vi har runt ikring oss är mytiska. Som stora portar och vissa färger och annat, som är laddade med olika mening, och oftast då mytiskt indikerar makt."

"Det där kan väl ändå aldrig bli något som gemene man sysslar med, mytkritik!?", menade Herbert. "Det är ju sådant som akademiker konstruerar, och som sedan glöms bort. Teorier för rättvisa är ju bara på papperet riktiga, om de inte är praktiskt genomförbara agendor. Inte kan man hålla på och granska om man dagligdags skulle använda myter i sitt resonemang."

"Du förstår i alla fall vad jag menar. Det är ju alltid en början", sa Edward med sin vanliga optimism. Edward tillhörde de människor som skulle kunna se positivt på att fastna i en åsktromb på Atlanten under färd i kanot eller få huvudet misshandlad av en batong av en polis vid ett inbrott han inte begått.

"Det ingår i livet helt enkelt", menade Herbert, "att både skapa myter och tala i myter. Att försöka reglera sådant är anorektiskt och infantilt."

Om någon kommentar var ett grundskott, så var det givetvis denna.

Tutor sade ingenting. Han stirrade ner på sitt knä.

Edward stirrade framför sig. Tanken hade slagit honom själv att allt han höll på med var en livsfientlighet, en negativitet som bara var … pinsam. Eller, just som Herbert sa: barnsligt.

"Kanske du har rätt.", sa Edward. "Kanske jag inte i grunden är intresserad av att röja BORT MYTER. Kanske jag egentligen vill något annat. Jag vet bara inte vad!"

"Hm", sa Herbert, retirerande. Han tycktes härmed också mena att han sagt vad som behövde sägas om alltihop.

"Många gånger tänker jag som du", sa Edward, sneglade mot Tutor, och rullade kaffekoppen mellan händerna," och Jag funderar då på om retorikanalyser någonsin i världshistorien har kunnat påverka historiens gång."

"Jag tror att Immanuel Kant påverkade världshistoriens gång.", menade Tutor Larsson.

Inför detta yttrande häpnade nu både Edward och Herbert. Inte för att det var orimligt, men för att det var ett oerhört yttrande att släppa loss på baksidan av en gammal herrgård en sen septemberdag i Halland.

"Men det är ingenting gemene man är medveten om, i så fall", sa Herbert.

"Har någonting hänt, om man inte är medveten om det?", undrade Edward.

"Det är ett intressant påstående hur som helst", sa Herbert, som nu upprepade vad Tutor sagt: "Jag tror att Immanuel Kant på verkade världshistoriens gång."

Edward tänkte på hur en hel generation av romantiker, i Kants efterföljd, passade på att i Tyskland, Frankrike och England avskaffa den kristna religionen.

Utan Kants Kritik der Reinen Vernunft hade detta kanske inte kunnat ske så effektivt som det faktiskt skedde. Det var som om alla visste att man hade förnuftet i ryggen när man gjorde detta.

Visserligen var ju också de franska och tyska upplysningsfilosoferna med på ett hörn, Voltaire och Diderot och d'Alembert, och Lessing, men i stor utsträckning var det ändå Kant som hade banat väg för fritänkande människor.

Detta visste faktiskt många människor, tänkte Edward. På något sätt så var folk medvetna om att det någonstans på sjutton- eller artonhundratalet hade skett ett skifte i tänkesättet, så att man till stor del blev sekulära i Europa.

Många hade en dunkel aning om detta.

Samtidigt hade folk naturligtvis ingen alls kunskap om detta.

Kanske var det inte ens kunskap, men ren spekulation!! Idéhistoria var nu mer en drömlik syssla än vetenskap!

Kanske var det så att ingenting alls hade hänt, när Kant gav ut sina böcker i slutet av sjuttonhundratalet?

"Massor av saker påverkar ju världshistoriens gång", sa Edward slutligen, nu spelande djävulens advokat. "Tänk på fjärilseffekten..."

"Det vore ändå absurt att inte mena att Augustinus eller Kant inte haft NÅGON påverkan....", sa Tutor, som nu tvingades att ta ställning mer explicit.

"Ja, dom som hittade på treenigheten kom i alla fall att påverka motiven i målningar i kyrkorna...", medgav Edward, som nu kände hur hela samtalat snart skulle kapsejsa.

Han kunde dessutom inte låta bli att tänka på hur Kant varit en skicklig biljardspelare, ja, så skicklig att han finansierat hela sin studiegång genom att spela biljard i salongerna i Königsberg.

Här kom han därefter – associationsvis – att le åt att ekonomen Keynes skaffat sig en förmögenhet, inte genom sina skrifter eller sina anställningar, men genom att ... spela på börsen. John Maynard Keynes, som så förnämligt räddat USAs ekonomi, hade varje morgon stannat i sängen, där han via tidningar och radio orienterat sig om börsläget och så placerat sina tillgångar på bästa – och mest vetenskapliga – sätt.

Givetvis måste de alla tre nu tänka på, tänkte Edward, att idéer och myter i stor utsträckning bara är reflexer av de materiella förhållanden som människorna i den aktuella epoken lever under.

"Det vore ju fruktansvärt löjligt att påstå att inte Mohammed, Paulus och Karl Marx inte hade någon påverkan", sa Tutor.

Edward och Tutor såg nu båda två, med hakorna i friläge, uppfordrande på Herbert.

"Idéer påverkar förstås. Frågan är, om kritik av idéer påverkar.", sa Herbert.

I alla sällskap utkristalliseras alltid någon person som ledare. I detta sammanhang var det kanske inte så konstigt om det var värden på stället, godsägaren, som denne också hade den mest solida utbildningen (som doktor i mikrobiologi) samt var rikast, och – inte minst – var den som var längst tillväxten av allihop, med sina 190 cm.

Herberts invändning var givetvis dum. Alla idéer kan formuleras som kritik av en annan idé.

Men som stoppkloss för resonemanget fungerade den i alla fall bra.

Herbert var inte pretentiös.

Nu – påverkade av det tankedigra i denna sanslösa kommentar - satt de tre männen tysta och njöt i stället av den kvarvarande sommaren, som hängde i luften över Fjerrered.

Ella och den storbystade Pauline tågade ömsinta genom köksdörren med Jansson Frestelse.

"Hur skulle det vara med lite mat?", undrade Ella, leende med hela ansiktet.

Alla tre blev nu lättade och hjälpte till att duka med de tallrikar som Pauline hade i famnen.

Snart åt de alla och drack Pommac, och Pauline hade haft med sig en radio, där man spelade musik. Riks-FM.

En melodi klingade ut ur apparaten.

Syntetisk musik som – likt en grågrön matta kallt utsläppande sina mikroplaster rakt ut i atmosfären – svepte över lunchbordet.

Edward hade blivit biten av insekt på smalbenet, och klagade över att det också snabbt blivit en stor röd fläck.

Existensen understöddes av mat, men hotades av främmande organismer.

Snart glömde man bort både Immanuel Kant, Jansson och insektsbett, ty det började blåsa upp.

Kanske första höststormen?

En kall vindpust fick dem att rysa.

Kom vintern redan, i september?

T R E T T I O T R E

SOFI LÄMNAR KREUTZERORDEN

Sofis storskäggiga pappa brukade väcka henne om morgnarna i hennes lilla flickrum – vilket ännu var belamrat med hundratalet mjukishästar från hennes barndom på hyllor överallt, ända upp till taket - med en kopp kaffe på sängen. Inget vanligt kaffe, men ett med choklad och Boxebymjölk i.

Fadern – Trevor – hemmamystikern, som arbetade på ett försäkringsbolag - hade en gång på ett tåg mött en man – en viss Olof Karlsson - som varit mycket vältalig och undrat vad han, fadern, gjort med sitt liv, och om han inte ville komma i kontakt med sitt djupare Jag. Eftersom tåget nu råkade stanna, för elfel, i trakten av Ljungby, så hade fadern varit ett lätt offer för den talföre, som var ordförande i Borås andliga förening, Rociruzerorden, en av de otaliga utlöpare av det sedan 1600-talet förhärskande gamla Rosenkreutzarna i Europa, delvis påverkade av Jakob Böhme, men som stod på självständiga ben. Sofis far hade i åratal förgäves försökt få grepp om vad som egentligen lärdes ut i denna orden, eller vad man läste och ville.
Det gick inte så enkelt, då detta var hemligt.
"Men man kan väl inte gå med i en förening vars innehåll hålls hemligt för en?", hade Trevor invänt.
"Det är nu tvärtom, då var och en själv egentligen – åtminstone i Borås Andliga Lurianska Förening, BALF, får BESTÄMMA vad som är hemligt och inte.", hade Karlsson sagt.

"Och man får inte tvinga fram vad som är hemligt för andra. Det vore ju ingen humanism."

Karlsson log.

Trevor – som då stod i begrepp att gifta sig med sin blivande fru, Leni (en flykting från Krakow) Stokowski - hade stirrat ut genom tågfönstret på det Småländska höglandet.

"Är det mer en sällskapsklubb?", försökte Trevor, som spelade skeptisk.

Karlsson log överseende, och menade att så var det inte. Individen stod i centrum. För Ordensmedlemmarna stod alltid individen och individens hemlighet i centrum....

PÅ detta sätt hade samtalet pågått, i en liten evighet, utan att Trevor kunde förmå Karlsson att avslöja ett endaste dyft om den mystiska orden, och Karlsson blev efter hand allt säkrare på att ha fått en ny medlem till sin klubb.

Trevor godtog erbjudandet, tänkande att ingen skada ju var skedd. Det var – enligt denne – alltid en god sak att försöka få mer kontakt med sitt inre Jag. Att hålla saker hemliga var ju dessutom i vissa fall nödvändigt.

Tjugo år senare var nu inte bara Trevor, men även frun Leni och dottern Sofi medlemmar i Borås Andliga Lurianska Förening, även om de inte alls bodde i Borås.

Det var genom träffarna i Borås som Trevor hade blivit mån om sin familj och om alla människor. Gemenskapen i Borås, dit man reste en gång i månaden, var så stark att den kommit Trevor att i alla lägen måna om sin familj, och ta vara på varje minut. Han var också internationalist, och talade flytande Esperanto. Borås Andliga Förening hade get honom en positiv syn på tillvaron. Samma var det med Leni.

Trevor – som blond, rödlätt och lite fet, bar helskägg - serverade varje morgon sin dotter kaffe med choklad i, ömsint, inspirerande och glad.

Genom denna uppfostran, sin empatiska person, genom sin längd (192 cm) och sitt sunda förstånd och alldagliga utseende tycktes Sofi predestinerad för ett "hjälpyrke". Men mot detta var det något i hennes inre som uppreste sig och protesterade.

Som många människor, som känner sig inlåsta i en situation som de djupt hatar, så hade Sofis hjärna börjat protestera. Inte nog med de ständiga huvudvärksattackerna, som inget handbollsspel i världen kunde bota. Hon hade också lagt sig till med att säga elakheter till folk. Spetsiga obehagligheter. Som många människor som håller på med sådant, så visste hon också exakt vad den och den människan absolut INTE ville höra.

Det de inte ville höra, det fick de höra.

Trevor märkte, liksom alla andra av det hela, och han hade förgäves konsulterat sina mystiska skrifter, för att finna ett botemedel, men hittills hade de svikit honom.

Denna dag, som ju var en onsdag, på morgonen, efter att hon druckit det av fadern serverade kaffet, låg Sofi på sin säng i den lilla villabungaloven på den platta klippan i Hallands skärgård och stirrade lömskt på den stringhylla som hängde snett över sängen. PÅ den fanns en dryg halvmeter med böcker i olika ockulta och andliga ämnen.

När hon stirrat klart, och fnyst, så steg hon upp, gick ut i köket och hämtade en svart sopsäck, vände tillbaka till sitt rum och vräkte sedans ner alla böckerna från den hyllan i säcken. Där åkte nu ner alla Sefiroter, serafer, Le Zohar, kabbalistiska skrifter, Sottisserier, tarotböcker, böcker av Levi Constant, Böhme och Swedenborg, och allt vad det var! Sedan knöt hon till säcken bar ut den och bort till soptunnan, där allt ihop åkte ner.

Hon hade till och med slängt Juan de la Cruz' Berget Karmel, vilket hon dock ångrade senare, då hon inte tyckte att han hörde till mystikerna.

Väl tillbaka på rummet ersatte hon nu den mystiska litteraturen med ett väl tummat exemplar av Nalle Puh, som hon ställde upp lutat mot väggen med framsidan, med nallen själv, ut åt rummet, vilket gav hela rummet ett vänligt och enkelt intryck.

Nalle Puh är en bra bok, men det är ont om fruntimmer i den.

Man kan säga att det mest ostentativa exemplet på Engelsk Grymhet, det är dess barnböcker.

Sedan lade hon sig, efter att ha tagit ett halvt glas vatten, och fast klockan redan var halv nio på morgonen, så somnade hon.

Trevor upptäckte först på eftermiddagen va som hänt, och skulle aldrig nånsin i hela sitt liv komma att på något sätt nämna bokhyllan, eller Sofis utrensning.

Sofi skulle heller aldrig själv nånsin gå på några andliga möten, följa med till vare sig Pingstförsamlingen eller till Borås Andliga Lurianska Förening. Successivt skulle hon sedan komma att bli sitt ursprungliga vänliga jag.

Hon insåg också successivt att hon redan hade förlorat Slim Thibastvall. Denne var högst förmodligen kär i någon annan, utan att säga det! Hon bestämde sig för att försöka göra en pianovideo – då hon var en skicklig [fingerfärdig] pianist – posta den på Tik Tok.

T R E T T I O F Y R A

POLISEN

Det var just när de två bilarna – denna halvgråa dag, när solen försökte tränga igenom ett stort fält av vattrade molnstrimmor som gick från söder ända till norr över himlen - svängde in på gårdsplanen till Boxeby, som Tutor Larsson mindes att de kameror som nazisjägarna placerat ut, fortfarande fanns i salongen. Så om Herbert höll samtalet där, och Tutor inte ombads vara närvarande, vilket ju inte var sannolikt, då Tutor i offentliga sammanhang mer spelade rollen av dräng än den av nära vän till Herbert.

Herbert bad inte heller Tutor att denne skulle följa mcd till köket, där han antog att de båda poliserna satt och drack Ellas goda kaffe. Tutor gick därför snabbt till garaget och fällde upp sin HP-laptop, för att där kunna konstatera om det blev något polisförhör i salongen.

Polismännen – som var män med osedvanligt ljusblå ögon, iklädda civila kläder, vanliga lumberjackor – den smalare av dem en röd, och rutig, den kraftigare en blå, och jakthattar - satt mycket riktigt i Ellas kök, - och drack starkt kaffe, och åt klenäter.

Den ena av dom, den smale, kommissarie Pehrson, som hade en mun som ett streck samt en liten mustasch och var ohyggligt smal, sa:

"Denna gården är ju bygdens stolthet. Det är första gången jag sätter min fot här."

"Det var väl stiligare förr", sa Ella. Hon menade att den var byggd för att hysa både mycket folk och mycket djur. Nu fanns ingetdera.

"Det har du rätt i", sa Pehrson och tittade skarpt och uppskattande på Ella.

Kaffet berömdes av dem båda.

"Ni hyr inte ut rum eller så, här?", undrade den andra polismannen, som presenterade sig – översiktligt - som "Sigge". Denne var en yngre, större och bredare typ, samt hade väldigt ljusblå jeans, nästan skrikiga, och tuggade tobak i bit.

"Nä, nä, det vore för mycket jobb. Och godsägarn tycker om att ha lugn och ro. Han skriver ju också. Och läser.", sa Ella, som meddetsamma tyckte att hon sagt för mycket, och arg på sig själv svepte in händerna i förklädet.

"Så dom kommer med detsamma?", undrade Pehrson.

"Ja", svarade Ella, sköt fram hakan och såg ner i golvet.

"Har ni båt?", undrade Sigge, lite väl snabbt.

"Ni får fråga Boxe", menade Ella, som nu – inför frågetrycket - bestämt sig för att hålla tyst.

"Skall det vara en klenät?", undrade hon istället, eftersom hon tyckte om de båda männen, instinktivt.

Efter en kvart kom de två bilarna in på gårdsplanen, och ljudet av Toyotans motor och hjulen i gruset, samt Pontius III:s skall kom Sigge och Pehrson att skina upp. De reste sig och gick ut på baksidan, för att runda Södra Tornet, vid garaget, och möta upp den eftersökte.

Taxen, en medelstor variant, Pontius III – uppkallad sedan generationer efter förre jägmästaren, Pontius Ruthbjörn, vilken haft många fiender – ansågs vara en osedvanligt korkad hund. Den tycktes enbart förmögen att rikta sin uppmärksamhet åt ett enda håll i taget, och man kunde alltså lura den på alla upptänkliga sanslösa vis, och man hade gjort så, tills Pontius III blivit folkilsken, varför man alltså bundit honom i en löpkedja vars ena ände satt fast i garagenocken i söder, och andra ände i väggen på silon i norr. Kedjan var alltså ungefär 50 meter lång. Där sprang Pontius hela dagarna, och togs bara lös till kvällen. Han sov i köket, i en korg vid spisen. Nu verkade han lite upprymd, eftersom det var så mycket bilar och folk på hans domäner.

I hans bruna lilla huvud syntes ögonen enorma, och blänkande av förväntan. Vad hunden väntade vet ingen.

Edward, Herbert, Pauline och Tutor steg ur bilarna, som för tillfället fick stå bredvid den svarta Volvo i vilken de båda poliserna kommit.

Tutor och Pauline undvek de båda poliserna, och smet istället iväg till trädgårdsstolarna på baksidan, genom att göra en vid sväng förbi poliserna, som nickade kort.

Herbert tog nu Pehrson i hand, samt introducerade Edward för dem.

"Detta är min vän, Edward Tegelkrona, docent i filosofi från Göteborg."

"Angenämt", sa Pehrson kort, som inte hade en aning om vad en docent i filosofi sysslade med, om denne alls sysslade med någonting alls. Sigge förhöll sig i bakgrunden, sneglande omkring sig, som för att notera allt, som – ur hans synvinkel – avvek från det normala. Det var den metod som denne hade fått lära sig på brottsutredningskurserna på Polishögskolan i Norrköping.

"Vad kan jag hjälpa till med?", undrade Herbert, som av tv-serier lärt sig att det är så man hälsar en polisman i tjänst.

"Jag undrar om godsägaren vid något tillfälle har haft kontakt med en viss advokat från USA, en viss Weissmann-Schah?"

"Nä. Ingen aning…. Hit kommer inga utlänningar.", sa Herbert med en rynka mellan ögonbrynen.

Edward stirrade – lätt hoptryckt till figuren, som av en osynlig tyngd - ut mot den taggiga skogskanten västerut.

Sigge stirrade mot Edward.

"Så ni har alltså inte fått något telefonsamtal från Weissmann, eller från någon amerikan alls den senaste tiden?", undrade Pehrson, viftande med den trivsamma lumberjackan, som var lite för varmt för det ovanligt varma septembervädret, som var orsakat av klimatförändringarna. En halvdrucken Coca-Colaflaska, 50cls, plaskade till i fickan på den stora röda jackan.

"Nä, ingen alls.", svarade Herbert enkelt.

Edward stirrade på Pehrson skor, som tycktes väldigt stadiga, och undrade om dessa skor ingick i förmånen att vara polis. Han tänkte också på att det var en klassisk detalj i tv-serierna, att poliserna hade osedvanligt stöddiga, och slitstarka skor. Även om det inte rörde sig om patrullerande polis, som engelska Bobbies eller sådant.

"Nähä", svarade Pehrson, och lät förbluffad.

"Konstigt", tillade han. "Eftersom telefonregistret säger att Weissmann hade ett samtal med någon här på morgonen den dag då han oturligt sedan blev träffad av en lastbil på E6:an och dog…."

"Nää", sa Herbert. "Jag har då inte talat med nån sådan person", han höll blicken fäst på Pehrsons irisar. "Jag har osedvanligt gott minne.", tillade han, och lade sen huvudet på sned.

"Det ha varit nån annan som svarade. Kan ha varit vem som helst. Här springer ju mycket folk."

Att detta motsade vad Ella just sagt under kaffestunden var ju bekymmersamt.

Nu insisterade kommissarie Pehrson, men man kom inte längre.

Sigge klappade då Edward på axeln och frågade:

"Har ni varit här på gården länge? Ni kanske har tagit något samtal här från någon som talade engelska?"

Sigge tittade upp från Pehrsons skor, och efter en blick på Pontius III, som stod i sitt långa metalltjuder en bit ifrån dem och stirrade, sa polismannen:

"Nä, jag kom i går."

"Det var igår han ringde", insisterade Sigge, som här inte var sanningsenlig, och som rullade tobaksbiten hälsovådligt i munnen.

"Jag har inte svarat i telefon.", sa Edward.

Så fick alltså inte de båda poliserna reda på något alls.

De såg på varann och sen beslöt de sig för att gem sig av.

"Har ni hört talas om Weissmann-Schah, och om bilolyckan?", frågade ändå mannen med streckmunnen.

"Nä, faktiskt inte", sa Herbert, nu ännu säkrare.

"Okey. Vi får tacka då för kaffet. Hälsa hushållerskan!", sa Pehrson, vars smala kropp nu åter blev omsvept av den stora jackan, och de försvann med sin Volvo, förbi den stora Tårpilen, och sen via Boxeby Allé iväg till Fjerrered K:a, och sen Kungsbacka, där de hade sin rotelbas.

"Där ser du!", sa Herbert glatt. "Det är inte svårt att ljuga."

"Det är det visst det", sa Edward surt. De gick sen för att tala om för de andra, som nu satt, spända av förväntan, på det stora gula husets baksida, att polishotet var avvärjt. Åtminstone än så länge.

"Vi har ju inte begått nåt brott", sa Herbert. "Jag bara vill göra det enklare för poliserna. Varför skall de behöva höra talas om naziguld, sagor om naziguld??"

Alla stort sett höll med.

T R E T T I O F E M

RESONEMANG Á DEUX

"Du trivs med att ha Pauline boendes på gården förstår jag?",
undrade Edward lugnt och empatiskt, när de två vännerna på
onsdagsmiddagen – efter besöket hos Blombergs, och efter det
poliserna avlägsnat sig med tveksamt utfört ärende - slagit sig ner i
stora salongen, dit just ett blombud från Kungsbacka – den stad som
ju ligger närmast Boxeby - kommit med några stora palmkrukor, vilka
skulle öka trevnaden i det annars lite malätna och halvdystra rummet.

Det var ett antal krukor med lansettbladiga, parbladiga höga
"orientaliska" växter som på ett elegant sätt påminde de boende hur
salongen en gång, när just sådana växter sist varit på modet, under
förra sekelskiftet, sett ut.
"Hon är manipulativ.", sa Herbert. "Visserligen är hon det."
Edward höjde – roat – på ögonbrynen.
"Ja, jag känner henne ju inte...", sa han snabbt, men intresserat.
"Hon har ju samtidigt inget mål med det", tillade Herbert.
DE satt i soffgruppen, en av två sådana, men den närmast flygeln,
och alltså nästan mitt inne i salongen, där de orientaliska växterna var
ämnade att skapa en slags illusion av ost-asiatisk djungel. När de var
uppackade.
För närvarande stod växterna, halvt inplastade, halvt dolda i
vanligt brunt omslagspapper, förstärkt med flyttejp här och där. En

del av växterna nådde redan till taket, trätaket som buktade – av ålder och tyngd – något neråt.

"Hon manipulerar en till att bestämma över henne, eller åtminstone komma med förslag, förslag som hon sedan kan denounca."

"Avvisa", fyllde Edward i, som själv helst avstod från att offentligt använda anglicismer eller rena engelska ord som ersättning för svenska i onödan. Men han tillade sedan, mer innehållsrikt:

"Det är jobbigt med människor som inget vill!"

(Sådana där stora, svepande generaliseringar av nära nog dogmatisk art var vanliga i Edward´ retorik.)

"Jess", sa Herbert, och sjönk sen djupare in i tygfåtöljen.

Salongen låg i halvdunkel, en effekt av dess måttligt stora fönster, samt gardinerna och frånvaron av effektiv armatur. Rummet var redan från början tänkt att upplysas bara med golvlampor och bordslampor, - ja, i tidernas begynnelse av oljelampor. När huset byggdes, i slutet av artonhundratalet, var ju oljelamporna i majoritet. Särskilt på landet. Ett ofantligt gammalt flerfärgs oljetryck hade överlevt tidens skiftningar och omtapetseringar. Det föreställde Jesus vid Genesarets sjö.

Varför hade man alls sparat det?

"Hur gammal e´ hon?", undrade Edward, syftande på Pauline.

"Trettiotre nånting."

"Det är ju en jävla ålder att inte vilja nånting i", menade Edward.

"Ja, det är synd:", menade Herbert.

"Hon verkar ju inte helt obegåvad", sa Edward, som försökte se ljust på saker oftare än Herbert, och som – i ljuset av Herberts ständigt lurande depressiva sida, alltid närapå mekaniskt accentuerade sin ljusa sida, när de var tillsammans.

"Säg det, säg det", menade Herbert innehållslöst och visade med en stor rörelse i hela ansiktet att han tröttnat på det samtalsämnet och ville tala om nåt annat.

"Undra om dom skickar hem honom med flygplan?" sa Edward.

"Weissmann?"

"Ja", sa Edward medan han petade loss en svart rand under vänster ringfingernagel.

"Du menar att dom borde skicka honom med båt?", undrade Herbert och drog ner överläppen långt över framtänderna.

"Jobbigt", konkluderade Edward.

De båda vännerna såg nu båda framför sig en stor kyllåda med en amerikansk advokat i. En advokat som hade haft tvivelaktigt rykte, och som dog på jakt efter guld. Båda kalkylerade också snabbt priset för transporten. Billigt blev det inte. Båda två tänkte att det säkerligen fanns ett utlämningsavtal (?) eller liknande, för döda personer på turistresa. Något skulle väl UD-tjänstemännen göra.

"Hade han inte en kompanjon?", undrade Edward, som ett flertal gånger hade funderat över om inte så var fallet, och beslutat sig för att advokaten i alla fall hade invigt någon i sin plan, om än med falska förtecken.

"Jo. En Mr. Hobart. Tror jag.", sa Herbert lugnt, som nu slutat försöka dölja ett skratt, eftersom skrattet försvunnit.

"Hoberg", rättade han sig, "Gabriel Hoberg."

Herbert hade alltjämt kvar sitt fotografiska minne, och kunde genom att koncentrera sig bläddra fram de mest enastående kunskaper, för att inte tala om de hela romaner som han kunde utantill. Ett minne som självaste John von Neumann skulle varit stolt över.

"Konstigt vore det", sa Edward, som ofta tyckte att saker var konstiga, "om inte Hoberg tog flyget till Sverige för att finna ut vad som verkligen hände."

"Om jag hade omkommit i Tyskland på autobahn, hade du då satt dig på flyget till Tyskland?", undrade Herbert, och satte tungan i kinden.

"Absolut", sa Edward, och insåg att det hade han ju inte gjort.

"Men Hoberg borde väl ändå höra av sig till oss?", menade Edward, som genast blev förskräckt över att han använt ordet "oss", när det - vad det gällde honom själv – verkligen inte var korrekt.

Herbert låtsade som inget (något han ju var bra på) och höll med:

"Det tycker man ju faktiskt."

Edward stirrade nu på de stora – i papper väl inslagna – enorma palmpaketen.

"Vem skall packa upp dessa? Palmerna?", undrade han.

"Tutor och jag, tror jag", sa Herbert.

"Dom kanske behöver vatten?"

"Så törstiga kan väl inte palmer vara?", menade Herbert, som ju, även om han var biolog, verkade inte så lite obekväm med praktiskt trädgårdarbete.

"Det var väl dyra växter detta?", sa Edward och gick fram och började lossa pappret på en av de större. En liten röd papperslik blomma tittade fram.

"Asch, vi tar det sen!! Skall vi ta en promenad?"

Så beslutades, och Edward gick för att hämta en jacka på rummet. Han var alltid frusen av sig. Han visste inte varför.

Edward och Herbert hade knappt kommit ut i Boxeby allé, och svängt vänster för att börja sin promenad ner till Fjerrereds hamn, när Edward tog upp vad man skulle kunna säga var själva kärnämnet i den historia som ögonskenligen hade kommit Herbert att bjuda Edward till landet, nämligen frågan om Karl Laskers existens.

"Antag att Karl Lasker existerat...", sa Edward, som visste att Herbert i denna fråga var mer än skeptisk.

"Jag tror lite på det", sa Herbert, övertydligt konfirmerande Edward misstanke," ... ja, i själva verket tror jag inte på det alls..."

"Men omöjligt är det ju inte", insisterade Edward, som verkligen ville teoretiskt undersöka saken.

"Okey"

"Jo, om vi ANTAR att Karl Lasker existerat, och om vi ANATAR att han med några andra tyska soldater hade ett antal värdesaker som man ville gömma undan tills efter kriget, och göra det i Fjerrered, var skulle de då placera sina föremål?"

"Okey!"

"Kanske skulle man tveka inför att ställa sig och gräva ett hål i marken i en skog, av rädsla för att några i bygden iakttog dem. Dom kunde ju inte komma gående i krigstid, eller körande i bil, utan att folk märkte att dom inte hörde hemma där..."

"Verkar sant", medgav Herbert. "Så kan det ha tycks dem säkrare att söka upp folk som dom visste hade nazisympatier och under största försiktighet be dem om husrum..."

"Livsfarligt för de inhemska husägarna", sa Herbert.

"Men de kan ha sökt upp dem och tvingat dem under vapenhot, och sagt att om de inte samarbetade så skulle de ange dem för svenska polisen som kollaboratörer, då Lasker – som vi ANTAR existerat – satt inne med kunskaper om dem som just nazivänner. Vem vet, Lasker kanske till och med kunde tala svenska?"

"Så var nu fyra nazister, låt oss säga fyra nazister, inkvarterade på Boxeby och hos Ruthfjälls, hotande era fäder med vapen..."

"Jess..."

Här svängde nu Herbert av, indikerande att han hellre gick en sväng runt köksträdgården innan de vek av ned mot havet.

Edward nickade tyst, och antog förslaget.

"De kunde inte under själva vapenhotet göra mycket, och de var måna om sina familjer och människorna på gården.", fortsatte Edward," Så de höll tyst och spelade värdar för vänner, i stället. Sedan grunnade nu Lasker över var han skulle placera sitt guld och sina smycken. Inte ute på fälten alltså, men han ansåg väl att det bästa väl vore att gräva ner alltihop i källaren. Det skulle ju inte ligga länge, bara något år eller så, sedan var ju kriget över, och man skulle komma via båt till Utterholmen, traska upp till Boxeby och hämta sakerna. Om dessa inte fanns kvar, så hade man lovat att hämnas i så fall.... Man betedde sig som vanliga gangsters, alltså."

"Ja", sa Herbert kort, som – rättande till sin skjorta i halsen - tycktes medge att det hela lät förnuftigt.

"Varorna hade de i sina två bilar, om vi antar att de hade två bilar med sig. DE bar in grejorna och hotade åter de svenska värdarna, och sen grävde de ner alltihop, och gav sig sen av, lovandes att komma tillbaka när kriget var över.

Sedan greps de när de skulle över till Travemünde, och de sköts alltihop, och kom aldrig tillbaka och hämtade skatterna."

"Men varför grävde då inte min far upp skatten, när nazisterna inte kom tillbaka? Så himla rädd av sig var han inte?..."

"Det vet vi inte.", avslutade Edward.

"Men det verkar orimligt", sa Herbert.

"Då har vi det andra scenariot,", fortsatte Edward, "att Lasker tog in med sina kamrater, att de distraherade sina svenska värdar och inte nämnde något om skatter, men grävde ner, eller murade in skatterna i smyg i källaren på något skickligt vis, eller gömde sakerna, där ingen trodde att några saker nånsin var gömda..."

"Ja, det verkar ju troligare.", sa Herbert och såg forskande på Edward.

"Men många sådana platser finns ju inte här...", tillade han.

"Det är ju svårt att yttra is gom", menade Edward, med en hemlighetsfull, ironisk blinkning.

"Hur stora mängder kan det då röra sig om, menar du?", sa Herbert, lätt tanklöst.

"Jag menar ingenting", sa Edward. "Jag bara försöker utveckla ett alternativ till att komplett inte tro att detta hänt..."

"Jaha", fastslog Herbert, med skeptikerns envishet. Samtidigt lät han med minspel Edward förstå att han mer spelade djävulens advokat än var någon bergfast förnekare av Laskers existens.

"Vilket tror du mest på", undrade Edward,"...scenario ett, eller scenario två?"

"Scenario två."

"Då får vi försöka fundera ut var de bästa orörda gömställena på Boxeby finns", sa Edward, "annars är det lika bra att vi lägger ner spekulationen om Lasker, om brevet och alltihop. Om du frågar mig, - vilket du ju på ett sätt gjort. I viss mening är jag ju här i egenskap av detektiv."

"Sant", sa Herbert, "Ja, jag uppskattar ditt försök. Men kan alltihop inte skett på nåt annat sätt, och skatterna inte finnas någon annanstans än i själva husen då?"

"Jovisst", medgav Edward, "Det har du rätt i. Jag kan bara inte se hur de lyckades genomföra ett gömmande publikt."

(Att Edward talade tillkrånglat, och arkaiskt, det var något Herbert var van vid.)

"Kanske det är det vi skall fundera på, om vi skall undersöka möjligheterna...", menade Herbert vagt.

"Du har rätt!", medgav då Edward, som alltid på nytt blev förbluffad över Herberts skarpsinne.

"Du menar", sa Edward," ... att Lasker kan ha gömt grejerna i något rullande skåp som han placerade ut i gestalt av något annat här på ägorna, och ingen har misstänkt – ända tills dags dato – att det är juveler inuti?"

"Nåt ditåt, - i så fall ja!"

"Ja, det verkar ju enklare förstås. Fast mer riskfyllt än att gräva ner."

(Här glömde nu båda männen bort, att detta inte var vad som stod i Laskers brev.)

"Nazisterna var vana vid att ta risker.", menade Herbert.

"Mm, du kan ha rätt. Men tror du på att Lasker var här nu då?"

"Inte alls. Inte ett spår. Jag bara gör som du, spekulerar. Hypoteser."

Här föll de båda nu in i tystnad på sin promenad, som av en slump lett till tennisbanan bakom köksträdgården.

Inte ett spår såg man av några läktare. Runt omkring tennisbanan var resterna av ett ståltrådsstaket av ansenlig höjd, kanske tre meter eller något sådant. Vissa av de rostiga järnstolpar som burit stålnätet låg runt omkring bland visset gräs och löv och annat.

Edward såg på det röda gruset.

"Jepp. Här ligger väl skatten. Under gruset på tennisbanan", skrattade han.

"Om det finns nån lämpligare plats, så säg till", skrattade Herbert och försökte lägga till rätta de få svarta hårslingorna som han ständigt sökte åtgärda upp på sitt huvud.

Därefter gick de vidare, eftersom Herbert mindes att det ju fanns en intressant husgrund längre bort mot Slottskärt, där en statare bott.

"Jaja,", slätade Edward nu över, "Det finns när allt kommer omkring en gräns för vad man kan be en annan människa att tänka!"

"Finns det?", undrade Herbert.

"Nä", medgav Edward, som ofta hasplade ur sig saker helt försöksvis, som om tillvaron mer var ett spel eller en konstruktion, än konkret realitet.

NATTENS VÄGAR

När Edward – efter att förgäves denna natt försökt somna, men gett upp och klivit ur sängen, tagit på sig byxor, kavaj och skor – klivit ut i korridoren, som var nästan svart, och endast belyst genom månen i sidofönstren – och smugit ner för de knirkande trapporna i kolmörkret i trappen och nått den lilla, ålderstigna hallen, som aldrig verkade ha genomgått nån renovering, vilket dock de flesta delarna av huvudbyggnaden ändå gjort - så såg han där – VE OCH FASA - ett par gula ögon.

Det var givetvis katten. Tilda hette hon ju. Det stod också på en lapp på hennes halsband, som Edward skymtade i det månsken som även här slapp in genom en liten fönsterglugg invid det runda, båtmastliknande fästet till vindeltrappan.

Klockan var kring två.

Lukten i trapphuset var speciell, och det skulle ta en god stund att för honom själv redovisa denna mystiska odörs sammansättning. Man kan tänka sig våt masonit, kattpiss, gammalt läder, ärg – som från gamla tromboner – trasmattor, ruttna ägg, grisjuver, gamla biblar, o.s.v.

Han smög ner, lyfte sina ben ett och ett över katten, som följde varje hans rörelse med lika delar intresse och misstänksamhet, utan att man därför kunde kalla intresset misstänksamt eller misstänksamheten intresserad.

Slutligen kom han till ytterdörren, som knappt ens var stängd. Den hängde lös på sina hakar och orkade inte ens ge ifrån sig ett gnissel när man skot upp den. När han väl fått denna port vidöppen mot sommarlandet, om än i skepnad av en sidogård till godset, som alltså avgränsades av Tutors garage, var hans lycka fullbordad. Under månens sken låg nu här hela landsbygden tyst – så när som på nån syrsa - och insvept i ett ljusgrått skimmer och med en drogliknande vederkvickelse bestående av en för näsan lätt uppfattad, men inte stötande, doft av gräs och kodynga.

Väl ute på gårdsplanen stirrade han upp i natten mot molnflikarna – vars nära nog onödigt väl utmejslade skarpa kanter på teatraliskt sätt var upplysta, däruppe på himlavalvet och njöt som bara den kan, som ännu känner sig ung – eller förtvivlad - och öppen för ödet.

På vilket sätt tjänar oerhört skarpa kanter på molnen till någonting här i världen, annat än som objekt för människornas förtjusning? Ja, kanske för ett och annat övrigt däggdjur med.

Av skönhet tappar människorna andan. Det finns något som kallas "Stendhal's disease". Den uppträder när något är för vackert, - så att man - alltså - blir sjuk av det.

"Vad har jag gjort för gott i mitt liv, att jag än en gång skulle stå här i Guds vida värld, ensam i natten och insupa möjligheternas mystik, mitt i naturen, beskådad - i min tur - av tusende i mörkret hukande djur, harar och gravlingar och möss, nu spekulerade tyst om min sinnesstämning?"

Det tog honom mindre än en minut att nå stora vägen, Boxeby allé, och väl där beslöt jag han sig raskt, efter det han provat sina lågskor – ett par ganska tunna, som väl egentligen var avsedda för nån slags sällskapsdans - mot gruset några gånger, knutit sin halsduk två varv om halsen och justerat den gråbruna, rutiga kepsen, han lånat från en hylla i hallen. En typisk bondkeps, en mjölkningskeps. Hans beslut innebar att han skulle till havet, - dit där Herbert redan en gång guidat honom. I allmänhet, när man är på landet, så är det självklart åt vilket håll havet ligger. Så ock här. Havet låg ditåt, ner, bort söderöver den dära vägen.

Natten var mörk om än månljus. Det var både mörkt och inte mörkt. Man kan säga att ljusförhållandena var paradoxala. Å ena sidan så såg man, å den andra, så såg man inte. Vägen var ett grått töcken och skogen ikring stod svart. Inget ljud hördes, utom mina steg i gruset. När Edward stannade upp för att spana efter vildsvin och älg var tystnaden i själva verket så effektiv, att den gamle mannen hörde sin puls slå i öronen.

Hans ensamhet var här en välsignelse. En sådan här nattlig promenad kunde aldrig avnjutits om han haft sällskap med Pauline, eller med Herbert eller Tutor. Nej, hur ljuvligt det än är med sällskap och med den fysiska och andliga gemenskapen, så är en nattlig promenad på en öde väg på landet något som man allra bäst upplever alldeles mol allena. När man stannar upp, efter vart fjortonde steg – kanske - och lyssnar, så kan detta lyssnade inte jämföras med något annat här i världen.

Vad lyssnar man efter? Antagligen samma sak som djuren kring vägen, i snåren, lyssnar efter.

Man står där. Och vet om sina sinnen – och därmed sin själ – på ett nytt sätt. Ty, i och med att man nu inte längre har mycket nytta av sin syn, som allt är mörkt och i gråskala: grå väg, svart skog, mörk himmel med avlägsna moln så blir de övriga sinnesintrycken, och sinnena intressantare. Man blir förvånat glad över sin hörsel och sitt luktsinne, på ett nytt sätt. Tacksamhet blir mycket större, när man upplever den i mörker.

I och med att sinnena rangordnas på detta nya vis, så blir också personen och själen förändrad. Värdeskalan blir en annan. Skönheten mäts inte i proportioner av meter och centimeter, men mer av decibel och lukt av gräs.

Skönhetens proportioner, när det kommer till lukter och hörselintryck, om man ny räknar bort ljud från fioler och flöjter, är en annorlunda värld. Här är allting okänt, och så mäts allting i okända mått, och på det sättet så mäts även man själv i dessa obekanta delar. Så svept själen in i en ny kappa, där allt gammalt nu är borta, och alla gamla problem inte längre är närvarande. När den nattliga vägens ljud och dofter är allting man förnimmer, och när målet blott är att komma ner till det svarta havet (… inte Svarta Havet) så kommer därför ens vanliga obegåvning, och alla gamla synder, att falla bort.

Man är en annan. Man är Nattjaget. Man tänker att detta är något annat än Dagen. Man kan rentav komma på sig att tänka att det inte gör något om den där människan, som existerar om dagen går och dör, bara den här människan som går på vägarna om natten i Fjerrered, får leva!

Så har man skapat sig ett spöke av sig. Eller två.

Edward KUNDE suggerera sig. Han KUNDE transformera sig.

Om han hade levt på medeltiden – den mytiska delen av denna –
så hade han förmodligen blivit en klosterbroder, känd för sina elegiska
drömmerier i bokform.

Om naziguld, om tyska brev, om Inez Blomberg, tänkte han nu
intet.

Att natten tycktes lite teateraktig, det måste bero på ljuset, tänkte
Edward. Men ... kanske var det tvärtom? Kanske såg teaterscener ut
som landsortsvägar om natten, för att imitera dem? Kanske var den
originala spelplatsen för all teater en grusväg på bondvischan i
mörker, med facklor upplyst?

Varför kan inte allting vara i evighet?, tänkte Edward dumt.

BERGSFILOSOFEN

JAG skulle, medan ändå inget av värde och intresse utspelar sig i romanen, vilja dväljer en stund vid ett intrikat författarproblem. Det är möjligt att ni inte har hört talas om det, - faktiskt inte jag heller, men desto mer påkallat då att ta en titt på det.

Jag kallar det för "stenografistproblemet för författaren".

Det består - vilket vi lätt kan inse samtidigt som solens strålar nu bryter in genom fönstret och förebådar ännu en härlig dag i Guds otroliga värld – av det dilemma som uppstår när man samtidigt som man vill förföra stenografen, vill skriva en bra roman.

Detta tar en ju – samtidigt – till att betrakta sneglandets problem och möjligheter.

Vad är en snegling?

Kanske är i själva verket sneglingen den mest förbisedda formen av seende i hela vår kultur?

Allting är komplicerat. Man kan tänka sig en bok som är skrive3n så att den endast kan läsas om någon sneglar, - på det viset att man inte är intresserad av handlingen i boken, men mer vad författaren tänker, har för avsikt eller hur författaren mår.

Man kan också tänka sig att en författare av en bok har en hemlig agenda, så att det viktiga är att sneglande mot denna agenda är det viktiga. Sen kan boken vara så konstruerad att man inte alls kommer på vad den handlar om, om man inte först tar reda på den hemliga agendan, och efter att ha sneglat på den då återvänder till själva handlingen.

Så kan det ibland kanske bara.

"Kan du tänka dig?" fortsatte Edward, som nu, artigt och sneglande på sin vän Herbert, ville byta ämne, för att kunna låta sina teorier komma i viss relief, vilket kunde gynna förståelsen av dem, " ...att jag en gång kom i kontakt med en bergbestigare, som ville att jag skulle spökskriva en bok åt honom?"

"Åh, vem var det?"

"Han blev aldrig känd, så jag vill inte nämna hans namn."

"Jaha?" Herberts långa överläpp hängde nu ovanligt gediget över framtänderna.

"Jo, ja, någon hisnande historia är det inte, men den betydde en del för mig ändå."

Efter en lång inandning fortsatte sedan Edward:

"Jag mötte honom på ett café för vänsterradikala på 70-talet – på Kungsportsavenyn låg det till och med, ett slags alternativcafé, det fanns ju massor av sådana dåförtiden, centralt också - och han var väldigt öppen och trevlig. Snart talade vi om filosofi och musik. Något barnslig var han. I alla fall var hans stora intresse att klättra i berg, och han hade bestigit en massa berg i Centraleuropa, i Karpaterna, och några i Norge, på Hardangervidda. Och han skrev också. Han skrev en slags bergsdagbok, som också var en slags tänkebok, och så undrade han om jag ville titta igenom hans anteckningar och se om han kunde ge ut det som bok. Varenda bestigning hade han dokumenterat. Datum och klockslag och väderlek och allt."

"Låter ju kanske lite enformigt om han var ensam när han klättrade...."

"Jo, han var ensam, men han hade mycket tankar."

"hm"

"I alla fall tog jag emot flera vaxdukshäften med dessa beskrivningar och lovade läsa igenom och säga ärligt vad jag tyckte. Han åkte då – iklädd kläder han konstruerat själv - ner till Tjeckien för att klättra i nåt berg. Jag glömde bort honom efter det jag läst lite i ett av häftena. Han skrev med blyerts och hade ens stor, rund, naiv handstil. Någon månad efter detta så läste jag i en notis i en dagstidning att han omkommit i bergen, trillat ut för ett stup."

"Vad gräsligt!"

"Ja. Och jag visste inte vad jag skulle göra. Ett helsicke fick jag för jag försökte leta reda på hans släktingar. Till slut fick jag tag på en bror i Värnamo. Denne sa då att klätterkillen varit familjens svarta får, och att man såg klättringen som en protest eller så, och ingen var intresserad av hans anteckningar. Men man tackade ändå, och sa att jag kunde behålla böckerna, och om jag inte ville ha dom så kunde jag slänga dom. En av hans systrar hade läst dom och sagt till brodern, den jag talade med, att anteckningarna var enformiga och ointressanta."

"Bedrövliga syskon!", sa Herbert, vars ansikte nu hade antagit sin naturliga blekhet, den som var så spöklik och kom honom att se ut som en illusionist på scen.

"Exakt. Så jag tänkte – i protest – att jag måste göra något med dessa anteckningar, för att hedra hans minne, en vänlig person som jag ju uppfattat att det var.

Jag läste anteckningarna om och om igen, försökte skriva rent, och se vad jag kunde forma av dom... Men det blev – som du kanske anar – ingenting.

Jag stirrade på handstilen, och på felstavningarna, för det var många. Han hade "givetvis" också varit ordblind. Så gav jag upp, till sist, och tänkte just lägga de fyra häftena i en byrålåda hemma, när jag fick syn på en liten reflexion, som jag funderade över."

"Jaha", sa Herbert artigt.

"Det stod – efter en längre utläggning om Kebnekajse – följande, inte alls originella ord, men jag blev tankfull när jag läste dem:

'I verkligheten gör jag allt detta för att jag inte duger någonting till.'

Och det berörde mig djupt. Dels för att jag tror att många människor har den uppfattningen om sig själva, men också för att den här människan ju faktiskt var en djärv person, som tycks ha fullföljt vad han föresatt sig.

Han dög ju alldeles utmärkt till att klättra i berg, även om han nu till slut störtade.

Det var en märklig anteckning, tycker jag. Inte minst – alltså – av en bergsbestigare. Så tagfatt. Som om han hade behövt en spökskrivare."

"Det har du rätt i.", medgav Herbert, som fått bekymmersrynkorna i pannan att framträda på ett bjärt sätt," Sist jag hörde nån säga något liknande var Pauline häromdan."

"Pauline?"

"Ja, rätt vad det var sa hon just så: jag duger ju ingenting till."

"Jaha", sa Edward.

"Din bergsfilosof verkar ha varit en fin människa!", sa Herbert sen.

Alla dessa öden, tänkte Edward, och tänkte på hur absurt det varit att de där två amerikanerna hade kommit till Sverige, bara för att omkomma i en trafikolycka. Han hade svårt att ta in det.

Men brevet då? Hur var det med det? Hade det varit ett äkta brev, skrivet av en tysk militär, eller var det ett falsarium, skrivet av en Fjerreredsbo?

Herbert och han själv hade inte kommit ett enda steg närmare sanningen.

Och var Ruthbjörn befann sig i sin process det visste ju ingen av dem.

T R E T T I O Å T T A

PASTOR AMBROSE

I MÅNGA sämre romaner från den gamla klassiska tiden kan man finna ett glömske-grepp, ett glömske-skeende: att det i dessa till exempel kan det inledningsvis i boken berättas om någon person som låtsas ha glömt något, d.v.s. avsiktligt lämnat något bakom sig, för att bli tvungen att avlägsna sig från ett sällskap, för att "hämta något".

På så sätt kan man – som berättare - få tillfälle till en liten rekapitulering, och samtidigt som man har börjat berätta sin historia, så avlägsnar man sig, inte sällan övertydligt retfullt, ifrån denna, för att sen återkomma till handlingen, laddad man ny information och ny kraft, till att ta sig an det skeende som man redan inledningsvis börjat återge.

Man inskriver nämligen raskt – i till exempel bokens inledning läsaren i både handling och miljö på ett hisnande snabbt sätt. Det hisnande snabba är ju – i litteratur - att föredra framför det långdragna.

Viktigt är att den inledande anmärkningen om glömskan utformas på ett så noggrant och sorgfälligt och med en så i själva berättandet övertygande touche, så att man i det man berättar om denna glömske övertygar läsaren om att man själv, som berättare, minsann inte glömmer ett enda dugg, men att läsaren kan känna sig fullt trygg, och känna sig fri att för de närmaste timmarna totalt kunna överlämna sin själ uti berättarens händer.

Man kan OCKSÅ till exempel i romanen nämna att nån TROR att den glömt något:

"När hon stigit på tåget kom hon på att hon glömt låsa ytterdörren därhemma. Ju längre tåget avlägsnade sig från X-köping, desto mer drogs ångesten åt omkring hennes hjärta vid tanken på att Oscar nu kunde ha fritt tillträde till hennes lägenhet, trots att hon själv inte var där."

Författaren släpper här skenbart sitt grepp, och låter här läsaren – i igenkänningen av den mycket mänskliga glömskan - ta ett steg tillbaka – och öppnar så själv i berättarhögsätet – likt en köttätande blomma sina käftar, för att sedan kunna svälja läsarens förväntan hel, fylla den med lögner – för att sedan så småningom kunna spotta ut, den med Nya Sagor fullproppade bildningstörstande, bokläsaren uppå det nyskurade existensgolvet.

Ty det är ju just det som det å ena sidan handlar om, romanläsandet, att man i stor utsträckning med berått mod tillåter en berättare (vilken är författarens förlängda arm „„) leka med ens egen själ. Således handlar då å andra sidan själva romanskrivandet om att man som författare, via en berättare, tillåter sig att – under stort nöje - manipulera en läsare till gränsen för vad dennes identitet tål.

Det roligaste man har som författare är just det, att skriva på det sättet att man riktigt ser, för sitt inre öga, läsaren balansera ytterst ute på kanten av vad hens mentala hälsa kan uthärda, ja, intill det rena vansinnels gräns, för att sedan, med en värme stark som från ett modershjärta, draga läsaren till sig och översålla läsaren med ömsom kyssar, ömsom insikter i det Sanna, samt lite förakt för dem som inte, likt läsaren och författaren, förstår det fina i kråksången.

Författaren kan alltså genom sina berättargrepp få läsaren att knappt kunna se ett steg framför sig med sina egna ögon, men att få denne att vara helt beroende av sig, så att läsaren blir just som en liten korpunge, som man handföder med majskorn rakt ifrån det den kryper ur det ägg, som man stulit från korpmamman.

Från den gode läsarens sida fordras det, med andra ord, för att se saken från denne ett litet moment, en viss slags masochism. Som läsare måste man faktiskt tillåta författaren att hålla en på sträckbänken, plåga en lite med ovissheter och orimligheter och lura ut en på det osannolikas tunna is i det absurdas vinterstorm, och omsvept av tvivlets snörök kommer man blott väldigt omsider, och långt senare, och inte sällan sent i nattens timmar fram till de sista sidornas prunkande trädgård, där man slutligen kan somna in i den oväntade upplösningens ljuva opiedoft och som i ett kärleksrus låta sig omfamnas av författarens ben.

Om läsaren alltså bara är tålmodig, så finns förutsättning för att denne blir belönad. Alternativet är ju att läsa en bok slarvigt, och sen inte få ut nåt alls av den, och sedan inte komma ihåg att man ens läst den.

Fjerrereds pastor, Carl Ambrose, var en mycket handlingskraftig karl. Man kan nog säga att han var en helt själv-styrande varelse, på gränsen till psykopat. Jag skriver "på gränsen till psykopat", ty jag anser, att man bör hushålla med diagnoser. Särskilt i romaner, där ju ingen bättring kan väntas, genom ingripande från psykiatrin. Diagnoser är ju primärt avsett att vara ett redskap för läkekonsten, och inte alls till för att kategorisera folk hitan och ditan.

Rocken buktade i allmänhet ut lite på mitten, av för god mat, – hatten, som nästan var en Father Brown ... - var fälld bakåt – annars var Pastor Ambrose mycket korrekt, och liknade mest av allt en skyltdocka på HM, föreställande den perfekte mannen.

Ändå, och detta är häpnadsväckande, så var denne man inte ärelysten. Han var mån om sin församling, och var även delaktig i bygdeföreningen, ja: han var dess ordförande, och dessutom ansvarig för bygdeföreningens kvartalsskrift, som hette Fjerrereds Apparat, eftersom den hade hetat så sedan den grundades, 1889.

Inte var han allvarlig heller. Inte i filosofisk mening. Han var alltid öppen för alternativt seende, och han tyckte att tillvaron var kalejdoskopiskt spännande. Och han lade sig inte vinn om att göra den mindre spännande själv. Det var därför han infört hallelujasång i sitt tabernakel (!), och barngudstjänster och studiecirklar i gudstro, - något som för den föregående pastorn, en son till den gamle Dillén, skulle varit hädelse.

Vidare hade han avskaffat den del av diakonin som erbjöd självasörjningssamtal, och tog nu hand om alla dessa själv.

Ambrose var inte gift, och visade inga tendenser åt vilja ha någon prästfru i den lilla prästgården, som hade sina rötter i det danska innehavet av Halland.

Till det yttre var han alltså mycket grann. Stilig och modern. Som sagt.

Herbert hade, när han – ett antal år innan huvudhändelserna i denna historia utspelades - fick höra om den nye pastorn besökt en gudstjänst – något som han annars aldrig gjorde, då han inte tyckte om religion, vilken religion det än var – och hamnat, på högmässaotid en söndag, på en ... barngudstjänst.

Detta innebar bland annat att barnen var med (!), att de sjöng, läste högt och att de svarade på frågor från prästen. Denne, Carl Ambrose då, talade på sin sjungande dialekt (Svensk-amerikanska) och beslöt vid ett tillfälle att fråga barnen vad de tyckte om Jesus.

De flesta hade ingen åsikt, men sade i alla fall det de trodde att prästen ville höra nämligen följande:

"Han är snäll."

Trettio vuxna personer – inte alla föräldrar tillbarnen och inte alla barnens föräldrar – fanns i den vita träkyrkan, vars cementgrund härrörde från medeltiden.

Men en pojke, som var längre än de andra barnen, och förmodligen lite äldre också, vägrade att yttra sig.

Då frågade pastor Ambrose vänligt:

"Men du tycker väl om Jesus?"

Pojke svarade då utan betänketid:

"Nej."

Pastorn såg – givetvis – chockad ut, och tänkte på sitt sätt att pojken inte visste vad han talade om:

"Jo, det gör du!", menade pastorn därför.

Pojken skakade på huvudet och såg ner i golvet.

Herbert uppfattade saken som barnmisshandel och skrek högt – nästan i falsett, uppfylld av filosofiskt patos - från sin bakre bänk:

"Han sa ju "Nej!"!

En viss kalabalik uppstod i kyrkan, och för att nu inte ställa till mer oreda, och kanske göra det ännu värre för pojken, så lämnade Herbert kyrkan, satte sig i sin ljusblå Audi- Q5 - och återvände snabbt till Boxeby, där han direkt gick till barskåpet på andra vånginen och hällde upp en stor whisky.

Av Carl Ambrose hörde han sen ingenting, och han hörde inte själv av sig till honom heller. Så mycket litade han på de i kyrkan verksamma som att de inte lät allt gå ut över pojken. Det var ju vuxna människor, o.s.v., o.s.v.

Historien är ju av ett sådant slag som man läser i insändarspalten i Hemmets Veckotidning, men detta var alltså vad Herbert hade upplevt!

Följaktligen var det så egendomligt att Herbert Boxe och Carl Ambrose aldrig hade talat med varann, även om de alltså var högst bekanta med varandras existens.

Carl hade i mataffären pratat med innehavaren om mat och leveranser, men han höll sig samtidigt ajour med allt vad som skedde i socknen. Efter att han varit hos Sandberg tittade han in på caféet, och om frisören hade öppet så var han där.

Även om han – trots sina fyra år i Fjerrered – inte till fullo räknades som Fjerreredsbo, så gjorde han målmedvetna försök att bli det.

EN FJERREREDSBO I METROPOLEN

Cantrell Ruthbjörn hade anlänt till U.S.A. sent på lördagseftermiddagen till det enkla moderna hotellet på Manhattan, efter att ha tagit en taxi dit från John F. Kennedy Airport, och gav sig ut på gatorna i "The Apple" för att leta upp nån Macdonaldsrestaurang eller nånting ditåt för att stilla sin hunger. Svensken hade både Mastercard och flera hundra dollar i kontanter. Han ville absolut inte fastna på någon större restaurang, utan föredrog det bekväma att kunna enkelt beställa och enkelt lämna – så som han var bekant med från Göteborg. På Grand Street fann han ett matställe, om än inte nån McDonalds, – upplyst av en enkel röd neonbård - som hette Burger by Day, och det passade honom bra.

Städerskan, en ung latino flicka, hade varit mån om honom, och till och med kommit med en skoborste och fixat till hans något leriga skor, som fortfarande hade Fjerreredsjord – och kanske även lite mikrofauna från Halland - på sig.

Cantrell hade gett henne en tiodollarssedel för besväret, något som hon motvilligt tog emot. Hon tycktes anse att det var hennes plikt att se till att så gammal man som Ruthbjörn, en turist, inte skämde ut sig med lera på skorna.

Ruthbjörn hade nästan kunnat vara hennes farfar.

Hon bankade på kuddarna, log och frågade – medan hon vred och vände på sin smala kropp - om han behövde mer kuddar.

Dricksen måste man vara noga med i New York, det visste han, om man ville bli respekterad.

Genom sina resor i Europa, med Stravinskysällskapet, hade ju Ruthbjörn också en viss hotellvana, så att han tillhörde seniorerna, och turisterna, och dem som inte talade perfekt Engelska, det bekom honom, vad beträffar hans självsäkerhet, mindre.

Om man klarat sig i ett dussin somrar i Mellaneuropa på resor i småstäder, så var man ganska väl rustad för New York, tyckte Ruthbjörn känna, och bar därför en tjock bunt tiodollarssedlar löst i bröstfickans botten, och tänkte inte låta sig överraskas av någonting alls.

Dessutom var han ju – när allt kom omkring – ingen fattiglapp. Han ägde ju flera kvadratkilometer mark i Namibia.

På grund av sin bristande planering av resan fann han dock att han redan gjort av med massor med pengar, inte minst på taxi från flygplatsen, onödigt mycket, och beslöt sig därför att försöka spara in lite genom att fullständig avstå från att handla något i New York. Han behövde ju ingenting, och han hade ingen att köpa presenter till heller.

Bortsett från att hålla kontakt med myndigheterna, så skulle han spendera hela dagarna på promenader i det utmärkta vädret på småvägarna i Central Park.

Där kunde man kanske till och med träffa intressanta människor, både turister och inhemska joggare, som arbetade i finansdistriktet.

Han hade satt hemresan två veckor bort, så någon stress kände han därför inte.

På Fjerrered tänkte han inte längre så mycket. Godsägaren, Herbert, som han ju hade så onödigt mycket respekt för, var praktiskt taget glömd.

Han undrade dock vagt om Feydor Weissmans och Emmet Laurells kroppar flugits hem igen.

En av Cantrells planer var att söka upp den adress, där Weissmans firma låg. Man borde kunna finna den där partnern som enligt bolagsregistret skulle finnas. Och att denne visste en del om både brev och Sverigeresa, det trodde Cantrell.

Nu var det ju helg, så han kunde inte just nu nå folkbokföringsregistret, men skulle i stället försöka njuta av att befinna sig i ett av den moderna världens stora centra, och begav sig ut på en kvällspromenad längs de långa gatorna, som – efter som det alltså var lördagskväll – var fullständigt fullsmockade med folk.

Han nästan skrattade åt sig själv, åt att han inte hade varit där förr.

Innan han gått ut hade han gått till incheckningsdisken för att höra om det fanns nån extrafilt. Han brukade alltid ha en om ryggen när han satt och läste.

Mannen bakom disken hade blivit imponerad av Cantrells trummande på disken, eftersom dennes fingrar hade rört sig så snabbt att trumvirveln mer låtit som ett fräsande och väsande än som en serie slag.

"Are you a drummer?" hade mannen, som hade inslag av afroamerikan I sitt genom.

"Oh, no. I am into classical music", hade Cantrell svarat med ett leende.

"They have drummers in classical music too...", hade mannen, vars ögon var agila och intelligenta.

"You are right. But I am not a drummer.", hade Cantrell svarat.

Mannen hade då givit honom ett brett leende till svar.

Så artiga man var i New York, hade Cantrell tänkt, som av någon anledning kom att tänka på miljökämparna i Fjerrered, Louise och Gunnel.

Här i U.S.A. var allting annorlunda.

New York by night!

Ruthbjörn lyckades – genom en slump – på söndagskvällen få en "rush ticket"-biljett till en teaterföreställning på ett av operahusen, och spenderade sedan hela kvällen, på en av Metropolitans "Family circle"- seats, med att försöka förstå handlingen i "Norma". Musiken av Bellini – som han egentligen inte var så över sig bekant med - värmde upp hans inre, och han tänkte på städerskan, som såg ut att komma från Karibien.

Dekoren var hisnande. Färgspelet var så överdådigt att musiken – som var lite gäll - kom i andra hand.

Att en gång ha varit på Metropolitan var ju i alla fall storslaget, och han tänkte på att Maria Callas sjungit här.

Ett barn – en tioåring – i raden framför, blev rätt för Ruthbjörn, och stirrade med skräck på det långa ärret i dennes panna, som av värmen i salongen blivit rödare än vanligt. Ruthbjörn, och föräldrarna till barnet, blev lika generade, och pappan bad om ursäkt, medan den lilla flickan, som hade kortklippt ljust hår, försökte gömma sig i sina händer.

Alltihop var för mycket för Ruthbjörn, som fick ont i höger höft och gick efter paus.

Först på måndagen tog han itu med att leta efter Eva Lasker.

Sittande på rummet med sin laptop, med anteckningsblocket på nattduksbordet, som han gjort om till skrivbord, arbetade han nu – iklädd en ny tunn blå yllejumper, som han ändå, mot sina sparföresatser, köpt på en clothes market - lugnt och effektivt.

På morgonen hade han återigen mött städerskan, som kommit med fler kuddar, och som blinkat åt honom. Han hade gett henne ett stort leende och $10.00 tillbaka.

Han fann i de två Public Registrys han sökte i, - vissa krävde medlemskap och betalning - massor med döda med namnet Eva Lasker. Alldeles för många. Efter att ha kollat upp allihop fanns ingen som stämde. De hade ingen sådan anknytning till Tyskland, eller var i fel ålder.

En av dagarna han hade begett sig till Laurell Emmets hamburgerrestaurang. Emmet var ju mannen som dött i taxin jämte Feydor Weissmann, och Ruthbjörn funderade på om han skulle gå in och höra om de hade reda på att Emmet faktiskt hade omkommit.

Meddetsamma hade han insett hur dumt detta hade verkat, och han fann – hur han än tänkte – inte minsta anledning att gå in på det lilla haket. Det hade ungefär tio bord, och rum för tjugo gäster.

Han stirrade på skylten, där det stod:

EMMET´S BURGER BAR

Och skakade på huvudet.

Sedan gick han vidare i det NewYorkska tumultet och kakofonin.

När han slutligen gav upp sökandet efter den rätta Eva Lasker vände han uppmärksamheten till Gabriel Hoberg, Feydor Weissmans kompanjon. Denne gick att få tag i.

Efter ett kort telefonsamtal gick denne med på att träffas, eftersom han befann sig i New York, vilket – efter vad Hoberg själv sa – inte var självklart, då han hade affärer överallt i U.S.A.. De två skulle ses på en restaurang i Bronx, med namnet Three Pearls.

Vid sjuttontiden anlände Hoberg, och fann Ruthbjörn väntandes – med för dagen nystruken skjorta - och med en kopp starkt kaffe framför sig.

Hoberg verkade besvärad. Troligen tyckte han inte att han hade något som helst att vinna på att träffa svensken.

"He was very secretive. He really did not want to talk *about this story. Maybe he was afraid I would try to intrude. But … I didn't. As soon as he told me about the story I concluded that it was a fraud."*

"Do you still think it is a fraud?"

"I don't know. I am just sorry he is dead."

Ruthbjörn tänkte över vad Hoberg sagt, och frågade sedan - med låg röst trots att inga människor på den nästan folktomma restaurangen kunde höra vad de sa - det viktiga:

"You don't happen to have a copy or a photo of the German letter?"

"No, he never showed me the letter."

Så hade Weissman aldrig visat Laskers brev för någon, men hållit det tätt intill bröstet.

Egendomligt.

Kanske hade Weissman-Schah varit en sällsynt snål typ?

F Y R T I O

MYTEN

PÅ frågan – Edward´ fråga - om han inte störde Herbert, när han nu var gäst på Boxeby, hade Herbert svarat att han trivdes enormt med att Edward var där, och att han önskade att Edward stannade ett bra tag. Herbert menade att Edward kunde skriva sina essäer och allt annat lika bra på Boxeby, och mysteriet med brevet var ju inte alls uppklarat.

Pauline tyckte också hon att det var jätteroligt om Edward stannade, och menade att han kanske kunde gå igenom filosofins historia med henne, ett ämne hon var svag för, som hon sa.

"Det är konstigt", sa Edward, "hur mycket arbete mytforskarena lägger ner på att utreda mytens struktur och beståndsdelar, när det ju förhåller sig så att om man tar alla ord i ett språk och kastar dom på golvet i en stor hög, så är det som växer upp ur högen ... en myt."

De satt nu i matsalen, efter middagen, som bestått av torsk och potatis.

Middagarna på Boxeby utvecklade sig till härliga diskussionspartyn, sådana som Edward och Herbert inte haft på åratal, och de njöt av detta, och återfick under dessa samtal något av ungdomens glöd i sina gammelmansögon.

"Inga är så främmande som katter och hundar. Förmodligen för att de är odlade. De är så att säga inga riktiga djur, men konstlade.", sa Edward." I viss mening är de robotar. TY man har avlat bort mycket av det som gör dem fullständigt självständiga. Ett djur som är beroende av ett annat djurs moraliska välvilja är inget självständigt

256

djur. Det finns parasitära djur, men de är inte beroende av välvilja. Men det är hundar och katter.

Man kan säga att de är typiska – eller atypiska – den Andre-fenomen. De representerar för gemene man det Andra, men det Andra, alteriteten, eller den antagonistiska exterioriteten, såsom det konstlade. De är parodier på liv, men paradoxalt ändå i liv, och levande. Därför är de djupt tragiska. Att de finns är människans fel. Hur sorgligt är det inte att betrakta ett djur som inte klarar sig självt, såsom en hund eller en katt. Hur utsatt, vilse och bedrövligt är det inte. "

"Jaja, jag förstår", sa Herbert, "du gillar inte katter och hundar. Men så annorlunda är dom inte. Det finns massor av människor som inte klarar sig själva."

"Det stämmer ju förstås", sa Edward, som aldrig hade några problem med att ha fel, eller med att vara fullständigt okunnig eller frågande.

Snarare eggade det hon att ha fel, och det var med nära nog masochistisk förtjusning han ibland på skoj levererade helt felaktiga svar på ett problem, - som en del i en mystisk metodik, och för att skärpa sitt och andras sinnen. Edward hade flair för intellektuell njutning, även på den nivå han befann sig, vilket ju inte alls var någon märkvärdig. Men intellektuell njutning tar ju inte direkt hänsyn till nivåer. Även en kanin eller ett marsvin kan ibland – om man etologiskt observerar dem noga – kunnat beslås med ögonblick av intellektuell njutning.

Edward var så öppen för att ha fel, och så allmänt nyfiken på allting som kunde få alla hans uppfattningar att falla, att man bäst skulle kunna karaktärisera honom som en "person med leende öron".

Han kom nu ointellektuellt att tänka på Pauline, som han ännu inte sett denna dag.

Ute på gården hördes nu Pontius' III skall och Herbert gissade att det var brevbäraren, i sin lilla bil som snart skulle passera vårdträdet utanför den gamla lagårn.

Mycket riktigt. Några märkvärdiga brev var det inte, och Herbert tryckte vårdslöst ner allihop – olästa - dubbelvikta i kavajfickan, efter att ha konstaterat deras respektive avsändare.

"Många människor, inte sällan kvinnor (!), blir alldeles saliga, och får något drömskt i ögonen, när man nämner ordet mystik", sa Edward.

"Och det ligger något i denna förväntan som jag uppskattar. Men inställningen är givetvis ändå fel.

Inte för att jag har något emot att människor drömmer. Det är ju en inherent förmåga, ett behov hos människan, med existentiellt värde, att drömma. Men man behöver ju inte ha myter för att drömma.

Jag är ju himla kritiks mot myter. Men givetvis, ibland måste man ju ställa frågan om VARFÖR folk tycker att de behöver dessa myter?

Det måste finnas ett djupt behov av mening i kaos, av mening i ett skenbart INTET, som gör att man skapar dem.

Man skapar alla myter ur ÅNGEST."

Herbert kände sig illa till mods. Edward klumpade ibland in på områden, där man kunde fastna, och ur vilka ingen bra väg fanns att ta sig ut ifrån. I detta var Edward barnslig, menade Herbert för sig själv.

"Så du tror då inte att myter är ett maktmedel, after all, eh?"

Edward satte hakan i handen och såg nu olycklig ut.

Han var inte säker på något, och såg sig om efter om det fanns något kaffe.

F Y R T I O E T T

RUTHBJÖRN OCH DÖDEN

Eftersom Ruthbjörn tillbringat natten tillsammans med den karibiska städerskan – som lyssnade till namnet "Corazón" – så var han på bättre humör än vanligt.

Efter mötet med Hoberg hade Cantrell av någon anledning varit ovanligt glad, och så, när han kom tillbaka till hotellet, vid fyra tiden och mött Corazón, hade han, nästan på skoj halat fram en $500-sedel – som egentligen var avsedd för katastrofsituationer, och som han bar halvt insydd i den ovanligt brett kritstrecksrandiga, blå kavajen, men i ett fack, som man kom åt via att öppna en knapp, strax under plånboksfickan, på höger sida.

"Want to spend a night?", hade han sagt, när de mötte si korridoren.

Hon hade sedan dykt upp vid 10-snåret och sedan på ett utsökt sätt berett honom en kärleksnatt.

Han hade efteråt, när de låg nakna mellan de av just henne manglade lakanen, kallat henne för sin mångudinna.

"My little Moon Godess!"

Han var alltid valhänt, - men denna händelse hade han nu ändå – med bistånd av den latte-färgade kvinna, som hade stort krusigt svart hår, uppsatt med ett blått band, och leende ögon, samt förmodligen var kring trettiotre eller trettiofem år gammal och – som det tycktes - ogift.

Hon låtsade inte om hans ålder, och hon var inte skrämd av det stora ärret heller.

Men nu var han alltså ute på promenad.

Allting här i världen är ju dubbelt, om man vill se det så.

Ruthbjörn hade på promenaderna i Central Park kommit närmare döden än han nånsin gjort i hela sitt liv.

Att gå i denna park, med alla dess egendomligheter – som Ruthbjörn såg det – samt att möta folket där, som ofta var mer genuint intresserade av främlingar än vad han upplevt någon annanstans – gjorde dock att han upplevde Amerika som nästan drömlikt, som en stad som hallucinatoriskt anpassade sig efter honom, även om han inte alls spekulerade med användande av sådana termer.

Ruthbjörns hjärna var mer torr, och det var sällan några mer luftiga spekulationer satte rot i den.

Först när Döden pustar en i nacken, - först då kan man se klart. Så är det förstås. Döden är den ultimata kontrasten. Döden är den store Andre. Den fenomenala omvändheten.

När han förut – dagarna innan natten med Corazón - suttit på en träsoffa vid The Great Lawn i Central Park, och det stimmades borta vid parkpianot av människor som applåderade Berta Hope, som just avslutat en version av A Nightingale sang at Berkeley Square, så hade han – sporrad av dödstankarna -kommit att tänka på alla krogrundor i Göteborg med Inez Blomberg. Hur hade inte han släpats runt, han som kallats för "Kapten Kid", (på grund av ärret) av Inez, föl r att Inez skulle kunna visa upp honom för alla sina vänner från Medicinarberget, där hon brukade sitta och plugga för alla sina duggor?

Inez hade ju läst Medicin, när han själv läst Konsthistoria.

Sådana krogkvällar!! Så löjliga de varit! Alla hade dessa kvällar följt ett schema: de starka kvinnorna drog runt på alla karlarna, som i varierande grad var en lång rad misslyckade typer, som klagade över hur hårt de behandlats av verkligheten. Verkligheten, det var i själva verket spriten och tabletterna.

När kvällarna inleddes, vid 19-tiden - då på krogen, på Viktoriagatan, eller vid Avenyn, eller i Linnéstaden – så skulle männen munhuggas om något kulturellt eller politiskt ämne, för att sedan – med tilltagande berusningsgrad, efter tre timmar, omhändertas av respektive kvinna, för att sedan lotsas hem till en romantisk stund i sängen.

Varenda kväll, år efter år, medan hälsotillståndet hos alla dessa halvdana män blev värre och värre, för att sedan antingen sluta med att mannen dog, eller att mannen begav sig av till en nyktrare tillvaro någon annanstans, - för att undvika dö. Det var detta senare som hade gällt för Ruthbjörn. Han hade insett det meningslösa i att bli ett offer för alkoholen, och i tid återvänt till Ruthbjorn Castle, men där – å andra sidan – blivit komplett ensam.

Inez hade fullföljt sina studier, sedan arbetat några år – kanske fem - som distriktsläkare, men sedan abrupt slutat sitt jobb – då hon i upptäckt – till sin fasa – att hon drabbats av allvarliga minnesproblem. Hon hade vare sig kommit ihåg vanliga diagnoser, mediciner, doseringar eller patienters namn – för den delen.

Så återvände Inez bara några år och trettio - till Agerbyholms gård, där pappan – den gamle nazisten - satt och domderade i köket, och drack, liksom de män hon dragit runt med i Göteborg.

Inez hade – bitter och halvdement – nu börjat måla tavlor, med viss framgång. När pappan – bonden - dött, så brann gården ner, och Inez hade flyttat till Malaga.

Hur bottenlöst tragiskt det var, och ändå var det som om det inte gällde honom. Det var som om det handlade om någon fiktiv person.

Själv hade han sparats från att bevittna Inez förvandling. När han lämnat henne, för nykterheten, så hade hon hånat honom, och sagt att han skulle gå under på landet. Att allt skulle bli värre, och att han själv – i sin ynklighet och talanglöshet – skulle omkomma vid en fisketur. Så hade hon faktiskt sagt. Det var därför han så sällan tänkte på henne. Denna grundelaka människa.

Demensen hade dock stannat upp. Hon hade ju slutat dricka hon också, och man bedömde sedan saken – från primärvården – som att hon lidit av någon mer eller mindre tillfällig förgiftning. Helt återställd blev hon inte, så hon tog aldrig upp läkaryrket igen.

Någon framgång med måleriet blev det inte. Hon hade skaffat en stor hund och levt på pappans pengar.

Inez och Ruthbjörn hade setts på långt håll då och då ute i Fjerrered, medan hon ännu bodde där, men faktiskt inte talats vid på 40 år.

Ruthbjörn reste sig från sin bänk, borstade av lite snafs från byxbenen, och strök sig över flinten.

Nu var allt i ett annat läge.

Han hade mött Corazón.

Hon hade förstås bara umgåtts med honom för att han betalade, men ändå!

Återigen drömde han om att ta med sig någon människa tillbaka till Ruthbjörn Castle, - men han tvekade om Corazón. Inte skulle hon vilja åka ända till Sverige, och med honom?

Hon var ju ännu så länge ung.

"My little Moon Goddess!"

"You only live once!", menade hon.

De hade en dag tagit en båt ut till Frihetsgudinnan och vandrat omkring på kullarna utanför där.

Ruthbjörn hade betraktat Corazón, när hon matat en fiskmås med en bit bulle.

Det var en härlig dag.

Av någon anledning hade de inte alls gått upp i tornet.

De bestämde att de skulle göra det en annan dag, och tillbringade två timmar på en bänk nedanför, och Ruthbjörn kramade hennes hand.

Han bad henne berätta om sin barndom. Hon gjorde det.

Hennes barndom i Karibien var en enda lång historia om folk som hade gått under för alkohol, droger och våld.

Båda hennes föräldrar hade varit narkomaner, och hon hade blivit uppfostrad av en moster.

Som 16-åring hade hon blivit med barn, men barnet dog vid födseln.

Hon hade lyckats ta sig till New York som 18-åring, och sedan dess hade hon jobbat som städerska och på restaurang och McDonalds.

Hon hade varit gift fyra gånger.

Ruthbjörn stirrade ut i tomma intet när hon berättade.

"You don't want to listen o that story. You don't have to.", hade hon sagt, och strukit över hans hand.

Han hade frågat henne igen om de skulle gå upp i Frihetsgudinnan, men hon hade skakat på huvudet.

EN DAM KOMMER PÅ BESÖK

NÄR den nordiska hösten på allvar började slita löven från träden i Fjerrered, så att Boxeby allé, som på sommaren var så mjuk, och som ett långt rum, mer liknade en förvuxen kviståker, fann sig Edward hur som helst alltmer tillrätta på det gamla herresätet.

IIan funderade på hur det skulle vara att bo där på landet, på landsbygden, jämt, att hyra in sig i ett par rum, ty det fanns ännu ett halvt dussin rum – med lågt i tak och bristfällig värme ... här som stod alldeles tomma, och inte ens var fullt möblerade.

Han trivdes här ute i den fria naturen.

Men det fanns ju flera krux. Bland annat: hur skulle han kunna få med sig alla böcker han hade på Arkivgatan? Och skulle han verkligen alls lämna denna ärla bland lägenheter, bara för att bo hos en vän, som levde som en greve ute på landet.

Och vad skulle han göra med alla mosterns kartonger i källaren? Det var ju mosterns lägenhet, ursprungligen. Vad skulle mostern ha tyckt om att han flyttade till landet?

Tankarna svirrade runt – nästan som för sig själva - i tankens stora rymd.

Och vad skulle inte flytten kosta? Han hade ju så ont om pengar att han inte ens hade råd att betala en flyttbil. Patetiskt, men sant.

Och hur skulle han besluta detta? Kunde han verkligen be Herbert om råd i en fråga som involverade Herbert?

Det kunde han ju inte.

Kunde han fråga Tutor?

Tutor var ju ung. En gammal man som Edward kunde givetvis inte fråga Tutor om råd i en sådan fråga. Och Pauline skulle vi inte tala om. Inte Fru Aho heller.

Han hade ingen att tala med. Jo, sin vän i stan förstås. Gusten Peterson, men det var ju kanske lite för länge sedan de hade talats vid, för att det skulle vara lämpligt.

Hur det än kom sig så frågade Edward Herbert om han tyckte att det vore en god idé om han, Edward, flyttade ut till honom på Boxeby, som han, Herbert, ju sagt att han ville att Edward skulle göra.

"Flytta hit, men hyr ut lägenheten till nån du känner.", sa Herbert. "Det kan vara bra att tjäna en slant."

Edward sa att han in te kände nån som behövde en lägenhet.

Så stod nu saken.

De satt denna dag i köket och drack kaffe, som de tagit från automaten. Ella Aho var denna dag ledig och i Göteborg, så de hade mat att värma, som stod i kylskåpet. Där fanns mat till alla fyra, snyggt insvepta tallrikar i stanniolpapper, till Herbert, Edward, Tutor och Pauline.

Ingen av de båda herrarna i köket var hungrig. Klockan var nu fyra på eftermiddagen, och plötsligt hörde de – tvärs genom huset - Pontius III skälla ute på gårdsplanen.

Vad är det nu som står på (?), tycktes deras manér säga, när de båda reste sig, och halvspringande gick in i den lilla serveringsgången, varifrån de sedan dök in i stora salongen och fram till var sitt fönster för att se om det var en bil som svängt upp därute.

Och det var det.

En liten blå Kia av senare modell stod därute med motorn igång. En färgrik dress på föraren som skymtade i bilen skvallrade om att det var en kvinna.

"Vem i helvete är detta?", undrande Herbert.

Pontius III – denna tragiska kortbenta vovve, förbisedd av hela världen för sitt ilskna lynnes skull - hade - kedjad, som han var -, ändå gått fram till bildörren på passagerarsidan och stod där och nosade med en nyfödd tillit.

Här studsade de båda vännerna i fönstret till, eftersom en dam steg ut på förarsidan och sträckte på sig, som för att försöka räta ut ryggen.

Det var Inez Blomberg!

Hunden gnydde förväntansfullt.

Hon hade på sig en långärmad blå klänning med röda blad och blommor i halvsmått mönster på.

Bilen lät hon stå där den stod, mitt på gårdsplanen, och efter att hon böjt sig in i bilden och tagit ut en mörkbrun, blank promenadkäpp, slog hon igen bildörren så hårt hon kunde.

Pontius tog förskräckt ett skutt och sprang därefter ner mot den ljusgrå halvt mossbelupna silon i sin långa kedja, men utan att skälla.

Sedan tittade Inez upp mot huset, fick se de två bleka ansiktena i fönstret, och viftade då med sin käpp, på ett sätt som indikerade att hon bad dem, vilka de nu var – hon kunde omöjligt urskilja anletsdragen från håll – att komma ut på gårdsplanen och välkomna henne.

Herbert och Edward gjorde också så.

Pauline hade under tiden suttit i en fåtölj och läst ett gammalt nummer av en psykoanalytisk tidskrift, där det talades om det omedvetna och dess uttryck i konsten. Hon hade en dålig dag, och hade tidigare fått ett gråtanfall, då hon trodde att hon fått cancer.

MED DEN mänskliga tanken och upplevelseförmågan är det ju så, att den mest är inriktad på att söka efter avvikelser och skillnader. Om man till exempel har planerat en blomma i en kruka, vattnet och donat med den, och ställt den i ett fönster hemma, för att sedan resa bort på en ve4cka, så är det, som man noterar, när man kommer tillbaka till sin lägenhet, och skall ta en titt på n blomman igen, normalt inte dess skönhet, men just skillnaden i dess utseende från hur man minns e att den såg ut när man lämnade den i fönstret.

Så när Edward och Herbert hade eskorterat den på sin käpp stödde Inez upp för trappan till Boxeby, och via den nedra verandan in i den stora salongen, där så många lustiga partyn hade hållits för ett halvt sekel sedan, där i alla fall Herbert och Inez varit närvarande, så var det första som Herbert och Inez tänkte på var skillnaderna i utseendet på Herbert – respektive Inez – nu och då. Edward var mer en åskådare till hur de två nu mätta varandra.

Pauline hade, innan Inez kommit in i rummet, lämnat detta och gått upp till sitt. Hon var helt uppslukad av tanken på att få cancer. Men den psykoanalytiska journalen flöjde ändå med upp. Hur svårförståelig den än var.

Inez måste ha sett Herbert som en lite mer hopsjunken, lite mer brunfläckig, lite blekare version av den Herbert hon mindes. Mindre kraftfull också, och mer allvarlig. Onödigt allvarlig – om man frågade henne, som aldrig riktigt kunde kväsa den livslust som var så stark inom henne att inte sen ett förlorat minne kunde skapa bekymmer.

"Att återvända är endast bra, om man återvänder till sig själv.", citerade Inez tyst för sig själv ur sitt goda fjärrminne Erik Gustav Geijer. Hon kunde Geijers skrifter praktiskt taget utantill.

När Inez placerat sig i den stora soffan på söderväggen – väggen mot Södra Tornet – i stora salongen på nedre botten, där den stora klumpbenade Bechtsteinen dagen till ära sken med en ny glans, eftersom Ella polerat den med Lustre Varnish, ett polermedel, som hon funnit i källaren på en hylla – hade damen från Malaga knäppt upp sina gula läderboots och masserat de lite svullna anklarna en stund, med en gethandsbeklädd hand, innan hon avslöjade sitt ärende.

Herbert och Edward stod som två fånar och stirrade på den paranta damen, vars uppenbarelse dock var något generad av en dålig hårfärgning, så att flera vita testar av hår lite skamligt spretade ut ur den för övrigt ordentligt kastanjefärgade hårvolmen, vilken var genomdragen med ett långt pärlnystan, vars mest framträdande ände slutade i en brosch, som syntes vara gjord av nån slags tjänstetecken för Slovenska fallskärmsjägartrupper, som troligen förärats henne av någon Slovensk turistälskare i Malaga.

Hur som helst bad Inez de två herrarna att sitta, för att sedan uppmana dem att hämta ett glas vatten åt henne, eftersom hon, som hon, sa "höll på att dö av törst".

Solen lyste milt in i rummet, och utanför satt Pontius III på trappan med spetsade öron för att försöka uppfatta något av konversationen.

Inte mycket intressant hände ju här på Boxeby längre. Hans anfäder hade ju berättat – eller i alla fall hintat – om så mycket intressant om gamla tider, när nazisterna haft sina partyn här, så att det rann punsch långt ner till bäcken.

"Jo", sa Inez, som nu fått ett glas glimmande friskt vatten från kranen, av Edward, som sen satt sig på behörigt avstånd från Inez, i en alldeles för låg fåtölj, i vilken han nästan försvann.

"Jag vil höra vad det för trams med att det skulle finnas skatter nedgrävda i trädgårdarna i bygden!"

Inez hade med detta yttrande satt tonen, som i sig bar reminiscenser från förr, då det var exakt på detta sätt som Inez domderat fordomdags, och fått alla att tjäna hennes agendor, likt en koordinerad skvadron slavar.

"Om det är så du ser det, som trams, så finns det väl inte mycket att tillägga." svarade Herbert prompt, dymedelst fallande in i den av Inez honom tillskrivna rollen.

"Uppuppupp", manade Inez. "Nu skall vi inte vara sådana. Jag menar egentligen att jag vill höra mer om detta brev, som det pratas om, INNAN jag förklarar att det är trams!"

"Ja men säg det då!", svarade Herbert, som var klart missnöjd med hur besöket utvecklat sig, och med en sådan hiskelig fart.

Ibland hade han ju längtat efter att få möta Inez, men när det nu äntligen skett, så önskade han att hon aldrig hade kommit. Mycket just för att hon var precis lika dan.

Ändrades verkligen inte folk någonting, efter att ha tappat minnet och bott i Malaga och blivit konstnär och allting?

"Brevet försvann i en brand på Europavägen. Bilen kraschade.", sa Edward, som ville rädda Herbert, vars långa bleka ansikte bar spår av nära nog oändlig besvikelse.

Inez vände sig mot Edward.

"Inez Blomberg", sa hon, stirrade stint på Edward med sina av hjärnskadan vanställda ögon, som mer likande baksidan på jetmotorer, än mänskliga ögon med iris och pupill.

"Edward Tegelkrona. Jag är gäst hos Herbert."

"Jaha."

Här tystnade Inez, i övertydlig avsikt att få en obehaglig stämning att spridas, som hon sedan skulle kunna skingra genom att lägga fram något projekt som hon troligen skulle finna större gensvar för om det serverades i just en sådan stämning.

"Så brevet har brunnit upp? Jaha, och det var ju lämpligt. Misstänkt lämpligt.", sa Inez och stirrade nu på Herbert, på ett sådant sätt att Edward kände sig avfärdad.

"Brevskrivaren brann också upp", sa Edward då, som givetvis inte ville avspisas, eller tyckte om att behandlas illa.

Med det sagt, så började nu en hätsk stämning spridas i den lilla salongen, där egentligen ingen räddning syntes vara inom räckhåll, då Ella Aho – med vitt förkläde med spetsbård - uppenbarade sig i dörren till serveringsgången med en bricka, på vilken det stod tre kaffekoppar, en kanna kaffe, samt ett fat med klenäter på.

"Åh", sa Inez, "äntligen en förnuftig människa! Vad har det tagit åt mänskligheten på sista tiden?"

Edward och Herbert utbytte blickar, som Inez denna gång valde att ignorera, fullt medveten om att hon hade hela sällskapet som i en liten prydlig ask.

Det var bara att trycka till, liksom.

Med det sagt, så skall i ärlighetens namn också hävdas, att Herbert inte hade yttrat ett enda välkomnande ord, ännu.

"Vi skall ju inte bråka, det första vi gör", sa Herbert, och detta var nu den imaginära gest som behövdes, för att ställa allt till det n bästa.

"Jag vet inte om det går att få logi här ett dygn, eller om det är för mycket besvär?", hastade sig Inez att fråga Ella, som just var på väg ut i köket igen, genom den låga dörröppningen till serveringsgången.

"Det får ni fråga godsägaren om!", svarade Ella.

Hennes kantiga och sträva dialekt påminde alla i rummet om det finska vinterkriget, något som i vanligen lade sordin på stämningen i de flesta sällskap.

"Går det bra, hörrudu?", sa Inez, som ignorerade den förnäma titeln, som Ella använt.

Nu hördes ett skall utifrån verandan, då Pontius III trodde att hon – genom att använda tilltalet "hörrudu" - talade om honom.

"Det är klar, Inez", sa Herbert, "ursäkta att jag var så ohövlig. Det är klart du skall stanna."

Denna replik blev nu, i sin ampra dräkt av tarvlig retorik, hängande i luften, medan man skålade på saken i kaffe.

"Säg åt damen i köket då att jag inte tål drag, inte tål smådjur, inte dålig lukt, särskilt inte Formalin, och inte vill ha tjocka täcken men bara två filtar."

Så försvann nu Herberts barnsligt erotiska drömmar om Inez, (han hade – som ung - alltid velat kyssa henne ...) och ersattes med prosaisk önskan om att man måtte kunna hålla någon slags fred, så att inte alla goda minnen kom att förvanskas och så lämna dem alla med just ingenting gott att minnas under den återstående tiden av deras liv.

De tre pensionärerna var ju allihop medvetna om att de när som helst allihop – om än förmodligen inte samtidigt – kunde få hjärtstopp och dö, i en långsam omkullvältande rörelse, just där de satt.

"Så intressant, att du har en gäst här då?" sa Inez till Herbert, och syftade på Edward.

Just då kom Pauline in i salongen genom dörren till serveringsgången.

Hon hade trots allt inte kunnat hålla sig från det spännande som skett, att Inez kommit tillbaka från Spanien.

Samtidigt var hon dock – med rätta skulle det c visa so ig – varit rädd för att bli utsatt för något påhopp från den gamla damen, som hade rykte om sig att ställa till allting.

"Oj då!", utropade Inez, och ryckte till på ett teatraliskt sätt, som om det kommit in en boaorm i rummet.

"Vem är DETTA då?"

Pauline ångrade att hon gått ner till salongen.

"Oh, jag är gäst här.", sa hon.

"Vad pågår här egentligen?", utropade Inez, denna gång uttryckande sig mer som om hon avslöjat en bordellverksamhet.

"Herbert är min farbror.", sa Pauline förnärmat, som noterat Inez undermening.

Inez betraktade nu, missnöjt, Paulines utstående byst, och sa:

"Ja herre gud, lilla vän...."

Sedan ignorerade damen från Malaga den förskräckta brorsdottern, som dock stannade kvar i salongen, placerande sin stjärt på pianostolen invid Bechsteinen.

Efter att de allihop – Herbert, Edward, Tutor och Inez och även Pauline, som nu kommit ner och presenterat sig, då Inez och hon aldrig hade träffats även om de visste om vem respektive var – intagit en middag vid sjutiden, så förflyttade sig de tre äldre till nedre salongen (matsalen låg ju en trappa upp) medan Tutor ursäktade sig, och försvann för kvällen till sitt garage. Han skulle också se till hönsen.

Parkerade i salongen började man nu – istället för att tala om nazistguld – att beröra gamla minnen.

Edward hade ju – just som Pauline - inte känt Inez, men hade sett henne i studentlivet.

Det visade sig dock att Herbert och Inez efter en stund – när Inez nu fått som hon ville - hellre talade om barndomen i Fjerrered, än till exempel om tiden vid Göteborgs Universitet.

"Kommer du ihåg när vi tog din bohuseka, och skulle runt Hålludden till Slottskär?", frågade Inez.

"Ja, det var storm, och vi begrep inte bättre.", fyllde Herbert i.

"Hur många var vi i båten?"

Herbert tänkte efter, och Edward förundrades över hur de dök in i minnet av detta äventyr, just som om det varit en varm våg av ljuvligt vatten, där de önskade simma i evighet.

"Fem tror jag. Det var du, det var jag, det var Ruthbjörn, och Mats och Desireé."

"Grafström var också med", sa Inez. "Vi var sex stycken."

"I den lilla ekan. Så vansinnigt."

När de nu fördjupade sig i ämnet visade det sig att Inez minne var perfekt, och att vad som hänt var detta:

De hade en stormig dag, mitt på dagen, i juli, bestämt sig att trots vädret ta Herberts eka, för att genom att ge sig ut i Utterholmsgattet, och med hjälp av den med utombordsmotor, på 5 hk, försöka runda Hålludden och ta sig till Slottskär, där det var en slags marknad på det lilla torget, efter vad de hört av en dräng på Boxeby.

Det blåste ju storm, från sydost, och trots att folk på stränderna denna vackra sommardag, ropade åt dem att vända om, så fortsatte de, stävande mot vinden mot den plats utanför Hålludden, där de ansåg att de kunde vända åt babord och få en lätt seglats in till Slottskär, som låg på andra sidan om Hålludden, norröver.

Men väl ute utanför Hålludden, så begrep de, att om de vände den lilla båten mot Slottskär till så skulle vattnet slå in över den låga aktern på ekan, och sänka denna på en minut.

Paniken slog till ombord. Särskilt Grafström darrade som ett asplöv, och bad öppet till gud. För man insåg att man inte kunde vända om in mot Utterholmens hamn heller. Då skulle samma sak hända, att vatten skulle slå in, drivet av stormen, och sänka båten.

Herbert satt på den bakra toften och styrde sin båt.

Passagerarna hade krupit ner, i vindskydd av bordläggningen, och de skakade av rädsla, och började också bli alldeles blöta av vatten som blåste in från vågtopparna.

Herbert var osäker om vart han skulle ta vägen med båten. Det fanns inget väderstreck att ta till.

Ruthbjörn var likblek i ansiktet, ett ansikte som då ännu inte fått sitt distinkta ärr tvärsöver, men var runt och på något vis frågande.

Ruthbjörn hade då krupit nära Herbert och ropat, med händerna formade som en tratt.

"Håll båten upp mot vinden, styr med lite fart upp för vågtopparna, men låt vågorna föra båten tillbaka in i Utterholmsgattet, medan du styr snett uppför dem!"

Herbert hade inte sagt något, men gjorde som Ruthbjörn sa, medan han förvånades över att Ruthbjörn skulle kunna veta något om båtar, eftersom han inte visat det förut.

Inez hade tryckt sig emot Mats, en lång mager, i vanliga fall mobbad pojke, i samma ålder. Alla var de kring 15 år gamla.

Hon hade trott att hon skulle dö.

"Jag har aldrig trott at jag skulle dö, utom då", förklarade Inez för Edward. "Jag såg i andanom hur alla våra kroppar låg i vattnet invid Hålludden, sönderslagna mot klipporna där…"

Så hade däremot inte skett, men Herbert hade hållit båten upp emot vinden, snett, som Ruthbjörn sagt, och backandes HADE MAN TILL SIST KOMMIT I LÄ AV ETT SKÄR inne i Utterholmfjärden, och efter en halvtimme, medan ropen från människorna på stränderna successivt avtog, kunnat b vända båten och tagit sig tillbaka in i Utterholmens hamn, med full speed, och förskräckta tagit sig iland på bryggan, de flesta skakande av chock och väta.

"Det var Ruthbjörn som gjorde det.", sa Herbert.

"Men du styrde. Han ville inte styra!", sa Inez.

"Jag bara gjorde som han sa", sa Herbert, och bet sig i läppen.

Egendomligt nog hade ingen av ungdomarna någonsin tagit upp händelsen igen, denna händelse, när de allihop bara var ett vågskvalp från döden. Ett vågskvalp bara.

I bygden hade det dock länge talats om alltihop, enär man från stränderna känt igen sällskapet från Boxeby. Herbert fick efter denna händelse (falskt) rykte om sig att inte vara rädd för någonting alls i hela världen.

"Se där är Herbert! Han är inte rädd för någonting."

Herbert å sin sida hade aldrig gjort något för att ta död på denna anekdotiska vanföreställning, vilken snart cementerades såsom en del av Fjerrereds självuppfattning.

Pauline blev så medryckt av berättelsen att hon tycktes ha glömt sin hypokondri. Hon upprepade:

"Så fruktansvärt! Så fruktansvärt!"

Efter att man nu enats om Ruthbjörns dåtida förträfflighet började man se på klockan, och en stund senare drog sig alla tillbaka till sina rum för natten.

Edward tänkte innan han somnade i det diminutiva rummet på tredje våningen, att man kanske ibland är född med en instinktiv vetskap om hur man skall ta sig ur en storm med en båt på det där sättet, men slog sedan bort tanken, då han insåg att man inte kunde vara född med kunskap om hur man bäst använder en utombordsmotor.

Det handlade om ett allmänt gott sinne för spatiala förhållanden, konstaterade han, och släckte lampan på nattduksbordet, och somnade.

ZARABETHS BEGRAVNING

Begravningsbyrån *Adjö* hade ordnat allt för Slim: beställt tid i kyrkan till lördag kl.12.00, ordnat med lunch för de som ville hedra Zarabeth på Lundens gård, en restaurang inte långt från kyrkan, med utsikt över fjorden, samt även arrangerat med blommor och musik i kyrkan.

Tutor – som ju var en av Slims nära vänner – skulle gå dit, medan Herbert inte nånsin hade mött Slim, men bara sett denne på avstånd, och tänkte stanna hemma.

Edward ville gärna bevista en begravning på landet, så han beslöt sig för att följa med Tutor på lördagen till pastor Ambroses kyrka.

Slim hade ringt sin bror, Chuck, och bett denne komma, men han kunde inte med så kort varsel komma ifrån.

Slim blev inte överraskad över detta, men lite besviken, och hans bedrövelse var svår för alla att se.

Den långa mannen i svart kostym från Adjö hade valt en vacker vit kista med meanderbårder på. Blommorna var tiotalet små mörkröda rosor, för att Slim velat ha just det.

Slim tänkte – som gripen av någon okänd ostyrig kraft - att i nästa liv så skulle han själv bli begravningsentreprenör.

Gästerna – bland andra Sofi Guztavsson, Troels, Gunnel och Lou och den unge Gaston - anlände i god tid till den runda, av svarta kedjor på granitstenar kringgärdade, grusplanen utanför den måttligt stora kyrkan, vilken var gjord i trä på stengrund. Stengrunden – vid vars grönmossiga kant vitplister, fetknopp och timotej syntes - var från gamla Götakungars tid.

Kyrkan föreföll, kortvuxen som den var, föga mytisk. Mer tänkte man på familj och kommun än på Gud och bispar och den yttersta domen, när man såg den. Den såg kort sagt vänlig ut, och man hade inte släppt lös någon arkitekt med metafysiska böjelser.

Arkitekter har historiskt sett i Sverige ofta rekryterats från befästningskonsten. Därför – bland annat – ser kyrkorna så ointagligt fientliga ut i den flesta svenska socknar. (Det gör ju gamla skolor också, eftersom dom också är ritade av gamla militärer, eller nazisympatisörer. Arkitekter är som grupp vanligen konservativ. Även alla de nydanande, experimentella arkitekterna är, i hemlighet, konservativa. Det finns ingen revolutionär arkitektur.) Den gamla kopplingen mellan religion och krigföring saknades alltså i Fjerrered, där kyrkan mer vykortsfager anspelade på dragspel och midsommarfest än på härnadståg till Königsberg, Rostock och Prag.

I den lilla vitmenade kyrkans port, vars ena halva stod öppen, dominerade den långe Carl Ambroses gestalt, klädd i svart långrock och blanka svarta skor. För dagen var hans svarta hår nästan slätkammat, och hanförsökte se så farbroderlig ut som han kunde, även om hans normala pojkaktiga, mer slyngelaktiga uppsyn då och då sken igenom. Innan han hade stigit ut på kyrktrappan hade han tagit en cigarett och fimpen bar han nu dold i handen, i tumvecket. Just detta fick honom – genom en skuldmekanism - att se hemlighetsfull ut i ansiktet, eftersom Ambrose tillhörde den lilla skara av människor som har svårt med simultankapaciteten. Man förundras över att det finns människor som till exempel har svårt att både gå och prata samtidigt, medan det t.ex. finns sjöstjärnor som kan hålla ordning på flera hundra fötter när de förflyttar sig på en strand.

Vilka egenskaper som generellt går i par med dålig simultankapacitet vet jag inte, men hos Ambrose syntes egentligen inga andra handikapp föreligga. Mannen var i alla ting ytterst kapabel, och det är en gåta varför han valt prästyrket.

Den lilla skaran – bland vilka även fanns tennisklubbens ordförande - som anlänt för att hedra minnet av moster Zarabeth och för en stund försjunka i reflexion över dödens realitet, var alltså några tiotal människor, varav inte alla känt henne alls.

De nickade tyst åt varann, och ett fåtal skakade hand, med löst handslag.

Himlen var denna dag blå, luften ljummen och luktade hav, - det var vindstilla och bara enstaka fåglar korsade rymden över den i järn smidda kyrktuppen.

Ambrose lämnade nu porten och gick sedan runt och hälsade på alla som kommit, och nu var det ett fast handslag som gällde. Handslaget tycktes säga "Så roligt att du kom, och det är så fint att vi i alla fall lever, så att vi kan säga farväl till henne som dött, och att det finns några som minns henne, och vi måste också tänka på att nästa gång är det vår tur."

Så gick de sörjande in och satte, kyrkvaktmästaren – en man med grönblek hud och tjocka glasögon – stängde porten, och pastorn klättrade upp i predikstolen, under vilken en träfigur, föreställande något som såg ut som en av ålder flagad sjöjungfru log tandlöst, och vinkade åt organisten på läktaren.

Denne spelade ett preludium av Bach, som lät som ljudet av en nyoljad slåttermaskin.

Efter detta höll svenskamerikanske Ambrose en slags predikan, vilken dock visade sig mer vara ett föredrag, och språkligt sett mycket fint:

"Kära vänner!", började han.

Man märkte hans stora förtjusning över att där, utan att bli avbruten, kunna få orda om det mänskliga villkoret i nästan en halvtimme, under förhållanden som gjorde det osannolikt att någon skulle avvika.

Edward, som satt i raden näst längst bak vid sidan om Tutor, tänkte att det givetvis var därför som Ambrose blivit präst. Den gode narcissisten ville kunna tala ostört till vilken samling slumpvis utvalda människor som helst.

"Well", sa Ambrose, och lade fimpen till höger om den igenslagna – jättelika, i gammalt, petrifierat getskinn inbundna - Bibeln i predikstolen.

Han såg ut över församlingen, som satt spridd. Inför döden är vi alla lika, och ensamma. Även affärsföreståndaren, Sandberg, var där, nyrakad och i grå kostym. Men alla höll avstånd. Var och en på sin plats, i sin bänk.

Pastorn, officianten, talade med hög, engagerad röst:

"Många människor känner inte till den amerikanske filosofen William James. Hur som helst så menade denne att allt som finns till är sant.

Detta bör inte tas bokstavligt, men James – vars åsikter kallas "pragmatiska" - menade troligen att det är viktigt, att ta till sig livet såsom enkelt. Att kunna se omkring sig och se sanning och trygghet i det enkla, att saker och ting, och varelser i nuet finns till.

Det finns i amerikansk filosofi en stark vilja till gemenskap, till odling av det lilla kollektivet. Detta är ju något bra och positivt.

Ingen människa är en ö. Ingen är heller en bottenlös tjärn. Ingen är ens en halv tjärn. Alla är vi beroende av varandra. Vi simmar alla i livets å. Döden hotar vid varje krök.

I Tyskland fanns det under tidigt 1900-tal en filosof vid namn Max Stirner, eller han kallade sig så, anspelande på sin höga panna, vilken verkligen var slående hög. Denne menade i sin bok Den enskilde och hans egendom, att människan borde se om sig och sitt, och inte låta någon ta något ifrån den enskilde. Stirner myntade bland annat det klatschiga uttrycket: "Ich hab mein Sach auf Nichts gestellt."

Alltså: "Jag har grundat min uppfattning på Intet.", i protest mot alla metafysiska åskådningar, främst då kristendomen, religionen, vilken Stirner uppenbarligen hatade."

Edward hostade här till, vilket noterades av Ambrose.

"Stirner menade att om var och en – suveränt – skötte sig och sitt, så skulle världen bli mycket bättre. Han var alltså en slags anarkist, i kontrast bland annat till William James, bror till författaren Henry James, som var närmast evangeliskt kristen, eller något ditåt, och dessutom svor på USA:s konstitution.

Nå, en viss uppmärksamhet fick Stirner, bland annat av Friedrich Engels, men inte många följare. Man imponerades dock av kraften i hans individualism, av språkets fyrverkerikraft. Men det spelade egentligen ingen roll hur kraftfull denna individualism var – retoriskt – eftersom Stirner när denne blev lite äldre, blev sjuk, och då han inte tjänat tillräckligt mycket pengar, så var han tvungen att resten av sitt liv, sjuk, ligga samhället, och det allmänna till last. Därmed lät Stirner – likt en korporerad freudiansk felsägning - sin egen kropp bevisa att hans huvud, med den osedvanligt höga pannan, hade haft fel."

Församlingen skruvade på sig.

Edward blick vandrade från den halvnakna sjöjungfrun under predikstolen, som nu tycktes mycket blek, eftersom en solstrimma belyste själva predikstolens främre sida, där någon skurit ut en fris i en ektavla, föreställande någon storögd människa – eller människoson - som fiskade med ett nät, med enormt stora maskor ..., till de tre svarta små griffeltavlor, som med stöd av metallsprinter vågade sig att sträcka sig ut en bit över församlingens bänkrader, förkunnandes med några vita på spikar hängandes siffror på tavlans svarta botten, vilka psalmer som skulle sjungas, varav en, förmodligen, var den sorgliga om släkten som följa på släktens gång. Han visste att om den psalmen sjöngs, så skulle den sitta kvar i Edward huvud i en hel vecka framöver. Så stark "logos" hade denna sång, för Edward.

"Zarabeth var ingen Max Stirner.", fortsatte Ambrose, vars ansiktsuttryck föreföll Edward som en påstridig tupps, och Edward fann också – tarvligt nog - att det till formen liknade en spade.

"Hon insåg – när hennes syster genom sjukdom plötsligt blev tagen ur livets aktuella räjong -, att hon måste uppfylla det generella kategoriska imperativet och frånse från sig själv och istället måna om sina syskonbarn. Hon valde det enkla, den stora gemenskapen, framför att egoistiskt försöka koncentrera sig på det egna och personliga. Så blev det generella det personliga för Zarabeth, och vi hyllar henne, i denna begravningens stund för detta, hennes osjälviskhet och konstruktiva kärlek, och att vi nu alla bör i andakt och respekt böja våra huvuden i en tyst bön för lilla Zarabeth, i tacksägelse. Låt oss även be för Max Stirner! Guds frid vare med eder, och Zarabeth, intill tidens ände! Allt som finns är sant. Låt oss omslutas av den stora enkelheten! Halleluja! Amen."

Så fördömligt kort, upplysande, och enkel, var Ambrose.

Amerikaner är alltid långt före européer när det gäller fokusering. Det finns inga mer målinriktade människor än amerikaner.

Efteråt var det kaffe på Lundens restaurang, alltså. Pliktskyldigast deltog nu både Tutor och Edward även där. Zarabeth hade ju inte minst förtjänat så mycket tänkte Edward Tegelkrona, efter att ha fått berättat för sig i korthet om hennes förhållanden i livet av Tutor, som ju visste allt.

Slim kom fram till deras bord – ty man hade endast småbord här - och hälsade på både Tutor, som han ju kände, om än inte särskilt väl, och på Edward, som han ju kände till, inte minst genom spionkameran på Boxeby.

"Tack för att ni kom!", sa Slim enkelt.

Alla tyckte att Ambroses predikan, så kort den varit, hade haft många poänger, och ovanliga. Kanske hade karln dolda förmågor, tänkte många.

Något mer uppseendeväckande inträffade inte på begravningen, men Edward och Tutor åkte med Toyotapickupen snart - och långt innan det mörknade över Halland denna dag i tidig oktober - tillbaka till det kära Boxeby, som Edward mer och mer betraktade som sitt hem.

"Det var väl en fin begravning?", sa Edward, lättad, som man oftast är efter en begravning, att inget extraordinärt inträffat - vad det nu skulle kunna vara - till Tutor.

"Ja, och lite speciell.", sa Tutor, när han vant svängde upp på gårdsplanen, varifrån Pontius III nu för tillfället dragit, för att ligga utsträckt på trappen – på nedersta trappsteget - till verandan, från vilken han lät sina bruna ögon spela på allting utom bilen som kom, eftersom han hade en av sina blå dagar. Pontius III (alltså döpt – hånfullt och satiriskt - efter en gammal Ruthbjörn) – så tax han var - kunde inte begripa vad han var till för, och varför han alls skulle fortsätta äta.

Ingen brydde sig ju om honom. Han hade själv börjat fatta tycke för sin kedja (!), som ändå ibland tycktes honom som den hyste en viss välvilja och inte hade det så lätt den heller.

Att även hundar kan bli galna, det visar detta, och det var något man börjat misstänka på Boxeby.

Galna djur hör man sällan talas om.

Pontius III slickade förstrött, och kanske poserande, på kedjan.

Ingen kallade honom för Pontius III. Man kallade honom för "hörru".

Kanske var det därför han blivit galen. Pontius III visste att "hörru" inte var nåt namn.

Edward klev ur bilen alldeles intill och sände en blick av medlidande med djuret, som dock inte längre väntade sig något av människosläktet.

Tutor körde vidare bilen till sitt garage, där han parkerade den vid sidan av, för att sedan gå in i sitt skjul och sätta på en kopp kaffe på bryggaren han hade där inne.

Edward satte sig i en korgstol på verandan, för att pusta ut efter den sorgliga ceremonin, och det nyskapande talet.

Medan Edward sträckte ut benen så långt han kunde, samt viftade med de lågskobeklädda fötterna åt sidorna, för att hjälpa upp blodcirkulationen, tänkte han att en gå i en landsortskyrka så där, och höra på en predikan, var en mycket sinnlig upplevelse.

Man blev på något sätt ett med träet i kyrkan, och kände också en viss masochistisk fröjd över att så att säga bli lite utskälld av Gud, i pastor Ambroses gestalt.

En människa som höll en sådan predikan, med den bredden och den esprien, han måtte ha ett inre som liknade en karneval i Rio, tänkte Edward, försöksvis.

Hur ljuvligt att för en halvtimme låta sig risas, för att sedan med ens släppas ut återigen i guds gröna natur, för att där återigen kunna synda, tills det var dags för nästa fölåtelseorgie!

Edward log, tänkande på diverse passager ur predikan, som att till och med revolutionären Friedrich Engels hade fått var med där, men blev plötsligt så sömnig att han halvskalliga, runda huvud föll bakåt mot den knistrande korgstolens lilla huvudkudde och han somnade, snarkande.

Drömmens änglar kröp snabbt fram i hans medvetande och hade sedan rejvfest där.

När Herbert efter en liten stund kom ut på verandan, med en kopp te i handen, tyckte han att Edward såg så fridssam ut, att han vände om och gick ut i köket, genom huset, för att växla några ord med Ella Aho istället.

F Y R T I O F Y R A

HERBERT STÄDAR

"Vad är detta?"

Herbert lyfte på några böcker, som stoppats ner i sekretärens nedersta låda, och såg på en bunt gamla foton som låg där, huller om buller.

Det var kort från logementet i Karlborg.

Långsamt lyfte han upp kortbunten, som väl innehöll ett femtiotal kort.

Det var nog trettio år sedan han sist tittat på dem.

Han mindes dem mycket väl, fast med starkt dubbla känslor. Fotografierna hade han själv tagit, men med en lånad kamera. Dessa bilder var helt otypiska för honom och reflekterade mer den excellens som den lånade kameran haft, än hans egna kvalitéer som fotograf.

En del långa söndagar på regementet - under den första tiden i Karlborg - hade Herbert önskat ha en kamera, och varit sur på sig själv över att aldrig skaffat något mer än en enkle "lådkamera", som det hette.

Då hade han sett att pojke på ett annat logement hade haft en tre, fyra kameror i sitt logementsskåp, när han av en händelse besökt logementet för någon bagatell, kanske låna en cigarett, eller nånting..

Denne, en viss Tor, hade suttit försjunken i att byta objektiv eller någonting, då Herbert hade frågat om han inte kunde få låna, eller få köpa en av hans kameror, för att ha med sig på cykelturerna i Tivedens skogar på helgerna. Tor hade motvilligt lånat honom en av kamerorna, den med enklast mekanik.

På förfrågan visade kameramannen honom även framkallningslabbet, som låg under soldathemmet, i källaren, och som var utrustat med förstoringsapparat och kemikalier, och även fotopapper, i viss utsträckning.

Efter en vecka, då Herbert varit ute och tagit en mängd kort invid Vättern, valt motiv på fästningens murar och inne i Tiveden, där det fanns små sjöar, tjärnar, med röda näckrosor och annat. Alla kort han tog var dock i svartvitt. Det verkade ju enklast för en amatör att ta i svartvitt.

När han en kväll framkallade och kopierade allihop, med användning av förstoringsapparaten, och en hel bunt nyinköpta fotopapper, storlek A4, slogs han med häpnad över resultaten.

Det var som om han aldrig i sitt liv förut fotograferat.

Åtminstone hälften av bilderna hade en enastående kvalitét och slagkraft, och påminde starkt av de foton han under sin gymnasietid sett på konstutställningar i Göteborg.

Man fick vid skådande av dem en närmaste metafysik känsla.

Korten var sådana, så att de hänvisade till någonting helt främmande och eteriskt, drömskt, förälskat.

Den just lagoma kornigheten lyfte upp bilderna på fästningsvallarna och träden och Tivedens vatten upp till det sublima, det Absoluta och det sällsamt mystiska, och hade dessutom en nästa erotisk kraft, som gjorde Herbert alldeles matt.

Denna kamera, liksom förmodligen alla Tors kameror – varför han varit så tveksam inför att skiljas från någon av dem – var , misstänkte Herbert, av en enastående kvalitet, och ren världsklass.

Generad stoppade han undan bilderna, vars slagkraft ju inte hade uppnåtts genom hans egen skicklighet, men uteslutande genom ekvilibrismen hos Zeiss-objektivet, eller något annat i kameran, svarade inte mot något alls i honom själv.

Han kunde inte för sitt liv säga till någon att han själv tagit korten, men lade allihop i ett kuvert, som han sedan tagit hem och lagt i byrån, när han kom hem.

Kameran hade han mumlande lämnat tillbaka till Tor, och denne visade inte något intresse för att få veta om det blivit några bra bilder, eller inte.

PÅ ett enda av korten hade han fotograferat sina kamrater.

De satt på sina rutiga lakansöverdrag i sängarna som alltid skulle bäddas så noggrant och på ett visst, reglerat sätt.

De skrattade, och hade lugg ner i pannan. Lite finniga var dom, men glada.

Herberts fru – Mignon Boxe - på den lyckliga tiden hade en gång råkat hittat kuvertet med fotona, och efter att ha bläddrat igenom dem sagt: "Så fina. Fast det verkar mer som om du hade fotograferat mitt inne i en dröm!"

Herbert ville inte se bilderna.

Det var som om han inte bara ångrade bilderna, men som om det var mycket mer han led av, när han såg dem. Han visste inte riktigt vad det var. Det var bara så oändligt plågsamt, och han bestämde sig för att aldrig nånsin se på bilderna igen.

"Not on pain of death!". Sa han högt för sig själv, när han sköt in det stora konvolutet in under några skjortor, som var sådana skjortor han köpt en gång, men ångrat sig, och låtits sitta kvar i sina förpackningar, uppnålade på sin kartong, och omslutna av cellofan.

EN BORGERLIG FÖRENING

Två veckor efter det att Ruthbjörn – denne dubbeltydige man - träffat Corazón Casals frågade han henne om hon ville gifta sig med honom.

Ruthbjörn hade dessförinnan bett henne att sluta sitt jobb och låta honom för ett tag försörja henne. De hade tillsammans besökt hennes lilla lägenhet på Lafayette Street och Ruthbjorn hade fått lov att flytta in där, mot att han betalade hyran.
Corazón gjorde allt enkelt för honom.
Hon accepterade också giftermålsanbudet, och de beställde – via tjänsten Cupid – tid till New Yorks borgmästare på lördagen och Cantrell betalade på ett postkontor $40 som alltihop kostade.

Skylten på den jättelika byggnaden löd:

Office of the City Clerk
141 Worth Street
New York, New York 10013

På utsatt tid, kl.02.00.pm., anlände de till Worth Street, alla tre – Cantrell, Corazón och Corazóns väninna från high school, Clara, en flicka med Rumänskt- judiskt ursprung, som arbetade med att restaurera skulpturer på ett muséum. Cantrell hade köpt en ny kavaj, en mörkblå, och Corazón hade ett skimrande grått fodral på sig, av någon slags chiffong. Inte ens Ruthbjörn tyckte att det klädde henne, men han sa ingenting. Clara – som log hela tiden - bar en blå klänning.

Ceremonin gick snabbt, och officianten, vilken var vice borgmästaren, en yngre man med mittbena, utförde sin plikt under småleende.

Efteråt gick de alla tre på restaurang vid havet, och med utsikt över New Yorks hamn åt då nu en hjortstek och berättade för varandra om sina respektive uppväxter, fantastiska historier, som allihop var sanna.

De förundrades över att så mycket dramatik kunnat pressas in i vanliga människors liv, och det utan att man hade ansträngt sig det bittersta.

Cantrell var angelägen om att Clara skulle minnas stunden, och smög åt henne tusen dollar, i sedlar i ett obevakat ögonblick. Clara tillhörde nog inte New Yorks fattigaste, men Ruthbjörn hade ingen fantasi, och han ville vara både lycklig och givmild, särskilt som han misstänkte att alltihop var ett stort misstag.

Clara hade sett ömt på honom, på ett sådant sätt som vissa människor ser på mycket gamla människor, när man tänker att de inte har långt kvar.

Redan på kvällen beslöt de sig, medan de låg utsträckta på varsin pläd på golvet hemma hos Corazón och såg på film på tv, att de skulle flyga till Sverige och ordna sitt nya hem, i Ruthbjörn Castle, vilket Corazón hade fått se foton på, från en sida på nätet, där Cantrell för många år sedan lagt upp foton på huset, i ett ögonblick då han velat sölja huset, men sedan ångrat sig.

"Is it really your house?" hade Corazón undrat.

"Yes, baby", hade Ruthbjörn svarat på det inkongruenta sätt som rean främlingar I USA ofta pratar.

Ruthbjörn undrade i sitt inre vad man skulle säga när han anlände till Fjerrered man sin nya fru, han 75 år gammal, med en fru på 36. Om man inte hade pratat om honom innan, vilket man ju hade, så skulle det bli fart på skvallret nu.

Han riktigt såg folket därhemma framför sig: Herbert, Tutor och Slim och miljöflickorna.

Han log för sig själv och sträckte ut armen mot Corazón och kramade hennes underarm.

Corazón Ruthbjörn log.

När Ruthbjörn somnade den kvällen, vid midnatt, tänkte han att det inte gjorde något om han dog. Livet hade varit alldeles ohyggligt långt.

Han strök över sitt ansiktsärr och tänkte att han skulle låta bleka det. Eller inte. Han visste inte varför han var förvirrad.

Det var ingen storm i New York som kunde göra folk disträ. Vädret var lugnt. Det var ett alldeles normalt höstväder. Autumn in New York. En gång hade han kunnat spela denna melodi på piano, Vernon Dukes Autumn in New York, på pianot hemma. I F-dur. Duke som hade kommit från Vitryssland eller Ukraina, såsom adelsmannen Vladimir Dukelsky, och emigrerat, kommit till USA via Istanbul, för att han blivit så imponerad av de stenkakor han hört med musik av George Gershwin. Han hade blivit vän med Gershwin i New York, och hade sedan - efter Gershwins tidiga död – till och med blivit ombedd att skriva färdigt en del av Gershwins musik.

Så underliga öden världen var full av, tänkte Ruthbjörn, under det att han sneglade i halvmörkret mot huvudet på kudden bredvid sin egen.

Där låg hon och sov, det lilla livet.

Ruthbjörn grät tyst.

Han tänkte att han aldrig träffat Corazón, om inte nån hade ansetts ha grävt ner en skatt på hans tomt. En löjtnant hos Hitler. Som driven av en osynlig kraft skakade han huvudet från sida till sida, och ett stort leende bröt ut i hans gamla ansikte. Såna påhitt!

Sedan somnade han, uttröttad av alla dagens och kvällens aktiviteter.

F Y R T I O S E X

TRE TAR UPP BÅTEN

DET HADE NU blivit slutet av oktober, och även om det inte var
någon ko på o isen, så föreslog Herbert att de denna dag skulle ta upp
båten.

Motorn hade Herbert och Tutor avlägsnat veckan före, burit upp
till Tutors garage, där den nu stod lutat mot väggen nästan längst in,
med propellern och den yttersta delen av riggen omlindad med
säckväv, som knutits fast och surrats med flera varv grönt plastsnöre.

Men nu gällde det båten själv, som var en snipa av trä med en liten
ruff i fören.

Nu var de alltså tre stycken: Herbert själv, med jaktmössa med tofs
i, Tutor, i blå arbetskläder, och Edward, i stadskläder, men med stora
svarta sjöstövlar och en grå regnjacka över sin manchesterblazer.
Denne hade blivit alltmer van vid livet på landet.

Denna dag hade den västliga stormen åter nått Fjerrered, något
som bekymrade Herbert, som visste hur illa det vid vissa
stormriktningar kunde bli, vattenståndsmässigt i den lilla hamnen.

Det var nu mitten av oktober, inte alls kallt, men däremot lite rått,
som det ju blivit efter det Golfströmmen försvagats, och en tät
molnslöja skymde höstsolen, och gav naturen en barsk, men fyllig
prägel, om man nu såg saken måleriskt.

Hösten hade nämligen varit relativt mild, samt fuktig, så hela
sommarens ljuvliga grönska dröjde sig här och där kvar i jättebladsjok,
som förskräckta tycktes ana att förgängelsens timme nalkade sig, och
därför sökte dölja sina ansikten i en mångfald av olika färger, för att
förvilla liemannen.

Inez hade velat följa med, men hon hade ju sitt dåliga ben, så det blev inget med det.

De hade promenerat ner, och tagit den längre vägen, ut på allén och sen förbi Ruthbjörn Castle, som stod tomt, och där gräset nu nått halvmetern över myllan. En vimpel slog i flaggstången, och fönsterrutorna skallrade lite i blåsten.

Av ren nyfikenhet, men också av lite omtanke, öppnade Herbert postlådan, som gul hängde prydligt på en grön stolpe vid grinden. Men där fanns ingen post, inte ens ett litet vykort från Manhattan, där ju Ruthbjörn misstänktes hålla till.

Man undrade allmänt om han nånsin skulle komma hem igen.

Kanske hade han dött i New York, eller blivit överfallen och muddrad? Kanske hade han fastnat i en trafikkontroll och blivit skjuten av en polis, som hade blivit förvirrad över det långa ärret i hans ansikte?

Ingen kommenterade vittjandet av brevlådan, och man nådde alltså båtplatsen i hamnen, och stod nu på bryggan och konfererade om bästa sättet att få upp åbäket.

Det fanns en strand till för detta, och på den strandstumpen fanns också nedlagt i vattnet två stycken järnvägsräls på vilka man lätt med ett par rep, eller något sådant, kunde dra upp vilken båt som helst, lagd på tvärts rälsen, för att sen baxa den fem meters träbåten till nån lämplig plats på stranden som var ledig, där båtar ikring redan stod, uppallade, och stödda i sidorna med träslåar av olika längd.

Allt i denna båtklubb var ganska improviserat och halvdant, men det var så, för att hålla nere kostnaderna.

"Vi får ro båten till där rälsen ligger", menade Herbert.

"Den behöver ösas", påpekade Edward.

Tutor hoppade – efter att ha kollat bordläggnings friskhet genom att trycka in tumnageln i det översta bordet - sedan i och öste båten, medan Herbert och Edward tog en promenad till en utkikspost lite längre ut i den lilla hamnen, på en klippa, varifrån de kunde se ut över först ett litet gatt, och sedan ett större, avlägsnare, genom vilket man då och då, i siktigt väder, kunde skymta en dansk ö.

Havet var denna dag grått, med grunda rosa-gredelina vattringar, som nästan rytmiskt flyttade sig från ena sidan av gattet till mitten av det. Trutar och måsar dök, för att sedan lägga sig stilla och med knappögon se på de två besökarna, som drog ihop skjortorna i halsen mot vinden, som kom från nordväst.

Snart kom även Tutor och anslöt sig till havsskådarna, eftersom han öst klart, samt lagt årorna till rätta.

"Vad är det ön heter nu igen?", undrade Edward.

"Läsö", sa Herbert enkelt, som om han tänkte på något vitt skilt från detta.

Fantastiskt, tänkte Edward, som njöt i fulla drag över denna dags aktiviteter. Så enkla och jordnära! Hur ljuvligt var det inte bara att finnas till en dag i skärgården på det här viset!!

Tutor spanande, tog upp en liten sten och slängde den ut mot måsarna.

Dessa lyfte surmulet och gav sig iväg till den södra sidan av hamninloppet.

En segelbåt syntes i det samma närma sig utifrån, återkommande från en fisketur, vad det verkade, eftersom även över båten ett par sjöfåglar hovrade, som efter fiskrens.

Havet växlade färg när solen tittade fram, och blev nu gröntonat, och krusningarna framträdde tydligare, och hela vyn ryckte på det viset närmare de tre.

Ett ljud bakifrån, från båthamnen, invid bryggan, fick dem att vända på huvudet.

Det var grus som knastrat, och det lät som från en cykel, vilket det också var. Det var pastor Ambrose, i en brun halvlång läderjacka, brokig snusnäsduk runt halsen och med pipa i mungipan, som kommit på sin väloljade nya cykel, ensam tillbåthamnen, kanske i något ärende, eller bara för att motionera, vilket han ju gjorde ideligen, i något befängt hälsoprojekt.

"Hallå, där, Godsägarn!", ropade han, - lycklig som det lät - i det han lät den rundhuvade pipan falla i handen, på ett retfullt elegant sätt.

"Välkommen!", ropade Herbert, halvt ilsket tillbaka.

De hade ju inte talts vid sedan händelsen med pojken som under gudstjänsten sagt att han inte tyckte om Jesus.

"En väldigt fin hamn, detta", menade Ambrose, som snabbt parkerat cykeln vid en liten anslagstavla, och praktiskt taget anslutit sig till det lilla sällskapet på klippen, genom att göra några väldiga språng på ett par vindslipade stenar, som låg på vägen dit.

"Roligt att träffas", sade Edward.

Han sträckte fram handen mot Ambrose, och denne hälsade och sa även sitt namn, med ett öppet leende, och snart, efter att han stoppat pipan i bröstfickan, så tillade han:

"Jag har länge velat tala med er allihop", och sedan – mitt i ett konstlat hostanfall – så rotade han fram ett papper ur en innerficka, någonstans i sina kläder.

"Vaddå?", sa Herbert. "Vi är inte religiösa."

"Men Herbert då!", sa Edward, i ett försök att komiskt släta över denna fientlighet.

"Jag vet att ni inte är religiös.", svarade Ambrose.

"NU är det inte det som det handlar om."

"Vad handlar det om då, pastor Ambrose?", undrade Herbert, som nu, i det han drog sig ner från klippan, på det viset förflyttade hela det fyrhövdade sällskapet in mot båtplatsen igen, via en stenlagd gång, som lätt böljande, med platta i cementlagda små urbergsstenar, ledde tillbaka.

"Jag skall åka tillbaka till Amerika. Jag skall lämna pastoratet. Jag skall sluta.", förklarade Ambrose.

"Jaha", sa Herbert, med ett tonfall som indikerade att det hade begränsat intresse för honom, och en ännu mindre relevans här ute på klippgången i Fjerrereds båthamn.

"Ja, jag förstår att det inte är intressant," sade Ambrose, "men kanske skälet är desto intressantare.", fyllde mannen i den bruna jackan i, medan han vecklade ut den lilla papperslappen, som var något mindre än ett A4.

Edward granskade pastorn, som nu med ens var allvarlig, och i vars ögon en sällsynt glöd uppenbarat sig.

Edward sneglade på papperet, och när Herbert tog tag i det, och började läsa, så slogs de båda vännerna av att de sett denna text förut:

"Most revered Mr. Herbert R. Boxe, Mr. Cantrell Isidor Ruthbjorn, Mrs. Inez Laula Blomberg!

(Letters containing identical content have been sent to the three of you at the same time with the same carrier.)

I am writing on behalf of Weissmann-Schah Financial Firm.

I am writing in an urgent matter of great concern to You all.

On August 23rd this year, I got contacted by a Mr. L. Emmet, who had happened to be at a flea market in Queens and had been buying – among other things - ...."

Papperet de läste innehöll brevtexten till brevet som var skrivet av Weissman-Schah. Men hur hade det kommit till Ambroses ficka?

Så undrade både Edward och Herbert.

Nu stack Ambrose handen till sin innerficka ännu en gång, och fram kom ännu ett papper, en fotostatkopia. Denna gång räckte han lappen till Edward, eftersom Herberts ögon ännu var fästa vid det första papperet.

Edward läste på den prydliga fotokopian:

Han urskilde några få ord, men kunde i upprördheten inte klargöra exakt vad det stod:

"Liber Schwester!

Ich wünsche dass Du nie dieses Brief je bekommst!
........Gold versteckt ....Fjerrered .....
Karl"

„Vad i helskotta är detta? Ett brev på tyska! Herbert!", ropade Edward, trots att Herbert inte stod mer än en meter ifrån.

"Det är ju brevet från soldaten. Om skatten!!!"

Herbert tog tag i det senare papperet och läst, i det att han grep tag i Tutors arm, för stöd.

"Se här, Tutor! Brevet!"

Förbluffade, till gränsen för där förbluffelse övergår i misstro, skådade nu de tre vännerna – ty de var ju sådana, redan – på den lilla lappen, och det gick långsamt upp för dem, att den man som givit dem de båda papperen förmodligen var den förfalskare och lurendrejare som de letat efter i nära två månader redan.

Alltihop syntes vara Ambroses påhitt! Eller var det inte så?

Herbert, illröd i ansiktet, och lite yr, röt nu till Ambrose, som – troligen av försiktighetsskäl tagit två steg tillbaka:

"Förklara er! Vad är meningen med detta? Varför då??"

Tårar hade kommit i Herberts ögon, och Tutor var blek som vetemjöl i ansiktet.

"Detta är kanske inte rätt tillfälle, men jag förmodade att ni inte ville ge mig någon audiens, så det får duga med detta.

Saken var den att jag beslöt mig för att avtäcka nazismens ansikte i Fjerrered. Jag tillhör visserligen kyrkan, men mer tillhör jag ANTIFA, den antifascistiska rörelse, som medvetet oorganiserad kämpar mot den fruktansvärda högerextremismen överallt i världen.

Jag tänkte jag skulle göra rent hus i Fjerrered. Tyvärr så blåste Weissman-Schah, som jag inte alls kände, av väg och dog. Och Emmet, likaså. Detta förstörde hela mitt projekt, som inte alls hade tänkt att förorsaka någons död. Det är därför jag lämnar Sverige. Jag kan inte bo här och leva med att ha orsakat de båda männens död. Därför åker jag hem och lämnar allt detta.

Jag tyckte dock att jag inte kunde lämna utan att låta er veta sanningen. Vad jag förstått så är nu nazismen så avtäckt den kan bli här. Ni har kastat ut er Göringbilen, och Ruthbjörn har eldat upp sina uniformer.

Att inte tala om för er att det inte finns några skatter nergrävda, det tyckte jag skulle var lite väl elakt, och kunna dra uppmärksamhet från viktigare saker i framtiden. Så nu vet ni vad som hänt. Det var vad jag kom för att meddela."

Herbert och Edward såg på varann. Tutor tittade med sänkta axlar ner i marken.

Alltihop hade varit konstruerat av socknens pastor! Så vedervärdigt tarvligt.

Att den religiösa figuren, halleluja-mannen stod bakom det hela!

"Detta är ju absurt", sade Herbert, trots att det väl inte just var absurt. Han var bara arg över att ha blivit lurad. Men kanske desto mer förvånad över att Ambrose erkänt.

"Men menar ni att ni erkänner detta?"

"Jag vet inte hur brottsligt det egentligen var…" svarade Ambrose.

"I en rättegång kunde jag nu försvara mig med att det hela var ett skämt."

"Hur som helst", tillade han, i det han nu åter tog upp pipan, och lossade cykeln från sin plats vid båthamnsskylten, för att bestiga åkdonet,"… så sitter jag ikväll på planet till Los Angeles. Jag hade tänkt vara tillbaka i Albuquerque i nom några dagar, och kanske bli präst där igen.. ."

Motvilligt kunde nu Edward inte annat än att tycka att Ambrose gjort ett bra jobb. Det var ju närmast en yrkesskada hos Edward att vara djävulens advokat. Det av honom så föraktade skrået Präster hade alltså producerat en så förslagen och handlingskraftig människa som hade lurat en hel bygd att det fanns skatter att hämta, och det i syfte att skrämma fram Nazismen, och halshugga den. Det var strongt gjort. Det måste man ge honom, tänkte docenten buttert.

"Du kanske borde ha berättat saken för Inez och frö Ruthbjörn
också.", menade Herbert surt. "Dom blev ju också lurade."

Herbert konstlade aldrig till något. Rätt ord för rätt sak.

"Och jag är inte säker på att det du gjort inte är brottsligt.", tillade
Edward.

"Cantrell gifte sig häromdan i New York, med en städerska på sitt
hotell.", sa Ambrose, likaså okonstlat. "Och vad Inez beträffar så
verkar hon inte ha reagerat nämnvärt på det falska brevet."

Herbert och Edward stirrade på varann, sura och besvikna.

Tutor hade inte yttrat ett ord.

"ANTIFA?", frågade han, med an han såg på Ambrose, som med
handen på cykelstyret dröjt sig var, som njutande av avskedets sötma.

Carl Ambrose tittade tillbaka, och sa lugnt:

"Jess, ANTIFAS långa arm."

"Men", tillade han"… det fanns ju ett annat, mindre ädelt motiv,
förstås."

"Vaddå?" menade Tutor.

"Jag släpptes aldrig in i samhället. Jag förblev den där amerikanen,
och jag tänkte att jag aldrig skulle bli accepterad, i Sverige och i
Fjerrered, om jag inte blev hjälte. Och om hela min plan gått som jag
tänkt, så hade jag nog kunnat bli hjälte, om ni hade stått och grävt upp
era källare, offentligt, och visat hur nu värdesatte naziguld mer än
något annat. Men så dog Weissmann och Emmet, och brevet, det tyska
brevet, kom aldrig till era ögon, och allt rann ut i sanden. Så nu tänker
jag att jag aldrig nånsin blir som hemma hö är, och därför är det lika
bra jag åker hem. Men anständigtvis vill jag ändå berätta för er vad allt
handlade om."

Sen hoppade han på racercykeln och trampade vigt och lätt iväg ut
genom grunden som skilde båthamnen från det övriga Utterholmen.

I svängen, där vägen till Ruthbjörns började, anslöt hans attaché,
den unge Gaston Bengtson, som hela tiden hållit ett öga på Herbert
och kompani för Ambrose´ räkning, och de två cyklade sedan lugnt
upp mot Boxeby allé för att fortsätta upp mot prästgården, där väl
Ambrose skulle packa sina pinaler.

Äntligen kunde vi nu ta och försöka se till att båten blev
uppdragen. Det är ett otyg med folk som lämnar sina båtar i över
vintern. Viken kan ju frysa, isen skruva upp båtarna, så att de i sin tur
kan skada uppställda båtar. Detta lärde jag mig av mina
Fjerreredsvänner, när vi vinschade upp gamla "Afrodite" upp på land.

"Att Ruthbjörn har gift sig är väl ändå otroligt", menade Herbert.

"Vad skall i Inez säga om det?", fyllde Edward i, medan de bar åror, dragg, öskar och några ljusblå plastsittdynor från "Afrodite" till det lilla båthuset.

Det mörkande nu snabbt, och innan de tre visste ordet av hade månen stigit upp och belyste den klippiga nejden. En uggla lät, och man beslöt att gå den närmsta vägen hem – invid gamla fortet och via köksträdgården - till Boxeby för att få i sig lite varmt kaffe.
